Juliet Hastings

Die Dienerin des Tempels

Roman

Deutsch von
Samantha Berger

Wunderlich Taschenbuch

2. Auflage September 2003

Deutsche Erstausgabe
Veröffentlicht im Rowohlt Taschenbuch Verlag GmbH,
Reinbek bei Hamburg, Juli 2003

Veröffentlicht mit freundlicher Genehmigung
von Virgin Books Ltd.
Die Originalausgabe erschien 1997 unter dem Titel
«The Hand of Amun» bei Black Lace, London

Redaktion Ulrich Dietz

Umschlaggestaltung any.way, Barbara Hanke / Wiebke Buckow
(Foto: Jill Peters / Photonica)
Satz Adobe Garamond PostScript, PageMaker,
Pinkuin Satz und Datentechnik, Berlin
Druck und Bindung Clausen & Bosse, Leck
Printed in Germany
ISBN 3 499 26444 7

Die Schreibweise entspricht den Regeln
der neuen Rechtschreibung.

Im Anfang war das Chaos. Das Chaos war die Dunkelheit, das waren die Wasser der endlosen Tiefe.

Der erste Gott, Amun, erhob sich über die Wasser und erschuf sich selbst, aus nichts als seiner eigenen Kraft heraus. Amun existierte von allein. Alles war sein. Das Gestern und das Morgen sind sein.

Er nahm seinen Penis in die Hand. Er machte mit seiner eigenen Faust Liebe. Seine Finger bereiteten ihm höchste Wonne. Aus der Flamme der feurigen Glut, die er mit seiner Hand entfachte, entsprang das Universum.

Aus den Hieroglyphen der Heiligen Schriften

PROLOG

Der Tempel von Karnak, 1175 v. Chr.

Rasch und leise floss der Nil im verblassenden Licht der Sterne dahin. Im Osten schimmerte der Himmel über der kargen Wüste wie geschmolzenes Kupfer. Bald würde die Sonne aufgehen.

Im Innern des Tempels, der dem Gott Amun geweiht war, lagen die großen Säulenhallen, die massiven Pylone und kühlen Kolonnaden in Dunkel gehüllt. Nur in der entferntesten, geheimsten Nische des Tempels bewegte sich etwas: Dort bereiteten die treuen Diener des Gottes den Ritus vor, mit dem die Erschaffung der Welt gefeiert wurde.

Schon näherte sich die Prozession der Priester vom Heiligen See dem Schrein des Gottes. Schweigend schritten sie dahin, ihre weißen Leinengewänder glänzten im heller werdenden Tageslicht. Im Schein der Fackeln, die sie trugen, flackerte die prächtige Dekoration des Palastes auf – Säulen in Gestalt von Lotosblüten oder Papyrusbündeln, glatte Steinwände voll zarter Bilder, mächtige, mit Bronze eingefasste hölzerne Tore. Aus den Rauchgefäßen der Priester stiegen Duftschwaden auf, und die Luft füllte sich mit dem intensiven Aroma von Weihrauch und Terebinthe.

In einem kleinen Gelass dicht beim Schrein des Gottes machten die Frauen des Tempels Hunro für die Zeremonie zurecht. Sie war die Hohepriesterin von Karnak, die Ehefrau Amuns, die Hand Gottes. Mit ausgebreiteten Armen stand sie nackt in der stark duftenden Luft, während zwei der jungen Frauen, die sowohl ihre als auch des Gottes Dienerinnen waren, ihren Körper mit parfümierten Salben einrieben, die ihre goldene Haut noch weicher und schöner machen sollten. In einer Ecke des Raumes zupfte eine weitere Dienerin des Gottes auf einer Harfe und sang dazu leise von der Kraft und Stärke Amuns, und es schien, als hätten die Musik und der Gedanke an den bevorstehenden Ritus Hunro in Trance versetzt. Ihre Augen starrten ins Leere, ihr Atem ging langsam und flach. Sie zeigte keine Reaktion, als die Dienerin ihr die duftende kühle Salbe auf die Brustwarzen und zwischen die Schenkel strich, um sie für die Umarmung des Gottes empfänglich zu machen.

Danach führte die junge Frau Hunro zu einem steinernen Thron. Mit geschlossenen Augen saß sie da, während eine der Dienerinnen ihr die Augenlider mit zerstoßenem grünem Malachit bemalte und dann flüssiges Kajal auf ihre dunklen Wimpern auftrug. Ein anderes Mädchen brachte Karmin, um damit die Lippen der Gattin des Gottes aufzuhellen. Dann bürstete die Anführerin der Dienerinnen, ein kleines schlankes Mädchen mit ungewöhnlich hellen Augen und kupferfarbenem Haar, ihrer Herrin die schwarzen glänzenden Locken zurück und setzte ihr eine Perücke aus Menschenhaar auf, das zu vergoldeten Zöpfen geflochten war und in dem Jaspis- und Türkissteine schimmerten. Die Spitze jedes Zopfes war mit Lapislazuli bestückt, der bei der Berührung mit den nackten Schultern der Priesterin leise klirrte. Das Mädchen mit den kupferfarbenen Haaren beugte sich langsam vor und küsste Hunro auf den Mund. Sie fuhr mit der Zunge zwischen die Lippen ihrer Herrin und streichelte ihr mit den schlanken Fingern über die glänzenden Brüste. Hunro atmete tief, wie Frauen es tun, wenn sie sich einer erotischen Phantasie hingeben, und spreizte ihre festen, wohlgestalteten Schenkel ein wenig. Schweigend ging das kupferblonde Mädchen in die Knie und presste seinen Mund auf das rosige Dunkel zwischen Hunros Beinen.

Die Hohepriesterin rührte sich nicht und öffnete auch die Augen nicht. Nur ein gelegentliches heftiges Aufseufzen und ihre immer pralleren und dunkleren Brustwarzen verrieten ihre wachsende Erregung. Die anderen Frauen beugten sich über sie, ließen ihre Finger über die glänzenden Gliedmaßen ihrer Herrin gleiten, zeichneten die Rundungen ihrer schweren Brüste nach, stimulierten die gewellten Warzenhöfe mit ihren langen Nägeln. Das kupferblonde Mädchen leckte weiterhin langsam und sanft das Geschlecht ihrer Herrin, und in der Hitze des engen Raumes perlten schon bald Schweißtropfen auf Hunros Hals, ihre Schultern und die sich hebenden und senkenden Brüste.

Auf einmal war schwach der Ruf eines Widderhorns zu hören, das den Beginn des Ritus ankündigte. Ohne Hast hörten die Dienerinnen mit den Liebkosungen ihrer Herrin auf und erhoben sich eine nach der andern. Das kupferblonde Mädchen, dessen Lippen vom Saft der Lust glänzten, stand ebenfalls auf und küsste Hunro ein letztes Mal auf den Mund.

Noch ganz in Trance stand nun auch die Ehefrau des Gottes auf und ließ sich von den Dienerinnen ein blütenweißes Gewand aus feinstem durchscheinendem Leinen umlegen, dessen Falten ihren schönen Körper schmückten, ohne ihn zu verbergen. Es wurde vorne geschlossen und ließ sowohl die Brüste als auch die dunklen Schatten ihrer

Scham frei. So gekleidet verließ sie den sich leerenden Raum, begleitet von den Dienerinnen, die ihr mit Kerzen den Weg leuchteten.

Schweigend gelangten sie zu den großen Portalen von Amuns Schrein, dem dunkelsten und geheimsten Ort des Tempels. Die Türsteher salutierten und zogen die schweren Riegel beiseite, damit die Ehefrau des Gottes ihren Gemahl aufsuchen konnte.

Der Schrein war dunkel und eng, Kerzen flackerten darin. Nur die goldene Statue des Gottes glitzerte wie die Sonne, von zwei großen Fackeln erleuchtet. Größer als ein Mensch, vollkommen und furchteinflößend, stand Gott Amun vor seinen Untergebenen, er glänzte von dem Öl, mit dem ihn seine Diener eingerieben hatten. Es war ein junger Mann in der Blüte seiner Jahre, breitschultrig und schlank, mit einem Gesicht von gelassener, überirdischer Schönheit. Auf dem Kopf trug er das Diadem Ägyptens, und in der erhobenen Hand hielt er einen Dreschflegel – das Symbol seiner Macht. Er war völlig nackt, wie am Tage seiner Geburt aus dem Chaos, und zwischen seinen schlanken Hüften ragte stolz sein Penis empor. Dieser war so lang wie der Arm eines Mannes vom Ellbogen bis zur Fingerspitze, seine Dicke entsprach der Kraft des größten aller Götter, und voller Vorfreude auf den Zeugungsakt reckte er sich steil und prall nach oben. Die linke Hand des Gottes umfasste diesen herrlichen Phallus an der Wurzel, bereit, den Samen herauszustoßen und das Universum zu befruchten.

Der Oberpriester des Gottes hob die Hände, als die Ehefrau Amuns das Innerste des Tempels betrat, und stimmte den Lobgesang an, der den Gott aus der Tiefe der Nacht rief. «O Amun, größter aller Götter, Vater aller Dinge …»

Hunro stand vor der Statue, die leuchtenden Augen auf Amuns goldenes Gesicht gerichtet. Sie hob die Hände und begann zu klatschen, einen gleichmäßigen Zweierrhythmus, wie das Klopfen des menschlichen Herzens. Ihre Dienerinnen standen hinter ihr und stimmten nacheinander in die Musik ein, klatschten und schwenkten das Sistrum, dessen Rasseln die Begierde weckt, sie zupften die Leier mit ihren süßen Klängen und sangen zu Ehren des Gottes: «Erwache, o mächtiger Amun, erwache und sieh die Schönheit um dich her. Zeig dich in deiner Göttlichkeit, hülle uns ein mit deinem göttlichen Duft und lass uns deine göttliche Stärke spüren.»

Die Musik schwoll an, während der Schein der aufgehenden Sonne immer heller wurde, und die Hand Gottes, die Gattin Amuns, öffnete ihr Leinengewand. Sie ließ es zu Boden gleiten und stand nun nackt im Licht der Fackeln. Sie tanzte im Rhythmus der Musik, ihre weichen Arme wogten wie ein Weizenfeld im sanften Wind, ihre Hüften kreisten, ihre Brüste hoben und senkten sich. Die Schmucksteine auf den Zöpfen ihrer Perücke klirrten leise. Ihr Körper wandte und reckte sich, ihre Lippen waren leicht geöffnet und glänzten. Sie hielt dem Gott ihre Brüste hin, dann spreizte sie die Schenkel und zeigte ihm das geheime Innere ihres Körpers, denn mit ihrem Tanz wollte sie seine göttliche Begierde erwecken. Sie tanzte immer näher zu der Statue hin, bis sie sich schließlich vor ihr auf die Knie fallen ließ und die Hände emporhob, um den Gott zu berühren. Sie streichelte seine Schenkel und Lenden, seinen Bauch, sein Gesäß. Ihr Körper wogte hin und her, wohlige Schauder überliefen ihn, und als sie endlich die Lippen öffnete und damit die Spitze des goldenen Phallus umschloss, stöhnte sie vor

Lust und Begierde, und ihr Seufzen hob sich deutlich von dem Gesang des Oberpriesters und der Musik ihrer Dienerinnen ab.

«Nimm unser Geschenk an, o Amun», sang der Oberpriester nun, und bei diesen Worten traten die anderen Priester aus dem Schatten des Tempels hervor. Sie waren in weiße Gewänder gehüllt, und ihre Körper waren rasiert, damit auch nicht ein einziges Härchen die Reinheit der Dienerinnen des Gottes beeinträchtigte. Der Tanz der Hand des Gottes hatte auch sie erregt, ihre steifen Penisse ragten aus den Gewändern hervor und wippten begierig beim Gehen. Sie stellten sich im Kreis um die Hohepriesterin, die zu Füßen Amuns kniete und seinen goldenen Phallus mit der Zunge und den Lippen liebkoste. Dann bückten sie sich und hoben sie hoch. Ohne sich zu wehren, ließ sie sich von ihnen hochheben, ihr Kopf hing herab, die goldbesetzten Haarsträhnen streiften die Beine der Männer, die sie trugen.

Die Priester legten Hunro auf ihre Schultern und spreizten dann ihre Schenkel. Das kupferblonde Mädchen verbeugte sich vor der Statue des Gottes und stellte sich zwischen die Knie ihrer Herrin. Mit den Fingern teilte sie Hunros glitzernde Schamlippen, dann steckte sie die Zunge in das samtige Innere. Als die Hohepriesterin seufzte und sich wollüstig wand, zog das Mädchen die neugierige Zunge heraus und liebkoste die Klitoris ihrer Herrin, saugte daran und umschloss sie mit ihren vollen Lippen. Schließlich begann Hunro zu stöhnen und, dem Orgasmus nahe, rhythmisch mit den Hüften zu zucken. Das Mädchen trat zurück, verbeugte sich erneut und murmelte: «Die Hand Gottes ist bereit.»

Die Musik schwoll wieder an, steuerte unerbittlich ihrem Höhepunkt entgegen. Der Oberpriester hob, zu Amun gewandt, die Hände und betete mit lauter Stimme. Die Priester hielten Hunro mit ausgebreiteten Armen und Beinen vor die goldene Statue. Immer näher brachten sie sie zu dem Gott, bis ihre Schenkel seine goldenen Lenden umschlossen und sein glitzernder Phallus die Lippen ihres Geschlechts berührte. Sie stöhnte auf und ging ins Hohlkreuz, bot dem unbeweglichen Antlitz des Gottes ihre Brüste dar. Die Priester brachten sie noch ein wenig näher, und nun begann der mächtige schimmernde Penis langsam in die feuchten Falten ihres Geschlechts einzudringen, er öffnete ihre glänzende Vulva und glitt hinein, bis ihr Körper die Riesenfaust berührte, welche die göttliche Erektion umfasst hielt.

Hunro schrie laut auf und fing an, die Hüften hin und her zu bewegen, sie rieb sich mit ihrem Körper an dem des Gottes und brachte sich allmählich zum Orgasmus, indem sie auf dem tief in sie eindringenden Penis ritt. Ihre Brüste hoben und senkten sich unter ihren Schreien, während ihre Hände sich hilflos öffneten und schlossen. Das Weihrauch-aroma und das duftende Öl hüllten sie ein, und sie erschauerte, als jener letzte, höchste Augenblick näher kam.

Endlich wand sie sich auf den Händen, die sie festhielten, und ihr nackter Körper spannte sich vollständig an. Die pulsierenden Wogen des Orgasmus durchzuckten ihren feucht glitzernden Körper. Die Musik verstummte, während die Zuschauer freudig in die erregten Rufe der Hohepriesterin einstimmten. Lange Zeit ruhte sie still und angespannt in der engen Umarmung des Gottes.

«Unser Geschenk wurde angenommen», verkündete der Oberpriester. «Seht, die Ehefrau des Gottes, die Hand

Amuns, hat den Samen des Gottes zum Leben erweckt. Amun, unser Herr, erscheint auf Erden, er ist unter uns.»

Draußen aber, jenseits der Dunkelheit des Tempels, ging die Sonne über der Wüste auf und spiegelte sich in den Wassern des Nils.

Kapitel eins

Das Dorf der Grabbaumeister, Waset

Naunachte lag wach und schaute zu den Sternen am samtwarmen Himmel empor. Über ihr hing ein großer glühender Mond und warf funkelndes Silberlicht auf das schlafende Dorf. Auf jedem Flachdach der dicht gedrängten Häuser zu beiden Seiten der Hauptstraße schliefen Menschen, wegen der unerträglichen Hitze waren sie nackt. Eine Katze miaute kläglich auf dem Friedhof, und von jedem Stein in der Wüste schnarrte eine Zikade.

Ein großer Nachtfalter flatterte an Naunachtes Gesicht vorbei und streifte sie mit seinen gefleckten Flügeln. Sie erschrak, wischte sich hastig übers Gesicht und drehte sich um. Wohlig streckte sie die Glieder unter dem einfachen Laken. An Schlaf war fürs Erste nicht mehr zu denken.

An jenem Morgen hatte Achtay, die Frau von Tutmoses, ihr drittes Kind zur Welt gebracht. Sie hatte ihrem Mann einen gesunden Jungen geschenkt, doch die Blutungen hatten nicht aufgehört, sondern waren schlimmer geworden, und noch vor Sonnenuntergang war Achtay gestorben. Naunachte und Achtay waren gleich alt. Als Kinder hatten sie zusammen gespielt, hatten Puppen aus Stroh und Ton gebastelt und waren Hand in Hand ins Tal der Gräber gegangen, um Achtays Vater, einem Maurermeister, das Essen zu bringen. Vor fünf Jahren hatte Achtay Tutmose geheiratet, und nun war sie tot.

«Große Göttin Nut», flüsterte Naunachte und sah zum glitzernden Himmel empor. «Weise mir den Weg, o Herrin des Himmels. Sende mir ein Zeichen.»

Sie wusste nicht, was für ein Zeichen das sein sollte. Sie wusste lediglich, dass sie anders war, anders als die übrigen Mädchen im Dorf. Sie war ein Adoptivkind. Ihr Vater Ammenacht und ihre Mutter Hatia hatten sie auf Bitten des Oberpriesters des Amun bei sich aufgenommen. Ihre Eltern liebten sie, doch sie wahrten stets eine gewisse Distanz zu ihr, als sei sie nicht aus Fleisch und Blut. Außerdem hatte der Oberpriester gesagt, Gott Amun habe den Befehl erteilt, dass Naunachte niemals heiraten dürfe. Mit vierzehn, fünfzehn hatten ihre Freundinnen eine nach der anderen die jungen Männer aus dem Dorf geheiratet und waren zu ihnen gezogen, um ihnen Kinder zu gebären, um alt zu werden und schließlich zu sterben, während Naunachte im Hause Ammenachts geblieben war, allein und verwirrt.

Bis heute hatte Naunachte geglaubt, sie sei verflucht. Warum durften ihre Freundinnen Hochzeit feiern, den Status verheirateter Frauen besitzen, die Liebe ihrer Ehemänner genießen, fröhliches Kindergeschrei bei sich zu Hause, während sie nichts hatte? Sie war doch schon neunzehn – in den Augen der Dorfbewohner beinahe schon zu alt zum Heiraten. Eine Ausgestoßene, eine Verfluchte.

Doch Achtay war tot, und Naunachtes andere Freundinnen wurden vor ihren Augen alt, büßten die jugendliche Elastizität ihrer Haut ein, nahmen nach den Geburten zu, und die Mühen der Hausarbeit raubten ihre Schönheit. Naunachte war neunzehn, doch die Männer des Dorfes sahen sie noch immer voller Bewunderung an, wenn sie ihrer in dem einfachen Leinenrock ansichtig wurden, den sie bei der Arbeit trug. Sie bewunderten ihre kleinen, straffen Brüste, rund und fest wie Granatäpfel, die Geschmeidigkeit ihrer schmalen Hüften, die Schwellung ihres weichen Bauches, die üppige Fülle ihrer Hüften und Schenkel, die elegante Schlankheit ihrer Waden, die kräftige Wölbung des Spanns ihrer zarten Füße. Ein oder zwei der wagemutigeren Jungen rezitierten für sie Liebesgedichte: *Wäre ich dein Wäscher, nur einen einz'gen Monat lang, mit Freuden würd' ich dir den Duft aus deinen Kleidern waschen.*

Sie wurde bewundert. Doch nie kam einer von ihnen auf sie zu, versuchte gar, sie zu küssen, oder bat darum, sie als seine Frau zu sich nach Hause führen zu dürfen. Sie war ausgesondert, tabu, verboten, weil Amuns Wort es so befahl. Der Gott hatte sie überdies gezeichnet, denn auf ihrem linken Arm, direkt über dem Ellbogen, hatte sie seit ihrer Geburt ein kleines Mal. Es war dunkelrot und so lang wie Naunachtes kleiner Finger und hatte genau die Form eines erigierten Phallus, der sich unten verbreiterte, als würde er von einer Faust gehalten. Niemand zweifelte daran, dass dies das Zeichen Amuns war. Naunachte trug einen Armreif aus vergoldetem Kupfer und Emaille, um das Mal zu verdecken, denn wenn man es sehen konnte, starrten die Leute aus dem Dorf darauf und begannen zu tuscheln. Sie verbarg es, als könne sie sich dadurch vor ihrem eigenen Schicksal verbergen. Was hatte der Gott mit ihr vor? War sie verflucht oder gesegnet? «Herrin des Himmels», flüsterte Naunachte erneut, «sende mir ein Zeichen.»

Als sie die Hände zum Gebet gen Himmel hob, zischte ein grellweißer Meteor über den weiten dunkelblauen Himmel. Ein weiterer heller Blitz folgte, dann noch einer. Danach regte sich nichts mehr.

Naunachte riss die Augen weit auf. Sie hatte wunderschöne Augen, mandelförmig, mit langen dunklen Wimpern, die Augäpfel von reinem Weiß, die Iris dagegen dunkler als poliertes Ebenholz. Sie stützte sich auf den Ellbogen, blickte mit leicht offen stehendem Mund zum Himmel hinauf und fragte sich, was dieses Zeichen wohl zu bedeuten hatte. Dann schlug sie das Laken beiseite und kniete sich lautlos hin, kreuzte die Hände vor der Brust, um der Göttin Respekt zu bezeugen. Sie fühlte, wie ihr das Herz so heftig in der Brust schlug, als wäre es der Hammer eines Maurers.

Sie hatte geglaubt, als Einzige wach zu sein, doch da hatte sie sich getäuscht. Als sie sich hinkniete und zum Himmel emporsah, bemerkte sie, dass auch ihr Vater wach war. Unter Ächzen und Stöhnen – er war nämlich ziemlich korpulent – hievte er sich von der Schlafmatte hoch und stieg mit übertriebener Vorsicht über den Körper seiner schlafenden Ehefrau hinweg.

Naunachte war froh, von ihren unangenehmen Gedanken abgelenkt zu werden. Sie brach ihre Andacht ab und presste sich die Hand vor den Mund, um ein Kichern zu unterdrücken. Nur zu gut wusste sie, was ihr Vater vorhatte. Erst vor drei Tagen hatte er eine neue Dienerin zu sich genommen, ein Mädchen aus Punt, dem heißen, seltsamen Land ganz weit im Süden, wo der Weihrauch wuchs. Pati war ein hübsches, rundliches Ding, ihre Haut hatte die Farbe von poliertem Mahagoni, ihr wolliges dunkles Haar war ganz kurz geschnitten und ließ ihren wohlgeformten Kopf hervortreten. Äußerst verführerisch schwenkte sie ihr üppiges Hinterteil beim Gehen. Ammenacht hatte sie laut eigenem Bekunden als Haushaltshilfe für seine Frau aufgenommen, doch Hatia ließ sich davon nicht überzeugen, und jeder in der Familie wusste, dass die neue Dienerin eigentlich als Nebenfrau gedacht war. Bislang war es Ammenacht noch nicht gelungen, sie zu besitzen, doch allem Anschein nach wollte er sich heute Nacht holen, was ihm zustand.

Vorsichtig, damit ihr Vater sie nicht bemerkte, beugte Naunachte sich zur Schilfmatte neben der ihren. Dort schlief ihr Bruder Harschir, Ammenachts ältester Sohn. Wie sein Vater arbeitete auch Harschir als Schreiber. Er war zwanzig und damit in heiratsfähigem Alter, hatte aber noch nicht die Richtige gefunden. Naunachte glaubte, dass auch er ein Auge auf Pati geworfen hatte, und sie wollte nicht, dass ihr Bruder das erste Zusammensein zwischen dem Mädchen und ihrem Vater verpasste.

«Mmpf», brummte Harschir, als Naunachte ihn an der nackten Schulter rüttelte. «Was …?» Dann sah er Naunachte, die sich im Mondlicht über ihn beugte, den Finger auf die Lippen gelegt und mit der anderen Hand auf Patis Lager deutend. Harschir verstummte und setzte sich auf.

Ammenacht war ganz auf seinen Plan konzentriert und hatte daher nicht bemerkt, dass seine beiden ältesten Kinder wach waren. Mit wippendem Schwabbelbauch ging er auf Zehenspitzen über das Flachdach, wie ein Nilpferd, das sich seinen Weg durch ein Papyrusfeld bahnt, bis er vor der Matte seiner neuen Dienerin angelangt war. Überrascht und ein wenig erregt sah Naunachte, dass sein Penis steif war und wie die Röhre, in der er seine Schreibfedern und Tusche aufbewahrte, nach oben ragte. Ammenacht blickte kurz hinab und rieb sich die Hände. Schwankend ließ er sich dann neben Pati auf die Erde sinken. Sie lag fest schlafend auf dem Bauch, und er rüttelte an ihrer Schulter. Mit einem kleinen spitzen Protestschrei wurde sie wach und rollte zur Seite, dann, als sie ihren Herrn über sich sah, schnappte sie nach Luft.

«Psst», wisperte Ammenacht und legte die Hand auf die Brust des Mädchens. Sie wehrte sich nur schwach, was eher als Einwilligung denn als Protest gedeutet werden musste. Dann setzte sie sich auf und lächelte. Ihre weißen Zähne blitzten in der Dunkelheit auf.

Ammenacht legte sich auf Patis Lager und zerrte an ihr, bis sie halb auf ihm zu liegen kam. Er packte sie bei ihrem wollenen Haar und zog ihren Kopf zu sich, um sie zu küssen. Das Mädchen fing an zu kichern – ein kurzes, atemloses Kichern, als könne sie nicht glauben, was da mit ihr geschah. Ammenacht schob sie ganz auf seinen Körper hinauf, ihre feisten Schenkel spreizten sich über seinen massigen Bauch. Sie saß mit dem Rücken zu Naunachte gewandt, und die beiden Gesäßhälften glänzten, während sie sich voller Wollust auf dem Körper ihres Herrn auf und ab bewegte. «Ah», grunzte Ammenacht befriedigt. Er legte die Hände auf den Rücken des Mädchens und ließ sie zu ihrem Gesäß hinabgleiten, dann zog er ruckartig ihre Hinterbacken auseinander und fuhr mit den Fingern dazwischen. Pati schnappte nach Luft und beugte sich vor, als er die saftigen fleischigen Falten und die nun der warmen Nachtluft ausgesetzte Spalte erforschte.

«Bei Seth!», entfuhr es Harschir. Entsetzt blickte Naunachte ihn an, denn dies war nicht nur Gotteslästerung, sondern man brachte sich auch in Gefahr, wenn man bei Seth schwor, dem Gott der Dunkelheit, des Chaos, des Krieges und des Aufruhrs. Doch sie sagte nichts, denn im silbernen Mondschein sah sie, dass Harschir erregt war, sein Glied ragte steil nach oben, und seine pralle Eichel glitzerte feucht. Er hatte die rechte Hand um den steifen Schaft gelegt und begann zu masturbieren, fuhr mit der geschlossenen Hand kräftig auf und ab. Sein Atem wandelte sich zu einem rhythmischen Keuchen, im Einklang mit der Auf- und-ab-Bewegung seiner Finger.

Er nahm seinen Penis in die Hand. Er machte Liebe mit seiner eigenen Faust. Mit einem Mal musste Naunachte an diese Worte denken, an die Erzählung, wie Gott Amun die Welt erschaffen hatte, indem er seinen Samen verspritzte. Ganz versunken sah sie Harschir zu, dessen Hand sich immer heftiger hin und her bewegte und der rasch durch seine zusammengepressten Zähne atmete. Sie hatte noch nie einen Mann so etwas tun sehen, und plötzlich wurde die Erzählung von dem Gott für sie lebendig. Sie stellte sich den großen und herrlichen Amun vor, viel schöner und mächtiger als alle sterblichen Männer. Die zarte Haut von Harschirs Penis glitt vor und zurück, und dabei stellte sie sich das lebenspralle Glied des Gottes vor. Harschir keuchte vor Vergnügen, und da glaubte sie die Seufzer des Gottes zu hören, kräftig wie ein Wüstenwind.

Ein unterdrückter Schrei lenkte ihre Aufmerksamkeit wieder auf ihren Vater und die Dienerin. Sie hatten ihre Position nicht verändert – Pati saß rittlings auf Ammenachts Bauch und beugte sich vor, sodass er an ihren herabbaumelnden Brüsten saugen konnte. Nun aber hatte ihr Vater drei Finger tief in die Falten von Patis Geschlecht gesteckt und bewegte sie langsam in der glitschigen Feuchte hin und her. Jedes Mal, wenn er sie wieder herauszog, gab es ein schmatzendes Geräusch, fast wie ein Seufzer. Ammenachts andere Hand streichelte Patis Unterleib.

Plötzlich beugte Pati sich nach hinten, tastete nach dem

Penis ihres Herrn, der in den Falten seines Bauches lag. Sie befühlte seine Länge, richtete ihn dann auf und führte, ohne zu zögern, seine glänzende Eichel zwischen ihre Schamlippen ein, dann setzte sie sich darauf.

Harschir gab einen halb erschrockenen, halb wohligen Laut von sich, als Pati sich von Ammenachts Phallus aufspießen ließ. Sie warf den Kopf zurück und lehnte sich nach hinten, straffte dabei Bauch und Lenden. Mit den Händen klammerte sie sich an Ammenachts Schenkel, und dann begann sie auf ihm zu reiten, feuerte ihn mit kurzen stöhnenden Lauten an, als wäre er ein galoppierendes Pferd. Das dunkle, weiche Fleisch ihrer Schenkel und Pobacken wakkelte, als sie sich auf dem schimmernden Penis ihres Herrn auf und ab bewegte. Einen Moment lang hielt Ammenacht sie an den Hüften, dann schien er zu bemerken, dass dies nicht nötig war. Mit den Händen fuhr er an ihrem Leib entlang hoch zu ihren schweren Brüsten. Sie stöhnte und warf den Kopf hin und her, als er mit den Fingern an ihren tiefroten Brustwarzen zupfte. Mit einem leisen, eindringlichen Klatschen prallte ihr Körper auf den seinen, und sie fing an, im Rhythmus zu ihren Bewegungen kleine schrille Schreie auszustoßen. Ammenacht presste und drückte ihre auf und ab wippenden Brüste, und Patis Stöhnen wurde immer heftiger, als sie unweigerlich auf den Orgasmus zusteuerte.

Schließlich stieß sie einen seltsam gepressten Schrei aus, ging ins Hohlkreuz, mit offenem Mund und zuckenden Lidern. Ammenacht grunzte, hielt sie fest bei den Hüften gepackt und stieß ihr, so heftig er konnte, seinen Penis hinein, ein-, zweimal, dann stöhnte auch er und zog ihren starren Körper zu sich, als wolle er sie entzwei brechen.

Naunachte atmete rasch, als hätte jemand gerade dasselbe

mit ihr gemacht, was ihr Vater mit der Dienerin getan hatte. Sie leckte sich über die Lippen und schaute genau in dem Augenblick zu ihrem Bruder hinüber, als dieser vor Lust seine Zähne fletschte und wie wild seinen zuckenden Phallus bearbeitete. Im Mondlicht glitzernd schoss der Samen heraus.

Lange Zeit blieb es still, nur ab und zu war ein erschöpftes Keuchen zu hören. Dann schob Ammenacht das Mädchen sanft von sich, tätschelte ihren Hintern und richtete sich mühsam auf, um wieder zurück zu seinem Lager zu wanken.

Sofern er gehofft hatte, sein Abenteuer werde unbemerkt bleiben, so wurde er enttäuscht. Als er neben seiner Frau Hatia niederkniete, sagte diese übertrieben laut in die gedämpfte Stille hinein: «Und, war sie gut?»

«Hatia!», rief Ammenacht überrascht. «Wieso bist du denn wach?»

«Ich wollte dir zuhören, wie du es mit Pati treibst», sagte sie in schneidendem Tonfall.

Vorsichtig ließ Ammenacht sich auf die Matte sinken und sagte sanft: «Sei nicht böse, mein Weib. Schlaf weiter.»

«Weiterschlafen? O nein. Wenn du genügend Energie hattest, um Pati zum Schreien zu bringen, kannst du dasselbe auch für mich tun, mein Gemahl.»

«Oh», entfuhr es Ammenacht. «Ähm, ich glaube nicht, dass ich das könnte, Weib. Ich bin nicht mehr so jung wie früher.»

Hatias Stimme triefte vor Ironie. «Nun, Ammenacht, wenn du nicht möchtest, dass ich den Frauen auf dem Markt erzähle, dass deine Papyrusrolle zu weich ist, um darauf zu schreiben, dann solltest du dir lieber etwas einfallen lassen, um mich zufrieden zu stellen.» Sie veränderte ihre Lage unter dem Laken. «Fällt dir nichts ein, was du mit deiner fetten Zunge sonst noch anstellen könntest?»

Naunachte richtete sich noch ein wenig mehr auf, um sehen zu können, was ihre Eltern da taten. Verwirrt runzelte sie die Stirn, als Ammenacht sich unter missmutigem Ächzen und Stöhnen zwischen die Beine seiner Gattin legte und das Gesicht zwischen ihren Schenkeln vergrub. Hatia stöhnte wollüstig auf, legte beide Hände auf den Kopf ihres Mannes und streichelte die blanke Stelle, die tagsüber geschickt von einer Perücke bedeckt wurde.

Wieder wurde es still, nur ab und zu hörte man Leckgeräusche und Hatias helle Seufzer. Sie nahm die Hände von Ammenachts Kopf und streichelte ihre harten Brustwarzen. Es dauerte nicht lang, und sie stieß einen lauten Lustschrei aus und drückte ihre Beine so fest gegen die Ohren ihres Gatten, dass Naunachte fürchtete, sie werde ihn zerdrücken.

Nach ein paar Minuten krabbelte Ammenacht wieder zurück zu seiner Matte und ließ sich mit einem Geräusch, das wie eine zu Boden plumpsende Wassermelone klang, aufs Lager fallen. Hatia flüsterte ihm etwas ins Ohr, küsste ihn auf die Wange und seufzte dann. Bald fingen beide an zu schnarchen.

Harschir und Naunachte dagegen waren noch hellwach. Harschir richtete sich halb auf und zischte: «Glaubst du, sie werden noch einmal wach?»

«Warum fragst du?», flüsterte Naunachte zurück.

Harschir grinste sie an, ein teuflisches Grinsen. «Weil ich, Schwesterchen, weil ich bei Seth diese kleine Hexe Pati gleich so sehr rammeln werde, dass sie es nie wieder vergisst. Was meinem Vater recht ist, kann mir nur billig sein.»

«Aber …», setzte Naunachte an, doch es war zu spät. Harschir war schon aufgestanden und ging leise über das Flachdach hinüber zu Patis Matte. Seine Schwester presste die Hände auf den Mund, seine Ruchlosigkeit machte sie sprachlos. Wenn ihr Vater aufwachte, würde er fuchsteufelswild werden! Was für eine Beleidigung!

Harschir war nun bei Pati. Die dunkle Silhouette des Mädchens lag unter ihm, schutzlos dem Schlaf preisgegeben.

Naunachte hatte erwartet, Harschir würde sich gleich auf sie legen und in sie eindringen, doch er tat nichts dergleichen. Er kniete sich neben sie und schwang dann ein Bein über sie, sodass er über ihrer Brust thronte und sein halb steifes Glied auf ihren halb geöffneten Mund deutete. Er beugte sich ein wenig vor und packte ihr Haar. Mit einem schläfrigen Stöhnen erwachte sie, und da rammte er ihr wortlos die Spitze seines Phallus in den Mund.

Pati machte große Augen. Sie protestierte leise, dann schien sie auf einmal zu begreifen, was da vor sich ging. Ihr Protest wandelte sich in folgsame Lust, und mit hohlen Wangen fing sie an zu saugen, bearbeitete Harschirs Glied mit Zunge und Lippen.

Dass sie es gern tat, war kein Wunder. Harschir war jung und kräftig und hatte einen herrlichen Penis: dick und lang und wunderbar hart, wie der Penis des Gottes der Fruchtbarkeit, Min, der auf den Hieroglyphen im Tempel abgebildet war. Eifrig saugte Pati an dem glänzenden Schaft und streichelte dabei mit ihren dunklen Händen Harschirs feste Schenkel und die muskulösen, straffen Pobacken. Erschrocken schnappte Naunachte nach Luft, denn sie glaubte gesehen zu haben, dass einer dieser Finger sich seinen Weg zwischen Harschirs Gesäßbacken bahnte und in das verbotene kleine Loch zwischen ihnen eindrang. War das überhaupt möglich? Und wenn es stimmte, warum atmete Harschir dann heftig und verzog das Gesicht zu einem offensichtlich lustvollen Ausdruck?

Pati hatte gute Arbeit geleistet: Harschirs Penis war wieder prall und steif. Er schob vorsichtig ihre Füße auseinander und hob ihre Beine so an, dass sie um seine Taille zu liegen kamen. Er beugte sich über sie und stieß ihr die Zunge in den keuchenden Mund, damit sie keinen Laut von sich geben konnte, um daraufhin ohne ein weiteres Wort bis zur Wurzel seines Glieds in sie einzudringen.

Die Dienerin war zwar leidenschaftlich auf ihrem Herrn geritten, doch das war nichts im Vergleich zu dem, was Harschir nun mit ihr anstellte. Er hatte seinen Samen heute Nacht bereits einmal verspritzt, und nun schien er unermüdlich. Immer wieder stieß er mit seinem fetten Riemen in sie hinein, zog ihn, von ihrer begierigen Feuchte glänzend, wieder heraus, nur um ihn erneut hineinzurammen. Pati unter ihm keuchte vor hilfloser Lust, stemmte ihm die Hüften entgegen, um seine Stöße zu empfangen. Er hielt ihre üppigen Brüste fest und drang mit fiebrigem Eifer in sie ein, sein Glied wurde von ihren seidigen Schamlippen zugleich erregt und beruhigt. Pati stöhnte und wimmerte, als sich der Orgasmus ankündigte, doch Harschir kannte kein Erbarmen. Mit seinem Mund verschloss er ihr die Lippen, damit ihre kleinen Schreie beim Orgasmus erstickt wurden, und er schien es zu genießen, wie ihr Körper unter seinem zitterte und sich anspannte, während ihr Geschlecht sein pulsierendes Glied wie ein Samthandschuh umfasste. Dann, als sie matt und hilflos unter ihm lag, packte er sie an den Handgelenken und breitete ihre Arme seitlich aus, sodass sie wehrlos dalag, und rammte ihr seinen glühenden Phallus hinein, rein und raus, immer wieder, bis er sich endlich auf ihren Körper sinken ließ und der Höhepunkt ihn überwältigte.

Alles war sehr still, als Harschir zu seiner eigenen Schilfmatte zurücktaumelte und sich wieder hinlegte. Die Dienerin gab ein kurzes ungläubiges und lustvolles Wimmern von sich und schlummerte dann ein. Naunachte glitt unter ihr Laken und starrte heftig atmend zu den warmen Sternen empor.

Sie spürte ein Ziehen zwischen den Beinen; ein dumpfer, tauber Schmerz. Zögernd berührte sie sich dort und fühlte, dass die zarten Blütenblätter ihres Geschlechts feucht und glitschig und zudem leicht geschwollen waren. Sie waren so empfindlich, dass sie bereits bei der leichtesten Berührung ihres Fingers ein Schauder überlief.

Sie war bereit für einen Mann, reif für die Liebe. Ja, es war so weit. Jedes Mal, wenn sie andere Leute beim Zeugungsakt sah, spürte sie dies. Sogar wenn sie nur daran dachte.

Wenn sie daran dachte … Da gab es einen Mann im Dorf, den Naunachte begehrte. Er gehörte zu den *Madjai*, zur Staatspolizei, und sein Name war Psaro. Psaro war Nubier. Seine Haut war pechschwarz und weich wie glattpolierter Stein, seine Lippen waren voll und rot. Er war wunderschön, und jedes Mal, wenn Naunachte ihn sah, fragte sie sich, wie es sich wohl anfühlte, von diesen vollen Lippen geküsst, an diese haarlose Brust gepresst zu werden. Sie stellte ihn sich auch jetzt vor, während sie sich selbst berührte, in der Hoffnung, ihr Leid und ihre Frustration dadurch zu lindern.

Doch sie war tabu, eine Gefangene von Amuns Wort. Psaro würde sie niemals in den Armen halten, würde niemals seine Lippen auf ihr Fleisch pressen oder mit dem ebenholzfarbenen Prügel, der zwischen seinen Beinen baumelte, in sie eindringen. Die Götter hatten es verboten.

Einen Moment lang war sie wütend. Sie wollte den Befehl des Gottes ignorieren und ihren eigenen Willen durchsetzen, wollte um jeden Preis ihre Freiheit auskosten. Sie ballte die Fäuste und presste die Kiefer aufeinander. Schon war sie drauf und dran, bei Seth zu schwören und die Mächte der Dunkelheit anzurufen, wenn sie nur frei sein konnte.

Doch da streifte wieder ein Meteor übers Firmament. Und dann noch einer und noch einer. Naunachtes Augen füllten sich mit Tränen, als sie diese hell glänzenden Brandspuren verfolgte. Konnten sich die Götter noch eindeutiger offenbaren?

Die Meteore waren verblasst. «Amun, mein Herr», betete Naunachte, «ich flehe dich an, mich von diesem Leben zu befreien. Wenn ich die deine bin, o mächtiger Amun, wenn du mich tatsächlich mit deinem Zeichen gesegnet hast, als ich geboren wurde, dann schicke noch einen Stern. Lass ihn von meiner Rechten zu meiner Linken ziehen, großer Gott allen Lebens.»

Und wie zur Antwort bahnte sich eine blaue Flamme ihren Weg über den Himmel. Ihre Bahn verlief von rechts nach links, und als sie verglüht war, flossen die Tränen in Naunachtes Augen über und rollten die Wangen herab, heller als die Sterne.

Kapitel zwei

«Nachte!» Hatias Stimme gellte durch den schmalen Schacht des Innenhofs hinauf zum Flachdach. «Nachte, komm sofort herunter!»

«Das gibt Ärger!», sagte eine von Naunachtes kleineren Schwestern voll Zufriedenheit.

Naunachte runzelte die Stirn. Die Stimme ihrer Mutter, so fand sie, klang nicht ärgerlich, sondern eher beunruhigt. Rasch drückte sie das Bündel sauberen weißen Leinens, die Arbeitskleidung der Familie, dem nächstälteren Mädchen in die Hände. «Falte das sorgfältig zusammen», sagte sie und strich sich dann den engen knielangen Schurz glatt, ihr einziges Kleidungsstück, um daraufhin die Treppe hinunterzulaufen.

Beim Laufen schloss sie die Augen, und dennoch war sie für ein paar Minuten blind, als sie sie wieder aufschlug. Das von dem weißen Leinen reflektierende Sonnenlicht hatte sie geblendet, und nun sah sie nur noch rote Flecken vor dem Gesicht tanzen. Dann aber konnte sie allmählich wieder etwas erkennen. Langsam blickte sie sich in dem dunklen Wohnzimmer der Familie um und erschrak.

Psaro, der Polizist, stand dort neben ihrer Mutter, sein Kopf berührte beinahe die Decke, so riesig war er. Naunachtes Herz begann wie wild zu pochen. Psaro wirkte nervös. Als fühle er sich unwohl. War dies etwa die Antwort auf ihre Gebete? War Psaro ihretwegen hier?

«Naunachte», sagte Hatia. Naunachte zuckte zusammen, denn ihre Familie rief sie so gut wie nie bei ihrem vollen Namen. Sie blickte ihre Mutter an und erschrak erneut, als sie sah, dass Hatia weinte. Schimmernde Tränen rannen ihr über das wettergegerbte Gesicht. «Naunachte, Psaro ist hergekommen, um dich mitzunehmen.»

«Um mich mitzunehmen?», wiederholte Naunachte. Sie machte einen Schritt auf Psaro zu, ihr Gesicht verriet freudige Überraschung.

«Zum Tempel», sagte Psaro und sah zu Boden. Seine tiefe Stimme war wie der Donner über der Wüste. «Es tut mir Leid, Naunachte.»

Plötzlich überlief es Naunachte eiskalt. «Zum Tempel?» Sie fuhr sich mit der Hand durchs dichte schwarze Haar, sodass die Zöpfe ganz durcheinander gerieten, und sah ihre Mutter flehentlich an. «Mutter …»

Die Tür zur Straße ging auf, und Ammenacht kam herein, wie ein Ochse schnaubend. Er musste in der Morgenhitze den ganzen Weg vom Tal der Grabbaumeister zu Fuß zurückgelegt haben, eine unerhörte Anstrengung für einen angesehenen Schreiber. Naunachte begann zu zittern. «Was hat das zu bedeuten?», fragte Ammenacht keuchend.

«Der Hohepriester des Amun hat Naunachte zu sich bestellt», sagte Hatia, und Psaro hielt Ammenacht schweigend eine kleine Papyrusrolle hin. Ammenacht entrollte sie und überflog das Geschriebene. Beim Lesen veränderte sich sein Gesichtsausdruck.

«Naunachte», sagte er schließlich und rollte den Papyrus wieder zusammen, «ich fürchte, es stimmt. Gott Amun hat dich endlich zu sich gerufen. Du musst sofort zum Tempel gehen.»

Das also war die Bedeutung des Omens. Auf diese Weise erhörte der Gott ihr Gebet. Auf einmal hatte Naunachte schreckliche Angst davor, das kleine, beengte Haus verlassen zu müssen, in dem sie ihr ganzes Leben verbracht hatte.

«Nein», sagte sie und schlug die Hände vors Gesicht. «Ich will nicht fort.»

Ihre Mutter umarmte sie. Sie war einen Kopf kleiner als Naunachte, doch ihre Umarmung war noch ebenso tröstlich wie damals, als Naunachte noch ein kleines Kind war. «Still», sagte sie. «Gegen den Ratschluss der Götter kann man nicht ankämpfen. Du wurdest uns nur geliehen, Naunachte. Immer schon gehörtest du Amun.»

«Wir dürfen keine Zeit verlieren», sagte Psaro, der mit der Zehe Muster in den Sand auf dem Fußboden zeichnete.

Naunachte begann zu weinen. Hatia zog den Kopf des Mädchens auf ihre Schulter herab und sagte zu Ammenacht: «Sag den Kindern, sie sollen Naunachtes beste Sachen zusammensuchen. Sie soll wunderschön aussehen, wenn sie zu dem Gott geht.»

Die Dorfbewohner sahen ihr nach, als sie ging. Schweigend standen sie zu beiden Seiten des staubigen Pfades, der zum Nil hinabführte. Hatia stand am Tor, ihre beiden Jüngsten an der Hand, rief ihr Segenswünsche nach und sagte ihr, wie sehr sie sie liebe. Naunachte barg das Gesicht in den Händen, als das Dorf hinter ihr verschwand.

Psaro begleitete sie bis zum Fluss. Er war zuvorkommend, trug ihr Bündel und hielt ein breites Papyrusblatt über sie, um sie vor der sengenden Sonne zu schützen, doch er sagte kein Wort. Es war, als hätte die Berufung zu dem Gott sie selbst zur Göttin gemacht – als wäre sie nicht mehr die gewöhnliche Sterbliche aus dem Dorf der Grabbaumeister. Schweigend gingen sie die Böschung hinab und wirbelten mit ihren Sandalen weißen und roten Staub auf, der Naunachtes bestes Gewand beschmutzte und sich in den Falten des Leinentuchs fing, das sie über die Schultern gelegt hatte.

Unter ihnen lag zu beiden Seiten des Nils der helle Streifen bebauten Lands, den nun das erntereife Korn grün und golden färbte. Auf der anderen Seite des Flusses lag das staubige Durcheinander der Stadt Waset, von der sich die Tempel von Luxor wie Elefanten im Gestrüpp abhoben. Und dort, links von der Stadt, in gebührendem Abstand, die Tempelanlagen von Karnak, der heiligste Ort in ganz Ägypten. Aus seinem Schrein inmitten des riesigen Steinlabyrinths aus Tempeln, Hallen, Toren und Kapellen hatte Gott Amun sie zu sich gerufen und wartete nun auf ihr Kommen.

Am Ufer war ein Boot vertäut, zu dem Psaro sie nun führte. Naunachte stockte der Atem, denn es war eines der Tempelschiffe, ein riesiges, herrliches Gefährt aus Papyrusbündeln mit einem hübschen Baldachin aus gefärbtem Leinen, der die Passagiere vor Hitze schützte. Die Fischerboote und Fähren, mit denen die Leute von und nach Waset übersetzten, wirkten dagegen winzig. An der Laufplanke winkte Psaro jemandem an Bord zu und verbeugte sich dann tief, als ein anderer Madjai, seiner Kopfbedeckung nach zu urteilen, ein höherer Offizier, zu ihnen herabkam.

«Naunachte», sagte Psaro, «leb wohl. Denk an uns alle, wenn du im Dienst des Gottes bist.» Und dann verbeugte er sich auch vor ihr, als wäre sie eine Priesterin.

«Auf Wiedersehen, Psaro», erwiderte Naunachte. Sie erschrak darüber, wie zittrig und schüchtern ihre Stimme klang. Hatte sie denn solche Angst?

Bald darauf legte das Boot am Tempelkai an. In geringer Entfernung stand düster und eindrucksvoll das mächtige erste Säulentor des Tempels. Naunachte ging zwischen dem

Madjai-Offizier und einem anderen Madjai, bis sie am Tor angelangt waren. Es stand offen und wurde nur von seiner eigenen Heiligkeit bewacht. Kein Ägypter hätte gewagt, diesen heiligen Boden zu betreten. Der Offizier führte sie hindurch, hinein in die Vorhalle des Tempels.

Ein zweites Tor folgte, und dann blieb Naunachte wie angewurzelt stehen und schaute sich ungläubig um. Diese Halle war riesig, noch nie hatte sie einen so gewaltigen Raum betreten. Die Wände waren mit bemalten Skulpturen der Götter und mit heiligen Texten geschmückt, und das Dach stützte ein ganzer Wald aus Säulen, Hunderte waren es, einige bemalt, andere vergoldet. Sie hatten die Form von Papyruspflanzen; glatte, dicke Stämme mit einer zwiebelförmigen Spitze. Naunachtes Blick wurde von der Darstellung eines Gottes angezogen. Es war ein nackter junger Mann, muskulös, mit einem langen erigierten Penis. Die Form seines Phallus erinnerte unweigerlich an die Form der Säulen. Naunachte starrte das Bildnis des Gottes an, stellte sich vor, wie ihr zarter Körper von ihm geschändet würde, wie die Flamme seiner Ejakulation sie verzehrte. Sie begann unkontrolliert zu zittern.

«Ist dies das neue Mädchen?» Das Echo der Stimme einer jungen Frau hallte zwischen den Myriaden von Säulen und unter der Kassettendecke. Naunachte zuckte zusammen und zwang sich mühsam, wieder in die Realität zurückzukehren. Ein etwa gleichaltriges Mädchen kam auf sie zu, das aber viel zarter war als sie und ihr kaum bis an die Schulter reichte. Es hatte ein herrliches Gewand aus gefälteltem Leinen an, schön wie das Abendkleid einer Edeldame. Das Mädchen trug keine Perücke, was nicht weiter überraschte, denn es hatte kupferblondes Haar, eine seltene Farbe für

Ägypten. Als die junge Frau näher kam, sah Naunachte, dass ihre Augen, die mit grünem Malachit und schwarzem Antimon bemalt waren, hellgrün leuchteten.

«Ich bin Tiy», sagte die Frau, blieb vor Naunachte stehen und musterte sie von oben bis unten. «Ich bin die erste Dienerin der Hand Gottes. Sie hat mich gesandt, um dich abholen zu lassen.»

«Ich bin Naunachte», flüsterte Naunachte, die Tyis eindrucksvolle Erscheinung und kühles Selbstvertrauen gehörig eingeschüchtert hatten, «Tochter des Schreibers Ammenacht.»

«Und das glaubst du im Ernst?», fragte Tiy spöttisch. «Du musst noch eine Menge lernen. Folge mir.»

Sie wandte ihr den Rücken zu und machte sich auf den Weg. «Aber ...», protestierte Naunachte schwach, «mein Bündel ...»

Tiy blieb stehen und blickte geringschätzig auf das Leinenbündel. «Was ist da drin?», wollte sie wissen.

«Noch ein Kleid», sagte Naunachte schüchtern, «und mein Schurz und meine Augenschminke.»

Die hellgrünen Augen musterten Naunachte nochmals vom Scheitel bis zur Sohle. Tiys Herablassung ärgerte Naunachte ein wenig, zumal sie ihr bestes Gewand trug. Es war aus feinem gefälteltem Leinen, schmiegte sich eng um ihre Taille, zwei breite Träger bedeckten ihre Brüste, und unten am Saum war es bestickt. Sie hatte es selbst bestickt.

«Das wird auch nicht schöner sein als das, was du da anhast», sagte Tiy endlich. «Ich würde es in den Nil werfen. Aber wenn es unbedingt sein muss, werden es dir die Dienerinnen bringen. Und jetzt komm. Hunro, die Herrin, erwartet dich.»

Naunachte schluckte ihren Ärger hinunter und eilte Tiy nach, vorbei an den unzähligen Säulen. «Wer ist Hunro?»

«Sie ist die Gattin des Gottes Amun», sagte Tiy über ihre Schulter hinweg, «die Hand Gottes. Ihr Gatte ist Merybast, der Hohepriester. Um den brauchst du dir keine Gedanken zu machen, den wirst du kaum je sehen; er ist für die Gottesdienste zuständig und sehr mit der Verwaltung beschäftigt.»

Naunachte zog die Brauen in die Höhe. Wie konnte sich jemand, dem es oblag, dem Gott zu dienen, Aufgaben widmen, die von einem Schreiber erledigt werden konnten? Doch sie wagte nicht, das auszusprechen, und Tiy redete sowieso schon weiter.

«Hunro, die Herrin», fuhr Tiy fort, «hat ihr dreißigstes Jahr schon längst vollendet. Sie wird bald jemand anders wählen, der ihre Titel übernimmt. Es sollte ihre Tochter sein, doch sie und Merybast haben keine Kinder. Daher wird sie vermutlich jemanden adoptieren und zur Hand Gottes machen.» Tiy sah sich um und begegnete Naunachtes Blick. Ihr Lächeln hatte etwas Unstetes. «Es heißt, dass sie wahrscheinlich mich wählen wird. Es bietet sich an. Ich habe lange Zeit im Tempel gedient und kenne den Ritus. Außerdem bin ich mit dem Oberpriester verbunden, der an Merybasts Stelle den Tempeldienst versieht. Sein Name ist Panhesi. Es käme allen gelegen, wenn Panhesi Merybast und ich Hunro nachfolgen würde.»

Tiys helle Augen glänzten. Obwohl sie unerfahren war, verstand Naunachte dennoch die unausgesprochene Warnung: Aus Tiys Plänen hatte sie sich herauszuhalten. Dass Tiy ein Verhältnis mit dem Priester Panhesi hatte, überraschte sie, denn etwas derart Weltliches schien nicht zu den Dienern des Gottes zu passen. Andererseits war ja auch die Hohepriesterin eine verheiratete Frau. Naunachte setzte ein sanftmütiges Gesicht auf und folgte Tiy ohne ein weiteres Wort in das Labyrinth des Tempels.

Sie schritten durch Tore und Gänge und schienen an einer Stelle von der geradewegs auf das Tempelinnere hinführenden Prozessionsstraße abzuweichen. Naunachte blickte hin und her, sie war völlig verloren. Tiy machte keinen Versuch, ihr zu erklären, wo sie waren. Schließlich standen sie vor einer kleinen verschlossenen Tür. Tiy klopfte und sagte laut: «Ich bin's, Tiy.»

Die Tür schwang zur Seite, und Tiy führte Naunachte in einen großen Raum mit vielen Säulen, wie in der riesigen Halle, nur viel kleiner, intimer. Der Boden war mit glatten, schimmernden Steinen bepflastert, und auf der einen Seite konnte das Sonnenlicht ungehindert in den Raum dringen. Hinter einer Säulenreihe glitzerte ein großer Teich mit Wasserlilien, von zierlichen Bäumen umstanden. Eine Frau in einem langen weißen Kleid schritt um den Teich, gefolgt von einer kleinen schwarzen Sklavin, die einen Sonnenschirm aus Palmblättern über sie hielt. Der Duft kostbaren Parfüms stieg Naunachte in die Nase.

In dem Raum waren lauter Frauen, zumeist junge Mädchen wie Naunachte. Einige schliefen, andere spielten Brettspiele, musizierten, waren mit dem Ausbessern ihrer Kleider und der Haarpflege beschäftigt. Sie sahen auf, als Tyi hereinkam, und eines der Mädchen rief: «Das neue Mädchen!», ein anderes sprang auf und rannte an der Säulenreihe vorbei zum Teich.

«Willkommen», sagte eines der Mädchen und kam mit einem Lächeln auf sie zugelaufen. «Ich bin Neferure. Willkommen im Tempel.»

«Danke», sagte Naunachte beruhigt.

Dann verneigten sich alle Mädchen im Raum, und die Frau, die draußen um den Teich spaziert war, kam lautlos auf bloßen Füßen herein. Naunachte verbeugte sich ebenfalls, denn sie nahm an, dass dies Hunro war.

Hunro war nicht groß, schritt aber wie eine Königin einher. Ihre Körperformen waren üppig und rund, unter ihrem durchscheinenden Leinengewand waren volle Brüste und massige Schenkel zu erkennen. Sie hatte ein hochmütiges Gesicht mit hohen Wangenknochen und sehr helle Augen. Sie war eindeutig eine Frau in mittlerem Alter, wenngleich noch immer sehr schön.

«Naunachte», sagte Hunro. «Sei willkommen.»

«Danke, o Herrin», murmelte Naunachte.

Hunro ergriff Naunachtes Hand und befühlte sie. «Aha», sagte sie, «harte Finger. Du hast im Dorf der Grabbaumeister gearbeitet, Naunachte.»

«Ja, Herrin.» Naunachte war überrascht, wie weich Hunros Hand sich anfühlte, so als hätte sie nie körperliche Arbeit geleistet. Plötzlich hatte sie Angst, eine Prüfung nicht bestanden zu haben und wieder weggeschickt zu werden.

«Keine Sorge», sagte Hunro, während sie Naunachte musterte. «Deine Schönheit überstrahlt alles, Naunachte. Bei allen Göttern, du bist das Ebenbild deiner Mutter, und ich habe niemals eine Frau gesehen, die ihr gleichkam.» Vor Erstaunen verschlug es Naunachte den Atem, und Hunro lächelte. «Ich wollte dich bitten, das Mal auf deinem Arm zu zeigen, um sicherzugehen, dass der Schreiber Ammenacht und seine Frau nicht eine eigene Tochter für den Dienst an Amun geschickt hätten. Doch du siehst deiner Mutter so ähnlich, dass dies nicht nötig ist.»

«Ich zeige es euch, Herrin, wenn Ihr es wünscht», sagte Naunachte. Hastig schob sie den vergoldeten Armreif oberhalb ihres Ellbogens beiseite und enthüllte die kleine dunkle Zeichnung auf ihrer goldenen Haut. Die Tempeldienerinnen drückten sich an sie und seufzten voller Bewunderung, als sie das Zeichen des Gottes auf Naunachtes Arm sahen.

«Na also», sagte Hunro. «Ich sagte ja, es besteht kein Zweifel.»

«Herrin», sagte Naunachte furchtsam, «könnt Ihr mir etwas über meine Mutter erzählen? Ich weiß nichts über sie.»

Hunro nickte. «Ammenacht hatte den Befehl, es geheim zu halten. Ich bin froh, dass er sich daran gehalten hat. Ich werde es dir erzählen, Naunachte, denn es ist wichtig, dass du es erfährst. Doch es ist keine schöne Geschichte. Komm und setz dich zu mir unter die Säulen dort drüben. Wir werden ein wenig Dattelwein trinken.» Dann runzelte Hunro die Stirn, denn sie hatte Naunachtes staubige Füße und Kleider bemerkt. «Sicher ist dir heiß und du bist erschöpft», sagte sie daher. «Zuerst sollen dich die Mädchen waschen. Dann werde ich dir alles erzählen.»

Auf der Stelle machten sich die Mädchen an Naunachtes Gewand zu schaffen, streiften die Träger herunter und schoben das Leinengewand herab, sodass sie nackt dastand. Wie alle Ägypter schämte sie sich ihres nackten Körpers nicht und half den Mädchen sogar dabei, sie auszuziehen. Je eher sie gebadet hatte, desto eher würde Hunro ihr die Geschichte ihrer Mutter erzählen, ihrer echten Mutter, von der niemand im Dorf je gesprochen hatte.

«Oh», sagte Neferure mit einem Lächeln, «du bist wunderschön, Naunachte. Amun wird erfreut sein, wenn du für ihn spielst.» Sie schüttelte den Kopf, sodass die winzigen

Zöpfe ihrer langen schweren Perücke hin und her schwangen.

Naunachte lächelte zurück, doch als sie auf den Teich zugehen wollte, sah sie, wie Tiys grüne Augen ihr mit einer Mischung aus Abscheu und Ärger nachblickten. Ein kalter Schauer überlief sie.

«Komm», sagte ein anderes Mädchen, «lass dich baden. Es wird dir gefallen!» Sie warfen ihre Gewänder von sich, umringten Naunachte und führten sie ins kühle Wasser des Teiches. Schillernde rote Fische schossen aus ihrem Versteck unter den Wasserlilien. Naunachte zitterte, als das kühle Wasser sie umspielte, sie bekam eine Gänsehaut, und ihre dunklen Brustwarzen wurden hart und traten hervor.

Eines der Mädchen schöpfte mit beiden Händen klares Wasser über Naunachtes Körper. Ein anderes brachte eine Phiole mit parfümierter Seife. Ein drittes Mädchen rieb Naunachte damit ein und schrubbte ihr den Straßenstaub ab. So etwas wie diese Seife hatte Naunachte noch nie gerochen, es duftete nach Tuberose, nach Lilien und Lotosblüten, vermischt mit dem Duft von Nelken. Sie seufzte vor Behagen, als die Finger des Mädchens über ihren Rücken glitten und sich dann sanft streichelnd über ihre Brüste wölbten.

«Was für herrliche Brüste», flüsterte Neferure. Sie stand vor Naunachte, legte ihr sanft die Hände auf die hervorstehenden Brustwarzen und rieb sie mit den Handflächen. Ein Schauder der Erregung lief von Naunachtes Brüsten zu ihrem Unterleib hinab und weckte dort das hohle, sehnende Gefühl, das sie immer verspürte, wenn sie Männer und Frauen beim Liebesakt sah. Hastig holte sie tief Luft, und Neferure beugte sich zu ihr und küsste sie auf den Mund.

So war sie noch nie geküsst worden. Einen Moment lang versteifte sie sich, denn es war doch ziemlich ungewohnt und erschreckte sie auch ein wenig, dass sich Neferures heiße Zunge zwischen ihre Lippen bohrte. Dann aber erfüllte sie ein plötzliches, unwiderstehliches Verlangen, sie gab sich der Lust hin, die der Kuss Neferures bei ihr ausgelöst hatte, und wollte mehr davon. Sie presste ihren Körper gegen den von Neferure und stöhnte.

«Aha», sagte Neferure lächelnd, als sie sich von Naunachte löste. «Gleich kannst du mehr haben, kleine Lotosblüte. Zuerst aber wollen wir dich salben.»

Sie nahm Naunachte bei der Hand und führte sie aus dem Teich unter die schattigen Säulen. Dort forderte sie sie auf, sich auf ein Ruhebett zu legen, und kniete sich anschließend neben ihr hin. Aus einem kleinen Gefäß goss sie Öl in ihre Handflächen und verrieb es dann auf Naunachtes weicher Haut, bis diese ganz geschmeidig und feucht wurde. Zugleich empfand Naunachte eine beinahe unerträgliche Erregung.

Sie hatte vollkommen vergessen, wie begierig sie auf die Erzählung über ihre Mutter gewesen war. Nun achtete sie auf nichts anderes als die Bewegungen von Neferures Händen, die über ihre Haut streichelten, ihre Brüste sanft kneteten, über ihre angeschwollenen Brustwarzen strichen, die zarte Innenseite ihrer Schenkel kitzelten, bis Naunachte hilflos den Kopf hin und her warf und sich ganz diesen unbekannten, köstlichen Empfindungen hingab.

Sie schlug die Augen auf und blickte Neferure an. Die Tempeldienerin saß über sie gebeugt da, die schweren Locken der Perücke fielen auf ihre nackten Schultern herab, und ihr Gesicht hatte einen äußerst konzentrierten Ausdruck. Ein winziges Lächeln umspielte ihre Mundwinkel. Sie war wunderschön, und die prächtige Perücke stellte einen unwiderstehlichen Kontrast zu ihrer schlichten Nacktheit dar. Naunachte musste daran denken, wie die Männer im Dorf kleine Bilder in Tonscherben ritzten – Bilder von splitternackten Mädchen, die aber üppige Perücken aufhatten, und sie verstand, weshalb diese Kombination so anziehend war.

«So ist es gut», flüsterte Neferure. Sie hatte die Hände auf Naunachtes Brüste gelegt und streichelte sanft ihre Brustwarzen, bis sie länger, fester und empfindlicher wurden. «Ja, Naunachte, ja. Du siehst wunderschön aus.» Und über die Schulter hinweg wisperte sie: «Berühre sie hier.»

Naunachte schloss die Augen und stöhnte wollüstig. Ein weiteres Paar Hände liebkoste die Innenseite ihrer Schenkel, schob sie behutsam und doch voller Entschiedenheit auseinander. Ein langer schlanker Finger ringelte sich in den dunklen Löckchen zwischen ihren Beinen und glitt dann noch ein wenig weiter nach unten.

«Ah», stöhnte Naunachte, denn dieser Finger streichelte sie auf eine Art, dass sie vor lauter Wohlbehagen nicht mehr stillhalten konnte. «O ja, o ja, bitte!»

«Was für eine süße Blüte», murmelte eine andere Stimme. Der Finger zwischen ihren Beinen streichelte immer weiter, an einer ganz bestimmten Stelle, und bei jeder Berührung überlief sie eine Woge der Seligkeit. «Schön wie eine Wüstenrose und vom Tau glitzernd. Herrlich!»

Nun war noch ein weiterer Finger beteiligt, er schlüpfte in ihre geheimsten Orte, während der andere weiterhin den magischen Punkt massierte. Keine parfümierte Salbe war vonnöten, um sie glitschig und geschmeidig zu machen, denn das zarte Fleisch zwischen ihren Beinen war bereits von ihrem eigenen duftigen Tau befeuchtet. Das Vergnügen, das Naunachte erfüllte, wandelte sich, es wurde drängender. Die Spannung in ihr wuchs, brachte sie zum Stöhnen. Jedes Mal, wenn sich der Finger an ihr rieb, wollte sie fester angefasst werden, um die unerträgliche Leere zu lindern, die sie immer mehr erfüllte, obwohl ihr Vergnügen ebenfalls wuchs. Ihre Hüften schoben sich nach oben, eine Bewegung, die den Wellen auf dem Nil glich. Und wie als Antwort glitt der Finger noch tiefer in sie hinein. Das Vergnügen wich plötzlichem Schmerz. Naunachte schrie auf.

Mit einem Mal zogen sich alle Hände von ihrem Körper zurück. Sie öffnete die Augen und sah Neferure über ihr knien und die Stirn runzeln. «Naunachte», sagte sie leise, «bist du noch Jungfrau?»

Unfähig zu sprechen, nickte sie nur. Alles war so seltsam. War es falsch, noch Jungfrau zu sein? Was konnte sie dafür? Die Männer im Dorf waren nie auf sie zugekommen. Es war nicht ihre Schuld.

Dann tauchte Hunro über ihr auf, sie lächelte, was Naunachte sofort beruhigte. «Naunachte», sagte sie, «wenn das wahr ist, wird es dem Gott sehr gefallen. Doch du bist bereits neunzehn Jahre alt. Niemand von uns hat erwartet, dass du noch Jungfrau bist, obwohl du so lange auf den Beginn deines Dienstes warten musstest, und dabei bist du so …» – sie deutete mit einer Geste ihrer weichen Hand auf Naunachtes noch immer zitternden Körper – «… so leicht erregbar. Doch bleib still liegen, Naunachte, bis ich überprüft habe, ob das wahr ist.»

«Es ist wahr», flüsterte Naunachte. Doch Hunro schüttelte den Kopf und hielt ihr die andere Hand hin. Darin lag ein eiförmiger Gegenstand aus gesprenkeltem Alabaster. «Gleich werden wir es wissen», sagte Hunro.

Naunachte lag ganz still da. Alles, was ihr vertraut war, hatte sie hinter sich gelassen, und nun war sie an einem seltsamen Ort voller erotischer Spannung und wusste nicht, was sie sagen oder tun sollte. Sie schloss die Augen und versuchte, sich an einen anderen Ort zu denken. Ihr Gedächtnis beschwor ein Dorffest herauf, bei dem alle drei Tage freihatten, um zu feiern und zu trinken. Zusammen aßen sie unter den Sternen, genossen das gute Fleisch und den Fisch, die ihnen der Pharao geschenkt hatte, und tranken so viel von dem besten Bier und Dattelwein, dass die meisten von ihnen sich nicht mehr rühren konnten. Es wurde gespielt und gesungen, und die Dorfbewohner tanzten unterm Sternenhimmel und verzogen sich in die Ecken, um miteinander zu schlafen. Alle, außer Naunachte, der Seltsamen, dem von Gott Amun gezeichneten Mädchen, das bei seinen kleinen Geschwistern saß, betrunken, melancholisch und allein.

Sie mochte nicht länger an ihre Seltsamkeit erinnert werden. Nun war sie in Amuns Palast, seinem Tempel, dem Sitz seiner Macht, und die Frau, die dem Gott vermählt war, schob ihr die Schenkel auseinander, um in einem geheimnisvollen Verfahren ihre Keuschheit zu überprüfen. Naunachte gab mehrmals ein hilfloses Stöhnen von sich, als Hunros weiche Hände sie vorsichtig und behutsam zwischen den Beinen untersuchten, dort, wo sie feucht war und vor Begierde dahinschmolz. Die Berührung durch die Hände der Hohepriesterin erweckten das heiße Verlangen wieder, das sie erfüllt hatte, als Neferure ihr die Hände auf die Brüste gelegt und ein anderes Mädchen ihr geschickt

Klitoris und Vulva gestreichelt hatte. Sie biss sich auf die Lippe, versuchte, keinen Laut von sich zu geben.

Dann spürte sie, wie sich etwas Kühles, Hartes gegen sie presste und zwischen den Lippen ihres Geschlechts in sie eindrang. Es tat auf wunderbare Weise weh. Es war dick und dehnte sie, entfachte alle möglichen widersprüchlichen Empfindungen. Sie wollte ihre Beine noch mehr ausbreiten, wollte die Schenkel zusammenpressen, um sich gegen diesen unerwarteten Eindringling zu wehren, wollte widerstehen, nachgeben.

Der Schmerz wuchs, und sie stieß einen lauten Schrei aus. Dann, so plötzlich, wie es gekommen war, wich das harte Objekt zurück, und Hunros Stimme sagte: «Bei Hathor, es ist wahr.»

Was konnte die Priesterin des Amun dazu veranlasst haben, bei der Göttin der Liebe zu schwören? Naunachte schlug die Augen auf und sah, dass Hunro das Alabasterei in die Höhe hielt und seine abgerundete Spitze untersuchte. Der glatte weiße Stein schimmerte von Naunachtes Säften, und auf der Spitze war ein winziger rosa Fleck.

«Naunachte», sagte Hunro, «du bist dem Gott höchst willkommen. Und …» Sie öffnete die Lippen, schob vorsichtig die Spitze des Alabastereis dazwischen und drehte es hin und her, kostete es. «Und du bist auch mir höchst willkommen.»

Ohne ein weiteres Wort ließ sich die Hohepriesterin neben dem Ruhebett auf die Knie sinken. Sie küsste Naunachtes rundlichen Bauch und den leicht geschwollenen Schamhügel. Naunachte wollte protestieren, denn sie war sicher, dass es ihr nicht zukam, von der Hand Gottes derart verwöhnt zu werden. Doch Hunro sagte: «Naunachte, Aufgabe der Tempeldienerinnen ist es, den Gott zu erregen und *mich* zu erregen, die Ehefrau Amuns. Deine Schönheit erregt mich, Naunachte. Bleib liegen.»

Ein leiser Zischlaut neben ihr ließ Naunachte zur Seite blicken. Dort stand Tiy, starrte sie missbilligend aus grünen Augen an und wiederholte jenen kalten, hässlichen Laut, der wie das Zischeln einer angriffslustigen Kobra klang. Tiy war eindeutig verärgert darüber, dass die Hohepriesterin Naunachte attraktiv fand. Der Hass in ihrem Gesicht jagte Naunachte einen Schauder der Furcht über den Rücken.

Dann aber vergaß sie ihre Furcht, denn Hunro hatte den Kopf zwischen ihre gespreizten Schenkel gelegt. Zum ersten Mal im Leben fühlte Naunachte die Wärme eines Mundes, der ihr Geschlecht liebkoste, die Weichheit von Lippen, die sich um ihre geschwollene Klitoris legten, die Liebkosungen einer Zunge zwischen den feuchten Blütenblättern ihrer Vulva. Das Vergnügen war unbeschreiblich. Sie schloss die Augen, warf den Kopf zurück und stieß einen langen Seufzer der Ekstase aus. Die Spannung, die sie zuvor erfüllt hatte, war fast völlig verschwunden. Sie war ganz versunken in dieses sinnliche Vergnügen, genoss hemmungslos die Liebkosungen von Hunros Zunge, die immer wohligere Empfindungen bei ihr auslöste. Naunachtes unterdrückte Schreie wurden allmählich lauter und heftiger. Hilflos klammerten sich ihre Hände an das Leinentuch über der Liege. Und dann umschloss Hunro ihre geschwollene Klitoris mit den Lippen, sog die zarte Fleischknospe ein und umspielte sie mit der Zungenspitze, bis Naunachte einen langen Klagelaut ausstieß und den Rücken krümmte, während der erste Orgasmus ihres Lebens sie durchzuckte und vollkommen erschütterte.

Träge öffnete sie danach die Augen und sah Hunro voller Staunen an. «Herrin, es tut mir Leid», flüsterte sie. «Habe ich etwa laut geschrien? Ich habe nicht gemerkt, dass –»

Hunro lächelte freundlich. «Naunachte, kleine goldene Blume», sagte sie. «Deine Schreie haben mir ebenso viel Vergnügen bereitet wie dir. Keine Sorge, Kleines. Stelle es dir einfach als deine Einführung in den Dienst an Amun vor. Es bereitet großes Vergnügen, im Tempel zu dienen, Naunachte, wie du feststellen wirst.»

Hunro, die neben der Liege gekniet hatte, um Naunachte mit dem Mund zu verwöhnen, stand auf und streckte sich. «So», sagte sie, «nun komm und setze dich zur mir, dann erzähle ich dir von deiner Mutter. Ihr anderen Mädchen, seid ihr behilflich.»

Sie wandte sich zum Gehen um, und die Tempelmädchen halfen Naunachte rasch beim Aufstehen. Alle außer Tiy, die mit verschränkten Armen dastand und die Lippen verächtlich gespitzt hatte. «Sehr schlau», zischte sie gerade laut genug, damit Naunachte es hören konnte. «Sehr schlau, die Unschuld vom Lande zu spielen. Woher weißt du, dass Hunro so etwas amüsiert? Aber mach dir keine Sorgen. Bald wird sie herausfinden, dass du eine Hure bist, genau wie deine Mutter eine war.»

Naunachte war schockiert und wütend. Sie wollte zu einer gehässigen Bemerkung ansetzen, als eines der Mädchen sie am Arm fasste und flüsterte: «Streite nicht mit Tiy, wenn du es verhindern kannst, Naunachte. Sie hat Beziehungen und kann dir das Leben ziemlich schwer machen, wenn sie dich nicht mag.»

Naunachtes und Tiys Blicke trafen sich in gespanntem Schweigen. Tiys Augen waren hell und hart wie grüne Steine und funkelten vor Verachtung. Nach einem kurzen Moment drehte Tiy sich ohne ein weiteres Wort um, und Naunachte folgte Hunro zu dem schattigen Fleck unter einer Dattelpalme am Teich. Im Gehen bemerkte Naunachte, dass die Tempelmädchen ihr befremdet nachsahen, als laste ein böser Fluch auf ihr. Es war offensichtlich, dass die Furcht vor Tiys Rache größer war als das Verlangen, sich mit ihrer neuen Kollegin anzufreunden. War es ihr Schicksal, im Tempel ebenso allein zu leben wie im Dorf?

«Streite nicht mit Tiy, wenn du es verhindern kannst», sagte Naunachte zu sich selbst. «Wie hätte ich das tun können?»

Kapitel drei

«Komm und setz dich zu mir, Naunachte», sagte Hunro und klopfte auf den gepolsterten Sitz unter der schattigen Dattelpalme. «Bring uns etwas zu essen und zu trinken», befahl sie einem der Mädchen, das auf der Stelle davoneilte. Erwartungsvoll scharten sich die anderen im Schatten der Palme um sie.

«Also», sagte Hunro und blickte Naunachte nüchtern ins Gesicht, «wo soll ich anfangen? Naunachte, weißt du irgendetwas über deine Herkunft?»

Naunachte schüttelte den Kopf und schaute Hunro mit gespannter Aufmerksamkeit an. Endlich würde sie erfahren, warum sie ihr ganzes Leben lang anders als die anderen gewesen war.

Das Mädchen brachte eine vergoldete Schale voller Leckerbissen, mit Braten, gesalzenem Fisch, in Honig eingelegten Datteln und reifen Feigen. Sie stellte eine Kanne mit Traubenmost und zwei Pokale daneben. Die Pokale waren aus ziseliertem Gold, mit blauen Emaille-Intarsien darin. Noch nie hatte Naunachte so großen Luxus gesehen, doch obwohl das Mädchen einen der goldenen Pokale füllte und ihn ihr reichte, brachte sie keinen Schluck herunter. «Bitte, Herrin», bat sie, als Hunro an ihrem Wein nippte und einen Bissen aß, «erzählt mir alles.»

Hunro setzte ihren goldenen Becher ab. «Nun, mein Kleines», sagte sie, «zunächst musst du wissen, dass dein Vater der Pharao ist, König Ramses höchstselbst.»

Naunachtes Finger hatten sich um den goldenen Stiel des Pokals zur Faust geballt. Zuerst überlief es sie eiskalt, dann siedend heiß. Das Blut schoss ihr ins Gesicht und färbte ihre goldfarbenen Wangen scharlachrot. Die Mädchen um sie wichen zurück, ihr Flüstern klang wie das Rascheln des Morgenwindes im Schilf. Der Pharao war ein lebendiger Gott, und in den Adern seiner Kinder floss königliches Blut.

Doch die Frauen und Konkubinen des Pharao lebten im Palast, und seine zahllosen Kinder ebenfalls. Was also hatte Naunachte getan, um verbannt zu werden? Sie sah Hunro flehentlich an.

«Vor siebzehn Jahren, Naunachte», fuhr Hunro fort, «gab es eine Verschwörung gegen Ramses. Einige seiner wichtigsten Minister planten seine Ermordung und wollten einen Mann auf den Thron setzen, den sie sich leichter gefügig machen konnten.»

«Sie planten seine Ermordung?», fragten die Mädchen entsetzt. Den Pharao zu ermorden war mehr als Verrat – es war ein Sakrileg.

«Ihre Wahl fiel auf einen fünfzehnjährigen Jungen, den Sohn von Ramses' Lieblingskonkubine Tiy», fuhr Hunro fort. «Es war dein leiblicher Bruder, Naunachte. Du bist die Tochter von Tiy und König Ramses. Sie war die schönste Frau im Palast, und sie gebar Ramses viele Kinder.»

Naunachte zitterte von Kopf bis Fuß. Sie setzte den Pokal ab, damit sie den Wein nicht verschüttete.

«Ich erinnere mich noch an den Tag, an dem der Verrat entdeckt wurde», sagte Hunro, und nun schienen ihre Augen durch Naunachte hindurch in die ferne Vergangenheit zu blicken. «Ich war an jenem Tag zu Besuch im Palast. Es hieß, man habe Gift in den Trank des Königs getan. Es herrschte unglaubliches Chaos. Später hörte ich, dass Tiy gefangen genommen worden war und gestanden hatte, an dem Komplott beteiligt zu sein.» Hunros Augen blickten nun wieder Naunachte direkt an. «Sie war schuldig», sagte sie leise. «Sie hatte unbedingt die Mutter des neuen Pharao sein wollen. Mit eigener Hand hatte sie Ramses das Gift gebracht. Der König hätte sie auf jede beliebige Art hinrichten lassen können, doch er bot ihr den Trank an, damit sie in Ehren starb. Auf seinen Befehl hin gab sie auch allen Kindern, die sie von Ramses hatte, den Giftbecher zu trinken, mit Ausnahme von dir, Naunachte.»

Naunachte brachte kaum ein Wort heraus. Sie versuchte ihr Zittern zu bekämpfen und flüsterte schließlich: «Ich verstehe das nicht. Herrin, warum wurde ich erwählt?»

Hunro streckte die Hand aus und berührte das Zeichen des Gottes auf Naunachtes Arm. «Als du das Licht der Welt erblicktest, Naunachte», sagte sie und zeichnete sanft den Umriss des Phallus mit dem Finger nach, «trugst du dieses Mal. Gott Amun hat dich damit gekennzeichnet, als Pharaos Same dich in deiner Mutter erschuf. Der König wagte nicht, dich einfach umzubringen. Er fragte das Orakel des Gottes um Rat. Die eindeutige Antwort lautete, dass du am Leben bleiben solltest und von Amun berufen würdest, wenn er es wünschte. Daher verschonte dich der König, doch er verbannte dich aus seinem Palast, damit du ihn nicht ständig an das Geschehene erinnertest.» Ihr Blick wurde wärmer. «Weißt du, Naunachte, du ähnelst deiner Mutter, und Ramses hatte sie sehr geliebt. Ihr Verrat schmerzte ihn sehr.»

Gott Amun hatte ihr also das Leben gerettet, als sie noch keine drei Jahre alt war! Naunachte wusste nicht, ob sie traurig sein sollte, weil sie das Kind einer niederträchtigen Verräterin war, oder sich lieber freuen sollte, weil sie Ramses' Tochter war. Der Gedanke, dass Amun sich ihrer angenommen hatte, erfüllte sie mit Ehrfurcht. Nach einer Weile blickte sie auf und sagte mit Tränen in den Augen: «Der Gott hat mich nicht vergessen.»

Nun lächelte Hunro. «Er hat es nicht vergessen. Sein Orakel hat dich hergerufen, und jetzt bist du hier. Wir müssen abwarten, was er mit dir vorhat.»

Ihr Lächeln wurde vertrauensvoll, und sie streichelte Naunachtes Wange. Die anderen Mädchen murmelten erstaunt, als sie dieses Zeichen der Zuneigung sahen. Die Augen der Hohepriesterin verengten sich, als sie Naunachtes glatte Haut berührte. «Heute Abend», sagte sie, «beim Einbruch der Dunkelheit werden wir dich dem Gott darbieten. Schönheit ist ihm immer höchst willkommen. Und in Zukunft, wer weiß, was in Zukunft sein wird, Naunachte?»

Hunro stand auf, streckte sich und gähnte. «Es ist heiß»,

murmelte sie und sah zur gleißenden Mittagssonne über dem Palmenschirm hinauf. «Ich werde ein wenig ausruhen. Wir haben heute Abend viel zu tun, und morgen, Naunachte, wirst du mich zum Ritus begleiten, sobald es tagt. Du solltest dich ebenfalls hinlegen. Die Mädchen werden dir alles zeigen.»

Sie zog eine Bahn ihres Leinengewands über den Kopf und ging langsam fort. Naunachte sah ihr nach, ihr war ein wenig bange, nun mit diesen Fremden allein zu sein. Sie blickte sich nach Neferures freundlichem Gesicht um, konnte es aber nicht finden. Stattdessen sah sie Tiys hellen Haarschopf und ihre hasserfüllt funkelnden Augen.

«‹In Zukunft›», spottete Tiy, «‹wer weiß, was in Zukunft sein wird?› Was, glaubst du wohl, wird Hunro mit dir anstellen, du Tochter einer Hure und Verräterin?»

«Meine Mutter war keine Hure!», protestierte Naunachte, sprang auf und ballte die Fäuste.

«O doch», beharrte Tiy. «Das weiß jeder. Du bist ebenso wenig die Tochter Ramses' wie die des Gottes. Deine Mutter, meine Namensvetterin, hatte seinen obersten Minister zu ihrem Geliebten auserkoren. Sie wollten gemeinsam regieren. Du bist das Kind zweier Verräter!»

«Das hat Hunro, die Herrin, aber nicht gesagt», erwiderte Naunachte, die sich nicht aus der Fassung bringen lassen wollte.

«Hunro, die Herrin, bewunderte deine Mutter, als sie noch ein kleines Mädchen war», sagte Tiy verächtlich. «Niemals würde sie etwas Schlechtes von ihr glauben. Aber wir wissen es besser, nicht wahr?» Sie blickte in die Runde, um sich zu vergewissern, dass die anderen Mädchen auf ihrer Seite waren. Diese rutschten unruhig hin und her und wichen Tiys glühendem Blick aus, doch keines von ihnen ergriff Partei für Naunachte.

«Ich weiß, was du vorhast», zischte Tiy. «Du willst mir meinen Platz als nächste Hand Amuns streitig machen. Doch so weit wird es nicht kommen, Naunachte, darauf kannst du dich verlassen.» Ihr Gesicht war vor Wut ganz verzerrt und büßte dabei seine Schönheit ein. «Ich möchte nicht auf Gift zurückgreifen müssen wie deine Mutter», fauchte sie, «doch wenn es sein muss …» Mit diesen Worten drehte Tiy sich um und stolzierte davon. Eines nach dem anderen folgten die Mädchen ihr. Einige warfen Naunachte furchtsame Blicke über die Schulter zu, folgten Tiy aber trotzdem.

Naunachte stand im Schatten einer Palme und zitterte vor Wut und Scham. Und wenn Tiy nun Recht hatte? Ein paar Augenblicke lang hatte sie geglaubt, die Tochter des Pharao zu sein. Musste sie nun tatsächlich herausfinden, dass sie das Kind zweier Verräter war?

Das war zu viel für sie. Sie ließ sich wieder auf der gepolsterten Liege nieder und senkte den Kopf, als die Tränen hervorquollen. Sie schlang die Arme um sich selbst, als könne sie sich dadurch trösten.

Ihre rechte Hand lag auf dem Mal auf ihrem rechten Arm. Sie öffnete die Augen und betrachtete es, und nach und nach versiegten ihre Tränen. Wer auch immer ihre Eltern waren, der Gott hatte sie nicht betrogen. Er hatte sie vor ihrer Geburt gezeichnet und über sie gewacht, und nun hatte er sie zu sich berufen. Mehr als jedes menschliche Wesen hatte er für sie gesorgt.

Sie schaute zur Sonne empor, die durch die Palmwedel und ihre letzten Tränen glitzerte. «Großer Gott Amun», flüsterte sie und hob die Hände zum Gebet. «Ich werde hier bleiben, denn dies ist dein Wunsch, was auch immer Tiy behaupten mag. Ich bin deine Dienerin, o Amun, seit ich geboren wurde.»

Sie musste wieder an das Alabasterei in Hunros Hand denken. Es war zwischen die feuchten Lippen ihres Geschlechts geglitten, hatte sie geöffnet und mit Furcht und Begehren erfüllt. Heute Abend würde dem Gott das Geschenk ihrer Jungfräulichkeit dargereicht werden. Vielleicht würde Amun sie ja selbst in Empfang nehmen und zwischen die Lippen ihres Geschlechts eindringen, sich dann aber nicht zurückziehen, sondern die Leere füllen und ihre Ängste durch seine machtvolle Präsenz besänftigen.

«Möge es so sein», schloss Naunachte. Sie streichelte über das Phallusmal auf ihrem Arm und lächelte zur Sonne hinauf. «O Amun, ich bin bereit. Lass mich heute Nacht die Deine werden.»

***

Das Tageslicht schwand, und die Sonne versank rasch am westlichen Horizont. Naunachte lag auf der gepolsterten Liege unter der schattigen Palme und war fest eingeschlafen. Sie träumte.

Im Traum kam der Gott zu ihr. Er erschien in Gestalt eines jungen Mannes im Vollbesitz seiner Kräfte, stark und glänzend wie ein Bronzeschwert. Dunkles Haar hing ihm auf die breiten Schultern herab, und er duftete wie ein Garten voller Weihrauch. Als er sie mit seinen glühenden Augen ansah, fühlte sie sich von Speeren getroffen. Sie hielt ihm die ausgebreiteten Arme entgegen, und er beugte sich über sie, heller als die Sonne. Er war schwerelos, und doch erstickte sie sein Gewicht beinahe und ließ sie nach Luft schnappen. Mit den Händen berührte er ihre Brüste, worauf ihre Brustwarzen zu brennen begannen, um gleich darauf zu erstarren. Das Vergnügen war beinahe unerträglich. Als Amun seinen Mund auf den ihren presste und die Zunge zwischen ihre Zähne schob, wusste sie, dass seine Umarmung tödlich war. Er küsste sie, und erdrückt von der Kraft des Gottes, hauchte sie ihren Geist aus. Im Traum schien sie über ihrem seelenlos daliegenden Körper zu schweben und dabei zuzusehen, wie Amun sich ihrer bemächtigte.

Der Gott breitete ihre Arme weit aus, sodass ihre Brüste ungeschützt dalagen. Auf ein Zeichen seiner Hand hin verschwanden ihre Kleider. Sie war nackt, seinem Blick, seinen Händen und Lippen ausgesetzt. Der Phallus des Gottes ragte zwischen seinen Beinen empor, hart wie der Granit der Statue, glatt wie poliertes Elfenbein. Er nahm seinen Penis in die Hand und legte ihn auf ihren Körper. Naunachtes Geist sah zu, wie der Gott sie entjungferte. Ein Stoß mit den kräftigen Lenden, und das mächtige Glied drang in sie ein, sprengte die Barrieren ihres Körpers wie ein Widder in der Schlacht ein Tor sprengt. Sie wollte aufschreien, doch ihr Geist hatte keine Stimme.

Nun bewegte sich Gott Amun, er schob seinen dicken Phallus hin und her. Doch sie war hilflos, ihr Geist konnte das Vergnügen ihres Körpers sehen, es aber nicht spüren. Vergeblich versuchte sie, zu sich selbst zurückzukehren, damit sie den herrlichen Gott in sich fühlen konnte. Doch nur ihr Körper wand sich und stöhnte, während ihr Geist unsichtbar in der Luft schwebte.

Als Neferure hereinkam, fand sie Naunachte auf der Liege im Schlaf aufschreiend vor. Sanft berührte sie sie an der Schulter und flüsterte: «Naunachte, es ist so weit. Komm jetzt, wir wollen dich schmücken.»

Wortlos stand Naunachte auf und folgte ihr. Sie konnte spüren, dass die zarten Blütenblätter zwischen ihren Beinen schon vor Begierde feucht waren. Ihr Traum hatte sie auf die Umarmung des Gottes vorbereitet, in welcher Gestalt er auch erscheinen mochte.

Neferure führte sie zum Ankleideraum, wo einige der anderen Mädchen sie erwarteten. Im Licht einer Fackel hing ein wunderschönes neues Gewand auf einem Ständer, gefältelt und mit Gold bestickt. Auf einer Anrichte lag ein massives Halsband aus Türkisen und Lapislazuli, Ohrringe in Form großer goldener Scheiben und Armreife aus Gold, in die das phallische Symbol des Gottes aus blauer Emaille eingelassen war. Vor ihrem Traum hätte Naunachte niemals geglaubt, dass diese wunderbaren Dinge für sie bestimmt waren, doch nun fand sie nichts Seltsames daran.

Die Mädchen entkleideten sie. Neferure flüsterte ihr zu: «Tiy ist sehr böse auf dich, Naunachte. Jeder weiß, dass ihr Geliebter Panhesi sie entjungfert hat, und sie ist eifersüchtig, weil du dem Gott deine Jungfräulichkeit noch darbieten kannst. Nimm dich vor ihr in Acht. Wenn Hunro, die Herrin, nicht in der Nähe ist, hat sie sehr viel Macht.»

Naunachte wusste, dass Tiy sie für alles, was sie tat, hassen würde. Sie war Neferure dankbar für die Warnung, aber im Augenblick konnte sie keinen Gedanken an Tiys Boshaftigkeit verschwenden. Sie war vollständig auf den bevorstehenden Ritus konzentriert und hoffte inständig, der Gott selbst würde die Gabe in Empfang nehmen, die sie ihm anbot!

Eines der Mädchen hielt einen silbernen Spiegel, und Naunachte sah zu, wie ihr Gesicht sich unter ihren vorsichtigen Gesten veränderte. Sie banden ihr üppiges dunkles Haar zusammen und setzten ihr einen Kopfschmuck aus goldenen, zu einem feinen Netz verknüpften Zöpfen auf, der mit Lapislazuli und Chrysolith geschmückt war. Zerstoßener Lapislazuli bedeckte ihre Augenlider, und schwarzes Kajal umrahmte ihre Augen. Ihre Lippen waren mit zermahlenem Karmesin scharlachrot gefärbt worden, und man hatte sie mit Duftölen eingerieben, bis ihre Haut glänzte. Schwer lag das Halsband aus Gold und Lapislazuli um ihren Hals.

Als sie sie aufstehen ließen, um ihr das Gewand überzustreifen, hielt sie es nicht mehr aus. «Neferure», sagte sie, «wird der Gott selbst von mir Besitz nehmen?»

Neferure schrak zurück. «Nein!», rief sie aus, und ihre Aufregung wuchs, als sie die Enttäuschung auf Naunachtes Gesicht sah. «Natürlich nicht», fuhr sie rasch fort. «Nur die Hand des Gottes selbst darf sich dem Bildnis Amuns nähern. Durch ihren Tanz, ihr Liebesspiel lockt sie den Gott in seine Statue hinein. Es wäre das allergrößte Sakrileg, wenn eine von uns ihn berührte. Wir singen und musizieren, um seinen Ohren zu schmeicheln, und ab und zu tanzen wir, um ihn aufzuheitern; außerdem helfen wir der Hand Amuns, indem wir sie in Erregung versetzen, damit sie den Gott besser befriedigen kann. Naunachte, bist du verrückt? Natürlich wird dich der Gott nicht selbst begatten!»

Naunachte biss sich auf die Lippen und drehte den Kopf weg. Neferure glaubte, sie sei betrübt, und um sie zu trösten, fügte sie hinzu: «Panhesi, der Oberpriester, wird es tun. Eigentlich sollte es Merybast, Hunros Gatte, übernehmen, doch er kommt nur selten in den Tempel. Aber der Gott wird dich beobachten, Naunachte. Der Ritus wird vor seiner Statue vollzogen. Du bist so schön, dass es ihm unweigerlich gefallen wird.»

Ihre Worte verhallten ungehört, denn Naunachte war ganz in Gedanken. Sie dachte an Tiy und ihre ehrgeizigen Pläne. Es bestand kein Zweifel, dass Tiy die Stellung der Hand Amuns wegen der Macht und des Ansehens anstrebte, die damit verbunden waren – und wegen des Wohlstands. Doch nun hatte der Ehrgeiz auch Naunachte gepackt. Sie wollte die Frau werden, deren Aufgabe es war, sich täglich der Macht des Gottes hinzugeben. Wie konnte sie es ertragen, im Tempel zu dienen, wenn ihr dieses Vergnügen verwehrt blieb?

Weitere Tempeldienerinnen erschienen an der Schwelle, sie hielten Fackeln in der Hand. Neferure richtete sorgfältig die Falten von Naunachtes Gewand aus. «Es ist so weit», sagte sie.

«Ich bin bereit», flüsterte Naunachte.

Sie verließ den Frauentrakt und schritt hinter den Fackeln her in das Labyrinth des Tempelkomplexes. Mit Hieroglyphen beschriebene Säulen und Wände zogen an Naunachte vorüber, auf denen die Geschichte des erstgeborenen Gottes Amun erzählt wurde, der die Welt erschaffen hatte. Bald darauf schlossen sich ihnen die Priester an, sie trugen weiße Gewänder und hielten brennende Weihrauchstäbe in der Hand. Der süße intensive Duft hüllte sie ein und erinnerte sie daran, wie sie im Traum vom Duft des Gottes eingehüllt wurde.

Vor ihr ragten die Tore zum Heiligtum auf. Sie schauderte bei der Vorstellung der geheimen Kraft, die sich hinter ihnen verbarg. Es war, als höre sie eine mächtige Stimme, die ihren Namen flüsterte, ein dumpfes Donnern, das nahendes Chaos verriet. Amun rief sie.

Beim Klang seiner Stimme vergaß sie ihre Enttäuschung und ihren brennenden Wunsch. Sie atmete tief, und ihre Augen zitterten, als sie allmählich in Trance fiel. Die Priester und die Tempeldienerinnen sahen, dass der Gott sie betäubt hatte, und machten glückbringende Zeichen mit den Händen. Es war ein ausgezeichnetes Omen, dass das Opfer in Trance gefallen war und so seine Bereitschaft unter Beweis stellte.

Die Tore standen nun offen. Naunachte ging ins Heiligtum hinein, und zum ersten Mal im Leben sah sie die goldene Statue Amuns.

Er sah genau aus wie im Traum, gewaltig und glänzend. Sein Gesicht war ihr vertraut, als hätte sie es schon immer gekannt. Seine Augen und Brauen waren dunkel, Emaille-Intarsien im Gold der Statue. Lächelnd schritt sie auf ihn zu, und im flackernden Schein der Fackel sah sie, dass er sie ebenfalls anlächelte.

Zu beiden Seiten der Statue standen zwei weiß gekleidete Gestalten. Es waren Hunro und ein Mann in Priestergewändern, der Oberpriester Panhesi. Zwischen ihnen stand ein steinerner Tisch. Als Naunachte vor dem Tisch angelangt war, griffen zwei Priester nach ihren Armen und hinderten sie daran weiterzugehen. Sie blieb stehen und schaute ungläubig zu der Statue empor.

Panhesi trat vor und verschlang sie mit den Augen. Er war noch jung und fand das Opfer ganz eindeutig begehrenswert. Leise murmelte er: «Bei Amun, sie ist wirklich hübsch.» Und dann sagte er laut: «Du bist Naunachte.

Sprich nun vor Gott Amun. Bist du willens, ihm deinen Körper zu opfern?»

Seine Worte drangen in Naunachtes Bewusstsein. Sie hörte den Namen des Gottes und lächelte, als sie zum Gesicht der Statue hinaufblickte. Ganz langsam sagte sie: «Ja, ich bin willens.»

«Entkleidet sie», befahl Panhesi. Neferure und ein anderes Mädchen traten vor, öffneten das herrliche Gewand und ließen es dann von Naunachtes Schultern gleiten. Ihr eingeölter Körper glänzte im Fackelschein. Ihre runden straffen Brüste hoben und senkten sich mit ihren Atemzügen, und die rosigen Brustwarzen an ihrer Spitze waren bereits vor Erregung steif und geschwollen.

Bei diesem Ritus gab es keine Musik. In heiligem Schweigen geleiteten die Mädchen Naunachte nach vorn und legten sie auf den kalten Steintisch. Sie lag reglos, den Blick starr auf das Antlitz des Gottes gerichtet. Er sah auf sie herab und lächelte immer noch.

Großer Amun, betete Naunachte im Stillen, mein Körper ist dein. Nimm diese Gabe an.

Der Oberpriester legte die Hände auf ihre Fußknöchel und schob ihre Beine auseinander. Die warme Luft des Tempels liebkoste die Lippen ihres Geschlechts. Immer schwerer ging Naunachtes Atem, denn nun lag ihr Geheimstes offen, dem ruhigen Blick des Gottes dargeboten. Sie hatte das Gefühl, dass seine Augen über ihren Körper glitten, als wären es Hände.

Hunro trat ebenfalls vor und berührte mit ihren schmalen weichen Händen die Innenseite von Naunachtes Schenkeln. Sie führte einen Finger in die feuchten Falten zwischen den Beinen des Mädchens ein, tastete ein wenig und nickte dann, als sie den zähen Tau auf ihren Fingern fühlte. «Das Opfer ist bereit», sagte sie dann. «Der Ritus möge vollzogen werden.»

Panhesi sah in Gebetshaltung zu dem Gott empor. In der einen seiner erhobenen Hände hielt er einen Phallus aus Elfenbein, in den heilige Texte eingraviert waren. Es war eine Kopie des göttlichen Penis, groß und schön, und an der Wurzel umfasste ihn die Hand des Gottes. Panhesi wandte sich zu Naunachte um und setzte die Spitze des elfenbeinernen Phallus auf ihre Vulva.

Naunachte öffnete leicht den Mund, als sie das kühle, harte Objekt dort unten spürte. Sie stieß einen leisen Seufzer aus. Hunro runzelte die Stirn, denn sie fürchtete, Naunachte habe vor Schmerz aufgestöhnt, und legte zur Beruhigung rasch ihre Hand auf das schwarze Kissen aus Schamhaaren. Ihre Finger ertasteten Naunachtes Klitoris und begannen sie sanft zu streicheln und zu stimulieren. Sie gab Panhesi ein Zeichen mit den Augen.

Die sanfte Berührung von Hunros Fingern erfüllte Naunachte mit einem Glücksgefühl. Sie schloss für einen Moment die Augen, vor Vergnügen leise wimmernd. Dann begann der Gegenstand zwischen ihren Beinen sich zu bewegen. Kühl und hart drängte er in ihr Inneres hinein. Sie öffnete die Augen und blickte heftig keuchend zum Gesicht des Gottes empor. Es war der Gott, der sie in Besitz nahm, es war sein Penis, den sie spürte. Ein jäher Schmerz ließ sie aufschreien, doch sie wehrte sich nicht. Der Schmerz war ihr willkommen, denn es war ja das geliebte göttliche Wesen, das ihn verursachte. Sie lag ganz still und spürte dann, wie sie ganz von der Macht Amuns durchdrungen wurde.

Nichts hatte sie auf diese Empfindung vorbereitet: auf das Gefühl der Hilflosigkeit und süßen Verwundbarkeit. Vor Schreck und Wollust schrie sie auf. Hunros Finger trommelten gegen ihre zitternde Klitoris, und der dicke Elfenbeinphallus glitt in ihr zuckendes Geschlecht, immer tiefer, bis die Faust des Gottes gegen ihre Vulva stieß.

«Amun», stöhnte Naunachte. «O Amun, ich bin die deine.»

Panhesi entblößte die Zähne und zog den Phallus beinahe vollständig aus Naunachtes samtigen Falten heraus, um ihn gleich darauf wieder ganz tief hineinzurammen. Naunachte heulte auf, als sie den Gott von neuem in sich spürte, denn obwohl Panhesi das Elfenbeinobjekt in der Hand hielt, sah sie ja das Antlitz des Gottes über sich und wusste, dass es Amuns Phallus war, den sie spürte. Sie wand sich auf dem kalten steinernen Altar. Ihre Finger wollten sich an die glatte Oberfläche klammern und fanden keinen Halt. Ihre geschwungenen Hüften hoben und senkten sich, und in Übereinstimmung mit diesem sinnlichen Rhythmus bewegte Panhesi den Elfenbeinphallus hin und her. Er glänzte von ihren Säften, und die göttliche Faust an seinem einen Ende war mit jungfräulichem Blut befleckt.

Jetzt wusste Naunachte, welches Glücksgefühl ihr Körper empfunden hatte, als der Gott sich in ihrem Traum auf sie gelegt und sein Glied in ihre Scheide geschoben hatte. Sie spürte dieses Glücksgefühl in diesem Augenblick und schrie vor Wonne laut auf. Eine Woge der Seligkeit nach der andern überlief sie, jede mächtiger als die vorherige. Noch nie hatte sie eine derartige Ekstase verspürt. Atemlos stieß sie den Namen des Gottes hervor, rief ihn, als sei er ihr Liebhaber, bis sie es nicht mehr aushielt. Sie ging ins Hohlkreuz, jeder Muskel war angespannt, und ihre Brüste und gespreizten Beine zitterten, als die Wellen des Orgasmus ihren Körper überfluteten. Ihr wurde schwarz vor Augen, als könne sie das goldene Strahlen des göttlichen Gesichts nicht mehr ertragen.

Dann ließ ihre Ekstase nach. Der Gott zog sich aus ihr zurück und hinterließ nichts als Leere und eine Andeutung von Schmerz. Sie stöhnte und legte hastig einen Arm übers Gesicht. Sie hatte sich gewünscht, auf jenem Fluss der Glückseligkeit, tief und breit wie der Nil, weiter dahintreiben zu dürfen. Sie wollte dem Fluss zur Quelle folgen und nie mehr in die Welt der Menschen zurückkehren.

«Nimm die Gabe an, o Amun», psalmodierte Panhesi. Er hob den Phallus zur Statue empor und drehte ihn hin und her, sodass der Fackelschein auf den getrockneten Säften und den Blutflecken glitzerte. Dann legte er den Phallus zu Füßen der Statue ab und verneigte sich mit vor der Brust gekreuzten Armen.

Naunachte nahm nur undeutlich wahr, wie sie emporgehoben und fortgetragen wurde. Sie wusste, dass man sie von dem Gott wegbrachte, und war müde und traurig. Als sie in einem verdunkelten Raum auf eine Liege gebettet wurde, stöhnte sie und flüsterte den Namen des Gottes.

«Still, Naunachte», murmelte Hunro. «Alles wird gut. Du spürst gerade das Nachlassen der Trance. Du bist äußerst empfindsam, meine kleine goldene Blüte. Hab keine Angst, alles wird gut. Am Morgen wirst du der Zeremonie beiwohnen, und dabei wirst du dich wieder erholen.» Weiche Lippen pressten sich auf die von Naunachte. Hunro steckte ihre Zunge in Naunachtes willenlosen Mund, sie streichelte ihre Brüste, zupfte mit ihren geschickten Fingern an den geschwollenen Brustwarzen. Naunachte stöhnte erneut, während die Wollust sie wie ein Echo erschaudern ließ.

«Siehst du», flüsterte Naunachte. «Das Vergnügen hört nicht auf, Naunachte. Und nun schlaf. Ich sehe dich dann bei der Zeremonie, und dabei» – sie küsste Naunachte nochmals mit lüsterner Gewandtheit – «und dabei wirst du *mir* dienen.»

Sie ließ Naunachte in Schweigen und Dunkelheit zurück. Das Mädchen war erschöpft und merkte, wie ihre Lider vom Schlaf schwer wurden. Dennoch hob sie die Hände zum Gebet.

«Amun, o Herr», sagte Naunachte in die Stille hinein, «mache mich zu deiner Dienerin. Lass mich dich jeden Tag in mir spüren, so wie heute.» Ihre Stimme zitterte vor Inbrunst. «Großer Gott, ich sehne mich danach, dir zu dienen. Mache mich zur Hand Amuns.»

Kapitel vier

Eine der Tempelkatzen saß in der Ecke eines kleinen, spärlich erleuchteten Raums und blickte hochnäsig aus ihren zu schmalen Schlitzen verengten grüngoldenen Augen. Menschlichen Wesen beim Kopulieren zuzusehen, langweilte sie schrecklich. Außerdem war sie nicht damit einverstanden, dass sie ihr den Platz auf dem Ruhebett streitig machten, das rechtmäßigerweise den Katzen gehörte. Jedenfalls schienen diese Menschen ganz mit ihrem sinnlosen Treiben beschäftigt zu sein. Nach einer Weile streckte sich die Katze und gähnte, dann rollte sie sich zu einer Kugel zusammen und schlief ein.

Panhesi gab einen knurrenden Laut von sich, als er Tiy bei den kupferfarbenen Haaren packte. Er zog ihren Kopf nach hinten und verbiss sich in ihrem Hals wie ein wütender Hund. Sie schrie auf und geriet aus der Balance, schlug hilflos auf seinen Rücken ein, fuhr ihm mit den Nägeln über die glatten Flanken. Nun war er es, der aufschrie, um sich auf sie zu werfen und sie mit seinem gesamten Gewicht nach unten zu drücken.

«Ergib dich, du Hure», keuchte er. Tiy wand sich unter ihm, ihr hellhäutiger Körper glitt verlockend unter ihm hin und her. «Ergib dich!»

«Nein!» Tiy befreite eine Hand und grub ihre Nägel in Panhesis Schulter, sodass er zusammenzuckte. Es berauschte ihn wie Wein, wenn sie unter ihm zappelte, hilflos wie ein gefangenes Tier. Sie wölbte den Rücken, um ihre Brüste an seinem glatten Oberkörper zu reiben. Seine kleinen Brustwarzen waren hart und dunkel wie Rubine. Sie kratzte ihn nochmals und sagte: «Du wirst Gewalt anwenden müssen.»

«Wenn du dich nicht ergibst», sagte Panhesi drohend zu der erhitzt unter ihm Liegenden, «drehe ich dich auf den Bauch und ramme meinen Schwanz in deinen süßen kleinen Arsch. Dann wirst du um Gnade betteln!»

«Wag es ja nicht!», kreischte Tiy, als würde er sich bereits an ihr vergehen. «Du wirst dich unterstehen –»

«Ach ja?», lachte Panhesi. Er erhob sich, gerade lange genug, um sie bei der Schulter und am Schenkel zu packen und mit einem Schwung auf den Bauch zu drehen. Sie schnappte nach Luft und versuchte davonzukriechen, doch er bekam sie bei den prallen Gesäßbacken zu fassen. Er griff nach einem kleinen Flakon mit Öl, der neben der Liege stand, und träufelte einen dünnen Strahl auf das Grübchen oberhalb ihres Hinterns. Sie stöhnte, und er verrieb das Öl langsam zwischen ihren Hinterbacken und um ihren engen Anus.

«Ah», stöhnte Tiy, als Panhesi vorsichtig einen Finger in sie bohrte. Sie schrie auf, als hätte er ihr geschmolzenes Blei in die Eingeweide gegossen. «O Hathor, steh mir bei!»

«Ja, bete nur», zischte Panhesi über sie gebeugt. Sein Mittelfinger steckte tief in ihrem Anus und bewegte sich langsam hin und her. Ihr Schließmuskel ballte sich zusammen, und sie dachte mit einem wohligen Schauer daran, wie er sich gleich um seinen ausgehungerten Penis schließen würde. «Dabei wünschst du dir doch nichts sehnlicher!»

«Bitte», winselte Tiy, «o bitte, Panhesi, steck deinen Schwanz in meinen Arsch. Jetzt gleich!»

«Nein, noch nicht.» Panhesi steckte einen zweiten Finger hinein und fingerte mit der anderen Hand nach Tiys herabhängenden Brüsten. Sie waren klein und spitz, wie herabhängende Feigen. Er packte eine der kleinen Zitzen und zupfte heftig daran, zerrte an den steifen Brustwarzen, bis Tiy wie eine Hündin, die Junge wirft, aufheulte. Panhesi drückte und streichelte ihre Brüste, während er mit den Fingern in ihrem zuckenden Anus stocherte. Er geilte sich an ihrem wohligen Stöhnen auf und rieb seinen Schwanz an dem zarten Fleisch ihres Gesäßes. Schließlich zog er seine Finger heraus, spreizte mit den Händen ihre Hinterbacken und ergötzte sich an dem dunklen, glitzernden Loch. Er brachte seinen Schwanz in Position und rammte ihn dann mit aller Wucht in die zarte zuckende Öffnung.

Tiy warf den Kopf zurück und schrie laut auf, als sein fetter Penis sich in ihren Anus bohrte. «Ja», winselte sie. «O ja! Fester! Fester!»

«Du Hure», grunzte Panhesi und stieß so fest zu, dass seine prallen Hoden gegen ihr Geschlecht klatschten. «Da nimm, nimm, nimm!»

«Stoß zu!», erwiderte Tiy und streckte ihm den Hintern entgegen, während sie sich heftig Klitoris und Schamlippen rieb. «Stoß zu! O ja, o ja!»

Sie bekam bereits einen Orgasmus, ihr ganzer Körper erschauerte, während sich ihr Anus zuckend um Panhesis sie durchbohrenden Penis schloss. Er brummte wie ein Tier und presste die Hände auf ihre Hüften, damit sie ihm nicht entglitt. Der Druck ihres engen Lochs auf seinem prallen Schwanz machte ihn beinahe wahnsinnig vor Lust. Nach wenigen Stößen kam er ebenfalls, er wand sich und stöhnte, als er seine pulsierenden Samenfontänen in ihr Loch spritzte.

Keuchend lag er einen Moment lang über ihrem schlaffen Körper, dann zog er sein Glied heraus und ließ sich auf die Liege sinken, den Arm übers Gesicht gelegt. «Endlich», sagte er.

Tiy streckte sich elegant und setzte sich auf. Ihre grünen Augen funkelten. «Was meinst du?»

Panhesi blickte sie kurz an und überlegte, wie sie wohl reagieren würde. Dann sagte er: «Zehn Tage ist es jetzt her, seit dieses Mädchen zu uns kam. Du weißt, dass ich sie haben will, Tiy. Ich werde ganz verrückt, wenn ich sie jeden Tag beim Ritus sehen muss.»

Tiys Gesicht straffte sich vor Wut, und sie schnaubte. «So, ich genüge dir wohl nicht, was?», fragte sie.

«Ach komm.» Panhesis Stimme triefte vor Ironie. «Verlange ich etwa von dir, dass du mir treu bist, wenn ich nicht im Tempel bin? Du brauchst es doch regelmäßig, Tiy. Wie ich gehört habe, stürzten sich drei der Madjais auf dich, als ich das letzte Mal fort war. Habe ich dir da eine Szene gemacht? Und jetzt missgönnst du mir, dass ich auf das neue Mädchen heiß bin? Bei Seth, jeden Morgen, wenn sie sich herabbeugt, um Hunro zwischen den Beinen zu lecken, sehe ich ihre herrlichen rosigen Lippen und dieses kleine enge Loch. Das Einzige, was bislang da hineindurfte, war der Elfenbeinphallus, nicht wahr, Tiy?»

Tiy war still geworden, als Panhesi auf ihre Erlebnisse mit den drei Madjai angespielt hatte. Nun schaute sie einen Moment lang nachdenklich drein. Schließlich sagte sie: «Niemand glaubt, dass Naunachte jemals mit einem Mann zusammen war.»

«Bei allen Göttern», flüsterte Panhesi, «die hätte ich wirklich gern. Nur ein einziges Mal; ich würde ihr meinen Schwanz ins Fötzchen drücken, bis sie aufschreit. Sie wirkt immer so abwesend, so als hätte der Gott tatsächlich Besitz von ihr ergriffen.»

«Der Gott!», rief Tiy verächtlich aus. «Du bist genauso schlimm wie Naunachte. Glaubst du wirklich daran, dass sie die Auserwählte Amuns ist?»

Panhesi machte ein verlegenes Gesicht. «Sie trägt sein Mal.»

Tiy stieß ihren Geliebten zurück auf die Liege und setzte sich dann mit gespreizten Beinen auf ihn, wobei sie seine Handgelenke aufs Laken presste. «Hör mich an, Panhesi», sagte sie leise und rasch. «Noch vor Jahresfrist wird Hunro ihre Nachfolgerin ernennen. Wenn sie Naunachte bestimmt, wie willst du dann Merybasts Nachfolger werden?»

Zweifelnd kniff Panhesi die Augen zusammen. «Glaubst du wirklich, sie würde sich für Naunachte entscheiden?»

«Sich für sie *entscheiden*? Sie ist besessen von ihr! Sie redet ja von niemand anderem. Wen ruft sie jeden Morgen beim Ritus zu sich? Früher sagte sie immer, es gehe ihr nichts über meine Zunge, meine Hände. Jetzt heißt es: Naunachte hier, Naunachte dort. Dieses Dorfmädchen, dieser Bastard einer Hure will mir meinen Platz streitig machen!» Dann aber verfiel Tiys Stimme in ein leises Schnurren. Ihre hellen Augen leuchteten hell wie die der Tempelkatzen. «Und wenn sie meinen Platz übernimmt, Panhesi, wo wirst du dann landen?»

Einen Moment lang starrte Panhesi Tiy ins Gesicht und runzelte die Stirn. Dann machte er eine unwillige Geste, befreite sich aus ihrem Griff und drehte sich um die eigene Achse, sodass er auf ihr zu liegen kam. Mit einer Hand packte er sie an dem kleinen spitzen Kinn. «Also», sagte er und wechselte plötzlich das Thema. «Was hat es mit den drei Madjai auf sich? Ist das wahr?»

Tyi lächelte und zog ihre goldenen Brauen in die Höhe. Mit einer Hand streichelte sie die glatte Haut von Panhesis kahl geschorenem Kopf. «Was wäre denn, wenn es wahr ist?», neckte sie ihn.

«Was, drei auf einmal?», fragte er zurück. «Geht das?»

Tiy räkelte sich verführerisch unter ihm und senkte die Lider. «Ehrlich gesagt», gestand sie mit leisem Bedauern in der Stimme, «waren es nur zwei, die in mir drin waren. Der Dritte hatte sich einen der beiden anderen vorgeknöpft. Einer steckte vorne bei mir drin, der Zweite hinten, und der Dritte schob ihn seinem Freund hinten rein, während der mich bearbeitete.»

Panhesi schien nicht besonders erfreut. «Und, hat es dir gefallen?»

«Ich habe geschrien vor Lust», sagte Tiy selbstgefällig. «Und sie auch.»

Ihre kleine Hand glitt nach unten und kam auf Panhesis schlaffem Glied zu liegen. Sanft griff sie danach und begann es zu reiben und daran zu ziehen. Panhesi schüttelte den Kopf und sagte: «Du solltest wirklich die Hand Gottes werden, Tiy. Keine Frau, die ich je kennen gelernt habe, braucht es so oft wie du. Du würdest selbst einem Toten noch zu einer Erektion verhelfen.»

Ihre Finger umschlossen seinen Penis, und er stöhnte leise. «Du hast Recht», sagte sie. «Doch damit es so kommt, müssen wir Naunachte loswerden.»

«Sie loswerden?», wiederholte Panhesi vorsichtig. «Was meinst du damit?»

Tiy gab keine Antwort, sondern rutschte ein Stück hinab und fing an, Panhesis steif werdenden Penis zu küssen. Er schloss die Augen und atmete flacher, als ihre Lippen den bereits harten Schaft entlangfuhren. Oben an der Spitze angekommen, leckte sie mit ihrer wendigen rosa Zunge über seine immer pralle Eichel. Panhesi stieß ein leises «Ah» aus, als sie über die kleine Öffnung ganz oben an der Spitze leckte, dann teilten sich ihre Lippen, und sie nahm den Penis in den Mund.

Sie war erfahren und konnte ihre Kehlmuskulatur so sehr entspannen, dass der gesamte Phallus in ihrem warmen Schlund verschwand. Panhesi schnappte nach Luft und packte sie an den Haaren; sanft bugsierte er ihren Kopf, bis sie seinen Schwanz in seiner vollen Größe verschlungen hatte. Tiy saugte daran, leckte mit der Zunge über den steifen Schaft und glitt mit den Lippen daran auf und ab, bis Panhesi zu stöhnen begann und ihr seine Hüften entgegendrückte. Dann, ohne Vorwarnung, wich sie ganz plötzlich zurück.

«Du kleines Biest!», rief Panhesi und wollte nach ihr greifen.

«Wenn du mich haben willst», zischte Tiy, «musst du mir versprechen, dass du mir dabei helfen wirst, Naunachte loszuwerden.»

Der verschlagene Ausdruck auf ihrem Gesicht jagte ihm einen Schauder über den Rücken. Sie sah so schön und gefährlich aus wie eine Katze, die sich gleich auf eine Maus stürzen wird. Er spürte beinahe, wie sich ihre Haare sträubten, und als sie ihn anblickte, fiel ein Schatten auf ihre grünen Augen. Er begehrte sie sehnlichst, doch seine Unentschlossenheit war nicht zu übersehen. Tiy deutete ein Lächeln an und sagte: «Natürlich könnten wir es so einrichten, dass du sie trotzdem bekommst.»

Panhesi riss die Augen auf. Tiy streichelte seinen ungeduldig zuckenden Penis, und er ertappte sich dabei, wie er an Naunachte dachte, an ihre ruhige, träge Schönheit, die Verzückung, mit der sie zur Statue des Gottes aufsah. Er selbst hatte ihr ja mit dem Elfenbeinphallus die Jungfräulichkeit geraubt, und dennoch hatte sie ihn kein einziges Mal dabei angesehen. Er wollte sie festhalten und zwingen, ihn anzublicken. Sie würde ihm schon noch Beachtung schenken, wenn er ihr erst sein steifes Glied in den schönen Körper schob, jenen Körper, den noch kein Mann entweiht hatte.

«Ich kann sie haben, sagst du?»

Tiy hockte sich neben ihn, ihre Augen funkelten. «Ich verspreche es», sagte sie.

Langsam setzte Panhesi sich auf. Sein erigierter Penis reckte sich begierig zwischen seinen Lenden hervor. «Saug ihn mir», sagte er. «Ich helfe dir.»

Gehorsam beugte Tiy sich über sein Glied und stülpte ihre Lippen darüber. Eifrig saugte sie daran, während sie ihn mit ihren kleinen Händen zwischen den Beinen streichelte. Sie liebkoste seine rasierten Hoden und erkundete die nackten Falten, die bei den meisten Männern mit Haaren bedeckt waren. Immer wieder strich sie mit den Händen über die weiche, ölige Haut. Schauder überliefen ihn, wenn sie ihn berührte und ihre warmen Lippen über seinen Ständer glitten und sich so fest wie ihr Geschlecht darum schlossen.

Er wollte in ihren Mund kommen, doch ehe er so weit war, ließ sie ihn los. «Fick mich», sagte sie und setzte sich rittlings auf ihn, lockte ihn mit ihrer feuchten, gierigen Scheide. «Fick mich, Panhesi. Bring mich zum Schreien. Ich werde dir von Naunachte erzählen, während du mich fickst.»

Sie ließ sich auf ihn herabsinken. Als sein dicker Schaft in sie eindrang, ging sie ins Hohlkreuz, sodass ihre Brüste steil emporragten. Panhesi konnte ihren steifen Brustwarzen nicht widerstehen. Er beugte sich vor und saugte gierig erst an der einen kleinen Knospe, dann an der anderen. Tiy stützte sich mit den Händen auf seinen Schenkeln ab und stöhnte, dann schob sie die Hüften hin und her und umklammerte ihn mit den Muskeln ihrer Vagina. Überrascht stöhnte er auf.

«Ich habe es mit … Zauberei versucht», keuchte Tiy, schob ihre Schamplippen auseinander und setzte sich dann auf Panhesis gierigen Schwanz. «Ich habe versucht, sie zu verhexen, damit ihre Schönheit verdirbt und sie krank wird. Doch es hat nicht gewirkt. Die anderen Mädchen glauben allmählich, dass Amun selbst sie beschützt. Aber ich weiß, dass es nicht so ist. Sie ist ein Dummkopf.»

Ihr Körper hob und senkte sich, wand sich vor Vergnügen, während sich Panhesis dicker Schwanz in ihrer Vulva hin und her bewegte. Er knabberte und leckte so eifrig an ihren steifen Brustwarzen, dass er ihre Worte nur mit halbem Ohr vernahm. Das Gefühl ihrer engen Scheide, die seinen Schwanz massierte, war so herrlich, dass er sie kaum hörte.

«Naunachte», fuhr Tiy fort und leckte sich die Lippen, «Naunachte ist in den Gott verliebt. Du solltest ihr Gesicht beim Ritus sehen, Panhesi. Sie ist in Amun selbst verschossen! Und genau das soll ihr zum Verhängnis werden.»

«Wie denn?», keuchte Panhesi.

«Fick mich», zischte Tiy, die mit den Händen seinen Hals umschlungen hatte, während sie auf seinem Schwanz ritt, «fick mich, und ich erzähle es dir.»

«Du Biest», fauchte Panhesi. «Kleines Biest.» Er legte ihr den Arm um die Hüfte und stand auf, hielt sie, während sein Penis weiterhin tief in ihrem zuckenden Fleisch steckte. «Sag, was du damit meinst, du kleines Miststück.» Und damit legte er sie wieder auf das Ruhebett und legte sich ihre Beine um den Hals. Ihre Schultern ragten über die Liege, die Arme baumelten ausgestreckt herab, und ihr Kopf hing nach unten, gab den nackten Hals frei. Panhesi grunzte vor Vergnügen und rammte ihr seinen zum Bersten prallen Phallus hinein. Sein Körper traf mit voller Wucht auf den ihren auf. «Sag schon», verlangte er und packte sie bei den Brüsten, während er sie aufspießte. «Sag schon!»

Langsam kam die Geschichte heraus, immer wieder unterbrochen von Tiys wollüstigem Stöhnen. Die ganze Zeit rammte er ihr den Schwanz tief in die Vagina hinein und zog ihn wieder heraus. «Seit ein paar Tagen … verlässt sie nachts unsere Räume. Gestern Nacht bin ich ihr gefolgt. O ja, Panhesi, stoß zu! Oh, das tut so gut!»

«Sag schon!», rief Panhesi wieder und bohrte seinen Kolben tief in ihren zitternden Körper.

«Sie ging … ins Heiligtum. Die Wachen schliefen. Also ging sie hinein, und ich folgte ihr. Ich sah, wie sie die Statue berührte.»

Panhesis war so schockiert, dass er den Rhythmus seiner Stöße unterbrach. Ungeduldig griff Tiy nach seinen Gesäßbacken und schob sein Glied wieder tiefer hinein. «Hör nicht auf. Stoß mich, stoß mich. Sie – o Gott – sie nahm den Phallus des Gottes in den Mund. Ich habe es gesehen.»

«Das ist ein Sakrileg!», stieß Panhesi hervor. Er schloss die Augen und stellte sich vor, wie er den Tempel betrat und Naunachte dort vorfand, die gerade vor der Statue kniete und ihre vollen Lippen öffnete, um sie über den großen goldenen Penis zu stülpen. Er würde sich ihr von hinten nähern, sich ebenfalls hinknien, nach ihren Armen greifen und mit seinem steifen Schwanz in sie eindringen, bevor sie ihn daran hindern konnte. Der riesige Phallus in ihrem Mund würde ihre Schreie dämpfen. Sie wäre ihm ausgeliefert, und er würde sie durchficken, dass ihr Hören und Sehen verging. Dann wäre er ihr Herr, nicht Gott Amun.

«Geh dorthin», zischte Tiy. «Geh noch heute Nacht dorthin, Panhesi. Ertappe sie auf frischer Tat.»

«Ja», keuchte Panhesi. «Ja, das werde ich tun. Und dann werde ich mich an ihr vergehen.»

Tiy schloss die Augen und stieß einen wilden Schrei aus, als sie spürte, wie der Orgasmus nahte. «Sakrileg!», schrie sie, während ihre Vagina um Panhesis geschwollenen Schwanz pulsierte. «Das wird sie mit dem Tod bezahlen! Ah, ich komme!»

Panhesi stieß noch ein letztes Mal zu, beinahe verzweifelt, so als würde er sich für immer in Tiys zuckenden Körper versenken. Dann spürte auch er den Orgasmus, und als der Samen aus seinem Schwanz schoss, hörte er Tiys Worte und empfand ein leises Grauen, vermischt mit Lust, die dadurch noch gesteigert wurde, sodass er weiße Sternchen hinter seinen Lidern sah. Noch nie hatte er einen derart heftigen Orgasmus gehabt.

Einen Augenblick später richtete er Tiy auf und schüttelte sie. Schlaff hing sie in seinen Händen und seufzte. Als sie die Augen öffnete, waren ihre Lider schwer vor Befriedigung. Sie lächelte ihr kühles, katzenhaftes Lächeln und sagte: «Es hat dich erregt, an ihren Tod zu denken.»

«Nein», widersprach Panhesi, «das ist nicht wahr.» Doch beide wussten, dass er log.

In jener Nacht wartete Naunachte, wie es mittlerweile ihre Gewohnheit war, bis alle Frauen im Tempel schliefen. Dann stand sie auf, und wie eine Schlafwandlerin ging sie auf die Tür zu.

Sie lebte für diese Momente, wenn sie allein war und nur den Gott zur Gesellschaft hatte. Tagsüber machte Tiy ihr das Leben schwer, indem sie sie wegen ihrer Herkunft aufzog und dafür sorgte, dass keine ihrer Freundschaften zu den anderen Mädchen von langer Dauer war. Naunachte wünschte sich, sie hätte Hunro fragen können, ob Tiy Recht hatte, doch sie wagte es nicht. Ganz eindeutig glaubte Hunro, dass Naunachtes Vater Ramses war, und Naunachte fürchtete, die Herrin zu beleidigen, wenn sie anzweifelte, was sie sagte. Schweigend ertrug sie daher Tiys Beleidigungen, obwohl diese sie wie Wespenstiche verletzten.

Neferure hatte ihr auch hastig zugeflüstert, dass Tiy versucht hatte, ihr mit einem bösen Zauber zu schaden und ihre Schönheit zu verderben. Niemals verließ sie das Bewusstsein von Tiys Hass und Boshaftigkeit. Es war, als lebte sie in einem Haus, in dem Skorpione sich unter dem Fußboden vermehrten.

Doch obwohl sie einsam und unglücklich war, konnte sie den Tempel nicht verlassen, denn der Gott hatte sie ja zu sich gerufen. Sein Ritus gab ihrem Leben einen Sinn. Naunachte verstand sich bestens auf ihre Aufgabe. Jeden Morgen brachte sie Hunro in Wallung, damit diese bereit war für die Umarmung des Gottes. Sie liebte ihre Herrin immer mehr, und es schmeichelte ihr, dass Hunro ihre Berührung als sehr erregend empfand, doch dies änderte nichts daran, dass Naunachte der Zeremonie mit Unbehagen beiwohnte. Sie wünschte sich nichts sehnlicher, als an Hunros Stelle zu sein, wenn diese unter seligem Stöhnen den göttlichen Phallus empfing!

Naunachte trug nichts als ihren einfachen kurzen Schurz, als sie nun wie ein Schatten durch den Tempelkomplex glitt. Sie hatte das Haar zu einem Knoten zusammengebunden, ihre Augen waren unbemalt. Außer dem Armreif, der das Mal des Gottes verdeckte, trug sie keinen Schmuck, und jeder Diener oder Madjai hielt sie für eine niedrige Magd, vielleicht die Konkubine eines Hauptmanns, die auf dem Weg zu ihrem Herrn war.

Überall war es still. Die vielen Tempelbediensteten schliefen auf Matten in Korridoren und Ecken. Irgendwo in einem entfernten Winkel des Tempelbezirks, auf einem hohen Turm, stand die Nachtwache und beobachtete den Sternenhimmel, um das Volk des Gottes zu wecken, wenn es Zeit war, den Morgenritus zu vollziehen. Doch der Turm des Wächters war weit weg, und Naunachte ging schweigend weiter, auf blanken Füßen.

Dann kam sie vor die großen Tore zum Heiligtum des Gottes. Wie immer blieb sie erst einmal eine Weile stehen und lauschte auf die Stimme des Gottes. Jede Nacht lauschte sie, ob er ihr den Zutritt verwehrte, denn im Grunde ihres Herzens wusste sie, dass das, was sie tat, verboten war. Doch auch heute Nacht glaubte sie, wie sonst, seine Stimme leise flüstern zu hören: *Naunachte, komm zu mir*.

Die zwei Madjai, die die Tür zu bewachen hatten, schliefen in ihren Nischen, ihre Speere hatten sie an die Wand gelehnt. Sie hörten es nicht, als sie lautlos die schweren Riegel beiseite schob und den Türflügel gerade weit genug öffnete, um hindurchzuschlüpfen. Sie schob die Tür leise wieder zu und holte tief Luft, während sie das Antlitz ihres göttlichen Geliebten betrachtete.

Das Heiligtum war dunkel, nur vom Mondlicht erhellt, das durch eine Reihe schmaler Fenster direkt unterhalb der Decke drang. Das kantige Gesicht der Statue schien von innen her zu leuchten. Ihr ruhiges, gelassenes Gesicht blickte hinab zu Naunachte, die näher trat. Sie hatte den Eindruck, dass der Gott sie beinahe zärtlich ansah.

«Amun, du Verehrungswürdiger», flüsterte Naunachte, «hier bin ich wieder. Gestatte, dass ich dir diene, o Herr.»

Kalt und unbeweglich ragte die Statue vor ihr auf. Sie

stieg auf das Podest und kniete vor Amun nieder, um ihre persönliche Zeremonie zu vollziehen, den Ritus, durch den der Gott für sie lebendig wurde.

Zuerst küsste sie die Füße der Statue. Sie waren ganz realistisch gestaltet, jedes Detail war zu erkennen, sogar die gestrafften Muskeln am Spann, ganz so, als würde der Gott gleich herunterkommen und die Welt der Menschen betreten. Ihre Lippen liebkosten das kalte Metall der Fesseln, ihre Hände glitten über die strammen schlanken Waden der Statue. Sie schloss die Augen und begann zu zittern, denn beim Einatmen roch sie das Parfüm des Gottes, den göttlichen Odem. Der köstliche Duft legte sich um ihren Körper. Ihre Lippen waren weich und schwer vor Verlangen, ihre Brüste schmerzten vor Begierde. Sie machte ein paar flache, langsame Atemzüge, und die göttliche Trance überfiel sie. Ihre Lider zitterten über halb geschlossenen Augen. Ihre Pupillen weiteten sich und wurden pechschwarz.

Sie presste die Lippen auf die goldenen Knie des Gottes und erforschte mit den Händen die zarten Ausbuchtungen in der Kniekehle. Ihre Finger tasteten und streichelten, sanft und unwiderstehlich. Bei der Berührung der Statue spürte sie, wie diese allmählich lebendig wurde. Wo ihre Hände sie berührt hatten, schimmerte die Haut warm auf, als würde das göttliche Blut darunter pulsieren. Metall wurde zu Fleisch, und Fleisch bedeutete Leben. Sie küsste die kräftigen Schenkel des Gottes und spürte, wie seine Haut unter dem sanften Druck ihrer Lippen nachgab.

Nun ragte Amuns Phallus vor ihr auf, von der mächtigen Faust umschlossen. Naunachte richtete sich ein wenig auf und warf den Kopf zurück. Ihre Lippen öffneten sich, und sie gab einen kleinen Seufzer der Vorfreude von sich. Die

Spitzen ihrer runden Brüste waren straff und hart vor Begierde. Sie beugte sich vor, sodass ihre steifen Brustwarzen die Schenkel des Gottes streiften, und spreizte die Beine, damit sie ihren Körper gegen seine kräftigen Schienbeine reiben konnte. Sie drückte das Gesicht auf den goldenen Penis, glattes Metall auf glatter Haut, spürte seine Potenz, seine Stärke. Ganz langsam leckte sie dann den Phallus des Gottes von der Wurzel bis hinauf zur Spitze.

Als sie so mit der Zunge an dem prächtigen Schaft entlangglitt, schien es Naunachte, als würde Amuns Penis warm und lebendig werden, als würde er von dem heißen Blut durchpulst, das ihn hatte steif werden lassen. Die feinen Venen erzitterten unter ihren Lippen, die Haut war fein wie Daunen, das Fleisch darunter hart wie Ebenholz. Über sich spürte sie die Atemzüge des Herrschers, seine mächtige Brust, die sich bei dem, was sie tat, lustvoll hob und senkte. Ihr Körper glühte vor Verlangen. Sie presste ihren Schamhügel auf die Beine der Statue und rieb sich wie ein Tier daran, beschmierte das glitzernde Gold mit ihren Körpersäften. Dann umschlang sie das Gesäß des Gottes mit den Händen und machte den Mund weit auf.

Amuns Phallus glitt zwischen ihre Lippen und füllte ihren Mund aus. Sie stöhnte beim Lecken und Saugen. Ihre eigene Lust vermischte sich in ihrer Vorstellung mit der des Gottes, und sie zitterte, als berührten sie tausend Flügel.

Gleich war der Höhepunkt erreicht, wenn der Gott sie mit unwiderstehlicher Kraft ergreifen und sich ihrer bemächtigen würde. Sie stieß einen unterdrückten Schrei aus und presste sich noch fester an die Statue. Ihre Lippen kribbelten und stachen, und die Spitzen ihrer Brüste schienen bersten zu wollen.

Ohne Vorwarnung griffen plötzlich Hände nach ihren Armen und zogen sie zurück. Mit einem Mal wurde der heiße pulsierende Penis in ihrem Mund zu kaltem Metall: Sie war aus ihrer erotischen Trance erwacht. Erschrocken schnappte sie nach Luft und versuchte zu schreien, doch der goldene Phallus knebelte sie und machte sie stumm.

Eine der Hände hob ihren Schurz an, schob sich zwischen ihre Beine und betastete grob die feuchte Wärme dort. Zwei Finger bohrten sich in ihre Vagina, dass ihr der Atem stockte. Eine Stimme zischte ihr ins Ohr: «Jetzt bist du fällig!»

Mit einem verzweifelten Ruck machte sich Naunachte los. Sie warf den Kopf herum und sprang auf, um zur Tür zu laufen. Doch eine kräftige Hand packte sie am Arm und zog sie an sich. Sie blickte Panhesi ins Gesicht.

«Das ist Frevel», sagte der Oberpriester leise. «Du hast gefrevelt, Naunachte. Dafür wird man mit dem Tode bestraft.»

Naunachte brachte vor Schreck kein Wort heraus. Sie wusste, dass Panhesi Recht hatte.

«Weißt du, welche Strafe dich dafür erwartet?» Panhesis Stimme war noch immer leise, doch seine Augen funkelten wie schwarze Juwelen, und sein steifes Glied war deutlich unter dem weißen Leinen seines Gewandes zu erkennen. «Nicht nur der Tod, sondern der ewige Tod, Naunachte. Du wirst gefesselt in den Wüstensand gelegt und mit heißen Kohlen bedeckt, bis du zu Asche verbrannt bist. Von dir wird nichts übrig bleiben, womit du das Leben jenseits des Todes genießen könntest. Für ewige Zeiten wird dein Schatten über die Erde wandeln, heimatlos, immer in Tränen.»

Seine Worte lösten eine derart grässliche Vorstellung bei

Naunachte aus, dass sie erschrocken aufschrie. Ihr Pflegevater Ammenacht und seine Männer hatten ihr ganzes Leben damit zugebracht, Gräber zu errichten, in denen die Körper des Pharao und seiner Edelleute ihr Leben nach dem Tod verbringen konnten. Und nun stellte ihr Panhesi einen Tod in Aussicht, der ewig währte, unwiderruflich, schreckenerregend. Hilflos zerrte sie an der Hand, die sie umklammerte, und stöhnte: «Der Gott hat mich berufen. Er hat mich berufen.»

«Wie kannst du es wagen!?», rief Panhesi aus. «Wie kannst du dich über die Frau des Gottes erheben, die Hand Amuns? Wie kannst du dir so etwas anmaßen?»

«Bitte», flehte Naunachte, «lass mich gehen.»

Kurze Zeit blieb es still. Panhesis Gesichtsausdruck veränderte sich. Dann sah er sie voller Begierde an, und seine Finger bohrten sich in das Fleisch ihrer Arme. Mit der anderen Hand packte er ihre Brust, ohne sich von ihrem erschreckten Zucken stören zu lassen. «Vielleicht lasse ich dich laufen», sagte er leise. «Gib dich mir hin, Naunachte. Ich will dich.»

«Was?» Naunachte konnte kaum glauben, was er sagte. War er denn nicht Tiys Geliebter? Warum sollte er sie haben wollen?

«Zier dich nicht», sagte Panhesi. Er schob sein Gewand zurück und entblößte sein steifes Glied. Wie alle Priester war er bleich, und der dicke Kolben zwischen seinen Beinen war weiß wie ein Fischbauch, die Spitze dagegen feuerrot wie Karfunkelstein. Stolz reckte er sich über den nackten rasierten Hoden empor.

Dieser Anblick entsetzte Naunachte. «Nein», stöhnte sie und versuchte, sich ihm zu entwinden.

«Du bist feuchter als der Nil», zischte Panhesi. «Knie dich hin, Naunachte, und streck mir deinen Pfirsicharsch entgegen. Mein Schwanz wird ganz sanft hineingleiten, das wird dir wahnsinnig gut gefallen. Ich werde es dir besser besorgen, als es diese Statue je getan hat!»

Seine groben Worte klangen für sie wie Hammerschläge. Sie verwirrten sie nicht nur, sondern erfüllten sie auch mit plötzlicher Wut. Sie trommelte auf seine Brust ein und schrie: «Nein, nein! Du begehst den Frevel, nicht ich! Du bist genauso schlimm wie Tiy. Bestimmt steckt sie hinter alldem. Ich werde mich dir niemals hingeben!»

«Schweig!», zischte er, doch es war schon zu spät. Die Türen flogen auf, und die Madjai kamen mit gezücktem Speer hereingelaufen; sie blickten furchterregend um sich. Panhesi fluchte und ließ hastig sein Gewand wieder fallen. «Wachen!», fauchte er in kaltem Befehlston. «Nehmt dieses Weib fest!»

Die Madjai rannten auf Naunachte zu und packten sie am Arm. Zitternd stand sie da und schaute Panhesi ungläubig und furchtsam an. «Ich habe sie bei einem Frevel ertappt. Sie hat die Frechheit besessen … sich der Statue des Gottes zu nähern. Werft sie ins Gefängnis. Morgen wird sie ihre Strafe bekommen.»

«Ich habe nichts Unrechtes getan», wehrte sich Naunachte, obwohl sie wusste, dass es keinen Sinn hatte.

Panhesi machte einen Schritt auf sie zu. Sie wollte ihm ausweichen, doch der Madjai hielt sie fest. Der Oberpriester sah sie lange an, dann legte er die Hände auf ihren Körper und ließ sie über ihre goldene Haut gleiten. Sie schloss die Augen, versuchte, es nicht zu spüren. Er wog ihre Brüste in den Händen, kniff ihre Brustwarzen mit Daumen und

Zeigefinger, drückte ihre schlanken Flanken und stocherte zwischen ihren Beinen herum. Naunachte wandte den Kopf zur Seite, doch sie konnte ein hilfloses Stöhnen nicht unterdrücken, als sich seine Finger in ihre Schamlippen schoben und an ihrer prallen Klitoris herumfummelten, um daraufhin in ihren feuchten Schlitz zu gleiten.

«Eine Hure», sagte er schließlich, als wäre diese lüsterne Fummelei eine Art juristische Beweisaufnahme gewesen. Er hielt sich den Finger vors Gesicht, betrachtete den Schimmer ihrer Körpersäfte darauf und roch dann wollüstig daran. «Sie ist bereit für den Gottesdienst. Es besteht kein Zweifel. Ich fand sie mit dem Mund über dem Glied der Statue.»

Die Wachen starrten Naunachte entsetzt an. Einer von ihnen machte rasch ein Zeichen gegen bösen Zauber. Panhesi lächelte, dann sagte er: «Bringt sie fort. Morgen früh soll sie sterben.»

Wortlos schleiften die Madjai sie zur Tür des Heiligtums. Sie blickte über die Schulter und betete im Stillen: «Amun, o Amun, wenn du mich liebst, dann hilf mir jetzt!» Doch das goldene Antlitz blieb reglos, seine Stimme schwieg.

Vor der Tür warfen sich die beiden Wachen einen Blick zu. Wie viele Madjai waren sie groß und dunkelhäutig und sahen aus wie Nubier. Sie trugen kurze weiße Gewänder mit Fransen aus gefärbter Wolle. Das Weiß ihrer Augen schimmerte im Dunkel. Der Größere der beiden fuhr sich mit der Hand durchs krause Haar und sagte leise: «Ins Gefängnis?»

«Du hast gehört, was Panhesi gesagt hat, Menneb», sagte der andere.

«Also, komm.» Der Menneb Gerufene schaute Naunachte an, als wäre sie eine gefährliche Schlange. «Sie hat gefrevelt», flüsterte er kopfschüttelnd. «Bei der Hand Amuns, das ist eine ganz Verwegene. Im Heiligtum!»

«Nein, das habe ich nicht –», setzte Naunachte an, doch der Madjai hob drohend die Hand.

«Wag es nicht, ein Wort zu sagen!», warnte er. «Du verhext uns sonst noch. Los, Hori. Hör nicht auf sie.»

Menneb und Hori zerrten sie durch die dunklen Gänge des Tempels. Zuerst wehrte sie sich, doch sie waren stark und ließen sich nicht erweichen, und nach einer Weile folgte sie ihnen willig. Sie ließen das Tempelinnere hinter sich und kamen nach draußen. Hinter ihnen zeichnete sich die Säulenhalle vor dem dunkelblauen Himmel ab, ein schwarzes Ungetüm vor den glitzernden Sternen. Ein wenig entfernt lagen etliche niedrige Gebäude – Speicher für die überreichen Vorräte des Tempels und Schlafsäle für seine Bediensteten –, und dahinter lag die Tempelmauer, zwanzig Fuß hoch und glatt wie Glas.

Über Naunachtes Haupt funkelten die Sterne wie Laternen. Sie blickte zum Himmel hinauf und dachte daran, dass es noch keine zwölf Tage her war, seit sie zu jener Unendlichkeit aus Licht geblickt und Beistand erfleht hatte. Der Gott hatte sie zu sich gerufen und sie als seine Dienerin angenommen, doch nun schien er sie verlassen zu haben. Sie wandte den Kopf von den schimmernden Sternen ab, fassungslos, dass Amun sie im Stich gelassen hatte.

Der Madjai war stehen geblieben. Sie bemerkte, dass sie über sie sprachen. Leise sagte Hori zu Menneb: «Ich finde nur, dass es schade um sie ist, das ist alles.»

«So ist nun mal das Gesetz», antwortete Menneb. «Das ist eben die Strafe.»

«Aber warum gleich verbrennen? Dann bleibt ja nichts von ihr übrig. Wenn sie sie wenigstens mit der Schlinge umbrächten, dann hätten die Einbalsamierer noch ihren Spaß mit ihrem Körper.»

Ihre Worte erfüllten Naunachte mit Grauen und Todesangst. Entsetzt blickte sie von dem einen dunklen Gesicht zu dem andern, bis sie hervorstieß: «Bitte, werft mich nicht ins Gefängnis! Panhesi will mich nur loswerden, um Tiy zu Willen zu sein. Sie steckt hinter allem – sie hasst mich.»

«Tiy, die Herrin?», fragte Menneb langsam.

«Ja, sie hasst mich», wiederholte Naunachte verzweifelt, «weil ich Hunros Favoritin bin. Sie will, dass Panhesi mich umbringt. Bitte, bitte, lasst mich frei!»

Alle schwiegen. Dann sagte Menneb bedächtig zu Hori: «Kannst du dich an Tiy erinnern, Hori? Diese Hyäne mit dem kupferfarbenen Haar? Erst hat sie uns ausgesaugt, dann ließ sie uns zu ihrem eigenen Vergnügen auspeitschen. Ich schwöre dir, ich habe noch heute die Narben davon.»

«Wie könnte ich sie vergessen?», erwiderte Hori nüchtern. «Du hast Narben auf dem Rücken, Menneb. Ich habe sie noch ganz woanders. Sie hat mich gebissen.» Er packte Naunachte am Kinn und sah ihr ins Gesicht. «Du lügst uns doch wohl nicht an, kleines Biest?»

«Nein!», versicherte Naunachte. «Ich schwöre es bei Amun.»

«An dem scheint dir ja nicht viel gelegen zu sein», sagte Menneb, «wenn das, was Pahesi gesagt hat, wahr ist.»

Und ob mir an ihm gelegen ist, dachte Naunachte, mehr als an allem sonst auf der Welt. Doch wie konnte Amun das, was ihr geschehen war, zulassen? Warum hatte er nicht eingegriffen? Er hatte sich von ihr abgewandt, kein Zweifel.

Hori strich mit der Hand über Naunachtes Gesicht und murmelte Menneb dann zu: «Das ist ein schlüpfriges kleines Ding. Sie könnte uns entwischt sein. Sie könnte uns bezahlen.»

«Bezahlen?», wiederholte Naunachte schwach. «Ich habe nichts.»

Mennebs Stimme klang wie das Schnurren einer Löwin. «Bezahle uns mit deinen Lippen, kleine Hexe. Tu das mit uns, was du mit dem Gott getan hast.»

Naunachte ballte sich der Magen zusammen, als sie begriff. Sie stand reglos da, atmete hastig und ließ die Augen rasch über die glänzenden Leiber der Madjai gleiten, die sie an den Armen festhielten. Sie sahen gut aus, diese beiden Riesen, und erinnerten sie außerdem an Psaro. Wie sehr hatte sie sich danach gesehnt, in Psaros Armen zu liegen, seinen Penis in die Hand nehmen zu dürfen! Wenn der Gott nicht bereit war, sie zu retten, so musste sie es selbst tun.

«Wenn ihr mich laufen lasst», sagte sie mit fester Stimme, «tue ich, was ihr von mir verlangt.»

Einen kurzen Moment lang verständigten die Madjai sich mit den Augen. Dann zupfte Hori sie am Arm. «Komm hier rüber, in den Schatten beim Tor. Mach schon!»

Sie folgte ihnen ins Dunkel. Hori sagte: «Ich zuerst», und Menneb nickte und drehte sich um, er hielt auf seinen Speer gestützt Wache, wie eine Statue. Hori lehnte seinen Speer an die Wand, grinste Naunachte an und öffnete sein Gewand. «Auf die Knie, kleines Biest!», befahl er.

Gehorsam kniete Naunachte nieder. In der Dunkelheit konnte sie Horis nackten Körper kaum sehen, doch sie konnte ihn riechen. Hori roch stark und würzig, nach trockenem Schweiß, billigem Duft und nach Männlichkeit.

Der Geruch setzte sich in ihrer Kehle fest, sie konnte kaum schlucken. Wo war die erotische Begierde, die sie erfüllte, wenn sie vor dem Gott kniete? Jetzt war sie mit der Realität konfrontiert und wurde nicht einmal durch eine Trance geschützt.

«Nimm ihn», zischelte Hori. «Saug daran, kleines Biest. Saug ihn!»

Naunachte zitterte. Sie wusste nicht, was stärker war, die Furcht oder die Aufregung. Sie legte die Hände auf Horis Schenkel. Sie waren stämmig wie Säulen, warm und glatt. Wo sie zusammenstießen, war eine Matte aus kräftigem krausen Haar, darunter hing ein faltiger, schwerer Beutel, in dem zwei pralle Eier baumelten, die ihre Hand ganz ausfüllten. Das hier war ein richtiger Mann aus Fleisch und Blut, aus Lust und Begierde. Naunachtes Hand glitt ein Stück nach oben und ertastete Horis Schwanz.

Er war weich, dick und lang, und als sie ihn berührte, stieß er gegen ihre Hand, was sie erschreckte. Dann aber legte sie die Finger darum und zitterte, als sie ihn tatsächlich größer werden spürte, er schwoll an und änderte seine Form. Schließlich wurde er groß und steif wie der Phallus von Amuns Statue. Das Sternenlicht schimmerte auf seiner feuchten Eichel. Erwartungsvoll zitternd beugte Naunachte sich vor und öffnete den Mund.

Hori packte sofort ihren Kopf mit beiden Händen und stieß fest zu. Sie würgte, halb erstickt von dem dicken Schaft seines erigierten Glieds. Der Geschmack überwältigte sie. Sie taumelte und wäre beinahe hingefallen, hätte Hori nicht mit seinen Händen nach ihrem dichten Haar gegriffen. Er hielt ihren Kopf fest, während er seinen Schwanz zwischen ihren schlaffen, widerstandslosen Lippen hin und her schob.

Naunachte stöhnte, überwältigt von Furcht und Vergnügen zugleich. Sie leckte an Horis praller Eichel, und daraufhin grunzte er und stieß wieder fester zu. Etwas bewegte sich hinter ihr, und auf einmal betasteten Mennebs Hände ihre Brüste. Er drückte sie, presste sie wie eine Frucht zusammen, und ihre Brustwarzen waren von seinen kräftigen Fingern gefangen. Naunachte begann im Rhythmus von Horis Stößen zu keuchen, hingebungsvoll saugte sie an seinem Glied. Als Menneb eine ihrer Brüste losließ und eine Hand zwischen ihre schlaffen Schenkel schob, stieß sie einen kleinen überraschten Schrei aus. Er tastete nach ihrer Klitoris und begann sie zu streicheln und kitzeln, während er mit der anderen Hand ihre geplagten Brustwarzen kniff und in die Länge zog. Eine Woge warmer Begierde breitete sich von Naunachtes Lenden über ihren ganzen Körper aus. Dieser straffte sich, alle Muskeln waren angespannt, hilflos stand ihr Mund offen, und als die erste Welle des Orgasmus sie überlief, verkrampften sich Horis Finger in ihrem Haar, und sein zuckender Penis schoss ihr seine heiße Ladung die Kehle hinab.

Ermattet torkelte sie rückwärts. Menneb lachte und schubste sie auf den Boden, dann kniete er sich über sie. «Mach die Augen auf, du Hexe», knurrte er. «Sieh her!»

Naunachte zwang sich, die schweren Lider zu öffnen. Sie sah Mennebs Schwanz über sich, keine dreißig Zentimeter von ihrem Gesicht entfernt. Er masturbierte, seine kräftige Hand glitt rasch auf dem steifen Kolben hin und her. «Sieh dir das an», keuchte Menneb und rieb immer schneller. «Hier, hier, hier!»

Gebannt sah sie auf. Er grunzte vor Begierde, und der raue, haarige Hodensack strich über ihr Kinn. Seine Schenkel umschlossen ihr Gesicht noch fester, und als sie ächzend protestieren wollte, spritzte die weiße Soße aus seinem zuckenden Schwanz und tropfte ihr auf Lippen, Wangen und Augenlider. Sie stöhnte und blieb reglos liegen.

Nach einer Weile erhob Menneb sich, noch immer keuchend. Er warf Hori einen Blick zu und murmelte: «Und was jetzt?»

«Wir müssen sie hier rausbringen», flüsterte Hori. «Über die Mauer können wir nicht klettern. Rasch, vielleicht ist das Tor der Kaufleute um diese Zeit unbewacht!»

Sie halfen Naunachte auf und mussten sie im Eilschritt an den dunklen Gebäuden beinahe vorbeitragen. Sie war noch ganz benommen vor Lust und Entsetzen und wusste kaum, wo sie war. Nach einer unbestimmten Zeit blieben sie vor einem winzigen Tor in der Mauer stehen. Menneb sah sich ängstlich um, dann öffnete er das Tor. Die Angeln quietschten, und beide Nubier zischten vor Furcht.

«Raus mit dir», sagte Hori und winkte sie zu dem offenen Tor hinaus. «Los, renn!»

«Aber ...», machte Naunachte. Wie konnte sie fortlaufen? Und wohin?

«Lauf schon, wenn dir deine Haut lieb ist», zischte Menneb. «Bald wird es hell, und dann wird Panhesi dich holen lassen. Willst du bei lebendigem Leib verbrannt werden? Lauf!»

Der Name Panhesi erinnerte sie an Tiy und an ihre Angst. Sie machte sich los und rannte durch das Tor. Vorsichtig schlossen sie es hinter ihr. Sie stand im Wüstensand, der unter den Sternen glitzerte. Der Tempelbezirk war geschlossen. Nun gab es kein Zurück mehr.

Kapitel fünf

In der Dunkelheit vor dem Morgengrauen stolperte Naunachte davon. Der grobe Wüstensand schabte an ihren bloßen Füßen, und der Nachtwind war so kalt, dass sie zitterte und die Arme um sich selbst schlang. Nur einmal blieb sie stehen und drehte sich nach dem Tempel um. Ihre Augen füllten sich mit Tränen, sie presste die Hände aufs Gesicht und setzte ihren Weg fort.

Sie war verloren. Der Gott hatte sich von ihr abgewandt. Ihr fester Glaube an Amuns Leidenschaft, ihre Hoffnungen und Bestrebungen, Hunros Nachfolgerin zu werden, kamen ihr nun so unwirklich wie so viele andere Träume vor. Das Einzige, was ihr real zu sein schien, war Tiys Hass. Ihre bösartige Verleumdung hatte sie vertrieben, und wenn man sie festnahm, würde Tiy alles daransetzen, sie dem Tod auszuliefern. Alles hatte sich nun gegen sie gewendet. Wahrscheinlich hatte Tiy sogar Recht, wenn sie sie einen Bastard schimpfte, das missratene Kind einer Hure und eines Verräters. Wenn sie wirklich Pharaos Tochter war, warum traf sie nun dieses bittere Schicksal? Die Götter hatten mit ihr gespielt, so wie Erwachsene mit Kindern spielen, sie hatten sie aus ihrem Dorf zu sich gerufen und ihr ein Leben voller Freude vorgegaukelt, nur um es ihr dann wegzunehmen, als hätte es nie ein solches Leben gegeben.

Sie war also eine Ausgestoßene. Wo sollte sie nun hin? Sie kletterte einen großen roten Felsen hinauf und blickte über das Niltal.

Rechts von ihr lag der Tempelbezirk. Auf der Linken erstreckte sich Waset, ein dunkler Fleck, in dem Lichter wie die bösen Geister im Schilf aufblitzten. Naunachte war noch nie in Waset gewesen, aber ihr Pflegevater hatte ihr oft erzählt, wie schlimm es dort zuging, und ihr geraten, den Ort zu meiden. Eine riesige, übervölkerte Stadt, in deren Straßen sich ein Lehmhaus ans andere reihte, voll billiger Basare, schmaler Gassen, die von menschlichem und tierischem Unrat überquollen, Wirtshäusern, in denen die Männer sich betranken, über ihren Spielbrettern fluchten und es mit Prostituierten trieben. Was würde nur aus ihr werden, wenn sie dorthin ging?

Auf der anderen Seite der Stadt säumten große Häuser die Ufer – die Villen der Reichen, der Edelleute. Naunachte wusste, dass sie schön war. Wenn sie es bis dorthin schaffte, würde vielleicht ein reicher Mann sie zu seiner Konkubine machen. Wäre sie dort sicher, in den Mauern eines Harems?

Einen Augenblick starrte sie in die Dunkelheit, ganz angespannt vor Hoffnung. Dann lachte sie bitter und schüttelte den Kopf. Sie war ja wie eine Dienerin gekleidet, trug ein einfaches weißes Gewand, kein Parfüm, keine Juwelen, keine Perücke, keine Bemalung an den Augen. Wer würde sie in ihrem jetzigen Aufzug begehren? Und selbst wenn sie auf einen Reichen traf, würde dieser sie den Tempelbehörden melden, sobald nach ihr gefahndet wurde.

Im Osten färbte sich ein schwacher grauer Streifen allmählich golden. Naunachte sah zum Himmel auf und erschauderte. Im Tempel würde der Wächter die kleine Glocke läuten, die alle Diener des Gottes zur Zeremonie rief. Gleich würde ihre Abwesenheit bemerkt werden und die Jagd auf sie beginnen. Sie musste sich verstecken. Doch wo?

Wie aus dem Nichts fiel ihr die Antwort ein. «Natürlich!», rief sie aus, sprang von dem Felsen herab und rannte über den Flugsand auf die grünen Wiesen am Nilufer zu. «Nach Hause! Ich werde heimgehen!»

Ihre Pflegemutter war sicher schon wach und buk das Fladenbrot, die Familienration des Tages. Die Kinder rannten wahrscheinlich schon herum, waren ihr im Weg, und Harschir läge wohl noch im Bett und wartete darauf, dass seine Mutter ihrem Erstgeborenen etwas brachte, das ihm das Aufwachen lohnend erscheinen ließ. Naunachte hörte die Geschäftigkeit im Haus, die Geräusche von den Nachbarn, die Rufe der Männer, die sich auf der Hauptstraße begegneten, während sie den zum Tal der Grabbaumeister führenden Hügel hinaufstiegen. Naunachtes Füße flogen über den Sand.

Als sie an den grünen Weiden angekommen war, blieb sie schwer atmend stehen und blickte sich um. Dort, ein kleines Stück von den Wiesen entfernt, war die Anlegestelle der Nilfähre. Die Fähre wartete auf ihre erste Ladung Passagiere. Rasch strich Naunachte ihr Gewand glatt, klopfte, so gut es ging, den Sand heraus und strich sich übers Haar. Auf dem Weg zur Fähre kam sie an einem Bewässerungskanal vorbei. Sie schöpfte sich mit den Händen Wasser ins Gesicht und versuchte, die Spuren von Mennebs Sperma abzuwaschen.

Als sich der Himmel allmählich rosa färbte, ging sie auf die Fähre zu. Sie fühlte sich unbeschwert, als wäre sie soeben aus einem Gefängnis entlassen worden. Bald würde sie wieder zu Hause sein. Wie sehr würden ihre Eltern staunen, wenn sie sie sahen! Bestimmt sahen sie ein, dass sie nichts Unrechtes getan hatte, und würden sie verstecken, selbst wenn ein Madjai ins Dorf käme, um sie zu suchen. Aber in diesem Labyrinth jemanden zu finden, war so gut wie unmöglich.

Tief atmend verharrte sie einen Moment lang unter ein paar Dattelpalmen. Die Fähre lag vor ihr. Ihr Besitzer lehnte an seinem Ruder und plauderte mit einem seiner Passagiere, einem alten Mann mit runzligem Bauch, der ihm über den Bund seines Untergewands hing. Der Fährmann sagte etwas, das den Alten zum Lachen brachte, und als Naunachte sah, wie seine knittrige Haut dabei wackelte, kicherte sie hinter vorgehaltener Hand.

Dann richtete sich der Fährmann ein wenig auf und deutete mit zusammengezogenen Brauen auf einen Mann, der auf das Boot zugerannt kam. Naunachte zitterte und zog sich hinter den Baumstamm zurück, denn wer da rannte, war ein Madjai, ein junger athletischer Mann, der ein blankes Schwert in der Hand hielt.

«Amenhotep!», rief der Madjai. «Neuigkeiten aus dem Tempel.»

«Was für Neuigkeiten?», erwiderte der Fährmann.

«Eine Gefangene ist entkommen», keuchte der Madjai. «Ein Mädchen, sie hat sich des Sakrilegs schuldig gemacht. Ihr Name ist Naunachte. Sie ist groß und schlank und hat ein Mal auf dem linken Arm, das Zeichen des Gottes, einen Phallus. Wenn du sie findest, bring sie zum Tempel; es ist ein Preis ausgesetzt. Du hast sie nicht gesehen, oder?»

Stumm schüttelte der Fährmann den Kopf.

«Amun sei Lob», sagte der Madjai. «Sie stammt von der anderen Seite des Flusses, und ich fürchtete schon, sie könne bereits übergesetzt sein. Also, wenn du sie siehst, Amenhotep, weißt du, was zu tun ist.»

Mit gezogenem Schwert eilte er weiter. Der Fährmann und sein Passagier sahen ihm nach und setzten dann eifrig ihr Gespräch fort. Naunachte presste sich die Hände auf den Mund, denn sie war drauf und dran, vor Angst und Verzweiflung loszuweinen. Doch damit war auch nichts geholfen. Sie ballte die Fäuste und machte ein entschlossenes Gesicht, dann kehrte sie um und ging in die Richtung, aus welcher der Madjai gekommen war, auf die Stadt zu. Vielleicht fand sie einen Fischer, der bereit war, sie ans andere Ufer zu bringen. Ohne Boot konnte sie nicht hinübergelangen; die Krokodile hätten sie zerrissen, bevor sie auch nur einen Steinwurf vom Ufer entfernt gewesen wäre.

Es war zu spät; die Fischer waren bereits draußen auf dem Fluss und warfen ihre Netze aus, um die Fische zu fangen, die im Morgengrauen vorbeischwammen. Naunachte konnte sich gerade noch zurückhalten, bei Seth zu fluchen. Sie warf einen Blick auf den Tempel, der sich düster hinter ihr abzeichnete, und in dem Augenblick hörte sie die Trompeten.

Sie schlugen Alarm. Die gesamte Macht des Tempels richtete sich nun gegen sie und würde sie verfolgen wie ein Schakal eine Antilope. Erschreckt begann sie auf die Stadt zuzulaufen. Vielleicht konnte sie sich dort verstecken, wenigstens für kurze Zeit, gerade so lange, bis sie den Fluss wieder in Sicherheit überqueren konnte.

Ein Stück weiter unten am Ufer befand sich eine zweite Anlegestelle. Mittlerweile war die Sonne aufgegangen, und es herrschte reger Betrieb, viele Leute warteten bereits auf das Boot, schwatzten und lachten. Die Fähre näherte sich, glitt wie ein Schwan über die Oberfläche des golden glitzernden Flusses. An Bord waren etliche Passagiere. Die Fähre legte an, und die Passagiere begannen auszusteigen.

Der Letzte von ihnen fiel Naunachte, so zerstreut sie auch war, besonders auf. Der Mann trug ein vornehmes weißes gefälteltes Gewand mit einer schweren Kette aus kleinen Goldbarren. Seine Sandalen hatten goldene Verschlüsse und waren mit Juwelen besetzt, die aufblitzten, als er von Bord sprang. Ein großes Schmuckband aus Gold und Fayencen schmiegte sich um seinen Hals, breite Armreifen umklammerten seine muskulösen Handgelenke. Er trug eine äußerst modische Perücke, sie war gescheitelt und mit feinen Goldfäden verziert. An einem Schultergurt aus Leopardenfell baumelte ein langes Schwert, um die breiten, gebräunten Schultern trug er einen Umhang aus Scharlachwolle, blau und golden bestickt. Er war weder jung noch alt, sondern auf der Höhe seiner Manneskraft, vielleicht dreißig Jahre alt. Sein Gesicht war glatt wie das einer Frau, seine Augen waren mit grauem Antimon bemalt. Er stach unter den Bauern hervor wie ein Schwan unter unscheinbaren Enten.

Naunachte konnte nicht umhin, sich zu fragen, was so ein junger Edelmann zu so früher Stunde auf einer Nilfähre machte. Kam er vielleicht von einem Stelldichein zurück? Seine Mätresse musste wunderschön sein, wie eine Seerose auf klarem Wasser. Einen Moment ließ ihre Anspannung nach, und sie musste an die Liebeslieder denken, die im Dorf Jungen und Mädchen füreinander gesungen hatten.

Der Mann hatte sich mit dem Fährmann und einem der wartenden Passagiere unterhalten. Jetzt hatte er sein Gespräch beendet, nickte höflich und begann auf die Stadt zuzugehen. Die Leute strömten an Bord. Naunachte näherte sich ein wenig, zögerte dann aber, biss sich auf die Lippen und fragte sich, ob die Nachricht bereits bis hierher gedrungen war. Sie war schnell gelaufen: Hatte sie womöglich die Madjai-Boten überholt?

Es war einen Versuch wert. Sie spitzte die Lippen und pfiff, versuchte, so sorglos wie möglich auszusehen, und ging auf die Fähre zu. Die Menge ließ sie vorbei, ohne groß auf sie zu achten. Vor ihr lag der Fluss, das Boot war bereit zum Übersetzen.

Dann hörte sie, wie sich zwei Passagiere unterhielten. Es waren zwei Männer mit grobem Lendenschurz, wie ihn Arbeiter trugen. Schmutz und Staub hatten sich unter ihre Nägel gegraben. Der eine sagte zum anderen: «Ich hoffe, sie finden sie. Angeblich ist der Preis so hoch, dass man reich davon wird!»

«Außerdem soll sie schön sein», sagte sein Freund. «Fang sie, fick sie, und wenn du sie satt hast, verkauf sie an die Priester. Bestimmt ziehen die sie auch zwischen ihren Beinen durch, bevor sie sie bestrafen, da gehe ich jede Wette ein.»

«Wie wahr», sagte der Erste. «Priester sind doch alle gleich.»

Angst legte sich wie eine kalte Hand um Naunachtes Kehle und raubte ihr den Atem. Sie blieb stehen, und die Leute drängelten weiter und zischten wütend. Mit einem unterdrückten Aufschrei der Furcht zwängte sie sich an ihnen vorbei, warf die Haare zurück und machte kehrt.

Als sie wieder auf die Stadt zuging, trat ihr ein Mann in den Weg, so plötzlich, dass sie mit ihm zusammenstieß. Kräftige Hände packten sie bei den Armen. Sie versuchte sich aus dem Griff zu befreien, doch vergeblich. Als sie aufsah, blickte sie dem jungen Edelmann ins Gesicht. Er war beinahe einen Kopf größer als sie, seine Schultern und die nackte Brust waren breit und kräftig. Er wirkte kraftvoll wie ein Panther.

Als er sie anlächelte, entblößte er spitze weiße Zähne. «Sieh mal an», sagte er, «was haben wir denn da?»

Sein wilder Gesichtsausdruck erschreckte sie. Sie wollte schreien, doch da zischte er rasch wie eine zuckende Flamme: «Wenn du schreist, werde ich dich bei den Madjai anzeigen!»

Naunachte blieb stumm, starrte ihn nur an und zitterte vor Angst. Sein spitzes Lächeln wurde breiter, als er sah, dass seine Drohung Erfolg hatte. «Schön», sagte er voller Befriedigung, «nun weiß ich, wer du bist.»

Nachdem sie ein paar zaghafte Versuche unternommen hatte, sich ihm zu entwinden, musste Naunachte einsehen, dass seine Hände so stark waren, wie sie aussahen. Sie schloss die Augen und unterdrückte ein verzweifeltes Schluchzen, das ihr die Kehle zuschnürte.

«Na, mal sehen», sagte die Stimme, und eine der kräftigen Hände schob den Armreif hoch, um das Mal des Gottes zu entblößen. Ihr Gegenüber holte tief Luft. «Schön», sagte er erneut, «da habe ich ja etwas ganz Wertvolles gefangen. Was soll ich damit machen?»

Naunachte bekämpfte ihre Tränen und sah zu ihm auf. Sie konnte sich nicht befreien, aber sie konnte um Gnade bitten. Sie blickte dem Mann in die ummalten Augen und konzentrierte sich. Seine Iris war hellbraun – eine ungewöhnliche Farbe in Ägypten. «Bitte», flüsterte Naunachte, «bring mich nicht zum Tempel. Lass mich nach Waset fliehen. Bitte.»

«Nach Waset?» Der Mann sah aus, als würde er gleich loslachen.

«Ich will mich dort verstecken. Bitte lass mich frei.»

Nun lachte er tatsächlich, indem er den Kopf weit in den

Nacken warf. «Du willst dich in Waset verstecken? Ein Mädchen wie du würde nicht einmal die Tore in Sicherheit passieren können. Von wie vielen Männern möchtest du denn vergewaltigt werden, Kleines?»

Verzweifelt drehte Naunachte den Kopf beiseite. Sie sah seinem Gesicht an, dass er sie nicht freilassen würde.

Schweigen. Der Mann ließ eine Hand über Naunachtes Arm gleiten, über ihre Schulter, ihren langen Hals. Seine braunen Finger waren kühl und hart. Etwas an der Art, wie er sie berührte, etwas Behutsames und Erfahrenes, ließ sie aufmerken. Er nahm ihr Kinn in die Hand und hob ihren Kopf an, damit er ihr in die Augen schauen konnte.

«Sag mir, wie du heißt», sagte er.

«Naunachte», flüsterte sie.

Seine Augen unter den dunkel bemalten Lidern waren ganz feurig. Sein Blick, der wie der goldene Schmuckkragen um seinen Hals glühte, ließ sie zittern. «Naunachte», wiederholte er. «Nun, Naunachte, wie es scheint, sind die Priester hinter dir her. Ich mag sie nicht, diese Parasiten. Wenn ich dir verspreche, dich in Waset zu verstecken, wirst du dann mitkommen?»

Sie schüttelte den Kopf und versuchte, sich loszumachen. «Nein. Warum sollte ich Vertrauen zu dir haben?»

«Ja, genau. Warum solltest du irgendjemandem trauen? Alle Männer sind doch Verräter.» Seine Stimme hätte leicht und einschmeichelnd klingen sollen, hatte aber einen scharfen, bitteren Beiklang, der sie erstarren ließ. Sie schaute ihn wieder an und sah, dass er lächelte, doch es war ein grausames Lächeln. «Du wirst mir vertrauen, Naunachte, weil du keine andere Wahl hast. Komm mit mir, oder ich rufe die Männer von der Fähre her und liefere dich ihnen aus. Glaubst du, sie würden sich diese Gelegenheit entgehen lassen?»

Immer noch zögerte sie. «Warum solltest du mir helfen? Warum?»

Wieder erklang sein höhnisches Lachen. «Bist du wirklich so unschuldig, Kleines, oder tust du nur so? Warum sollte ein Mann wohl einer Frau helfen? Ich begehre dich, und ich bringe dich dorthin, wo ich wohne, damit ich mich mit deinem Körper vergnügen kann.»

Er redete so nüchtern darüber, dass sie rot wurde. Sie hatte keine Wahl, das war klar, doch sie hatte Angst. Sie zitterte in seinen Händen wie eine gefangene Taube, und er lachte erneut, um ihre Angst zu spüren.

«Komm schon, Kleines», sagte er und zog den Umhang von den Schultern, um ihn ihr über Kopf und Schultern zu legen, sodass ihr Gesicht beinahe verdeckt war. «Komm schon, niemand wird dich erkennen. Komm mit.» Er legte einen Arm um sie, unter dem schützenden Umhang. Seine kräftigen kühlen Finger lagen auf ihrem Rückgrat. Bei der Berührung seiner Hand erschauderte sie, und die Spitzen ihrer Brüste strafften sich. Er blickte hinauf und sah, wie sich ihre Brustwarzen durch den Stoff des Gewands abzeichneten, und da lächelte er voller Ironie und schob sie sanft auf die Stadt zu.

Naunachte hatte das Gefühl, dem Schicksal ausgeliefert zu sein. Sie blickte zu ihm hinüber und erschrak, als sie sein Gesicht sah – Ärger und Bitterkeit spiegelten sich darin. «Bitte», flüsterte sie, «wie heißt du?»

Seine braunen Augen musterten sie einen Moment, und der Anflug eines Lächelns umspielte seine Lippen. Es war ein anderes Lächeln, warm und vertrauenerweckend, und für einen kurzen Augenblick zauberte es Wärme auf sein Gesicht. Leise sagte er: «Mein Name ist Khonsu.»

Während die Sonne immer höher stieg, gingen sie auf Waset zu. Naunachte hätte ihren Entführer gern gefragt, wohin er sie brachte und wer er war, doch sie wagte es nicht. Seine Hände hielten sie gepackt, eine am Handgelenk, die andere auf ihrem Kreuz. Es waren unbeugsame Hände, denen man sicherlich nicht entkam.

Als sie an die Tore der Stadt gelangten, wusste sie, dass er mit seiner Warnung Recht gehabt hatte. Die Wachen waren nicht so sprachgewandt und gut gekleidet wie die Madjai, die sie kannte. Es waren grobe, wilde Männer, und zuerst herrschten sie sie an, sie solle ihr Gesicht zeigen. Dann aber schaute Khonsu sie mit seinen kalten Augen an und machte Anstalten, sein Schwert aus der Scheide zu ziehen, worauf sie verstummten. Einer von ihnen murmelte: «Khonsu, o Herr! Verzeih uns, o Herr.»

Khonsu, der Herr? Das verwirrte sie. Ein Edelmann hatte normalerweise ein Gefolge, das ihn bediente, und er hätte in einem großen Haus weit weg von dem Lärm und den Gerüchen der Stadt gelebt. Doch Khonsu führte sie in das Labyrinth aus winzigen Straßen, führte sie ruhig und gelassen durch das Chaos der Basare und an dem Schmutz der Gassen vorbei. Wieso kannte er sich an einem derart abscheulichen Ort so gut aus? Passanten erkannten ihn und riefen seinen Namen oder entboten ihren Gruß, die Hand an der Stirn, als wäre er tatsächlich ein hoher Herr. Doch diese Menschen waren keine ehrbaren Kaufleute oder Schreiber aus gutem Haus, sondern mürrische, gebückt dahinschleichende Schurken, es waren auch Frauen darunter, die aber so schrecklich bemalt und herausgeputzt waren, dass es sich um Huren handeln musste. Wer war dieser Mann, der aussah wie der Sohn von Ramses selbst und der doch im Morast von Waset zu Hause war? In wessen Hände war sie gefallen?

Einmal, nur ein einziges Mal sprach Khonsu mit ihr. Sie gingen unter einem Fenster vorbei, aus dem sich drei junge Frauen lehnten. Sie winkten ihm zu und riefen: «Khonsu! Khonsu! Komm herauf zu uns! Sag mal, wo warst du denn? Hat dich die Frau des Pharao gestern Nacht empfangen?»

Naunachte schaute zu ihnen hinauf und sah, dass die jungen Frauen mit nichts weiter bekleidet waren als mit ihren geschmacklosen Juwelen und ihrer Augenschminke. Ihre Brüste baumelten in die warme Morgenluft, die Brustwarzen waren dunkelrot bemalt. Schockiert sperrte sie den Mund auf, und Khonsu warf ihr einen Seitenblick zu und sagte mit seinem eisigen Lächeln: «Normalerweise laufe ich nicht so aufgeputzt durch die Gegend. Für gewöhnlich würde mein Umhang alles zudecken. Sie sind überrascht, mich so zu sehen.»

Er sagte nichts mehr, bis sie in eine kleine ruhige Straße einbogen, in der sich schmucke Läden von Kupferschmieden und Töpfern aneinander reihten. Die helle Morgensonne, die in die Straße einfiel, ließ unzählige Kupferkessel blitzen, die zum Verkauf ausgestellt waren. Naunachte fühlte sich wie zu Hause, das war wie die Hauptstraße im Dorf der Grabbaumeister. Nur der üble Geruch, der ständig in der Luft lag, erinnerte sie daran, dass sie ja in Waset waren. Khonsu stieß eine kleine Tür auf und schob Naunachte in ein schmales, dunkles Treppenhaus.

«Geh nach oben», sagte er leise. «Der ganze erste Stock gehört mir, und dazu der Dachgarten.»

Der erste Stock eines kleinen Hauses in der Straße der Händler für einen Mann, der genug Gold am Leibe trug, um einen Prinzen neidisch zu machen? Naunachte verzehrte sich vor Neugier, doch sie war auch erschöpft. Schließlich war sie die ganze Nacht auf den Beinen gewesen. Als Khonsu sie nach oben bugsierte, stolperte sie und wäre beinahe hingefallen.

«Alles in Ordnung?», fragte er in schneidendem Tonfall, während er sich über sie beugte, um ihr aufzuhelfen.

«Ja», brachte sie heraus, obwohl ihre Stimme zitterte. «Aber ich bin so müde …»

Er öffnete die Tür oben an der Treppe und führte sie in einen großen Raum. Er war sehr sauber und beinahe leer. Eine große Kleidertruhe stand an einer Wand, eine weiche Schilfmatte lag am Boden. Es gab ein einziges Fenster, dessen Viereck von der gleißenden Sonne erhellt wurde. Unter dem Fenster lag eine Schreibunterlage, daneben Schreibzeug und ein kleiner Stapel Papyrusrollen, die von scharlachroten Bändern zusammengehalten wurden. In einer Ecke stand ein kleiner Tisch mit einigen wunderschönen Gegenständen darauf: die Granitstatue einer Katze mit goldenen Ohrringen, eine kleine nackte Frau aus Elfenbein mit bunt bemalten Augen, Lippen und Brustwarzen, eine Reihe kosmetischer Fläschchen aus Alabaster, Chalcedon und Achat sowie ein silberner Spiegel. In einer anderen Ecke standen diverse Tonkrüge und Körbe für Essen und glasierte Krüge für Wasser und Öl. Durch die Öffnung, die zum Dach führte, fiel ebenfalls Sonnenlicht.

Es war ein Raum, wie ihn ein armer junger Schreiber bewohnt hätte, wären die Gegenstände darin nicht so kostbar und schön gewesen. Naunachte blickte sich ratlos um, völlig verwirrt und erschöpft.

«Komm», sagte Khonsu mit zugleich spöttischer und sanfter Stimme. «Wenn du die ganze Nacht wach bleiben willst, musst du noch ein wenig üben.» Er nahm ihr den Umhang ab, führte sie zur Matte hinüber und bettete sie darauf. Dann legte er ganz vorsichtig den Umhang über sie und flüsterte: «Schlaf. Du bist in Sicherheit.»

Es gab nicht den geringsten Grund, weshalb sie ihm das hätte glauben sollen, und dennoch tat sie genau das. Seine Stimme war nun nicht mehr kühl und spöttisch, sondern beruhigend wie ein Schlaflied. Sie schloss die Augen und atmete tief durch, während sie spürte, wie der Schlaf sie bereits überkam. Im Einschlafen hörte sie Khonsu im Zimmer auf und ab gehen und fragte sich, was er wohl tat, doch sie war zu müde, um nochmals die Augen zu öffnen und es herauszufinden.

Langsam erwachte sie, noch etwas benommen. Nach einer Weile bemerkte sie, dass die Sonne sie geweckt hatte. Sie war über den Boden des Zimmers gekrochen, und nun schien ein breites Band aus rotgoldenem Licht direkt in Naunachtes Augen. Sie brummelte etwas und schirmte die Augen mit der Hand ab, dann drehte sie sich zur Wand und zuckte vor Schreck zusammen, denn auf der Matte neben ihr lag Khonsu und beobachtete sie mit der Konzentration eines Leoparden, der am Flussufer auf seine ahnungslose Beute lauert. Unwillkürlich wich sie ein wenig zurück und drückte den scharlachroten Umhang an sich. Das helle Strahlen in seinen braunen Augen verunsicherte sie. Als sie ein Stück von ihm wegrückte, bemerkte sie, dass er nackt war und dass ihr beim Anblick dieses nackten Körpers heiß und kalt wurde.

Khonsu sagte nichts. Er lag auf dem Bauch und hatte das Kinn auf die Hände gestützt. Naunachte starrte ihn ungläubig an, nahm hastig atmend sein Bild auf. Er trug nichts als die breiten goldenen Armreife, hatte die Perücke abgesetzt und die Augenschminke entfernt. Sein glattes schwarzes Haar war kurz geschnitten und lag flach an seinem wohlgeformten Kopf wie das Fell einer Gazelle, und ohne Schminke wirkten seine strahlenden Augen noch eindrucksvoller. Sie lagen tief unter schweren gewölbten Lidern, und der elegante Schwung seiner schwarzen Brauen wirkte, als hätte ein Schreiber sie mit dem Pinsel gezeichnet. Er deutete ein Lächeln an, als er sah, wie sie ihn anstarrte, doch er bewegte sich nicht. Sie zog den Umhang noch etwas enger um sich, da seine Nacktheit ihr die eigene schmerzlich vor Augen führte.

Er war unglaublich schön. Naunachte hatte schon viele nackte Männer gesehen, angefangen bei ihrem Pflegevater und ihren Brüdern bis hin zu den Fischern am Nil, doch noch nie hatte sie einen Mann gesehen, dessen Körperbau so nahe an die göttliche Schönheit herankam, wie sie Bildhauer in ihren Statuen zu verewigen suchten. Khonsu hatte diese Perfektion. Er war muskulös, aber nicht übermäßig und schlecht proportioniert wie ein Arbeiter. Alles war harmonisch: die breiten, kräftigen Schultern, die sich zur schlanken Taille hin verjüngten, Schenkel und Waden, die Kraft und Geschmeidigkeit vereinten, und Gesäßbacken, die so perfekt gerundet waren, dass sie förmlich nach Händen riefen, die sie packten und befühlten. Seine Haut war am ganzen Körper tiefbraun und glänzte leicht; das Öl betonte mit seinem leisen Duft den natürlichen warmen Geruch seines Körpers. Er war entspannt und unbefangen wie ein Raubtier in der Wüste – ein Löwe oder ein Panther auf Beutesuche, perfekt, kraftvoll und gefährlich still.

Im Augenblick lächelte er. Seine breiten, fein geschnittenen Lippen entblößten die scharfen weißen Tierzähne. «Du schaust mich an, als wolltest du mich fressen», sagte er, «oder als hättest du Angst, *ich* könnte dich fressen. Bist du hungrig, kleine Göttin?»

«Hungrig?», wiederholte Naunachte, und bei dem Wort lief ihr das Wasser im Mund zusammen. Sie nickte eifrig.

«Das dachte ich mir.» Ohne ein weiteres Wort erhob er sich. Er wandte sich von ihr ab, jedoch nicht ohne dass sie das Knäuel dunkler Schamhaare und den schlaffen Penis darunter gesehen hatte. Sie schluckte schwer und raffte den Umhang noch fester um sich, beobachtete seinen schönen Rücken, die Muskeln seiner Schulterpartie und seines Gesäßes, als er sich bückte, um den Korb zu öffnen, in dem er seine Speisen aufbewahrte. Warum verwirrte sie seine Nacktheit? Warum zitterte sie, wenn sie seine Schönheit betrachtete?

Weil er, sagte etwas in ihr, *weil er so schön wie Gott Amun ist.*

Sie warf den Kopf zur Seite, schockiert über die frevlerischen Gedanken. Sie hörte, wie er wieder auf sie zukam, blickte ihn aber nicht an. Er setzte sich neben sie auf die Matte und sagte: «Hier, Naunachte. Iss.»

Er stellte die Speisen vor ihr ab: frisch gebackenes Brot, Honig, frische Kuhmilch, Datteln und Feigen, ein Granatapfel, mit Fleisch gefüllte kleine Kürbisse. Sie griff beherzt zu, und es schmeckte ihr so gut, dass sie ihn kein einziges Mal beim Essen ansah.

«So, schon besser», sagte er, als sie allmählich langsamer aß.

Naunachte rülpste. Sie blickte ihn mit scheuem Lächeln an und sagte: «Ich habe gut gegessen», so wie ihre Mutter es ihr beigebracht hatte.

«In der Tat», sagte Khonsu und lächelte zurück. «Du hast gleich für zwei magere Tempeldienerinnen gefuttert.» Er stellte die Teller beiseite.

Naunachte fühlte sich unbehaglich, als würde er eine Schranke wegnehmen, die sie vor ihm schützte. Plötzlich fiel ihr wieder ein, was er zu ihr auf dem Weg von der Fähre hierher gesagt hatte: Ich begehre dich, und ich bringe dich dorthin, wo ich wohne, damit ich mich mit deinem Körper vergnügen kann. Sie zitterte, und als sie ihn wieder ansah, bekam sie Gänsehaut. Er war so kräftig. Wie würde es sich anfühlen, wenn … er sich ihrer *bemächtigte*?

Er reichte ihr ein Leinentuch, an dem sie sich die Hände abwischte, dann warf er es hinter sich. Er saß im Schneidersitz da, wie ein Schreiber. Die kräftigen Muskeln seiner Schenkel waren gebeugt, die Waden verbargen seine Genitalien vor ihrem Blick. Sein nackter Körper erfüllte sie mit Furcht und Begierde.

Als hätte er ihre Verwirrung gespürt, wechselte Khonsu seine Position. Er löste seine Beine aus dem Schneidersitz, winkelte sie an und stützte sich mit den Ellbogen auf die Knie. Im Schatten zwischen seinen Schenkeln schimmerte das goldene Fleisch seines Penis in dem schwarzen Nest aus Schamhaaren. Er war nicht steif, sondern lag schlaff wie ein Tau da, zog aber dennoch ihre Aufmerksamkeit an. Ihr

Atem ging rascher, kühlte ihre leicht offen stehenden Lippen. Sie starrte darauf und zitterte.

«Naunachte», sagte Khonsu scharf. Sie erschrak und hob den Kopf. Er kniff die Augen zusammen, sinnlich hoben sich die unteren Lider dabei. «Bei Seth und dem Chaos», flüsterte er, «du bist wunderschön.»

Naunachte schaute sofort weg; sie war entsetzt, dass er ihren Namen mit dem gefürchteten Namen Seths in Verbindung gebracht hatte. Wollte er sie verfluchen? Sie sagte nichts, und so ergriff Khonsu wieder das Wort. Seine kühle Stimme ließ sie schaudern. «Du machst auf mich den Eindruck einer Jungfrau», sagte er. «Bist du eine Jungfrau, Naunachte aus dem Tempel Amuns?»

Sie blieb stumm. «Antworte mir», sagte Khonsu, und nun klang seine Stimme drohend wie ein Befehl.

Wie konnte Naunachte es bestreiten, wo ihr Leben doch in seinen Händen lag? Sie sah ihn hastig an und blickte dann weg, denn die Intensität seines Blicks versengte sie förmlich. Sie hatte das Gefühl, die Wahrheit sagen zu müssen. «Ich wurde noch von keinem Mann … erkannt», flüsterte sie, «aber ich bin keine Jungfrau mehr.»

Es gab eine kurze Stille, dann lachte Khonsu, indem er wieder den Kopf in den Nacken warf und seine weißen Zähne zeigte. «Was sind das für Rätsel!?», rief er aus. «Versuchst du, mich zum Narren zu halten, kleine Göttin? Erkläre dich!»

«Mich erklären?», flüsterte Naunachte hilflos.

«Erzähle es mir», befahl er. «Erzähle mir, was dir im Tempel widerfahren ist. Wie kann es sein, dass du Jungfrau bist und doch auch wieder nicht? Und warum trachtet man dir nach dem Leben?»

Langsam und zögerlich kam die Geschichte heraus. Khonsu lauschte schweigend, obwohl er manchmal die Augen zusammenkniff und die Lippen anspannte. Als sie mit den Worten «Und so fand ich mich auf der Straße wieder, auf dem Weg zurück in mein Dorf» geendet hatte, strich er sich nachdenklich übers Kinn und sah sie mit einem distanzierten, kalten Blick an. Tadelte er sie für ihr Verhalten, oder glaubte er ihr etwa nicht?

«Aha», sagte er endlich, «die Priester benehmen sich also wieder einmal so, wie wir es gewohnt sind. Diese Faulpelze, diese Parasiten! Sie nehmen sich die Hälfte all dessen, was unser Land hervorbringt, leben von der Arbeit anderer und schnappen sich sogar die hübschesten Jungfrauen, damit sie ihnen zu Diensten sind!»

Rasch entgegnete Naunachte: «Du verstehst mich nicht. Ich bin Gott Amun bestimmt.»

«Gott Amun?», wiederholte Khonsu voller Ironie. «Warum sollte ein Gott an dir interessiert sein, Naunachte, wo es doch Göttinnen von unsterblicher Schönheit gibt, die seine Lust befriedigen können?» Er lachte. «Versuch nicht, mich aufs Kreuz zu legen. Der Priester hat dich entjungfert, das hast du doch beinahe zugegeben. Er hat es nur nicht selbst getan, der Dummkopf. Wahrscheinlich ist er Sodomit, das sind sowieso die meisten von ihnen. Nein, das kann auch nicht sein; du sagtest ja, er sei der Geliebte deiner Feindin. Na, er war jedenfalls ein Dummkopf. Wäre ich an seiner Stelle gewesen, ich hätte dich genommen und behauptet, es im Auftrag des Gottes tun zu müssen. Sonst sind sie doch auch nicht um irgendwelche Märchen verlegen.»

«Nein», widersprach Naunachte. Sein bissiger Unglaube

verletzte sie mehr, als ihr lieb war. «Khonsu, du verstehst das nicht. Der Gott hat mich zu sich gerufen. Er hat mich berufen, ihm zu dienen. Ich bin in seine Dienste getreten, weil ich ihn liebe.»

Mit einem Mal war Khonsus Gesicht ganz reglos, nur seine Lippen bewegten sich schwach, als wolle er sprechen und könne es nicht. Seine Augen loderten hell wie glühende Kohlen. Naunachte hielt es kaum aus, ihn anzusehen, vermochte aber auch nicht wegzuschauen. Sein Gesicht strahlte Wut und Begehren aus, und seine Begierde weckte die ihre. Ihre Brüste hoben und senkten sich unter dem Umhang, sehnten sich nach der Berührung seiner Hände. Sie erschrak, als sie sah, dass sein Penis sich ganz von selbst aufrichtete und wie von Zauberhand nach vorn reckte.

«Du hast den Gott geliebt», flüsterte Khonsu zornig. «Du hast eine Statue geliebt, Naunachte. Glaub mir, wir Menschen sind den Göttern gleichgültig. Dich hat kein Gott gerufen. Du hast dich einem Ding aus Metall und Holz hingegeben.»

«Nein!» Sie schüttelte den Kopf, den Tränen nahe. Amun hatte sie verlassen, doch sie liebte ihn noch immer. «Ich weiß, was ich empfunden habe, Khonsu. Der Gott kam zu mir. Ich weiß es.»

«Ein Ding aus Metall und Holz», sagte er erneut. «Kleine Tempeldienerin, es ist Zeit, dass du lernst, wie es ist, wenn man sich jemandem aus Fleisch und Blut hingibt.»

Er beugte sich vor, griff nach dem Umhang, zog ihn herunter und warf ihn in eine Ecke des Raumes. Das Licht der untergehenden Sonne beschien ihren halb nackten Körper. Sie atmete rasch und war drauf und dran, aufzuspringen und zu fliehen, doch er packte sie bei den Armen und zog sie an sich. Ihr Kopf fiel nach hinten, und Khonsu beugte sich mit den Lippen über ihre goldfarbene Kehle.

Sein Atem war heiß und feucht, und die kräftige Zunge, die sich zwischen seinen Lippen hervorschob, fuhr energisch über ihre Haut. Sie schrie auf, ein Schauder überlief sie. Er zog sie noch näher heran und streifte ihr mit einer Hand das zerknitterte Gewand ab. Sein Mund wanderte aufwärts, bis er ihren Mund fand, und er küsste sie mit solcher Wildheit, dass es ihr den Atem verschlug. Seine Lippen schienen die ihren zu zermalmen, und seine Zunge wand sich in ihrem offenen Mund wie eine Schlange. Sie hatte das Gefühl, im Nil zu ertrinken, doch es war ein so seliges Gefühl, dass sie wünschte, nie mehr atmen zu müssen.

Ihr nackter Körper war eng an seinen gepresst, goldene Glieder gegen bronzefarbene, starre Brustwarzen gegen glatte blanke Haut. Er drängte sich mit dem Körper zwischen ihre Beine, sodass diese auf seinen Hüften zu liegen kamen. Seine großen Hände hielten sie an der Schulter und am Gesäß, drückte sie an sich, als sollten beide zu einem Fleisch verschmelzen.

Er löste die Lippen von ihrem Mund. «Hat der Gott dich geküsst?»

Sie konnte nichts erwidern. «Hat er dich geküsst?», fragte Khonsu beinahe zornig. «Hat er seinen Mund auf deinen Mund gepresst, Naunachte? Hat er dich in die Lippen gebissen? Hat er seine Zunge zwischen sie geschoben?»

Wenn sie verneinte, würde sie den Gott verleugnen. Hilflos warf sie den Kopf zur Seite und flüsterte: «Küss mich.»

Khonsu zögerte, und drückte ihr dann seinen Mund mit solcher Leidenschaft auf die Lippen, dass sie laut aufstöhnte. Er legte ihr eine Hand auf die Hüfte und bog mit der anderen ihren Rücken nach hinten, sodass sie ihm die geschwollenen Brüste entgegenreckte. Mit der einen Hand umfasste er ihre linke Brust, um gleichzeitig an der Brustwarze der rechten zu lecken, zu saugen und zu knabbern, sodass sie vor Überraschung kleine verzweifelte Schreie des Entzückens ausstieß.

«Hat Amun an deinen Brüsten gesaugt?», fragte Khonsu sie, indem er sie bei den Schultern packte und sie direkt ansah. Er zitterte vor Erregung und krallte ihr die Nägel ins Fleisch. «Hat er deine Brustwarzen geleckt, bis sie ganz prall waren? Was hat die Statue mit dir gemacht, Naunachte?»

«Hör auf», wimmerte sie, von Schuldgefühlen und Begierde gepeinigt. «Es ist Frevel. Ich darf nicht darüber sprechen. Bitte nicht!»

Er schob sie mit einer heftigen Geste von sich. Sie fiel auf die Matte zurück und starrte ihn erschrocken und furchtsam an. Wutentbrannt kniete er über ihr, und sein Penis war so steif und erregt, dass er gegen seinen flachen muskulösen Bauch stieß. Ein einzelner durchsichtiger Tropfen hing an seiner Spitze.

«Mach die Beine breit», sagte Khonsu kalt.

«Nein», flüsterte Naunachte erschreckt. Sie sehnte sich nach ihm, und ihr ganzer Körper erbebte vor Begierde, wie eine Saite, die im Nachhall einer langen Note schwingt. Doch seine Wut machte ihr Angst, sie begriff ihren Grund nicht.

«Mach die Beine breit für mich!», brüllte Khonsu, und dann stieß er sein Knie zwischen ihre Schenkel und zwängte sie mit einem Ruck auseinander. Sie hob die Hände, um ihn abzuwehren, doch er warf sich zwischen ihren Beinen auf die Matte, packte sie bei den Gesäßbacken und presste seinen Mund auf ihr Geschlecht.

«Nein!», schrie Naunachte entsetzt und erregt zugleich auf. Seine kräftige spitze Zunge glitt zwischen ihren Schamlippen hin und her, während seine Lippen den kleinen zarten Stummel liebkosten, in dem sich ihre Lust konzentrierte. Er presste ihre Schenkel mit den Händen weiter auseinander, bis sie ihr Innerstes preisgab. Sie ergab sich und lag nur noch keuchend da, ließ sein lüsternes Züngeln über sich ergehen, erzitterte, als Woge um Woge der Ekstase sie überschwemmten.

Er leckte sie ebenso geschickt wie Hunro, und seine kräftigen Finger drückten und streichelten das zarte Fleisch zwischen ihren Schenkeln, stimulierten sie auf so unerträgliche Weise, dass sie in regelmäßigen Abständen aufschrie und den Rücken durchdrückte. Sie berührte ihre Brüste, umfasste sie mit den Händen und zwirbelte ihre Brustwarzen. Von den Brüsten bis hinunter zum Bauch spürte sie ein köstliches Zucken, wie Fische, die zwischen Wasserlilien hin und her schnellen. Khonsu neckte sie mit dem Finger, er bahnte sich sanft einen Weg zu ihrem seidigen Schlitz und strich ihre eigenen Säfte immer weiter nach hinten, bis er ihren zuckenden Anus stimulieren und streicheln konnte.

«Oh, hilf mir!», stöhnte Naunachte. Sie spürte die Wellen des Orgasmus herannahen und hatte das Gefühl, von göttlicher Gnade wie von mächtigen Adlerschwingen berührt zu werden. «Hilf mir!», schrie sie laut. «Gleich kommt der Gott!»

Ruckartig wich Khonsu zurück, er keuchte. Ein heftiges Zucken überlief sie, sie wimmerte, als die Empfindungen nachließen, und fühlte sich nun leer und unbefriedigt. Sie schlug die Augen auf und sah zu ihm auf, die Hände flehentlich emporgereckt. «Bitte», flüsterte sie.

Khonsu kniete über ihr, immer noch heftig atmend. Sein Mund glitzerte von ihren Säften, und sein steifer Penis zuckte, als verzehre er sich nach ihr. Seine Nasenflügel blähten sich wie die Nüstern eines Hengstes. Sein ganzer Körper verriet, wie sehr er sie begehrte, doch als er sprach, tat er es mit eisiger, kontrollierter Stimme. «Nicht der Gott ist gekommen, Naunachte.»

Sie atmete hastig und sagte nichts. Khonsu beugte sich über sie, auf Hände und Knie gestützt, seine Größe und Kraft flößten ihr Ehrfurcht ein. Die Muskeln seiner Arme beugten sich und schwollen an, als er sein Gewicht auf sie stützte. «*Du* bist beinahe gekommen, kleine Göttin», flüsterte er, «gleich wärst du zum Höhepunkt gekommen. Ich habe dich dorthin gebracht, nicht der Gott. Verstehst du?»

Naunachte konnte nicht sprechen. Ihr Körper zitterte noch immer vor Verlangen und Begierde, ihr Mund war trocken. Endlich hauchte sie ein «Bitte. Bitte».

Ein bitteres Lächeln zeichnete sich auf Khonsus Lippen ab. «Was willst du, Naunachte?»

Sie legte die Hände auf seine warmen glatten Arme. Er ragte über ihr auf, wie die Himmelsgöttin Nut über der Erde thronte: unendlich, machtbeladen. Sie wollte seine Kraft spüren, wollte von seinem Gewicht erdrückt werden, wollte von dem Körper eines lebendigen Mannes erobert und besiegt werden. Während sie ihre Schenkel weiter spreizte und ihm das Becken entgegenreckte, wand sie sich mit unbewusster Lüsternheit. «Bitte», flehte sie wieder, «bitte nimm mich, Khonsu, o Herr.»

«Ich bin echt», erwiderte Khonsu leise und näherte seinen wunderschönen Mund dem ihren. «Ich bin hier, Naunachte, ich bin bereit für dich. Nimm, was du ersehnst. Leg deine Hand auf meinen Schwanz und führe ihn. Spüre, wie dick er ist, wie sehr er sich nach dir verzehrt. Führe mich in dich ein, Naunachte, wenn du mich haben willst.»

Ihr Atem ging schnell und flach. Plötzlich hatte sie Angst vor ihm, als wäre er gefährlich wie eine Giftschlange. Aber ihre Sehnsucht war so groß, dass sie mit ihrer zittrigen Hand nach seinem Penis tastete.

Glatt, warm, trocken und hart wie ein von der Sonne erwärmter Stein und doch weicher als der feinste Sand, der je über ihre Hände gerieselt war. Zögernd erkundete sie seine Länge, Khonsu schloss die Augen und entblößte die Zähne. Seine Bereitschaft steigerte ihre Lust nur noch. Schüchtern, weil sie nicht wusste, was sie da eigentlich tat, führte sie seine pralle Eichel zwischen die Lippen ihres Geschlechts ein und steckte sie dorthin, wo sie die größte Leere empfand. Sein Schwanz stieß gegen ihre weichen Falten, er zuckte, schien ein Eigenleben zu führen, und sie stöhnte.

Khonsu öffnete seine hellbraunen Augen. «Du musst mir Befehle erteilen», flüsterte er. «Kleine Göttin, wunderschöne Naunachte, sag mir, was du dir wünschst.»

«Nimm mich», hauchte Naunachte nur. «O Khonsu, mein Herr, spieß mich auf. Bitte!»

«Ja», keuchte er, und seine kräftigen Hüften spannten sich an, und er stieß zu, langsam und vorsichtig. Sie warf den Kopf zurück und schnappte nach Luft, als sein Penis immer weiter in sie eindrang und ihr das Gefühl der Leere nahm, ihr Sehnen linderte und dennoch neue, noch größere Begierde bei ihr entfachte.

«Hat die Statue das mit dir gemacht, Naunachte?», zischte Khonsu. Seine runden Pobacken spannten sich an, als er sich aus ihr zurückzog, um dann ganz langsam erneut in sie einzudringen. Ihre Lenden berührten sich; das krause Haar oberhalb seines Glieds verursachte ein angenehmes Kitzeln, seine Flanken schaukelten auf den weichen Innenseiten ihrer Schenkel, und ihre Fersen ruhten auf seinen zarten Kniekehlen. Plötzlich fiel ihr wieder ein, wie sie die Statue des Gottes liebkost und eben jene zarten Ausbuchtungen gestreichelt hatte, wie sie gespürt hatte, wie sein Fleisch sich regte und durch ihre Berührung zum Leben erweckt wurde.

Erinnerung und Empfindungen vermischten sich in ihrer Vorstellung, wurden zu einem untrennbaren Ganzen. Vor Lust schrie sie auf und griff nach Khonsus Gesäß, zog ihn näher zu sich. «Mach weiter!», stöhnte sie. «Mach weiter, Khonsu! Ja, ich spüre es!»

Er bewegte sich ganz ruhig und machtvoll, jeder Stoß bewies seine Stärke. Naunachte warf sich hin und her, sie war seine Gefangene, aufgespießt wand sie sich auf seinem pulsierenden Glied, das sie durchbohrte. Sie stöhnte und versuchte, den Kopf zu heben, um ihn zu küssen, doch das Gefühl, ihm ausgeliefert zu sein, war zu stark. Sie ergab sich, zitternd, von den wilden Stößen seiner muskulösen Lenden zur Unterwerfung gezwungen. Als ihr Höhepunkt kam, hatte sie das Gefühl, sie würde von wilden Tieren zerrissen, von Feuer verzehrt, von Füßen zu Tode getrampelt, fortgeschleudert. Sie schrie auf, ein einsamer ersterbender Schrei, und Khonsu brummte und trieb seinen ejakulierenden Penis in ihren steifen, harten Körper. Sogar in dem Rauch und den Flammen ihres Orgasmus spürte sie, wie er in ihr zuckte, machtvoll und gefährlich.

Er legte seine Hände auf ihre Brüste und schaute ihr ins Gesicht. Sein Hals und seine Schultern glänzten vom Schweiß, sein Körper lag auf ihrem. Sie dachte, nun würde er erneut von ihr verlangen, dass sie den Gott verleugnete, doch sie irrte sich. Er lächelte sie an, ein rasches, ironisches Lächeln, und rieb seine Stirn gegen die ihre, um den Schweiß abzuwischen. Seine Leidenschaft schien sich verflüchtigt zu haben und einem kühlen, spöttischen Humor gewichen zu sein.

«Also», sagte er nach einem kurzen Moment, «ich werde dich nicht gegen die Belohnung ausliefern, zumindest nicht gleich. Du wirst bei mir bleiben, und ich werde dich … erziehen.» Sein Lächeln wurde breiter. «Außerdem», fügte er hinzu, «werde ich dir eine Beschäftigung suchen. Ich weiß schon was.»

Wie konnte er von ihrer Erziehung, von einer Beschäftigung für sie sprechen, wo sein schlaffer Penis noch tief in ihrem feuchten Unterleib steckte und sie beide keuchend und schweißglänzend, ganz erschöpft von der Befriedigung ihrer Lust dalagen? Erstaunt blickte Naunachte zu ihm auf. Doch er schien auf eine Antwort von ihr zu warten. Seine Augenbrauen waren fragend in die Höhe gezogen, der eine Mundwinkel angehoben. Sie schluckte und brachte dann heraus: «Aber was tust du, Khonsu? Was für ein Mensch bist du?»

Khonsu spielte zerstreut mit ihren geschwollenen Brustwarzen, was ihr einen Schauder über den Rücken jagte. Träge lächelte er sie an. «Alles zu seiner Zeit», sagte er.

In jener Nacht schlief Naunachte wie eine Tote. Als sie aufwachte, war Khonsu fort. Sie wartete im Haus auf ihn und versuchte sich die Zeit zu vertreiben, indem sie seine Sachen inspizierte. Sie waren wunderschön. Der Kamm für seine Perücken war aus Elfenbein, seine Kosmetikstifte und Bürsten aus Goldbronze. Der silberne Spiegel hätte einem Prinzen zur Ehre gereicht. In einem Anflug von Kühnheit hielt Naunachte den Spiegel ins Sonnenlicht, kämmte sich die Haare und bemalte ihre Augen mit Khonsus Schminke. Sie blickte sich im Spiegel an und legte den Kopf auf die Seite. Der Schock über Amuns Verrat und ihre Flucht aus dem Tempel schienen ihrer Schönheit keinen Abbruch getan zu haben: Selten hatten ihre Augen so geleuchtet, hatten ihre Lippen so appetitlich geschimmert. Irgendetwas sagte ihr, dass dies daher kam, weil sie mit Khonsu geschlafen hatte. Sie musste an die Ekstase denken, die sie seinem Körper verdankte, und ein Schauder der Wollust überlief sie.

Dann aber schien sich Nebel zwischen sie und das Sonnenlicht zu schieben. Ihre Augen wurden dunkler. Eine unsichtbare Hand schien sie am Hals zu streifen, ein warmer Atem hauchte an ihr Ohr. Eine tiefe Stimme raunte: «Hat es dir größeres Vergnügen bereitet, dich ihm hinzugeben als mir, Naunachte?»

Naunachte ließ den Spiegel sinken, auf einmal fühlte sie sich kränklich und fröstelte. Ja, Khonsu war wunderschön. Doch wie konnte sie den Gott so rasch vergessen und die traumähnliche Begeisterung, die sie erfüllte, wenn sie niederkniete, um ihm mit dem Mund zu dienen? Vielleicht war all dies nur eine Prüfung, mit der Amun ihren Wert auf die Probe stellte.

Auf den Stufen knirschten Schritte. Furchtsam sprang Naunachte auf, doch als die Tür sich öffnete, kam Khonsu herein. Heute trug er gewöhnliche Kleidung, eine einfache schulterlange Perücke und ein schweres weißes Gewand, und als einziger Schmuck hing ein Lapislazuli-Anhänger an einem Lederband um seinen Hals. Er trug einen unförmigen Korb. Als er sie mit dem Spiegel in der Hand dasitzen sah, lächelte er. «Sehr hübsch», sagte er und strich mit einem Finger an dem bemalten Augenlid entlang, «aber ich glaube, Malachit würde dir besser stehen. Morgen bringe ich dir welchen.»

«Könnte ich ihn mir nicht besorgen?», fragte Naunachte schüchtern.

Khonsu kicherte. «Aber natürlich, wenn du gern einem halben Dutzend Madjai aus dem Tempel begegnen möchtest. Sie sind überall und suchen nach dir. Die Leute hier würden dich auf der Stelle der Polizei übergeben, um die Belohnung zu kassieren. Bleib im Haus, Naunachte.»

«Ich soll hier bleiben?», fragte Naunachte ungläubig. «Allein?»

«Ich komme ab und zu vorbei. Und ich habe dir etwas zum Zeitvertreib mitgebracht.» Er setzte den Korb ab und zeigte ihr etliche Stoffbahnen, Nadel und Faden sowie vier oder fünf Rollen Korbgeflecht. «Ich könnte mir vorstellen, dass ein Mädchen vom Land sich nützlich machen möchte, indem es Körbe und derartige Dinge fertigt.»

Mit schlecht verhohlener Bestürzung schaute Naunachte auf das Leinen und das Korbgeflecht. Hatte er das gemeint, als er sagte, er werde ihr Arbeit beschaffen?

Khonsu schien ihre Gedanken gelesen zu haben, denn er lachte erneut. «Keine Sorge, kleine Göttin», sagte er. «Ich weiß, du bist für Besseres zu gebrauchen. Ich werde mir was für dich ausdenken. Alles zu seiner Zeit.» Er wischte sich den Staub von den Händen, nahm sie beim Kinn und hob ihr Gesicht an, um es zu küssen. Seine Lippen waren sehr weich, und lange Zeit machte er keine Anstalten, mit der Zunge zwischen ihre Lippen zu dringen. Als er es doch tat, war es so süß, dass Naunachte sich nicht zurückhalten konnte und einen wohligen Seufzer ausstieß. Leidenschaftlich erwiderte sie den Kuss und hob die Hände, um sich an seine Schultern zu klammern, doch er machte sich grinsend los und ging zurück zur Tür. «Ich habe jetzt zu tun. Vor Sonnenuntergang bin ich wieder da.»

Er verschwand. Naunachte lauschte seinen sich entfernenden Schritten und schluckte.

Die Madjai suchten sie also in den Straßen! Khonsu hatte gelächelt, als er es ihr erzählte, als wüsste er, dass sie es nicht wagen würde, nach draußen zu gehen und sich zu vergewissern, ob das, was er gesagt hatte, stimmte. Sie konnte sein Haus nicht verlassen. War er ihr Retter, ihr Beschützer oder ihr Entführer? Konnte sie ihm vertrauen?

Das hing wohl ganz davon ab, was für ein Mensch er war. Er würde es ihr erzählen, wenn die Zeit dafür reif wäre, hatte er zu ihr gesagt. Bereits jetzt fürchtete sie, dass ihr die Antwort keine Freude bereiten würde.

Im Lauf der nächsten Tage fand sie tatsächlich die Antwort, und ihre schlimmen Befürchtungen bestätigten sich.

Nachts verließ Khonsu das Haus, manchmal wie ein Edelmann gekleidet, manchmal in ein schlichtes schwarzes

Gewand gehüllt, wie ein Schatten. Bei seiner Rückkehr brachte er Gold mit, manchmal waren seine Kleider zerknittert, und an der Klinge seines Bronzeschwertes klebte Blut. Tagsüber kamen alle möglichen übel aussehenden Kerle ins Haus, allein oder zu zweit, wollten Anweisungen haben und berichteten im Flüsterton Einzelheiten über bestimmte Taten, die Naunachte die Haare zu Berge stehen ließen.

Wie es schien, war Khonsu tatsächlich ein Herrscher, allerdings über Leute, von deren Existenz sie bislang nichts geahnt hatte. Seine Welt war der Morast von Wasets Gesetzesbrechern. Er war der Herr der Diebe und Schurken. Für das, was er da tat, schien er sich nicht im Mindesten zu schämen. Er sprach mit Naunachte nicht direkt darüber, machte aber auch keine Anstalten, es zu verheimlichen.

Was sollte sie tun? Ihr Pflegevater hatte immer gesagt, Diebe und Mörder seien die Hyänen der Menschenwelt, wilde Tiere, denen man am besten aus dem Weg ging. Doch nun war sie einem König unter jenen Bestien ausgeliefert, und, schlimmer noch, sie begann, Gefallen an ihrer Gefangenschaft zu finden.

Denn Khonsu war nicht nur schön, sondern auch charmant. Er hatte einen wachen Verstand und brachte sie mit fast allem, was er sagte, zum Lachen, er machte ihr Komplimente und brachte ihr Geschenke, Parfüm, Juwelen und feine Gewänder, die ihre Schönheit hervorhoben und ihr die Gefangenschaft erträglich machten. Erwartungsvoll lauschte sie seinen Schritten auf der Treppe, sehnte sich nach ihm. Seit jener ersten Begegnung verhöhnte er sie nicht mehr wegen ihrer Liebe zu Amun, er sprach einfach nicht mehr davon. Er behandelte sie wie einen seiner kostbaren Gegenstände, der in Ehren gehalten und bewundert werden musste.

Außerdem beschränkte er sich nicht darauf, sie anzusehen. Tag und Nacht nahm er auch von ihrem Körper Besitz. Sie lernte alle Freuden körperlicher Liebe kennen: das Geben und Nehmen, die doppelte, weil geteilte Lust. Sein Körper hatte etwas Magisches für sie, seltsam, perfekt und köstlich. Niemals wurde sie müde, die bronzene Haut zu streicheln, die weichen, warmen Stellen an seinem Hals, an seinen Achseln und seinem Gesäß zu erkunden, mit der Nase über die kräftigen flachen Muskeln an Brust und Bauch zu reiben.

Kurz, sie war glücklich. Sie wusste, dass sie Khonsu hätte verachten sollen, denn er war zweifellos ein Dieb, mit Sicherheit ein Lügner, womöglich auch ein Mörder – und doch konnte sie das nicht. Denn zu ihr war er ja freundlich, und seine glühende Leidenschaft bezauberte sie.

Am Abend des zehnten Tages nach ihrer Flucht aus dem Tempel lag sie mit Khonsu im warmen Dämmerlicht auf dem Dach seines Hauses. Dieses Dach war ebenso sorgfältig ausgestattet wie der Raum im ersten Stock. Auch hier lag eine Schlafmatte aus weichen Binsen auf dem Boden, ein feinmaschiges Fischernetz gegen die Moskitos war darüber aufgehängt, und in jeder Ecke standen Blumentöpfe, sodass es beinahe wie ein Garten war. Ein wunderschöner Platz, um sich zu lieben.

An jenem Abend war Khonsu ganz aufgekratzt. Ständig neckte er sie. Er berührte ihre Brüste, bis sie anschwollen und schmerzten, er küsste ihr Kehle und Schultern, bis ihr ganzer Körper förmlich aufgeladen war, und schließlich kitzelte er sie sanft, sodass sie keuchte und aufschrie. Er küsste sie zwischen den Beinen, leckte und liebkoste sie mit seiner langen Zunge, bis sie beinahe einen Orgasmus bekam, und dann spitzte er die Lippen und blies auf ihr warmes Fleisch, was sie erneut aufschreien ließ und ihr kalte Schauer über den Rücken jagte. Als sie protestierte, ihn an seinem kurz geschorenen Haar zog und eine Ohrfeige andeutete, lachte er nur und hielt sie auf Armeslänge von sich, sodass sie umsonst wütete und zeterte. «Nur weiter, wehr dich!», sagte er, noch immer lachend. «Du siehst so süß aus, wenn du wütend bist, Naunachte! Schlag mich, nur zu! Sieh nur, wie deine Brüste dabei wippen!»

«Du Bestie!», zischte Naunachte wütend. «Du willst mich wohl zum Narren halten?»

«Ach, ich bin also ein wildes Tier? Nun, dann bekämpfe den Löwen, bevor er dich auffrisst!»

Er warf sich auf sie. Sie versuchte sich zu wehren und wand sich, doch er war stärker. Schon lag sie unter ihm und hieb hilflos mit den Händen auf seinen breiten Rücken ein. Er grinste ihr ins wütende Gesicht, und ohne ein Wort stieß er ihr seinen Kolben hinein.

«Bestie!», keuchte Naunachte. «Bestie!»

Als er mit ganzer Kraft in sie eindrang, verschlug es ihr vor Schreck den Atem. «Wir sind beide wilde Tiere», keuchte er. «Weißt du, was Tiere tun, kleine Fast-noch-Jungfrau? Tiere paaren sich. Ich paare mich mit dir, Naunachte. Spürst du es?»

Die Aufwärtsbewegung seines steifen Penis in ihrem Innern brachte sie zur Ekstase. Sie stöhnte und hörte auf, sich zu wehren. Seine Worte waren schmutzig, aber sie erregten sie. Sie fühlte sich tatsächlich wie ein Tier – ein kopulierendes Tier, schmutzig und lüstern –, es war herrlich.

«Ich ficke dich», flüsterte Khonsu, und sein Körper traf mit einem leisen wollüstigen Geräusch auf ihren. «Naunachte, Naunachte.»

Es genügte Naunachte nun nicht mehr, die Worte zu hören. Sie wollte sie auch sagen. Sie grub Khonsu ihre Nägel ins Gesäß und stöhnte: «Ja, Khonsu. Fick mich!»

Während er sie mit seinen Stößen bearbeitete, lachte er, und sein Körper zitterte. «So ist es recht, kleine Tempeldienerin. Sag mir, was du möchtest.»

Naunachte wurde von einem Gefühl wilder Freiheit ergriffen. Sie warf die Arme weit auseinander und trommelte mit den Fersen auf Khonsus Pobacken ein. «Stoß zu!», rief sie. «Ja, ja, Khonsu, ich fühle deinen Schwanz in mir drin. Wir paaren uns wie die Tiere!»

Immer wieder stieß er zu, und das Vergnügen war so groß, die Erleichterung ihrer sexuellen Anspannung so groß, dass sie wie ein Tier schrie, als sein Penis in ihr pulsierte und er zuckend und stöhnend zum Höhepunkt kam.

Von einem Nachbardach rief eine Stimme: «Seth soll euch verfluchen, ihr treibt es ja wie stinkende Nilpferde! Hier versucht jemand zu schlafen!»

Naunachte und Khonsu lachten so heftig, dass sein Phallus aus ihr herausrutschte und sie aneinander geklammert auf der Matte lagen und sich vor Lachen ausschütten wollten.

Kurz darauf stand Khonsu auf. «Ich muss noch einmal weg», sagte er.

Naunachte biss sich auf die Lippen. Sie hasste es, wenn er nachts fortging. Sie hatte Angst um ihn, weil sie öfter Blut an seinem Schwert gesehen hatte. Doch sie sagte nichts.

Khonsu grinste sie an und ließ dann eine Papyrusrolle

aufs Bett fallen. «Solange ich fort bin», schlug er vor, «kannst du dir das hier anschauen. Es sind Bilder, nicht nur Geschriebenes. Vielleicht machen sie dir Spaß.»

Naunachte war intelligent, und als Kind eines Schreibers hatte sie die Hieroglyphenschrift gut genug erlernt, um ziemlich gut lesen zu können. Doch niemand hätte dies von einer Frau erwartet, und Khonsu entrollte den Papyrus und deutete mit einem Lächeln auf die Bilder, bevor er nach seinem Schwert für den Alltagsgebrauch griff, einer einfachen Waffe in einem Leinenfutteral, und zur Treppe ging.

«Das soll mir Spaß machen?», dachte Naunachte. Die Bilder waren eindeutig pornographisch, und sie fand sie abstoßend. Eine Hure und ihr Freier waren darauf in verschiedenen Positionen zu sehen, und es gab einige schlichte Bildunterschriften: *Oh, du bist aber gigantisch heute Abend, mein Geliebter,* und ähnliche vulgäre Aussprüche.

Doch die Positionen selbst waren ... interessant. Was bedeutete etwa dies hier, *Komm mit deiner Liebe hinter mich*? Sie drehte den Papyrus um und blinzelte im schwachen Licht.

Bald wurde es aber zu dunkel zum Lesen. Sie legte sich schlafen, als die Sterne am Himmel erschienen.

Gerade als sie die Augen zumachen wollte, zischte eine Sternschnuppe übers Firmament. Schmerzerfüllt lag Naunachte da und presste unbewusst die Hand auf das Mal auf ihrem Arm.

Ein Zeichen von Amun! Warum musste er es ihr gerade jetzt senden? Allmählich fühlte sie sich wo nicht glücklich, so doch wenigstens zufrieden. Wenn Amun sie nicht wollte, konnte er sie dann nicht zumindest aus seinem Dienst entlassen?

Sie wandte ihren Kopf von dem glühenden Himmel ab und machte die Augen fest zu. Sie versuchte, an Khonsu zu denken. An diesem Abend hatten sie zusammen gelacht und ihre Lust befriedigt.

Doch er hatte sie allein gelassen. Sie ahnte, dass das, was er tat, gefährlich und böse war, und sie hatte Angst um ihn. Ihr Geist lehnte sich auf, und als sie endlich schlief, träumte sie von Amun.

Ein paar Stunden nach Einbruch der Dunkelheit kehrte Khonsu nach Hause zurück. Er war nicht allein, doch auf seine geflüsterten Anweisungen hin verließen ihn seine Kumpanen unten an der Eingangstür. Das Mondlicht glitzerte auf ihren gezogenen Waffen, als sie davonschlichen.

Leise stieg er die Stufen hoch und öffnete die Tür. «Naunachte», flüsterte er.

Das von einem hellen Rechteck aus Silberlicht beschienene Bett war leer. Khonsu lächelte und legte sein Schwert ab. Mit einem lang gezogenen leisen Zischen zog er es aus der Scheide, überprüfte, ob es sauber war, und verstaute es dann in seiner Truhe. Er setzte die Perücke ab und legte sie sorgfältig in einen Korb, dann zog er sein Gewand aus.

Das gefältelte Leinen war blutverschmiert, und über Khonsus Schenkel zog sich ein langer Riss. Er verzog den Mund, als er die Wunde inspizierte, doch sie war nicht tief. Die Blutung hatte aufgehört. Khonsu breitete das Gewand aus und benetzte es mit Wasser aus dem Krug, dann wischte er vorsichtig das trockene Blut ab. Einen Augenblick lang öffnete die Wunde sich wieder, doch es bildete sich bereits Schorf, und so blutete es nur noch ein bisschen.

Khonsu ließ das fleckige Gewand fallen und ging zu der

kleinen Treppe, die hinauf zur Dachterrasse führte. Er blieb kurz am Fuß der Treppe stehen, den Kopf auf den Arm gestützt, und lächelte ins Mondlicht hinauf.

Es war seltsam und schön zugleich für ihn, zu Naunachte zurückzukehren. Er hatte sich daran gewöhnt, allein zu leben. Als er nach Waset gekommen war, hatte er es sich leisten können, sich Gesellschaft zu kaufen – eine Hure nach der anderen, die ihm das Bett wärmte und den Haushalt führte, doch keine davon hatte seinem Geschmack entsprochen. Sie waren laut und grob und verlangten Dinge von ihm, die er ihnen nicht geben wollte.

Doch Naunachte war anders. So als wäre ein weißer Meeresvogel zu ihm gekommen und hätte eine Brise kühler Seeluft in die drückende Atmosphäre der Stadt gebracht.

Es war nicht nur ihre Schönheit, obwohl Khonsu um seinen eigenen Wert wusste und immer sehr wählerisch gewesen war. Es war etwas anderes, das ihn anzog, etwas, das er kaum benennen, geschweige denn erklären konnte. Sie war jung und unerfahren, und dennoch war sie ruhig, beinahe gelassen. Sie gab sich seinem Körper hin und behielt trotzdem eine Aura entrückter Reinheit, wie eine Göttin auf einem Berg. Sie wirkte erleuchtet. Khonsu verachtete ihre Liebe zu dem Gott, doch sich selbst gestand er ein, dass Amun, sollte er unter den sterblichen Frauen eine Wahl treffen, sich bestimmt für Naunachte entschieden hätte.

Nachdenklich ging Khonsu die Stufen hinauf. Er konnte sich nicht daran erinnern, dass eine Frau ihn jemals so beeindruckt hätte. Und wie reagierte er darauf? Indem er scherzte, sie neckte, schmutzige Worte zu ihr sagte und sie anstachelte, dies ebenfalls zu tun, wie einer der Huren aus dem Basar, die er doch verachtete. Warum versuchte er, genau das zu zerstören, was ihn am meisten an ihr interessierte?

Du hast Angst vor ihr, sagte eine leise Stimme in seinem Innern. *Du fürchtest sie wegen ihrer Liebe zu dem Gott.*

Doch dass er sich vor irgendetwas fürchtete, hätte Khonsu niemals zugegeben, nicht einmal vor sich selbst. Er lief rasch die letzten Stufen zur Dachterrasse hoch, blieb im Mondlicht stehen und schaute zu Naunachte hinab, die nackt unter dem Fliegennetz schlief.

Das bleiche Licht färbte ihre Gliedmaßen silbern. Sie lag auf dem Rücken, einen der schlanken Arme oberhalb des Kopfes, die Lippen leicht geöffnet. Ein altes Gedicht kam ihm in den Sinn:

Schau, sie ist wie die Sternengöttin,
die sich zu Neujahr erhebt, strahlend weiß, mit heller Haut,
wunderschönen Augen zum Schauen
und süßen Lippen zum Sprechen.
Ein langer Hals und weiße Brüste, das Haar aus Lapislazuli,
die Arme leuchtender als Gold, die Finger wie Lotusblüten,
mit prallem Gesäß und schlanker Taille.
Ihre Schenkel offenbaren ihre Schönheit …

Ungeduldig schob er die Worte beiseite und hob das Netz an. Er würde sich selbst beweisen, dass er sie lieben konnte, ohne zu verleugnen, was sie war. Er würde sie lieben, ohne sie überhaupt zu wecken.

Ganz leise kniete sich Khonsu auf die Matte neben Naunachte. Er beugte sich über sie und strich ihr mit einer unendlich sanften Geste eine dichte schwarze Haarsträhne aus dem Gesicht. Sie rührte sich nicht. Er lächelte und fuhr mit den Fingerspitzen über ihre Kehle, ihre Schulter, die Rundung einer ihrer zarten Brüste.

Naunachte tat einen tiefen Atemzug und stieß die Luft seufzend wieder aus. Khonsus Hand wanderte weiter, leichter als ein Falter, sie berührte Naunachtes seidige nackte Haut nur ganz sanft. Die Spitzen ihrer Brüste wurden steif, und sie machte erneut einen tiefen Atemzug.

Nun berührte er sie mit beiden Händen, immer noch genauso sanft wie in ihrem Traum, er trommelte federleicht mit seinen kräftigen Fingern über ihre Kehle, ihre Rippen, ihren Bauch. Naunachte lächelte im Schlaf und warf den Kopf zurück, bot dem weißen Mond ihre weißen Brüste dar. Khonsu lief ein Schauer über den Rücken, die schlichte Sinnlichkeit, mit der sie reagierte, erstaunte und erregte ihn. Er beugte sich vor und beleckte mit der Zungenspitze die geschwollene Spitze ihrer einen Brust, worauf Naunachtes gesamter Körper wie das Blatt einer Wasserlilie erzitterte, wenn ein Boot vorbeifährt.

Sie schlief noch immer tief und fest. Kühn geworden, saugte Khonsu an einer ihrer Brustwarzen. Sie schwoll zwischen seinen Lippen an, und Naunachte stöhnte immer wieder leise, ein regelmäßiges lustvolles Flüstern. Ihr Körper wand sich, und ihre üppigen Schenkel öffneten sich, gaben die zarten Blütenblätter aus Fleisch frei. Khonsu setzte sich auf, lächelte still für sich und berührte die weiche Haut in ihrem Schoß.

Naunachtes Hüften reckten sich ihm entgegen, hoben und senkten sich wie die Nilwellen. Ihr Kopf bewegte sich hin und her, und sie atmete rascher. Khonsu ließ eine Hand zu dem dunklen Kissen zwischen ihren Beinen wandern und stellte zu seinem Vergnügen fest, dass sie schon feucht war und kleine Tröpfchen absonderte, wie eine überreife Frucht. Die kleine geheime Knospe, die die größte Lust einer Frau barg, war geschwollen und steif von der Begierde der Schlafenden. Er leckte seinen Finger an und berührte die kleine Knospe, so sanft, dass man es kaum Berührung nennen konnte.

Auf einmal spannte Naunachtes Körper sich an, als wäre sie tödlich verwundet. Ihr Rückgrat krümmte sich, und ihre glänzenden Lippen öffneten sich. Sie stieß einen langen Seufzer aus, und nun sagte sie auch etwas: «Oh, Amun, o Herr! Amun, großer Gott!»

Khonsu zog seine Hand zurück, als hätte er einen Skorpion angefasst. Er kniete neben Naunachte nieder, vor Entsetzen und Furcht zitternd. Vor ihr machte er sich über die Götter lustig, doch wenn er sie nun ansah, ganz von Begierde erfüllt, erkannte er, dass sie im Besitz Amuns war, dass der Gott bei ihr lag, unsichtbar und mächtig.

Er wagte nicht, sie anzufassen, wenn der Gott bei ihr war. Die Furcht vor der Rache eines eifersüchtigen Gottes ließ selbst einem tollkühnen Mann wie ihm den Mut sinken. Er ballte die Hände zusammen und betrachtete mit angstvoll aufgerissenen Augen, wie kleine Wellen Naunachtes Körper überliefen und ihre Lippen sich öffneten und schlossen, während ihre Seufzer immer lauter wurden.

«Amun», stöhnte sie erneut, «Amun, mein Herr.» Sie kniff die geschlossenen Augen zusammen und stieß einen kleinen zitternden Schrei aus, wie überwältigt von Lust. Ihre Hände öffneten sich, die Finger streckten sich und wurden starr, keuchend atmete sie durch den Mund. Gott Amun war bei ihr und erfüllte ihren sterblichen Leib mit göttlicher Lust.

Khonsu bedeckte sein Gesicht mit den Händen. Furcht und Eifersucht kämpften in seinem Innern miteinander, ließen ihn zittern. Er konnte es nicht ertragen, Naunachte erbeben zu sehen, während sein göttlicher Rivale sie zum Höhepunkt brachte. Ihr Stöhnen brannte ihm in den Ohren.

Endlich war sie still und reglos. Khonsu ließ die Hände von seinem Gesicht sinken und gab einen Laut von sich, der beinahe ein Schluchzen war, um dann, ohne zu zögern, seinen nackten Körper auf den von Naunachte zu pressen. Er drang sofort in sie ein, und als ihre warme Feuchte seinen vor Lust schmerzenden Penis umfing, fletschte er die Zähne. Sie war nass vom Samen des Gottes. Wütend und verzweifelt packte er ihre schlanken Handgelenke und hielt sie fest. Sie schnappte nach Luft und erwachte; ihre dunklen Augen starrten ihn an, ein winziger Mond spiegelte sich in jeder Pupille.

«Khonsu», flüsterte sie, ganz leise, als würde sie nur ausatmen. «Ich dachte –»

«Was dachtest du?», zischte er, indem er in sie eindrang und sich wieder zurückzog. Er war ganz von dem Vergnügen erfüllt, sie zu besitzen, tiefe Wärme begrub seinen Penis, sein Körper prickelte bei der Berührung mit dem ihren.

«Nichts», murmelte Naunachte. Sie schloss die Augen und seufzte vor Vergnügen, während sein Phallus in ihrem engen Schlitz hin und her glitt.

«Dachtest du, ich sei der Gott?», spottete Khonsu und lächelte grausam, als er das Entsetzen auf ihrem Gesicht sah. «Bin ich nun Amun? Hier hast du einen Mann aus Fleisch und Blut, kleine Fast-noch-Jungfrau!» Er drang mit aller Kraft, deren er fähig war, in sie ein. Ihr Körper zuckte wohlig, als seine Lenden mit ihren zusammenstießen, und er jubelte innerlich, als er sah, wie sie sich vor Vergnügen und Schmerz wand. «Du bist mein», sagte er zu ihr, während seine Stöße in einen steten, drängenden Rhythmus übergingen, kraftvoll und unerbittlich. «Mein, Naunachte, mein!»

Sie wehrte sich nicht. Ihr Körper wand sich unter seinen Stößen, ihre Brüste schwollen im Griff seiner Hände an, und ihre Schreie mischten sich mit seinen, während er sie mit seinem Kolben bearbeitete. Er nahm sie mit der Grobheit eines Sklavenaufsehers, der zum ersten Mal ein neues Mädchen zureitet und entschlossen ist, sie zu unterwerfen und ihr das Geständnis abzuringen, dass er ihr Herr sei. Doch selbst als sie zum Orgasmus kam, sogar in dem Augenblick, in dem er sie voll und ganz besaß, hatte ihr Gesicht einen verzückten Ausdruck, als wäre Amun immer noch in ihr. Khonsu hatte das Gefühl, der Gott stünde hinter ihm und belächelte gnädig seine bemitleidenswerten Versuche.

«Du bist mein!», schrie er verzweifelt, als ihm der Samen aus dem Schwanz spritzte. «Mein!»

Danach lag er erschöpft mit dem Kopf auf ihrer Brust. Sie strich ihm durchs Haar und schlief dann wieder tief ein. Er schloss die Augen und lauschte dem stetigen Doppelschlag ihres Herzens.

Wie konnte er einen Rivalen herausfordern, der unsichtbar und allmächtig war? Was hatte er dieser seltsamen, entrückten, reinen Frau zu bieten, damit sie das für ihn empfand, was sie für ihren Gott empfand?

Eines ist sicher, sagte Khonsu voller Überzeugung zu sich selbst. Ich werde mich nicht ihrer Macht unterwerfen. Weder sie noch der Gott sollen wissen, dass ich sie liebe.

Kapitel sieben

Naunachte erwachte in der angenehmen Kühle des Morgens aus ihren Träumen von Amun. Sie blickte zum Himmel auf, den das aufkeimende Tageslicht mit einem blassen Korallenrosa überzog, und seufzte sehnsuchtsvoll.

Im Heiligtum des Gottes wurde genau zu dieser Stunde das Ritual vollzogen. Die Hand Amuns tanzte vor der Statue und brachte den Gott in Wallung. Bald würde sie vor Lust stöhnen, während die Priester sie emporhoben und sie dem Gott darboten. Die Dienerinnen würden mit trockenem Mund zusehen, wie der prächtige goldene Phallus des Gottes langsam in die feuchte Vulva der Hohepriesterin eindrang.

Gestern Nacht war der Gott zu Naunachte gekommen und hatte sie geliebt. Während sie schlief, hatte er die geheimen Lippen zwischen ihren Schenkeln mit seinem mächtigen Penis geteilt und sie mit einem derartigen Wohlgefühl erfüllt, dass sie schluchzen musste. Nichts kam der Ekstase gleich, die seine Macht bei ihr auslöste.

Doch er hatte sie verlassen, hatte gestattet, dass sie aus seinem Tempel vertrieben wurde. Naunachte schloss die Augen, um ihre bitteren Tränen zurückzuhalten. «Amun, o Herr», betete sie leise, «wenn du meine Dienste nicht willst, so gib mich wenigstens frei. Gib mich frei!»

Neben ihr rührte Khonsu sich und seufzte. Naunachte erschrak über seine plötzliche Bewegung und richtete sich mit einem Ruck auf. Sie blickte zu ihm herab und runzelte die Stirn. Er schlief noch ganz fest und hatte den Kopf auf die Hand gebettet, selig wie ein Kind. Sein Penis war steif und warm und pulsierte.

Naunachte betrachtete seinen herrlichen seidig glänzenden Phallus und leckte sich die Lippen. Hatte er sie nicht gestern Nacht ebenfalls besessen? Sie war sich nicht sicher; sie konnte nicht mehr klar denken. Und doch glaubte sie sich erinnern zu können, wie er auf ihr lag und sie mit ungeduldigen Stößen bearbeitete, das Gesicht vor Lust und drängender Begierde verzerrt. Hatte er ihr nicht Vergnügen bereitet, ganz wie Amun?

Es schien, als sei er zu ihr gekommen, um sie von dem Verlust der göttlichen Gunst abzulenken. Ihr Gesicht hellte sich vor Vergnügen und Dankbarkeit auf, und sie beugte sich über Khonsu, um ihn zu küssen.

Doch bevor ihre Lippen die seinen berührten, zog sie hastig den Kopf zurück. Auf seinem Schenkel klaffte eine verschorfte Wunde von der Länge ihres Unterarms. Sie verschandelte seine bronzefarbene Haut wie Fäulnis eine Blüte. Hämisch schien die Wunde sie daran zu erinnern, dass Khonsu sterblich war.

Naunachte schloss die Augen, um Khonsus Wunde nicht mehr sehen zu müssen. Sie kauerte sich über ihn und fuhr mit ihrer langen Zunge an der weichen, von Adern durchzogenen Unterseite seines steifen Glieds entlang.

Er schmeckte herrlich: salzig und süß, nach ihren und seinen Säften, die sich vermischt hatten. Der intensive Moschusgeruch seines Körpers drang in ihre Nase. Während sie daran leckte, zuckte sein Phallus vor ihrem offenen Mund und lenkte ihre Aufmerksamkeit auf sich, wie ein ungezogenes Kind, das um Süßigkeiten bettelt. Naunachte lächelte und öffnete den Mund nachgiebig noch ein wenig mehr.

Die angeschwollene glänzende Eichel glitt in ihren Mund.

Ihr Unterleib zog sich zusammen, so als wäre sein Penis nicht nur zwischen ihre Lippen eingedrungen, sondern gleichzeitig in ihr Geschlecht. Sie stöhnte, und während sie den Mund stetig an Khonsus prächtigem steifem Schwanz auf und ab gleiten ließ, spannten sich ihre inneren Muskeln an und suchten vergeblich nach Halt.

Er wachte auf. Seine Haut veränderte sich, wurde lebendig und elastisch. Naunachte konnte die Erinnerung an Amuns Statue nicht ganz verdrängen, daran, wie sich die goldene Haut unter ihren Liebkosungen in warmes Fleisch verwandelt hatte. Sie stöhnte leise und saugte fester, erforschte mit der Zungenspitze die kleine Öffnung an der Spitze von Khonsus samtiger Eichel. Sie hörte, wie er wohlig brummte und die Hände in ihr Haar grub, um die Auf-und-ab-Bewegung ihres Kopfes zu verlangsamen.

Sie liebte es, ihm auf diese Weise zu dienen. Naunachte schob eine Hand zwischen Khonsus kräftige Schenkel und begann, seinen haarigen Sack zu kraulen. An dieser Stelle war er empfindlich, doch noch mehr war er es darunter, in der geheimen dunklen Falte zwischen seinen muskulösen Pobacken. Ihre Finger tasteten und erkundeten, brachten ihren warmen Speichel an verborgene Orte.

Khonsu schrie auf und streckte ihr die Lenden entgegen. Naunachte lächelte, auch dann noch, als sein steifer Schwanz ihren Mund ausfüllte. Sie presste mit dem Zeigefinger auf den pulsierenden Ring seines Anus. Khonsu stöhnte und spannte die Pobacken an, doch er leistete keine Gegenwehr. Ihr Finger drückte und presste weiter, bis er sich schließlich seinen Weg ganz hinein bahnte. Khonsu protestierte halbherzig und begrub seinen Schwanz zwischen Naunachtes Lippen. Bei jedem Stoß versenkte Naunachte ihren Finger ein Stück weiter, bis er der gesamten Länge nach von seinem kräftigen Schließmuskel umklammert wurde. Sie saugte so fest an seinem Penis, dass ihre Wangen ganz hohl wirkten. Khonsu gab einen letzten verzweifelten Seufzer von sich, während ihn der Orgasmus überlief. Sein Schwanz spritzte rhythmische Fontänen in ihren Mund, und sein Anus zuckte fiebrig um ihren Finger.

Dann entspannte er sich, und sie ließ ihn los. Sein warmes, salziges Sperma füllte ihren Mund. Sie schluckte es hinunter und leckte sich die Lippen, dann wischte sie sich den Mund ab und setzte sich auf.

Er lächelte. «Ah», sagte er befriedigt, «so möchte ich jeden Morgen geweckt werden!»

Sie erwiderte sein Lächeln, sah ihn aber scharf an. «Khonsu», sagte sie leise und deutete auf seinen Oberschenkel, «woher stammt diese Wunde?»

Khonsu sah hinab, hob die schwarzen Brauen und grinste. «Von einem Schwert», sagte er nachlässig.

Naunachte wandte den Kopf ab, denn sie musste an Gewalt denken, an Tod, an blitzende Schwerter, die durch die Dunkelheit fuhren – und das machte ihr Angst. Khonsu verzog sein Gesicht, als er ihre Besorgnis sah. «Mach dir keine Sorgen», sagte er. «Das ist nicht schlimm. Schau, es hat sich schon Schorf gebildet.»

Sie hob den Kopf und blickte ihn an. «Wer hat das getan?»

«Das spielt keine Rolle», sagte Khonsu leichtfertig. «Ich habe ihn getötet.»

Naunachte streckte die Hand aus und berührte ganz vorsichtig den dunklen Grind. Ohne zurückzuzucken, sah Khonsu ihr schweigend zu. Um das getrocknete Blut herum war das Fleisch abwechselnd bläulich, bleich und dunkel und von ungesundem Rot.

«Khonsu», flüsterte Naunachte endlich, «was soll ich tun, wenn du eines Nachts fortgehst und nicht mehr zurückkommst?»

Er griff nach ihrer Hand und blickte ihr dann mit solcher Intensität ins Gesicht, dass es ihr den Atem verschlug. Sie dachte schon, gleich würde er ihr etwas ganz Ernstes sagen, etwas, das sie trösten würde. Doch bevor er sprach, nahm sein Gesicht wieder den üblichen ironisch-humorvollen Ausdruck an. «Wenn dir das Sorgen bereitet», sagte Khonsu, «dann wird dir meine neueste Idee umso besser gefallen!»

Naunachte stieß einen kleinen Seufzer aus und erwiderte dann sein Lächeln. «Was für eine Idee?»

«Um dich zu beschäftigen. Es wird dir Spaß machen, Naunachte, uns beiden. Du wirst Erfolg damit haben, das verspreche ich dir, und es wird uns zum Lachen bringen.»

Sie hob fragend die Augenbrauen. «Was soll das sein?»

«Zauberei», antwortete Khonsu mit einem dramatischen Flüstern.

«Zauberei?», wiederholte Naunachte zögernd. Das Wort und die damit verbundenen Möglichkeiten machten ihr Bange. Sie wich ein wenig zurück und unterdrückte einen Schauder.

«Schau doch nicht so», sagte Khonsu gereizt. «Ich meine faulen Zauber, Naunachte, alles nur vorgetäuscht. Die Leute werden kommen, weil sie Narren sind, nicht, weil es wahr ist. Denk doch nur!» Er sprang auf, nackt im morgendlichen Sonnenschein, und gestikulierte begeistert mit den Armen. «Wer würde dir keinen Liebestrank abkaufen?

Du bist so wunderschön, jeder wird glauben, dass er wirkt. Und wenn sie erst sehen, was für Zutaten man dafür braucht, werden sie nicht mehr widerstehen können. Was das Wahrsagen angeht, so ist das ziemlich einfach, Naunachte. Ich weiß über jeden in der Stadt ein bisschen was und kann dir also erzählen, was sie hören wollen. Du wirst es überzeugend klingen lassen, da bin ich sicher. Es wird ganz einfach sein!»

Naunachte schüttelte langsam den Kopf. Ihr war kalt, als würde ihr Wasser über den Rücken tröpfeln. Alles in ihr wehrte sich lautstark gegen Khonsus Plan. Doch wie sollte sie ihm das erklären? Ganz vorsichtig sagte sie: «Khonsu, für Zauberei braucht man die Hilfe der Götter. Ich wäre … ich wäre froh, wenn ich sie nicht zu Hilfe zu rufen brauchte.»

Einen Moment lang war sein Gesicht unbeweglich. Dann schüttelte er ärgerlich den Kopf. «Du brauchst überhaupt niemanden zu Hilfe zu rufen. Benutze einfach nur deinen Verstand, Naunachte, und denk an das, was ich dir gesagt habe, dann wird alles bestens funktionieren. Hör zu, hör mir lediglich zu, es wird dir gefallen. Hör zu, was für einen Liebestrank ich mir ausgedacht habe.»

Er packte sie an der Schulter und zog sie eng an sich, dann flüsterte er ihr ins Ohr. Sie wandte sich langsam um und sah zu ihm auf, den Mund ungläubig staunend geöffnet. «Was», sagte sie, «vor ihnen? Vor den Leuten, die ihn gekauft haben?»

Er hob eine Augenbraue. «Ist es etwa schamloser als das, was die Hohepriesterin im Tempel Amuns tut?»

Sie wollte es bestreiten, doch er legte ihr den Finger auf die Lippen. «Psst», machte er. «Ich sehe, du willst es ausprobieren. Ich werde bei dir sein, Naunachte, die ganze Zeit.

Niemand wird dir wehtun. Und überleg doch nur. Wenn dies den Erfolg hat, den ich mir vorstelle, werde ich bald keine Zeit mehr haben, um nachts draußen herumzustreifen. Das würde dich doch glücklich machen, oder?»

Seine Augen waren ganz glasig, wie Sonnenlicht auf einer Wasseroberfläche. Sie glaubte ihm keine Sekunde lang. Doch er war so begeistert wie ein Kind, und obwohl sie es nicht wahrhaben wollte, fand auch sie die Vorstellung verlockend, seinen Plan auszuprobieren. Sie kämpfte mit sich selbst und gab dann schließlich nach.

«Na schön, Khonsu», sagte sie. «Wir werden es versuchen.»

***

Khonsu sollte Recht behalten. Zauberei war ein ausgezeichnetes Mittel für Naunachte, um sich den Lebensunterhalt zu verdienen.

Sie war erstaunt, wie viele Kunden zu ihr kamen. Khonsu schien es dagegen nicht im Mindesten zu überraschen. Er lächelte nur und brachte immer neue Männer ins Haus, einen nach dem anderen, sie zahlten Deben um Deben Kupfer oder sogar Goldringe, um eine Phiole von Naunachtes Liebestrank mitnehmen zu dürfen. Es war anstrengend, den Liebestrank zu produzieren, und nach einer Weile musste sie Khonsu bitten, die Zahl der täglichen Besucher zu reduzieren, da sie sonst zu erschöpft war, um den Zauber zu vollführen. Wenn der letzte Kunde gegangen war, lachten Khonsu und sie bei dem Gedanken daran, wie er den Trank beim Objekt seiner Begierde anwandte – und mit welchem Ergebnis.

Für einige Tage ging Khonsu beim Einbruch der Dunkelheit mit Naunachte zu Bett und lag bis zum nächsten Morgen bei ihr. Es war herrlich, die ganze Nacht in seinen Armen zu liegen. Sie glaubte, seine Anwesenheit halte den Gott von ihr entfernt, und nährte die Hoffnung, ihr Erfolg werde Khonsu dazu bringen, bei ihr zu bleiben. Doch ihre Hoffnung wurde enttäuscht. Nach nur wenigen Tagen der Häuslichkeit legte er eines Abends die Gewänder eines Edelmanns an, steckte sein bestes Schwert ins Leopardenfutteral, das er sich um die glatten breiten Schultern hängte, und ging ohne ein Wort. Er drehte sich nicht einmal um, als er die Stufen hinabschritt.

Es waren also nur leere Versprechungen gewesen. Traurig ging Naunachte auf die Dachterrasse und kroch unter das Moskitonetz. Sie drehte sich auf die Seite und seufzte resigniert, denn insgeheim hatte sie bereits die ganze Zeit damit gerechnet, enttäuscht zu werden. Dann machte sie die Augen zu, um zu schlafen, da sie sehr müde war.

Doch sie fand keinen Schlaf. Sie malte sich aus, wie Khonsu in der Dunkelheit durch die Straßen Wasets pirschte, in jedem Hauseingang von Schwertern und Speeren bedroht. Vielleicht hatte er sich auch deshalb so herausgeputzt, weil er eine Edeldame besuchen wollte, seine Mätresse. Würde ihn beim Zurückkommen eine neue Wunde zieren, oder würde das Parfüm seiner Mätresse an ihm haften?

Schließlich setzte sie sich auf. Sie schüttelte den Kopf und fragte die Sterne laut: «Warum mache ich mir das Leben so schwer?»

Unaufgefordert gab ihr die eigene Intuition die Antwort. *Weil du in Khonsu verliebt bist.*

Naunachte hob die Hände und schloss die Augen, als

könne sie ihre Gefühle ausschalten. «Hathor, o Herrin», betete sie, «Göttin der Liebe, hab Erbarmen mit mir. Lass mich ihn nicht lieben. Er wird mir das Herz brechen.»

Als sie erwachte, schlief Khonsu neben ihr. Er war unbewaffnet und roch nur nach seinem eigenen Duft. Nur der Rest Schminke um seine Augen zeigte ihr, dass die gestrige Nacht alles andere als ein Traum gewesen war.

Langsam wachte er auf, wie es seine Art war, und blickte lächelnd in ihr furchtsames Gesicht. «Heute Morgen kommt ein Kunde», sagte er, «wegen des Liebestranks. Und heute Nachmittag möchte jemand, dass du ihm weissagst.»

«Weissagen?» Naunachte schüttelte den Kopf. «Nein, Khonsu. Du weißt, dass ich das nicht tue.»

Khonsu griff nach einer Hand voll Haare und zerrte sanft daran, als würde er mit einem Welpen spielen. «Kleine Göttin, sei vernünftig. Ich bitte dich nicht, mit den Göttern in Verbindung zu treten. Alles, was ich von dir verlange, ist, dass du meine Behauptungen glaubhaft verkündest. Bahematun will wissen, was im Testament seines Vaters steht, das ist alles. Er möchte wissen, was sein alter Herr ihm vermacht hat. Es gibt ein halbes Dutzend Söhne – wir können alles Mögliche behaupten. Bemale dir die Augen mit einem blauen Lidstrich und murmle drauflos – du weißt schon, was du zu tun hast.»

«Nein», erwiderte Naunachte beharrlich, «Khonsu, du verstehst mich nicht. Es spielt keine Rolle, was ich sagen soll. Jedes Mal, wenn du mich bittest wahrzusagen, ist es dasselbe.» Ein Schauder überlief sie beim Gedanken an das letzte Mal. «Ich spüre einfach, dass ich es nicht tun sollte. Es ist gefährlich, Khonsu. Es ist gegen den Willen der Götter.»

Nun blickte Khonsu wirklich ärgerlich. Er packte noch eine weitere Hand voll Haare und hielt ihren Kopf fest, sodass sie ihm in die Augen schauen musste. «Naunachte», sagte er sehr leise, «ich verlange gar nicht von dir zu lügen. Wir erfinden lediglich etwas, wie eine Geschichte. Was kann daran verkehrt sein?»

Sie schüttelte mühsam den Kopf, den er mit beiden Händen gepackt hielt. Was konnte sie erwidern, wo sie lediglich das *Gefühl* hatte, dass es falsch war, weiszusagen? «Bitte», sagte sie, «zwing mich nicht dazu.»

Khonsus Gesicht nahm einen harten Ausdruck an. «Hör zu. Bahematun ist … einflussreich.» Er erklärte sich nicht näher, in welchen Kreisen der Mann seinen Einfluss ausübte, aber sie konnte es sich schon denken. «Du solltest ihn lieber nicht enttäuschen. Also zieh dir was Hübsches an, kleine Göttin, und tu, was ich dir sage.»

Sie wusste, dass sie es ihm eigentlich übel nehmen sollte, dass er sie zu etwas zwang, das ihrer Überzeugung nach falsch war. Doch es gelang ihr nicht, ihm etwas übel zu nehmen, und dass ihr dies nicht gelang, machte ihr Angst. Wortlos stand sie auf und ging nach unten, um sich für den ersten Kunden zurechtzumachen.

Der erste Kunde klopfte an die Tür, als der Morgen noch frisch und kühl war. Khonsu, als einfacher Diener verkleidet und mit einem schlichten Gewand und einer Kette aus Lapislazuli, sprang die Stufen hinunter, um ihm zu öffnen. Es war ein Mann mittleren Alters, dessen Korpulenz auf Reichtum und Erfolg hindeutete und der durch die Tür huschte, als würde ihn jemand beobachten.

«Wird sie mich empfangen?», fragte er ungeduldig.

«Sie ist bereit», antwortete Khonsu, ohne zu lächeln. «Doch Ihr müsst auf alles gefasst sein. Habt Ihr den Hahn mitgebracht?»

Der Kunde nickte, dass sein Doppelkinn mitwackelte, und streckte Khonsu die rechte Hand hin, in der er einen schwarzen Hahn an den Füßen gepackt hielt. Vergeblich flatterte er mit seinen schwarzen Flügeln.

«Gut», sagte Khonsu. «Kommt mit.»

Heftig keuchend folgte der Mann Khonsu die schmale Treppe hinauf. Der Raum am Ende der steilen Treppe war dunkel und still. Selbst der Lärm der Kupferschmiede, die in den Läden in der Straße hämmerten, schien gedämpft. Khonsu zog sich zurück und verschwand im Schatten. Der Kunde blieb allein zurück.

Einen Moment lang stand er mit zusammengekniffenen Augen da, von der Sonne geblendet. Er starrte umher und bewegte dabei leicht die Lippen, als hätte er gern etwas gesagt, was er dann aber doch nicht tat.

Naunachte stand unbeweglich wie eine Statue, von Kopf bis Fuß in Khonsus weiten schwarzen Umhang gehüllt. Obwohl sie nichts sah, konnte sie die wachsende Anspannung und Furcht des orientierungslosen Kunden spüren. Sie wartete, bis der richtige Moment gekommen war. Als der arme Mann schließlich vor Furcht schnatterte, warf sie den Umhang zurück und sagte mit ihrer einschüchterndsten Stimme: «Ich bin hier.»

Im Hintergrund zog Khonsu die Abdeckung von einem Paar heller Lampen. Das Licht flackerte auf und beschien Naunachte, die mit erhobenen Händen dastand, in ein langes Gewand aus weißem Leinen gehüllt, das derart fein gewebt war, dass man ihre rosigen Brustwarzen und den schwarzen Pelz zwischen ihren Beinen durch den Stoff hindurch sehen konnte, wie Schatten in einem Traum.

«Was willst du von mir?», fragte Naunachte leise.

Der Mann senkte den Kopf, als wäre sie eine Würdenträgerin, und streckte bittend eine Hand aus. «Erhabene Herrin», sagte er mit heiserer Stimme, «ich möchte einen Zaubertrank, um eine Frau in mich verliebt zu machen.»

Naunachte lächelte herablassend. Etwas verriet ihr, dass der Kunde die Wahrheit sprach, und viele Männer hätten eine spröde Dienerin mit Gewalt genommen. Es gefiel ihr, dass dieser pummelige Mann es nicht getan hatte. Sie würde den Trank bereitwillig für ihn herstellen.

«Bring das Gefäß», sagte sie und hob erneut die Hände.

Khonsu trat aus dem Schatten hinter den Lampen hervor und brachte eine tiefe irdene Schüssel, die mit Goldsand glasiert war. Er setzte sie vor Naunachte auf dem Boden ab und stellte die beiden Lampen daneben. Die kleinen Flammen zitterten, und ihre Lichtfunken sprangen von dem Gold ab, das Naunachte um Hals und Handgelenke trug. Die goldenen Scheiben, die an ihren Ohren hingen, sahen aus wie Blätter im Wind.

«Du hast den Vogel mitgebracht», sagte Naunachte zu ihrem Kunden. «Töte ihn. Lass sein Blut in die Schale laufen.»

Eilig gehorchte der Mann. Er zog das Messer heraus, das er am Gürtel trug, und schnitt dem Hahn die Kehle durch. Naunachte nickte und sagte dann zu Khonsu: «Mische das Blut mit Honig. Und bringe mir den magischen Stein.»

Khonsu verneigte sich und huschte davon. Naunachte hob den Kopf und blickte ins Leere, sah einfach nur majestätisch drein. Sie verspürte immer noch den Drang zu lächeln. Was ihr an ihrer Rolle als Zauberin mit am besten gefiel, war die Tatsache, dass Khonsu ihr als treuer Diener blinden Gehorsam leisten musste. Das war eine neue, herrliche Erfahrung, und sie kostete sie weidlich aus.

Khonsu kam zurück, einen schweren Gegenstand in den Handflächen. Es war ein schön gemeißelter, glänzender Phallus aus Granit, rosig und mit dunkelroten Blutflecken gesprenkelt. Khonsu kniete sich vor Naunachte hin und hielt ihr den Phallus hin.

«Man möge ihn ihm reichen», befahl Naunachte.

Der Kunde sah verwirrt drein, nahm aber den schweren Stein aus Naunachtes Händen entgegen und hielt ihn fest. Sein Blick begegnete dem von Naunachte, und er schluckte.

Naunachte gestattete sich ein kleines Lächeln. Dann öffnete sie ihr hauchdünnes Gewand und ließ es mit einer ruckartigen Bewegung von den Schultern gleiten. Der dickliche Mann japste, als das feine Leinen hinter ihr zu Boden fiel und im Licht der beiden Lampen ihren wunderschönen, nur mit ein wenig Gold geschmückten nackten Körper enthüllte.

«Wenn sie dich lieben soll», flüsterte Naunachte, «müssen deine Körpersäfte zusammen mit denen einer Frau in sie eindringen. Du bist zu mir gekommen, damit ich dir helfe, also gebe ich dir meine Säfte.»

Die Augen des Kunden schimmerten begierig, und er trat einen Schritt vor, den Phallus fest mit den Händen umklammernd. Seine Form fand ihre Entsprechung in seinem eigenen steifen Penis, der sich unter dem Leinen seines Gewands abzeichnete. Doch bevor er Naunachte berühren konnte, trat Khonsu dazwischen und hielt ihm eine Hand zum Zeichen strikter Weigerung entgegen. Kleinlaut taumelte das kleine Dickerchen rückwärts.

«Du darfst mich nicht berühren!», sagte Naunachte. «Es ist verboten. Niemand außer meinen Dienern darf mich berühren.» Sie spürte, dass Khonsu lächelte, und vermied es daher, ihn anzusehen. «Doch du darfst den magischen Stein mit deinem Speichel benetzen, und ich werde damit die Milch meines Leibes hervorrufen. Dies wird die Waffe sein, die dir im Kampf nützen soll.»

Mit aufgerissenen Augen schaute er erst den steinernen Phallus an, dann Naunachte. «Und was habe ich zu tun, o Herrin?»

«Ganz wie Gott Amun, als er die Welt erschuf», sagte Naunachte mit einem süßen Lächeln, «lasse auch du den Samen durch deiner Hände Werk hervorsprudeln. Lasse ihn in die Schüssel tropfen. Dort soll er sich mit meinen Säften vermischen. Die Macht eines solchen Tranks wird ihre Wirkung nicht verfehlen.»

Der Kunde verneigte sich und öffnete dann zögerlich den Mund, um den Steinphallus abzulecken. Naunachte berührte Khonsu an der Schulter und sagte zu ihm: «Salbe mich.»

Einen Augenblick begegneten Khonsus Augen denjenigen von Naunachte, die vor Belustigung und Erregung glühten. Dann kniete er wieder vor ihr nieder, eine kleine Schale mit Duftöl in Händen. Er benetzte seine Handflächen damit und rieb Naunachtes goldene Haut damit ein.

Naunachte stand ganz still und mit ausgestreckten Armen da. Im Tempel Amuns hatte sie jeden Morgen Hunro, die Herrin, vor dem Ritus gesalbt, und die Berührung ihrer Finger hatte die Hohepriesterin in Trance fallen lassen.

Jetzt, als Khonsu ihr vorsichtig das Duftöl in die Waden, Schenkel und den Bauch einrieb, fühlte auch sie die beginnende Trance.

Sie durfte keinesfalls zulassen, dass während der Trance Amun von ihr Besitz nahm. Sie musste gefasst bleiben, in der Gegenwart, um den Wünschen ihres Kunden zu entsprechen. Sie wehrte sich gegen die seltsam schwebende Empfindung, die sie einzulullen drohte. Doch die Berührung von Khonsus Händen war so wundervoll, so geschickt und zart, dass sie ihre ganze Kraft brauchte, um dagegen anzukämpfen.

Er goss noch etwas Öl in die Handflächen und hob die Arme zu ihren Brüsten empor. Seine Augen funkelten. Wie immer erregte ihn dieses Ritual beinahe so sehr wie sie. Unter seinem Gewand reckte sich sein praller Schwanz nach vorn wie ein Jagdhund auf der Fährte. Seine Hände umfassten die weichen Rundungen, und seine Finger zupften ihre Brustwarzen zu langen Knospen gespannter Ekstase. Sie stieß einen kleinen hilflosen Schrei aus.

«O ihr Götter», wisperte der unglückselige Kunde. Noch immer hielt er den Granitphallus in Händen, doch jetzt raffte er sein Gewand hoch und griff nach seinem Penis, den er wie gehetzt zu reiben begann. Sein Bauch wackelte im Rhythmus dazu.

«Der Stein», flüsterte Naunachte. Khonsu wandte sich um und nahm den Phallus entgegen, während sie sich zu Boden sinken ließ. Gleich würde sie die ölglänzenden Schenkel öffnen und sich dem Blick des Fremden darbieten. Das Delirium totaler Hingabe erfüllte sie allmählich. Sie konnte der Trance nicht länger widerstehen.

Der Fuß des Phallus lag schwer und kalt in ihrer Hand.

Sie legte ihn zwischen ihre Brüste, genoss es, den glatten, schweren Gegenstand dort zu spüren. Nun aber wollte sie ihn in sich spüren. Langsam zog sie ihn hinab, eine schwache Spur auf der leichten Erhöhung ihres Bauches hinterlassend, bis sie die schwarzen Löckchen zwischen ihren Beinen erreichte. Sie schob die Spitze des Steins zwischen ihre zusammengepressten Schenkel, stieß dort gegen ihre pralle Klitoris und stöhnte vor Lust.

Es war so weit. Naunachte krümmte den Rücken und ließ locker die Beine auseinander gleiten. Die feuchten Blütenblätter zwischen ihren Beinen schimmerten im Licht der Lampen, und der heftig masturbierende Kunde stieß einen langen Seufzer des Entzückens und der Überraschung aus.

Einen Augenblick lang stimulierte sie ihre Klitoris mit der kalten Spitze des Phallus, rieb und kraulte die kleine Knospe, bis ihr Atem zu zittern begann. Dann schob sie die breite steinerne Eichel zwischen ihr Geschlecht, bis der gesamte Phallus der Länge nach darin verschwand.

Seine Kälte war wie die Kälte von Amuns Statue, bevor sie diese durch ihre Liebkosungen zum Leben erweckte. Er war unerbittlich, härter als ein Mann, von göttlicher Entschlusskraft. Mit einer Hand schob Naunachte ihn hin und her, und mit der anderen rieb sie unermüdlich ihre schmerzende Klitoris. Ihre Hüften hoben und senkten sich, während sie den glatten Granit in ihrem warmen Schlitz auf und ab bewegte. Sie fing an, zu schreien und zu zittern, während wunderbare Empfindungen in ihr aufstiegen.

Sie hörte den Kunden stöhnen, als wäre er in einer anderen Welt. Nichts zählte mehr für sie außer ihrem eigenen Vergnügen und ihrer Befriedigung. Der Phallus tief in ihr drin war Amun, der göttliche Liebhaber in ihren Träumen. Er zeigte sich ihr in seiner göttlichen Gestalt, umgab sie mit seinem göttlichen Duft, der ihr die Sinne raubte. Erneut schrie sie auf und griff mit ihren inneren Muskeln nach dem glatten kalten Schaft des Phallus. Ihr ganzer Körper straffte und schüttelte sich, als der Orgasmus sie überkam.

Dann blieb sie ganz still liegen und atmete langsam, während sie in die Realität zurückkehrte. Sie fühlte, wie der Phallus vorsichtig aus ihr herausgezogen wurde, und schließlich gelang es ihr, sich zu konzentrieren.

Sie setzte sich auf und nahm den Phallus aus Khonsus Händen entgegen. Er glänzte im Lampenlicht von ihren milchigen Säften. Sie begegnete dem Blick des Kunden, beugte sich vor, strich behutsam die cremige Substanz ab und ließ sie in das Gefäß tropfen.

«Es ist getan», sagte sie und lehnte sich zurück, als wäre sie sehr müde, was sie auch tatsächlich war. «Es ist vollbracht.» Und damit griff sie nach dem schwarzen Umhang und bedeckte sich damit.

Sie hörte Khonsu sagen: «Ihr müsst bestimmte Gebete sprechen, damit der Trank seine Wirkung entfaltet. Ich bringe sie Euch bei. Sie sind äußerst wichtig.»

Im Schutz des Umhangs lächelte Naunachte. Khonsu war ein ausgefuchster Betrüger. Sollte aus irgendeinem Grund der Trank keine Wirkung zeigen und der Kunde zurückkommen, um sich zu beschweren, konnte er diesem die Schuld zuschieben, weil er die Gebete nicht korrekt gesprochen hatte. Sie holte tief Luft, die Trance und ihr Orgasmus hatten sie erschöpft. Ohne es eigentlich zu wollen, fiel sie in einen leichten Schlaf.

Beim Aufwachen erschrak sie. Der Umhang wurde weggezogen, und es war bereits dunkel. Khonsus Stimme flüsterte: «Wach auf, o Zauberin. Wieder ein zufriedener Kunde. Ich habe den Hahn in die Bräterei gebracht. Dort wird er für uns zubereitet.»

«Oh», murmelte Naunachte, noch halb benommen. «Ist er wieder fort?»

«Ja.» Khonsus Hände packten sie und drehten sie um, sodass sie ihm den Rücken zugewandt hielt. «Bei Seth, du kleine Hexe, du entflammst mich. Erst befiehlst du mir, dich einzuölen, und dann besorgst du es dir selber! Dir werd ich's zeigen!»

Er zerrte sie auf Hände und Knie hinab. Naunachte schüttelte den Kopf und blinzelte.

«Erinnerst du dich noch an das Bild?», zischte Khonsu. *«Komm hinter mich mit deiner Liebe ...»*

Naunachte erinnerte sich lebhaft daran. Sie zitterte, als Khonsu einen Strahl Duftöl zwischen ihre Pobacken träufelte und dann vorsichtig das zarte Fleisch dazwischen zu massieren begann. «Was tust du da?», flüsterte sie.

«Ich komme hinter dich mit meiner ... Liebe», erwiderte Khonsu. Seine Hand drückte und presste an ihrem Anus herum, bis dieser endlich nachgab. Ein Finger schlüpfte hinein, und sie schrie auf, vor Schreck und Freude über das dunkle Vergnügen, das sie auf einmal durchflutete.

«Du hast deinen Spaß gehabt», raunte Khonsu ihr ins Ohr. «Jetzt bin ich an der Reihe.»

Seine pralle Eichel presste sich zwischen ihre Hinterbacken und stieß gegen das geheime Loch. Er zog seinen Finger zurück und ersetzte ihn durch seine Eichel, dabei ständig sanften Druck ausübend. Naunachte stöhnte, wollte ihm widerstehen und sehnte sich doch gleichzeitig danach, ihn in sich zu spüren.

«Vorsichtig», flüsterte Khonsu, und in dem Augenblick entspannte sie sich, und sein steifer Penis schob sich in ihren Anus. Sobald die Spitze davon begraben wurde, kicherte Khonsu und griff nach ihren Armen, um daraufhin fester zuzustoßen. Naunachte protestierte mit einem Murren und versuchte, sich loszumachen, doch nun war es zu spät, um ihn aufzuhalten.

«Bück dich», befahl er ihr. Er wühlte in ihrer dunklen vollen Mähne und stieß ihren Kopf nach vorn, sodass sich ihr Arsch ihm lüstern entgegenreckte. Er grunzte befriedigt und drang langsam und behutsam immer weiter in sie ein. «Im Namen des Chaos», keuchte er, «das ist herrlich! So schön eng! Ach, Naunachte, du bist wirklich eine Zauberin. Du hast mich behext! O ihr Götter!»

Er bebte vor Verlangen. Immer schneller und heftiger stieß er ihr seinen Kolben ins Loch, füllte sie mit extremen Empfindungen, sodass sie immer wieder halb aus Lust, halb vor Schmerz aufschrie. «Bitte», bettelte sie, «hör auf, Khonsu, hör auf!»

«Nein», fauchte Khonsu, und dann stieß er einen lauten Schrei der Erlösung aus, und seine kräftigen Hände packten ihre nackten Arschbacken, während er sich entlud.

Dann war er plötzlich zerknirscht. Ganz sanft zog er seinen Penis heraus, küsste ihr wundes Fleisch und flüsterte ihr Koseworte zu. Sie stöhnte und klammerte sich an ihn. «Psst», beruhigte er sie. «Hab ich dir wehgetan, Kleines? Das tut mir Leid. Psst.» Er träufelte noch ein wenig Öl auf seine Finger und massierte sie damit, um ihre Schmerzen zu lindern. Mit der anderen Hand streichelte er sanft ihre Brüste.

Durch seine Zärtlichkeiten wandelte sich ihr Schmerz auf einmal in Lust. Sie seufzte und drehte sich in seinen Armen um, blickte im Halbdunkel zu ihm auf. Seine Augen schimmerten, und sein Gesichtsausdruck verschlug ihr beinahe den Atem. Beinahe glaubte sie –

Nein, sie konnte nicht glauben, dass er sie liebte. Wenn er sie liebte, wie konnte er es dann ertragen, ihr wehzutun? Er war kalt und berechnend, und er wollte sie nur, weil sie so schön war.

Es widersprach aller Vernunft, diesen amoralischen, ruchlosen Mann zu lieben. Er würde sie benutzen und dann loswerden wollen. Und dennoch rührte sie die Schönheit seines kräftigen Gesichts, und das Vergnügen, von seinen Armen gehalten zu werden, war beinahe so stark, dass sie darüber Gott Amun vergessen hätte. Es war zu spät für Vernunft.

«Khonsu», flüsterte Naunachte und streckte ihm die Arme entgegen. Er beugte sich über ihre Lippen und küsste sie. Ihre Zungen trafen aufeinander, traurig und süß zugleich.

Er wich ein wenig zurück und flüsterte ihren Namen, dann küsste er sie erneut. Ihre Lippen waren weich wie Blütenblätter und boten doch Widerstand, wie Weinranken, die Wände spalten können. Seine harten Hände pressten gegen ihren Rücken, hielten sie eng an seinem glatten, kräftigen Körper. Naunachte umschlang ihn und hätte fast nicht bemerkt, dass sie weinte.

Es wurde Mittag, es wurde Nachmittag. Naunachte saß am Fenster und ruhte sich aus. Khonsu hatte immer akzeptiert, dass ihre Zaubervorstellung sie ermüdete, und nun glitt er auf leisen Sohlen durch den Raum und bereitete alles für den nächsten Kunden vor.

Der hölzerne Laden, der den Sonnenschein abhielt, während sie wahrsagte, wurde beiseite geschoben, und das glänzende goldene Licht strömte herein. Naunachte sah Khonsu zu, wie er sich auf und ab bewegte, bewunderte das Spiel seiner Muskeln unter der goldbraunen Haut. Die Narbe auf seinem Schenkel war mittlerweile nur noch ein Schatten.

Neben ihr lag eine seiner Papyrusrollen. Ohne groß zu überlegen, griff sie danach und entrollte sie. Das Geschriebene fesselte ihre Aufmerksamkeit. Es war die Erzählung von Bata. Naunachtes Pflegevater hatte sie ihr erzählt, und während sie mit dem Finger über die Zeilen fuhr, musste sie lächeln.

Bata ging zum Stall und lud sich Gerste und Weizen auf die Schultern. Draußen sagte die Frau seines Bruders zu ihm: «Wie viel trägst du da auf der Schulter? Fünf Säcke? Du bist sehr kräftig. Jeden Tag sehe ich, wie kräftig du bist.» Und sie sehnte sich danach, bei ihm zu liegen, wie Mann und Frau beieinander liegen. Sie erhob sich, nahm ihn bei der Hand und sagte zu ihm: «Komm, wir wollen eine Stunde zusammen schlafen!»

Ein Schatten fiel auf den Papyrus. Naunachte zuckte zusammen und blickte auf, beinahe beschämt, dass sie ertappt worden war. Khonsu stand mit gerunzelter Stirn vor ihr. Nach einem langen Augenblick der Stille sagte er: «Du kannst lesen?»

Er schien es nicht glauben zu können. Naunachte nickte und sagte gequält: «Mein Vater war Schreiber. Ich habe es gelernt, indem ich ihm zusah.»

Khonsu setzte sich im Schneidersitz neben sie und nahm ihr den Papyrus aus der Hand. Er las ein wenig, dann lächelte er sie an. «Dann haben wir also etwas gemeinsam», sagte er leise. «Mein Vater war auch Schreiber.»

In der ganzen Zeit, seit sie mit ihm zusammen war, hatte Khonsu kein einziges Mal seine Kindheit oder Herkunft erwähnt. Nun fühlte sich Naunachte, als würde sie über eine schmale Papyrusbrücke über einen abgrundtiefen Sumpf wandeln. Betont beiläufig fragte sie: «Wo war das, Khonsu?»

«In Memphis, im unteren Königreich», sagte Khonsu. Langsam strich er mit den Fingern über den Papyrus, zeichnete die geschwungenen Linien der kursiven Hieroglyphenschrift nach. Er sah zu Naunachte auf. «Erzähl mir von deinem Vater.»

«Er ist mein Pflegevater», sagte Naunachte. «Er arbeitet in der königlichen Grabstätte – als Diener am Ort der Wahrheit. Anfangs war er als Maler der Grabstätten angestellt, doch dann wurde er befördert und wurde Schreiber. Er malt sehr gern, und auch als er bereits Schreiber war, malte er noch, Gräber von Freunden und so etwas. Man muss sehr geschickt dafür sein.»

«Ja, das muss man», stimmte Khonsu leise zu. Er schien ganz in Gedanken verloren. «Ich wäre gern Maler geworden», sagte er schließlich. «Das ist wenigstens etwas Kreatives. Aber Schreiben … Ursprünglich hätte ich in die Fußstapfen meines Vaters treten sollen. Doch er war nicht besonders klug und arbeitete in der Rechnungsstelle des königlichen Palastes. Das hätte ich nicht ertragen.»

Hastig atmend sah Naunachte ihm ins Gesicht. Seine Augen waren verschleiert, als schließe er sie aus. Sie versuchte sich ihn als feurigen Achtzehnjährigen vorzustellen, voller Energie und Enthusiasmus. Wer hätte es verantworten mögen, ihn in das muffige, verwinkelte Labyrinth einer stillen Schreibstube zu sperren? Das war, als hätte man einen Wüstenleoparden in einen Käfig gesperrt.

«Khonsu», sagte sie leise. Er sah auf, mit einem zugleich zögernden und verletzlichen Ausdruck. Sie war gerührt, und sie öffnete die Lippen, um ihm zu sagen, dass sie ihn liebte.

Unten auf der Straße hämmerte jemand an die Tür, das Getrommel ließ sie beide hochfahren. Naunachte schloss die Augen, nicht sicher, ob sie frustriert oder erleichtert darüber sein sollte, dass sie unterbrochen worden waren.

«Bahematun», sagte Khonsu. Er blickte auf die Papyrusrolle in seinen Händen, verzog ärgerlich das Gesicht und warf sie in die Ecke, wie ein Jugendlicher, den man mit seinen alten Spielsachen ertappt hat. Er sprang auf und klappte den Laden zu. «Mach dich fertig, Naunachte», befahl er. «Rasch.» Dann war er fort, im Treppenhaus verschwunden.

Naunachte atmete tief durch und griff nach dem silbernen Spiegel. Im Halbdunkel glitzernd, starrten ihre Augen zurück. Sie waren dick bemalt für ihre Rolle als Zauberin – mit dem Grün des Malachits und dem Schwarz des Kajals.

«Sie bereitet sich gerade auf die Zeremonie vor», drang Khonsus zögerliche Stimme von unten herauf. «Lasst mich Euch nach oben geleiten.»

Dann hörte Naunachte eine andere Stimme – ein tiefes, raues Schnarren, das ihr das Blut in den Adern gefrieren ließ. «Wenn Sie eine Seherin ist, weiß sie doch schon, dass ich komme.»

In dem plötzlichen Entschluss, sich von diesem abscheulichen Kumpanen Khonsus nicht beeindrucken zu lassen, stellte sie sich oben an die Treppe. Mit schneidender Stimme rief sie: «Bahematun.»

Khonsu blieb auf der Treppe stehen und sah sie voll Bewunderung und Zustimmung an. Er trat beiseite, und nun sah Naunachte den hinter ihm stehenden Mann. Sie straffte die Schultern und überwand so den Impuls, zurückzuweichen.

Bahematun war ein paar Jahre jünger als Khonsu. Er war dünn und hager, die starke Sonne Ägyptens hatte seine Haut mahagonifarben gebräunt, und seine Augen waren schwarz wie Tinte. Eine schwere Perücke fiel ihm auf die Schultern herab und war mit schwarz und golden glitzernden Perlen geschmückt. Um die Handgelenke trug er breite goldene Armreife, die mit hellen Emaillefiguren – Tier- und Vogeldarstellungen – verziert waren, um den Hals einen großen Kragen aus buntem Glas – rot, blau, weiß und gelb. Er war wie ein wohlhabender Mann gekleidet, doch als er die Stufen hochschritt, den finsteren Blick auf Naunachtes Gesicht gerichtet, umgab ihn eine derart bedrohliche Aura, dass sie ihre ganze Willenskraft aufbringen musste, um nicht das Weite zu suchen.

«Aha», sagte Bahematun, als er den Raum betrat. Seine tiefe, heisere Stimme passte schlecht zu seinem schmalschultrigen, mageren Äußeren. «Das ist also die schöne Zauberin, die Khonsu verhext hat.»

Naunachte hatte sich niemals Gedanken darüber gemacht, was es für Khonsu bedeutete, dass sie in sein Leben getreten war, doch jetzt war nicht die richtige Zeit für diese Fragen. Sie richtete sich zu ihrer vollen Größe auf und stellte erfreut fest, dass sie ein wenig größer als Bahematun war. «Du willst, dass ich dir weissage», sagte sie kalt.

«Ja.» Bahematuns Augen schimmerten. Er musterte sie von Kopf bis Fuß, als würde er sie mit den Augen ausziehen wollen. Sie beschloss, diesmal während der gesamten Zeremonie angekleidet zu bleiben.

«Setz dich», sagte sie und deutete auf den kleinen Klappstuhl in der Mitte des Raums. Bahematun runzelte die Stirn und strich sein Gewand glatt, bevor er sich hinsetzte. Naunachte holte tief Luft und kniete vor ihm nieder, die Handflächen wie eine Grabstatue ausgebreitet. «Khonsu», sagte sie leise, «bring mir den Trank.»

Der Trank war nichts weiter als starker, unverdünnter Traubenmost, doch alle Wahrsager nahmen etwas zu sich, das sie in Trance versetzte, und die Kunden erwarteten es. Khonsu hielt ihr den Becher an die Lippen, ohne auf Bahematuns unverhohlenes Grinsen zu achten.

Naunachte blickte in das höhnische Gesicht des hageren Mannes und fühlte eine plötzliche Welle schützender Wut in sich aufsteigen. Er machte sich über Khonsu lustig! Sie schluckte den Wein hinunter, und der Alkohol durchströmte sie. «Warum bist du hergekommen», sagte sie mit kalter Stimme, «obwohl du nicht an meine Macht glaubst?»

Sie schien Bahematuns Gedanken ausgesprochen zu haben, denn er blickte unbehaglich drein. Im Schatten nickte Khonsu zustimmend. Bahematun leckte sich die dicken Lippen, dann sagte er: «Ich … bin bereit zu hören, was du zu sagen hast.» Das Licht der Lampen fing sich im Weiß seiner Augen. «Es heißt, du hast göttliche Kräfte», fügte er leiser hinzu.

Sein Gesicht war grausam und hart, und Naunachte fürchtete sich vor ihm. Sie zitterte beinahe, als seine kalten Augen sie berührten. Wie konnte Khonsu mit Männern wie diesem Umgang haben? Sie riss sich zusammen und sagte: «Was also willst du von mir wissen?»

Bahematun beugte sich ein wenig vor. Seine Hände klammerten sich an die Luft, als wollten sie sie erwürgen. «Mein Vater hat ein Testament verfasst», sagte er leise, und seine Stimme klang wie Füße, die knirschend über Felsen in der Wüste streifen. «Sage mir, o Zauberin, was darin steht. Ich habe Brüder. Sage mir, was er mir hinterlassen wird.»

Ihre Blicke trafen sich. Bahematuns Augen waren schwärzer als eine mondlose Nacht. Naunachte starrte in sein Gesicht und unterdrückte einen Schauder. Sie hasste die Rolle, zu der Khonsu sie zwang, und sie fürchtete sich vor Bahematun. Auf seinem Gesicht stand Tod zu lesen.

Amun, betete sie im Stillen, *mein Herr und Gebieter, schütze mich.*

Sie schloss die Augen. Sie wollte so tun, als wäre sie in Trance gefallen, Unverständliches murmeln, sich hin und her werfen – ganz so, wie Khonsu es ihr gezeigt hatte. Wenn Bahematun sie dann in der Macht des Gottes glaubte, würde sie das sagen, was Khonsu ihr geraten hatte, nämlich dass der Vater seinen Besitz zu gleichen Teilen unter seinen Söhnen aufteilen würde. Diese Lösung war schließlich am wahrscheinlichsten.

Doch plötzlich hatte sie den Eindruck, ganz klar, kühl und distanziert denken zu können, so als stünde sie im Morgengrauen auf einem Berggipfel in der Wüste. Durch die geschlossenen Lider hindurch sah sie Licht, einen rosigen Schimmer wie beim Sonnenaufgang. Einen Moment lang durchströmte sie ein unerklärliches Glücksgefühl, und da wusste sie, dass Amun bei ihr war.

Naunachte, sagte die Stimme des Gottes, *hab keine Angst. Ich bin bei dir.*

Sie hörte ihre eigene Stimme wie aus großer Ferne. Sie klang seltsam, kalt und weit weg. «Dein Vater hat sein Testament aufgesetzt, Bahematun, und er wird dir nichts hinterlassen.» In der Ecke des Raums sprang Khonsu auf, mit weit aufgerissenen Augen, und simulierte die Geste des Kehledurchschneidens mit der flachen Hand. Doch Naunachte schenkte ihm keine Beachtung. Der Umhang des Gottes war über ihr ausgebreitet, und sie sprach unter seinem Schutz. «Dein Vater hasst dich. Er wird dir nichts hinterlassen.»

Bahematun beugte sich auf dem Schemel vor, die rechte Hand zur Faust geballt. Seine Knöchel färbten sich weiß und rot. «Du lügst», zischte er.

Naunachte schüttelte den Kopf. Sie fühlte sich so leicht, als wäre sie ganz aus Luft. Gott Amun stand hinter ihr und strich ihr übers Haar. Bei seiner Berührung knisterte es wie die Atmosphäre bei einem Sommergewitter. «Ich lüge nicht», sagte sie ruhig.

Kurze Zeit herrschte Stille. Hastig atmend und mit starrem Blick stand Khonsu im Schatten. Bahematun erhob sich langsam und blickte auf Naunachte herab, die vor ihm kniete. Sie erwiderte seinen Blick, ihr Gesicht wirkte erleuchtet, ihre Körperhaltung strahlte große Gelassenheit aus.

Endlich sagte Bahematun mit harter, körniger Stimme, als wäre sie mit Blutklumpen belegt: «Zauberin, sag mir, was ich tun muss, um dies zu ändern. Was für einen Zauberspruch muss ich aufsagen? Wie kann ich das, was geschrieben steht, ändern?»

Zweifellos glaubte er ihr nun. Naunachte lächelte triumphierend. Sie erhob sich, die Hände noch immer wie zur Beschwörung des Gottes erhoben. Amun war bei ihr und beschützte sie. «Und wenn ich es dir sage», fragte sie in kühlem Tonfall, «was geschieht dann?»

«Ich gebe dir Gold», sagte Bahematun rasch. Eifer und Gier brachten sein Gesicht zum Glühen. «Nenne nur den Preis.»

Khonsu trat nach vorn und wollte sprechen. Naunachte schnitt ihm jedoch das Wort ab. «Schwöre zuerst», sagte sie, «dass du deinem Vater kein Leid zufügen wirst. Wäre das Testament in deinem Sinn, was würdest du tun?»

«Nichts», protestierte Bahematun ein wenig zu rasch. «Ich verehre ihn sehr. Ich will nur wissen, was er vorhat, damit ich mich darauf einstellen kann.»

«Schwöre», wiederholte Naunachte. «Schwöre bei Amun.»

Ganz erfüllt von der Anwesenheit des Gottes richtete Naunachte sich voller Stolz auf. Energisch reckte sie den Kopf in die Höhe, und als die göttliche Kraft sie durchströmte, verschlug es ihr vor Schreck die Sprache. Sowohl Bahematun als auch Khonsu wichen einen Schritt zurück. Einen Augenblick rang sie nach Atem, als sich nämlich Worte in ihrem Mund stauten. Dann zog sich der Gott ein wenig zurück, und sie konnte sprechen.

Sie warf ihr Haar zurück und sah Bahematun durchdringend an. In ihrem Gesicht spiegelte sich eine derartige Wut wider, dass er die Hand zur Abwehr ausstreckte, als wolle er den Zorn der Götter fern halten. «Bahematun», sagte sie, und ihre Stimme bebte vor göttlicher Macht, «du hast gelogen. Du hast bei Amuns Namen einen Meineid geschworen.»

«Naunachte, nein!», rief Khonsu erschrocken.

Sie hörte ihn nicht. Die Worte des Gottes füllten ihren Geist, und sie sprach sie auf der Stelle aus. «Du kamst mit Mordgedanken hierher. Du wolltest deinen Vater töten. Der Gott sieht dich, du Eidbrüchiger!»

Bahematun stieß einen Fluch aus und griff nach dem Schwert an seiner Hüfte. Naunachte rührte sich nicht und beobachtete ihn, doch plötzlich schrie Khonsu auf und machte einen Satz nach vorn, um Bahematun aufzuhalten. Sie hatte das Gefühl, unverwundbar zu sein.

«Du Hexe!», schrie Bahematun, als Khonsu ihm schließlich das Schwert entwand. «Du verleumderische Hure!»

Naunachte ließ eine Hand wie eine Stichflamme nach vorn schnellen. Aus ihren Augen schienen Blitze zu sprühen – die Macht des Gottes sprach aus ihr. Bahematun stöhnte und wich zurück, den Arm schützend vors Gesicht gelegt. «Du hast deinen Schwur gebrochen!», wiederholte sie. «Möge der Gott dir seine Macht beweisen. Möge er dich für das Böse in deinem Herzen bestrafen. Der Meineid wende sich gegen dich selbst!»

Ihre Stimme hallte an den Deckenbalken wider. Bahematun schrie auf, als hätte sie ihn mit einer Peitsche getroffen, und stürmte zur Tür. Beim Davonrennen stieß er Verwünschungen und Racheschwüre aus.

Nun war das Böse fort, und der Gott schwand aus Naunachtes Bewusstsein. Sie sank zu Boden und bedeckte das Gesicht mit den Händen. Um sie war es ganz dunkel und leer. Sie war mutterseelenallein.

«Naunachte.» Hände lagen auf ihren Schultern, schüttelten sie. «Naunachte, Naunachte! Bei Seth, so wach doch auf!»

Sie zwang sich, die Augen zu öffnen, und sah Khonsu vor sich. Er war blass, und seine Augen waren weit aufgerissen, als hätte er große Angst. «Was ist in dich gefahren?», rief er wütend und rüttelte sie dabei noch immer. «Bei Seth und dem Chaos, was hast du getan? Einen derartigen Affront wird Bahematun uns nie verzeihen. Er könnte unser Leben zerstören!»

«Es war kein Affront», presste Naunachte hervor. Ihre Stimme klang schwach und dünn, seit der göttliche Beistand gewichen war. «Es war die Wahrheit.»

«Die Wahrheit?» Khonsu schüttelte heftig den Kopf. «Naunachte –»

«Der Gott hat gesprochen», flüsterte Naunachte. «Ich rief ihn, und er kam!»

«Der Gott!» Khonsus Stimme war wütend und verächtlich. «Was hat er denn getan, hat er dir was eingeflüstert? Es reicht, Naunachte, es reicht!» Er zerrte sie hoch und hielt sie fest. «Ich werde dich mit niemandem teilen, Naunachte, weder Mann noch Gott!», sagte er leise. «Warum hast du ihn gerufen?»

«Ich habe ihn um Schutz angefleht», sagte Naunachte. Sie wandte ihren Kopf ab, um nicht den Ärger, die Furcht und den Schmerz in Khonsus Augen sehen zu müssen.

«Warum?», wollte Khonsu wissen und schüttelte sie wie ein Mungo eine Schlange. «Ich war doch da, um dich zu beschützen. Bei Seth, ich war es, der den räudigen Hund entwaffnet hat! O Götter!» Seine Stimme erstickte, und er ließ Naunachte los und wandte sich mit einem Ruck von ihr ab, den einen Arm übers Gesicht gelegt. Er drehte sich zur Wand und lehnte sich dagegen, den Kopf in der Armbeuge versteckt. Immer wieder zuckten seine Schultern.

Naunachte konnte kaum glauben, dass Khonsu weinte. Sein heftiges Schluchzen brach ihr beinahe das Herz. Einen Moment lang stand sie schweigend und unsicher da, dann durchquerte sie den Raum und legte ihre Handfläche auf Khonsus nackten Rücken. Sein Körper straffte sich, und sein Schluchzen wurden leiser, doch er drehte sich nicht zu ihr um.

«Khonsu», sagte sie sehr leise, «es tut mir Leid, dass ich dir wehgetan habe.»

Daraufhin wandte er den Kopf und sah sie an. Seine Augen waren heller als die Flammen der Lampen, die Farbe um sie herum war von seinen Tränen verschmiert. «Ich habe dich dazu angestiftet», sagte er mit gebrochener Stimme. «Du hast mich gewarnt, und ich habe dich gezwungen. Und dann nahm der Gott von dir Besitz, und du warst auf einmal weg. Ich schaute dir in die Augen, Naunachte, und du warst weg.»

«Psst», machte Naunachte. Sie streifte über Khonsus Wange und strich ihm über die Lippen. «Psst», sagte sie erneut. «Ich bin ja wieder bei dir.»

Khonsus breite Brust hob und senkte sich unter seinen raschen Atemzügen. Naunachte lehnte sich dagegen, den Kopf an seinen kräftigen Halsansatz gebettet. Der Duft seiner Haut füllte ihre Nase, und sie schloss die Augen in seliger Ekstase. Mit den Fingern zeichnete sie seine Gesichtszüge nach, fuhr über sein Kinn, die sehnigen Nackenmuskeln, den langen weichen Bogen von Schulter und Arm. Sein Herz klopfte heftig und schnell, und er schluckte und murmelte etwas Unverständliches, dann schob er die Hände unter die schwarze Masse ihrer Haare und kraulte sie im Nacken.

Die Liebe zu ihm drohte sie zu überwältigen. Sie hatte das Gefühl, dass jeder einzelne Körperteil schmolz wie heißes Wachs oder eine Bienenwabe. Gleich würde sie vollständig zerfließen und sich in ihn ergießen, in jede Pore seiner Haut schlüpfen.

«Khonsu», sagte sie und hob den Kopf. Sie machte die Augen nicht auf, sondern stand ganz still da und hielt ihm den Mund hin. Einen Augenblick lang herrschte Stille, dann presste er seinen Mund auf ihren.

Der Kuss war so intensiv, dass Naunachte hingefallen wäre, hätten Khonsus starke Arme sie nicht aufgehalten. Sie rang nach Atem und zitterte, als seine lange Zunge seltsame Muster in ihrem Mund malte, ihren Gaumen kitzelte und die Innenseite ihrer Lippen erforschte. Hingebungsvoll saugte sie an seiner Zunge und stöhnte dabei. Erregung breitete sich in ihrem Körper aus, verursachte ein leeres, ziehendes Gefühl. Sie presste ihren Körper gegen den von Khonsu, spreizte die Beine, damit sie sich an den harten Muskeln seiner Schenkel reiben konnte. Ihre Brüste sehnten sich nach der Berührung seiner Hände. Er löste seine Lippen von den ihren, und nun lächelte er. *«Wenn ich sie küsse und ihr Mund offen steht»,* zitierte er, *«frohlocke ich und habe doch gar nicht vom Bier getrunken.»*

Sie freute sich, dass er seine gute Laune wiedergefunden hatte. «Soso», sagte sie schelmisch, «Ich bin also besser als Bier, was?»

«Du bist besser als Wein», flüsterte Khonsu. Er zog ihren Kopf an den Haaren nach hinten und küsste ihre lange goldbraune Kehle, bis sie aufschrie. Dann sprang er auf und hob sie ohne Anstrengung hoch. Sie legte ihm die Hände um den Hals, ganz hingerissen von seiner Kraft.

«Nichts würde ich lieber trinken als Euch, meine Herrin», sagte er. «Kommt, ich zeige es Euch.»

Er trug sie zur Schilfmatte hinüber und bettete sie darauf. Sie streckte die Arme über dem Kopf aus und blickte ihn voller Liebe an. Es machte sie selig, sich ihm und seinen geschickten Händen so ganz hinzugeben. Er würde ihr Lust verschaffen und sich selbst auch. Jeder würde im offenen Mund des anderen aufstöhnen, ihr Schweiß würde sich vermischen, und sie würden Bahematun, den Gott und die Gefahren der Weissagung vergessen.

Khonsu zerrte an dem Knoten seines Gewands, öffnete es und warf es von sich. Sein Phallus ragte zwischen den Beinen auf, steif, prall und lustvoll glänzend. Naunachte bekam einen trockenen Mund, als sie ihn anblickte. Sie beugte sich vor, um ihn anzufassen, doch Khonsu lächelte und schob ihre Hand beiseite. «Noch nicht. Du musst auch nackt sein, kleine Göttin.»

Er kniete sich neben sie und beugte sich über ihr gefälteltes Gewand, das an der Brust von Bändern zusammengehalten wurde. Ohne Eile fing er an, es aufzuknoten. Dabei berührte er ganz sachte ihre Brustwarzen, die wie die Stiele einer Frucht gegen das feine Leinen stießen. Naunachte stöhnte selig.

Das Gewand öffnete sich, und Khonsu schob es sanft von ihren Brüsten und ihrem Bauch, sodass es ihren schlanken goldbraunen Körper freigab. «Wunderschön», flüsterte er. Er legte ihr die Hände auf die Schultern und ließ sie hinab zu ihren Brüsten gleiten, nahm diese in die Hand und schob sie zusammen, sodass Naunachtes Brustwarzen emporragten wie die Speere der Schildwachen.

«Deine Brüste», sagte er leise, «sind wie Lilien, kleine Göttin, wie Lilien, die im Nildelta wachsen. Dein Körper ist der Stängel, deine Brüste sind die Blüte. Lass mich auf den Blüten deiner Brüste nach Honig suchen.»

Er senkte die Lippen und nahm die rechte Brustwarze in den Mund, leckte und saugte daran, bis sie noch mehr anschwoll und der gesamte Vorhof sich dunkelrot färbte. Seine Lippen versetzten Naunachte in eine so plötzliche Ekstase, dass sie aufschrie.

Khonsu hob den Kopf und lächelte sie an. «Hier ist Nektar», sagte er. «Doch um vom Honig zu naschen, muss ich weiter nach unten gehen.»

Er küsste sie zwischen die Brüste, denn wanderten seine Lippen langsam ihren Körper hinab. Sein offener Mund presste sich auf ihre Rippen, die Weiche ihres Bauches, die Rundung ihres Unterleibs. Hinter seinen Lippen bewegte sich die Zunge, wirbelte sachte über ihre glatte Haut. Naunachte presste die Handflächen gegen die Wand und wölbte den Rücken, stöhnte vor wollüstiger Vorfreude. Ihre Schenkel öffneten sich ganz von selbst und enthüllten das weiche, feuchte Ziel von Khonsus suchenden Lippen.

Sanft rieb er die Nase an dem krausen Haar zwischen ihren Schenkeln und legte dann die Wange auf ihren Bauch. Einen Augenblick wartete sie voller Anspannung, dann stieß sie einen kleinen Seufzer des Protests aus.

Khonsu sah sie an und lachte leise. «Was willst du, kleine Göttin? Warum stöhnst du?»

«Du weißt genau, was ich will», sagte Naunachte und versuchte, seinen Kopf weiter nach unten zu schieben.

«Oh, ich weiß.» Er küsste sie sanft auf den Nabel, als hätte ein Schmetterling sie gestreift. «Und ich will es auch, kleine Göttin.»

Mit plötzlicher Entschiedenheit hievte er seinen Körper herum, sodass sein Kopf in Höhe ihrer Füße zu liegen kam. Dann packte er sie bei der Hüfte und zog sie an sich. Erschrocken machte Naunachte die Augen auf und sah seinen erigierten Penis direkt vor ihrem Gesicht.

Freudig überrascht seufzte sie auf und griff danach. Sie öffnete den Mund weit, um seine pralle Eichel zwischen die Lippen einzuführen, schlang die Arme um seine Hüften und liebkoste seine kräftigen und doch elastischen Pobacken mit der Hand. Der Geschmack seines Penis füllte ihren Mund. Gierig saugte sie daran, stimulierte die pilzförmige Spitze mit der Zunge und streichelte die zarte Membran hinter seinen eng am Körper anliegenden Hoden. Er stöhnte vor Wollust auf, und sie spürte, wie er mit Nase und Lippen über ihre aneinander gepressten Schenkel streifte. Dann schob er ihr von hinten eine Hand zwischen die Beine und schob ihre Schenkel auseinander. Warme Luft umspielte ihr Geschlecht, und sie stöhnte sehnsüchtig.

Dann spürte sie endlich sein Gesicht zwischen ihren gespreizten Beinen. Sie schrie auf und umklammerte ihn mit den Schenkeln, während sie fester an dem steifen, nassen Schaft seines Glieds saugte. Ihre Körper waren ineinander verschlungen, Bauch auf Brust, Brust auf Bauch. Sein Atem kühlte die weichen Lippen ihres Geschlechts, und er öffnete den Mund und stülpte ihn über den feuchten, fleischigen Schamhügel. Naunachtes Körper straffte sich, als er sachte an ihrer geschwollenen Klitoris zu lecken und zu saugen begann.

Sie spielten auf dem Körper des jeweils anderen wie auf einem Musikinstrument, ein zartes Duett der Ekstase. Wenn Naunachte hart und brutal genommen werden wollte, packte sie Khonsus Penis fester und fuhr mit den Lippen fester daran auf und ab. Wenn er das Tempo ihres gegenseitigen Vergnügens ein wenig drosseln wollte, wich er ein kleines Stück zurück und kitzelte ihre Klitoris mit den sanftesten Zungenbewegungen, die man sich vorstellen konnte. Sie hielten einander im Arm, die Hände strichen über die Haut an den Schenkeln, dem Gesäß, den Hüften. Als die Ekstase sich steigerte, spannten sich ihre Körper wie Weidenruten. Naunachtes Hände umklammerten Khonsu und verloren ihren Halt, als völlige Hingabe sie übermannte. Khonsu schob ihre Arschbacken auseinander und führte vorsichtig einen Finger in ihren Anus ein. Dieses zusätzliche Vergnügen war fast zu viel für sie. Sie wusste, dass sie bald so weit war, und sie wollte, dass er gleichzeitig mit ihr kam. Er gab ihr ohne Worte zu verstehen, was er von ihr wollte. Sie stöhnte und streckte ihm die Hüften entgegen, während ihre Lippen immer rascher an dem schlüpfrigen Schaft seines zuckenden Glieds entlangglitten und sie mit einem Finger die zarte Spalte seines Gesäßes streichelte. Khonsu leckte fester an ihrer Klitoris und steckte seinen Finger noch tiefer in ihr enges warmes Loch. Sie wurde immer erregter und saugte wie wild an Khonsus Schwanz, stöhnte laut und umklammerte den Penis so fest wie mit ihrer Vulva. Der Orgasmus überflutete sie, und ihre Hände öffneten sich und schlossen sich dann wieder um Khonsus Schenkel, sie zog seine Hüften zu sich heran und schob den Phallus so tief in ihren Mund, dass er gegen ihren Schlund stieß. Sie steckte ihm den Finger tief in den Anus, und sein seliger

Aufschrei wurde von ihrem Geschlecht gedämpft, während sich in ihren Mund die Fontänen aus seinem zuckenden Schwanz ergossen.

Sie lagen da, während die Ekstase verebbte, wie Babys am Geschlechtsteil des andern saugend. Naunachte stöhnte und lächelte, als sie Khonsus Penis zwischen ihren Lippen schlaff werden fühlte. Ein wenig Sperma tropfte ihr aus dem Mund, und sie leckte es mit lüsterner Sorgfalt ab. Khonsus Hände drückten ihre Pobacken und streichelten die weiche Haut an der Innenseite ihrer Schenkel. Seine lange Zunge steckte tief in ihrer Vagina, erkundete langsam und gründlich ihre Weichheit, ohne einen Tropfen ihrer Säfte zu vergeuden.

Dann aber hob er den Kopf und zog die Arme unter ihr weg, beugte sich über sie und lächelte sie an. «Besser als Wein», flüsterte er und leckte sich die glänzenden Lippen. «Küss mich.»

Sie küsste ihn, lustvoll zitternd, als er seinen eigenen Samen von ihren Lippen ableckte. Seine Finger streichelten ihre Brüste, kniffen sie in die Brustwarzen. Dann lehnte Khonsu sich gegen das hölzerne Kopfteil des Betts und wedelte herrisch mit der Hand. «Sing für mich», befahl er.

«Was?» Naunachte war erschrocken.

«Sing für mich. Du hast erzählt, die Tempeldienerinnen hätten für den Gott gesungen, um ihn in Erregung zu versetzen. Sing für mich, Naunachte. Versetze mich in Erregung, bereite mir Vergnügen.»

Seine Augen blitzten schalkhaft. Naunachte war froh, dass keine Spur von Bitterkeit mehr darin war. Sie sprang auf und sagte verlegen: «Ich habe keine Instrumente. Wir bräuchten Harfen, ein Sistrum und die kleinen Zimbeln …»

«Du hast doch deine Hände!», sagte Khonsu mit einer weiteren herablassenden Geste. «Klatsche den Rhythmus selbst, kleine Tempeldienerin, und sing für deinen Herrn.»

«Meinen Herrn!», wiederholte Naunachte überrascht. Doch es stimmte ja: Khonsu war ihr Herr. Und sie liebte ihn schließlich. Sie überlegte einen Moment, dann fiel ihr ein Liebeslied ein, das Neferure gesungen hatte, als sie alle im Licht der untergehenden Sonne am Lilienteich gesessen hatten. Ihr Körper wiegte sich im unhörbaren Rhythmus, und ihr dichtes schwarzes Haar schwang wie Schilf im Wind hin und her. Sie schloss die Augen und summte das Lied still vor sich hin, machte dann einen langsamen Schritt zur Seite, verbeugte sich graziös vor Khonsu und ging gleich darauf ins Hohlkreuz, agil und schlank wie eine Gazelle.

«O mein Gott, meine Lotosblüte», sang sie. Sie hob die Hände und klatschte den Rhythmus, langsam und leise, wie das Schlagen der Herzen zweier Liebender.

O mein Gott, meine Lotosblüte!
Ich liebe es, vor deinem Angesicht zu baden.
Du sollst meine Schönheit in einem Kleid aus feinstem Leinen sehen,
Getränkt mit herrlichsten Duftölen.
Ich steige hinein ins Wasser, um bei dir zu sein,
Und komme wieder heraus,
Einen prächtigen roten Fisch in Händen.
Ich lege ihn dir zu Füßen.
Komm und sieh mich an!

Sie summte das Lied und begann zu tanzen. Wie Palmwedel im Wind schwenkte sie die Arme, ihre Brüste wippten auf und ab. Sie tanzte, als wäre sie in Trance, doch sie war ganz bei der Sache, ganz in der Gegenwart, war sich bewusst, dass Khonsu sie genau beobachtete. Er lehnte sich scheinbar entspannt an das Kopfteil des Betts, doch sein Mund stand leicht offen, und er atmete rasch, während er konzentriert zusah. Sie begegnete seinem Blick und tanzte ein wenig auf ihn zu, zog dabei einen lüsternen Schmollmund. Khonsus Augen waren auf ihr schimmerndes Fleisch gerichtet – auf ihren hin und her schwenkenden Bauch und ihre Hüften, die Schatten um ihr Schamhaar. Er leckte sich die Lippen, und zwischen seinen Beinen regte sich sein Penis erneut, reckte sich ihr wie eine Schlange entgegen, die auf die Flöte des Schlangenbeschwörers reagiert.

Naunachte warf den Kopf zurück. Der dichte Vorhang ihrer schwarzblauen Haare strich über ihr Gesäß. Sie hob die Arme in die Höhe, streckte die Hände empor, als wollte sie nach prächtigen Früchten greifen. Khonsus schweigende Aufmerksamkeit, seine neuerliche Erregung, die von ihrem Tanz hervorgerufen wurde, schmeichelte ihr. Sie reckte die Brüste vor, deren saftige Warzen bereits wieder sehnsüchtig angeschwollen waren.

Khonsu rutschte unruhig hin und her, als mache ihm der Druck seiner Erektion zu schaffen. Naunachte kam auf ihn zu und sah unter ihren schweren Lidern zu ihm herab. Sie reckte ihm die Lenden entgegen, direkt vor seinem Gesicht, und sah, wie seine Nasenflügel sich blähten, als er ihren Duft einatmete. Dann strich sie sich lasziv über die Hüften, lehnte sich zurück und zeigte sich ihm, schob ihre Schamlippen auseinander und enthüllte ihre geheime Rose für ihn, frisch und glitzernd.

«Bei allen Göttern», hauchte Khonsu, «komm her, Naunachte.»

«Nein», rief sie atemlos und wirbelte wieder ein Stück weg von ihm, klatschte erneut in die erhobenen Hände. Ihre Haare schwangen nach vorne und bedeckten so ihre Nacktheit. Wie eine Akrobatin setzte sie die Hände hinter ihrem Kopf auf den Boden und reckte das Becken nach oben. Der Tanz hatte sie selbst erregt. Sie war feucht und wollte Khonsus Penis berühren, ihn in der Hand halten und fühlen, wie lang und steif er war, ihn bei sich einführen und das Glücksgefühl spüren, wenn er sie durchbohrte und in Besitz nahm. Doch zuerst wollte sie, dass er sie auch wirklich begehrte.

Immer wieder drehte sie sich um sich selbst, klatschte in die Hände, blickte ihn vielsagend an und sang die letzte Zeile des Liedes: «Komm, komm und sieh mich an!»

«Bei Seth und dem Chaos, Naunachte!», rief Khonsu und streckte die Hände nach ihr aus. «Ich sehe dich ja an! Komm her zu mir!» Seine Hände ergriffen sie bei den Schenkeln, und bei dieser Berührung konnte sie ihm nicht mehr widerstehen. Sie schwang sich über ihn, setzte sich rittlings auf seine schlanken Hüften und griff nach seinem erigierten Glied. Als dessen heiße Spitze zwischen ihre Schamlippen glitt, japste sie und ließ sich langsam herabsinken. Sie warf den Kopf zurück und stöhnte ekstatisch auf, als er in sie eindrang. Seine Arme umschlangen sie, ihre Brustwarzen rieben sich an seiner Brust, seine Lippen bedeckten ihren Hals mit Küssen. Nun war sie wunschlos glücklich.

«O mein Gott, meine Lotosblüte», stieß sie hervor. Langsam bewegte sie sich auf und ab, vor Wonne stöhnend, als sie Khonsus prallen Penis in sich spürte. «Du sollst meine Schönheit sehen. Sieh mich an, meine Lotosblüte.»

Langsam lehnte sie sich zurück. Sein Phallus steckte in ihr, steif und unnachgiebig. Sie setzte sich auf seine Knie und ließ ihre Arme rückwärts herabbaumeln, sodass sich ihre Brüste seinem suchenden Mund darboten. Er beugte sich vor und knabberte an ihren Brustwarzen, sanft und doch beharrlich.

«Khonsu», hauchte sie und bewegte sich langsam auf und ab. Der herrliche Säulenschaft seines Phallus rutschte aus ihrer engen Umklammerung, um gleich darauf wieder tief einzudringen. Mit den Händen hielt er ihre Pobacken gepackt, Naunachtes ganzes Gewicht ruhte darauf, und nun hob er ihren Körper ein wenig an und stieß erneut zu. Sie bewegten sich wie ein schwankender Kahn. Naunachte blickte nachdenklich ins Halbdunkel des Raums. Im Augenblick konnte sie sich nichts Schöneres vorstellen. Sie war mit Khonsu vereint, und nun zählte nichts anderes.

Khonsu hielt sie eng umklammert und fletschte die Zähne, als er immer wieder in sie eindrang. Sie hing über ihm, gleichsam in der Luft, und stöhnte, als sich sein praller Penis langsam in ihr auf und ab bewegte. «Kleine Göttin», flüsterte Khonsu, «siehst du mich nicht an?»

Es kostete Naunachte unendliche Mühe, den Kopf zu heben. Ihr Haar fiel auf seine Schenkel herab, als sie sich vorbeugte und ihm keuchend ins Gesicht blickte. Er erwiderte ihren Blick, und das Leuchten seiner schimmernden Augen wurde von seinen schläfrigen Lidern halb verdeckt. Er war so schön, dass sie, als die Wellen des Orgasmus sie überrollten, vor lauter Glück aufschrie. Khonsu griff nach ihren Haaren und hielt ihren Kopf fest, sodass sie gezwungen war, ihm im Augenblick höchster Ekstase in die Augen zu schauen. Er richtete sich ein wenig auf, das Gesicht angespannt von seinen Anstrengungen, selbst zum Orgasmus zu kommen.

«Khonsu», keuchte sie, und als er die Zähne entblößte und zitterte, presste sie ihren Mund auf seinen und küsste ihn so leidenschaftlich wie noch nie.

Sie klammerten sich aneinander, ihre Körper glitzerten vom Schweiß und waren ganz glitschig. Allmählich atmeten sie wieder langsamer. Naunachte lehnte sich an Khonsus Wange und genoss die Berührung seines weichen Körpers. Khonsu war entspannt, jeder Muskel ruhte, wie eine große Katze, die sich in der Sonne ausstreckt. Sie war sehr erleichtert, dass der Streit vergessen war und sie sich stattdessen geliebt hatten. Dann konnte sie nämlich alles vergessen, was ihr Angst machte: die Macht Amuns, ihre eigene unergründliche Zauberkraft – und die Sorge, dass Khonsu sie trotz seiner Aufmerksamkeiten und Schmeicheleien nicht wirklich liebte.

Khonsu strich mit einem Finger über ihre Wange und lächelte sie an. «Kleine Göttin», flüsterte er. «Sag, dass ich dich mit niemandem teilen muss.»

Sie sah ihn an und zitterte. Ohne Zweifel wollte er ihr etwas Nettes sagen, doch seine Worte ließen sie nur an das denken, was sie bedrückte. Sie wandte den Kopf ab.

«Naunachte!» Khonsus Stimme klang schneidend. «Sag es. Sag, dass du mir gehörst!»

Naunachte konnte nicht schweigen, doch ihn belügen konnte sie auch nicht. Sie hob das Kinn und blickte ihn an. «Ich bin die deine», sagte sie, «solange du mich nicht darum bittest, weiszusagen.»

Sein Körper spannte sich an, wurde starr wie Bronze. Die Sehnen an seinem Hals traten hervor, und seine Gesichtszüge verhärteten sich. «Und wenn ich dich darum bitte?», fragte er kalt. «Was dann?»

Seine körperliche Abwehr, so unerwartet und unfair, verletzte Naunachte zutiefst. Sie wich zurück und stand auf, hob dann ihr zerknittertes Gewand auf und zog es an, als müsse sie ihren Körper vor ihm schützen. Er setzte sich auf und blickte sie herausfordernd an. Seine Nacktheit schien seine Überlegenheit nur noch zu steigern. «Und?», hakte er nach.

Naunachte machte das Gewand zu. «Wenn du mich darum bittest, weiszusagen», sagte sie langsam, «gebe ich mich in die Hand des Gottes. Ich kann mich seiner nicht erwehren.»

Khonsu sprang auf, rasch wie ein Panther. Er blickte zornig, und Naunachte machte einen Schritt zurück. Einen Moment lang fürchtete sie tatsächlich, er werde sie schlagen. «Das kannst du nicht!», schrie er. «Und wirst du auch nicht. Das träumst du doch nur, Naunachte! In dir ist kein Gott. Du bist nur in dich selbst verliebt!»

Eine lange, ungläubige Stille folgte. Naunachte kämpfte gegen Tränen des Protests und der Wut an. Als sie sich wieder etwas beruhigt hatte, sagte sie mit zitternder Stimme: «Khonsu, das meinst du doch nicht ernst. Amun –»

«Deinen Amun kannst du dir sonst wohin stecken», sagte Khonsu und machte eine obszöne Geste.

«Nicht!» Naunachte griff nach seiner Hand und führte sie an ihre Lippen, doch er entwand sich ärgerlich. «Khonsu, das ist kein Spaß! Du glaubst an die Götter, das weiß ich. Vielleicht verehrst du sie nicht, aber du glaubst an sie.»

«Ach ja?» Er schaute sie verächtlich an.

«Das musst du», flüsterte Naunachte und wich noch einen Schritt zurück, als ihr bewusst wurde, was für eine Ungeheuerlichkeit er da von sich gab.

«Muss ich das?» Seine Stimme war kalt wie der Frost auf den Steinen in der Wüste. «Hör zu, Naunachte, und versuche zu begreifen. Es gibt nur einen Gott, an den ich glaube, und das ist Seth.»

«Nein!» Naunachte schüttelte in hilflosem Protest den Kopf, immer wieder.

«Ich glaube an das Chaos», sagte Khonsu, und seine Stimme wurde kräftiger. «Ich glaube an die Dunkelheit, das Böse, die Wollust. Naunachte, auf der Erde regiert Seth. Die Tatsache, dass du hier mit mir stehst, beweist es.»

Verzweifelt suchte Naunachte nach einer Antwort auf diese düstere Vision. «Vielleicht ...», sagte sie schließlich, «stehe ich hier, weil ... weil das Schicksal es wollte, dass wir uns lieben.»

Einen Moment lang sah Khonsu sie schweigend an. Seine Lippen zitterten, als hielten ihn gewaltige Emotionen in Bann. Doch dann warf er den Kopf in den Nacken und lachte höhnisch auf. «Liebe!», rief er. «Was ist Liebe, Naunachte?!»

«Liebe ist ...», begann sie zögernd. «Liebe ist, wenn man das Beste für den andern ebenso sehr will wie für sich selbst.»

Er lachte weiter, laut und humorlos. «Hör zu, kleine Tempeldienerin. Niemand tut etwas für einen anderen. Was ist Liebe? Es ist nichts mehr als ein Jucken im Unterleib. Wenn du von mir bestiegen werden willst, wenn du dich nach meinem Schwanz in deiner Möse sehnst, wenn du meinen

Mund auf deinem und meine Hände auf deinen Brüsten spüren willst – das ist Liebe.»

Es war, als versuchte er alles zu zerstören, was Bedeutung hatte. Wie konnte er es ertragen, ihr so wehzutun? Sie kämpfte gegen ihre Tränen an, schaffte es aber nicht, vor ihm stehen zu bleiben und sich seine bitteren Worte anzuhören. «Du bist wahrhaftig ein Geschöpf Seths!», stieß Naunachte hervor und hielt die Hände vors Gesicht, als müsse sie sich vor seinem unheilvollen Blick schützen. «Bei Amun werde ich vor dir in Sicherheit sein!»

«Seth wird Amun zermalmen!», brüllte Khonsu. Er machte einen Satz auf sie zu, als würde er sie gleich packen und sie erwürgen. Sie duckte sich und entkam seinen Händen, um dann auf die Tür zuzustürzen. Er fluchte und verfolgte sie, doch ihre Füße trippelten bereits die Treppe hinab.

«Naunachte!», schrie er. Doch sie hatte bereits die Tür zur Straße aufgerissen.

Draußen dämmerte es. Naunachte blickte sich hastig um und überlegte, in welche Richtung sie rennen sollte. Doch dann hörte sie Khonsu hinter sich und gab Fersengeld.

Schon nach hundert Schritten blieb sie keuchend stehen. Mit Fackeln in den Händen kamen ihr drei Tempelwächter entgegen, und hinter ihnen folgte das hagere, bösartige Gesicht Bahematuns. «Da ist sie!», rief er aus.

Man hatte sie entdeckt. Naunachte drehte sich blitzschnell um – das Herz schlug ihr bis zum Hals – und rannte wieder in die Richtung, aus der sie gekommen war. Khonsu stand in der schmalen Gasse und wollte sie nicht vorbeilassen. Er war nackt und wütend, wie ein zorniger Gott. «Khonsu», weinte sie, «hilf mir!»

Dann sah er die Tempelwächter, und seine Miene änderte sich. Als sie bei ihm angelangt war, fasste er sie an den Armen und schob sie an sich vorbei. «Lauf», sagte er. «Renn weg, kleine Göttin!»

Die Tempelwächter waren bewaffnet, und er war nackt. «Khonsu –», setzte Naunachte an.

«Renn!», zischte er und stieß sie von sich. Sein Gesicht spiegelte wilde Entschlossenheit wider. «Dreh dich nicht um!»

«Fangt die Hexe ein!», schrie Bahematun, und der Klang seiner heiseren Stimme erfüllte Naunachte mit solcher Furcht, dass sie schneller als der Wind davonrannte. Nur einmal warf sie einen Blick über ihre Schulter und sah einen der Tempelwächter am Boden liegen. Khonsu hatte jetzt ein Schwert und schwang es wie Pharao, wenn er seine Feinde schlug, doch die beiden anderen Männer setzten ihm hart zu. Mit einem qualvollen Aufschrei rannte sie weiter, mutterseelenallein.

Dann blieb sie stehen. Ihr Herz pochte wie wild, und ihr Atem stockte, doch sie zwang sich, stehen zu bleiben und nachzudenken.

Khonsu hatte sich für sie geopfert. Er hatte sie mit seinem Körper geschützt, obwohl dies unweigerlich den Tod für ihn bedeutete.

Wie hatte sie an seiner Liebe zweifeln können? Und revanchierte sie sich dafür etwa auf diese Weise?

Sie wusste nun, was sie zu tun hatte. Ohne zu zögern, drehte sie um und rannte den ganzen Weg wieder zurück. Keuchend blieb sie am Ende der Straße der Kupferschmiede stehen. Blut färbte den Straßenstaub, und vor Khonsus Haus stand eine einzelne Gestalt. Es war Bahematun. Als sie ihn so stehen sah, wie einen lauernden Aasgeier, wurde ihr vor Furcht und Hass schwindelig.

Als sie näher kam, drehte Bahematun sich um und starrte sie an. Seine Augen waren zu Schlitzen verengt. Sie hasste und fürchtete ihn gleichermaßen, war aber auf sein Wissen angewiesen. Sie kam bis auf ein paar Schritte an ihn heran und fragte ihn dann mit ihrer arrogantesten Stimme: «Wo ist Khonsu?»

Sein Gesicht verriet, dass er ihr erst eine Lüge erzählen wollte, doch dann schien er sich eines Besseren zu besinnen. «Der ist fort», sagte er. «Sie haben ihn zum Tempel gebracht. Für das, was er getan hat, wird er sterben. Er wird sich wünschen, die Tempelwächter hätten ihn getötet.»

Naunachte schluckte schwer. «Du versuchst, dich an mir zu rächen», sagte sie ihm auf den Kopf zu. «Nun gut. Bring mich zum Tempel und fordere die Belohnung ein.»

Bahematuns Gesicht wurde schmal, ein verkniffenes Lächeln zeichnete sich darauf ab. «Zum Tempel?», wiederholte er mit einem schrecklichen, kalten Kichern in der Stimme. «Alles zu seiner Zeit. Die Belohnung werde ich mir erst holen, wenn ich meinen Schwanz in dir begraben habe, du Zauberhure!»

Naunachte nahm all ihren Mut zusammen. Sie blieb reglos stehen und hielt seinem Blick stand. «Wenn du mich schamlos berührst», sagte sie voll Entschlossenheit, «wird Amun dich zu Tode hetzen. Ich bin seine Erwählte. Ich trage sein Mal.» Sie riss den Reif von ihrem Arm und zeigte ihm den Phallus des Gottes, der sich deutlich von ihrer goldfarbenen Haut abhob, als wäre er aufgemalt.

Bahematun wich einen Schritt zurück und machte das

Zeichen gegen den bösen Blick. Naunachte fletschte die Zähne wie eine Löwin, die ihre Jungen verteidigt. «Der Fluch des Todes wird dich treffen, wenn du mich berührst», zischte sie, «das schwöre ich dir.»

Bahematun starrte sie lange an und murmelte etwas. Dann ballte er in ohnmächtigem Zorn die Faust. «Na schön», grollte er, «dann holen wir uns eben die Belohnung ab. Komm mit, zum Tempel.»

Kapitel neun

Naunachte hatte nicht vor, Bahematun die Belohnung kassieren zu lassen. Sie brauchte ihn nur, um unbeschadet nach Karnak zu gelangen. Wenn Khonsu sich vor Bahematun in Acht nahm, so dachte sie, würde es der Rest von Wasets Unterwelt wohl ebenfalls tun.

Sie täuschte sich nicht. Bahematun führte sie durch das Labyrinth der Straßen Wasets, ohne dass man ihr ein Haar gekrümmt hätte. Er rührte sie nicht an, warf ihr allerdings von Zeit zu Zeit von Hass und Begierde erfüllte Blicke zu.

Als sie den Tempelbezirk erreichten, war es bereits ziemlich dunkel. Zwei große Fackeln brannten zu beiden Seiten des Säulenvorbaus. Als sie noch einen Speerwurf von dem Eingangstor entfernt waren, blickte Naunachte Bahematun flüchtig von der Seite an und rannte dann los.

«He!», schrie er. «Komm zurück, verfluchtes Weib!»

Er setzte ihr nach. Mit der Hand erwischte er ihre Schulter. Sie drehte sich so rasch wie eine angriffslustige Kobra um und spuckte ihm aufs Handgelenk. «Ich bin es, die dich verflucht, du Eidbrecher», erwiderte sie, «im Namen Amuns!»

Bahematun wurde langsamer, presste die Hand aufs Handgelenk und wurde ganz weiß vor Angst. Sie wandte ihm den Rücken zu und legte blitzschnell den Rest der Strecke zurück. «Lasst mich ein!», rief sie dem Madjai zu. «Ich bin eine Dienerin von Hunro, der Herrin!» Sie warf einen gehetzten Blick über die Schulter. «Dieser Mann verfolgt mich!»

Auf der Stelle öffneten sie die Tore, und sie rannte hinein, drehte sich dann um und lachte Bahematun aus, der immer noch bleich und zitternd dastand und ihr nachblickte. «Der Gott hört dich, du Eidbrecher!», rief Naunachte, während die großen Tore sich schlossen. «Sein Zorn schwebt über dir!»

Ein weiterer Madjai stand in Tornähe und sah sie neugierig an. Es war ein Mann in mittlerem Alter mit einem freundlichen Gesicht. Ziemlich gefasst sagte sie: «Ich bin Naunachte, die verbannte Tempeldienerin. Bringt mich zu Hunro, der Herrin.»

Seine Augen weiteten sich vor Erstaunen. «Hunro, die Herrin, sitzt gerade mit Merybast zu Gericht», sagte er schließlich.

Wenn sie bei einer Gerichtsverhandlung waren, ging es bestimmt um Khonsu. «Bringt mich auf der Stelle zu ihr», sagte sie hochmütig.

Ungläubig kniff der Madjai die Augen zusammen. «Herrin», sagte er dann, «Ihr seid dem Tod geweiht. Kehrt nicht in den Tempel zurück!» Er blickte sich um, als fürchte er, belauscht zu werden, beugte sich dann vor und flüsterte: «Hori und Menneb sind meine Freunde, o Herrin. Sie haben uns erzählt, was passiert ist. Wir wissen, dass Ihr nichts

Böses getan habt und dass Tiy, die Herrin, an allem schuld ist. Kommt mit, ich verstecke Euch.»

Bis zu diesem Augenblick hatte Naunachte nur Khonsus Rettung im Kopf gehabt, selbst wenn ihr Leben dabei auf dem Spiel stand. Sein Opfer forderte eine Wiedergutmachung. Doch nun rief ihr der Name Tiys wieder die Realität ins Gedächtnis. Es traf sie wie ein kalter Schock. In den gütigen Augen des dunkelhäutigen Madjai las sie ihren eigenen Tod, und sie bekam schreckliche Angst. Ihr Herz drohte auszusetzen, wild und unregelmäßig schlug es in ihrer Brust, und ihre Eingeweide krampften sich vor Furcht zusammen.

Dann hüllte sie Ruhe ein wie eine kühle Brise an einem glühend heißen Tag. Das besorgte Gesicht des Madjai schien zurückzuweichen und zu verblassen, trotz des hellen Fackelscheins. Der Gott war bei ihr. Sie schloss die Augen und hob die Hände, um ihn willkommen zu heißen.

Vertrau mir, flüsterte Amun.

Und dann war er wieder verschwunden, doch sie hatte keine Angst mehr. Hatte er ihr nicht die Macht über Bahematun verliehen, damit sie gefahrlos in den Tempel zurückkehren konnte? Er würde sie nicht im Stich lassen. Er würde ihr sagen, was zu tun war.

«Ich muss zu Hunro, der Herrin – jetzt sofort», sagte sie zu dem Tempelwächter. «Amun befiehlt es.»

Traurig und unterwürfig verneigte sich der Madjai. «Folgt mir», sagte er.

Die große Säulenhalle war hell erleuchtet. Lotos- und Papyrussäulen warfen Schatten an die Wände, die Decke und die Nachbarsäulen; ein Geflecht aus Hell und Dunkel, wie das Durcheinander der Schilfhalme in den Sümpfen. Die Madjai führten Naunachte herein und winkten sie mit einer Hand weiter, dann ließen sie sie allein. Hastig atmend blieb sie im Schatten stehen.

Am entgegengesetzten Ende der Halle waren Menschen. Naunachte sah Tempeldiener, die Fackeln hielten, und Madjai mit Speeren und blanken Schwertern. Als sie sich ihren Weg durch die Säulen bahnte, sah sie Hunro, die Herrin, die auf einem hohen Thron neben einem Ehrfurcht gebietenden Mann saß, dessen ergrauendes Haar unter seiner schwarzen Perücke hervorlugte. Dies musste Merybast sein. Er hatte den Kopf Hunro zugeneigt und lauschte aufmerksam ihren gemurmelten Worten.

Vor ihnen kniete ein nackter Mann auf dem Steinfußboden. Naunachte ging lautlos weiter, die Faust auf die Brust gepresst, als müsse sie ihr pochendes Herz zurückhalten. Sie hätte Khonsus Rücken unter Tausenden erkannt. Seine Ellbogen und Handgelenke waren mit groben Stricken aus Sisal auf seinem Rücken gefesselt. Dunkles Blut sickerte aus einer Wunde an seinem Arm.

Merybast richtete sich auf seinem Thron auf. «Khonsu», sagte er, und Khonsus Kopf schnellte in die Höhe. «Du wirst zum Tode verurteilt.»

«Nein!», rief Naunachte. Das Echo ihrer klaren Stimme hallte zwischen den Säulen wider, und die Tempelwächter drehten sich blitzartig um und hielten nach dem Eindringling Ausschau. Naunachte reckte die Schultern, trat hinter der letzten Säulenreihe hervor und ging auf die kleine Ansammlung von Menschen um die hohen Throne zu.

Khonsu drehte sich um und schaute sie an. Sein Gesicht wies Prellungen auf, und von seiner Lippe tröpfelte Blut, doch er wirkte furchtlos wie ein Wüstenlöwe. Dann aber sah er ihr Gesicht im flackernden Fackelschein, und auf einmal wandelte sich sein Ausdruck zu tiefer Verzweiflung. Naunachte ertrug es nicht, und sie schaute weg.

«Merybast, mein Gebieter», sagte sie und spürte, wie alle Augenpaare sich auf sie richteten. «Ich bin Naunachte, die Tempeldienerin. Ihr habt Khonsu dafür bestraft, dass er mich vor Euch versteckt hat. Hier bin ich. Ich biete mich selbst als Opfer für seine Freiheit an.»

«Oh, Naunachte», flüsterte Hunro ungläubig.

«Nein!» Khonsus Stimme überschlug sich. Er sprang auf die Füße, jeder Muskel war angespannt. Doch bevor er mehr als einen Schritt machen konnte, ergriffen ihn die Madjai und zwangen ihn wieder zu Boden. Einer von ihnen umklammerte seinen Hals, und dann rissen sie ihm schmerzhaft die gefesselten Arme nach oben. Die Spitze eines Bronzespeers war auf seine Kehle gerichtet.

Merybast hatte noch nicht gesprochen. Er blickte Naunachte beständig aus seinen dunklen, tief liegenden Augen an. Sie spürte, wie ihre Zuversicht schwand. «Merybast, mein Gebieter, ich opfere mich selbst an seiner statt. Ich flehe dich an, ihn freizulassen. Er hat nur versucht, mich zu schützen, das ist sein einziges Vergehen.»

«Er hat sich den Madjai widersetzt», sagte Merybast mit tiefer, bedächtiger Stimme. «Einer von ihnen ist seinetwegen schwer verwundet. Das allein verdient die Todesstrafe.»

Naunachte machte noch einen Schritt nach vorn, dicht auf die hohen Throne zu. «Merybast, mein Gebieter, Ihr suchtet ja nicht nach Khonsu. Ich war es, nach der Ihr suchtet. Hier stehe ich, o Herr, bereit, mich dem Gericht zu stellen. Schenkt ihm Gnade!»

Merybast sah ihr lange tief in die Augen. Sie fühlte, dass er ihr auf den Grund der Seele blickte. Schließlich sagte er: «Naunachte, dein Tod ist beschlossen. Warum sollte dieser Mann, der sicherlich dein Liebhaber war, nicht ebenfalls sterben?»

Naunachte fand keine Worte. Sie schloss die Augen, um den Worten des Gottes zu lauschen, doch Amun schwieg.

Er schwieg zwar, doch er war trotzdem anwesend. Als sie die Augen wieder öffnete, sah sie, wie Hunro ihren Gemahl am Arm berührte. Merybast neigte sich zu ihr hinüber, und sie wechselten leise ein paar Worte. Hunro schien auf etwas zu drängen. Naunachte überlief ein ehrfürchtiger Schauder, denn bestimmt hatte Amun sie dazu gebracht, sich für sie einzusetzen.

Merybast sah Hunro an und wandte sich dann ab. Er schien tief in Gedanken. Nach langem Schweigen sagte er: «Naunachte, Hunro, die Herrin, hat sich zu deiner Fürsprecherin gemacht. Ich sollte diesem jungen Mann nicht die Freiheit schenken, doch unter den gegebenen Umständen, da du freiwillig zurückgekehrt bist, um deine Bestrafung zu empfangen, werde ich Gnade walten lassen. Er wird zum Tempeltor gebracht und ist dann frei.» Er machte mit dem Kopf eine Geste zum Anführer der Tempelwache hinüber. Der Mann packte Khonsu am Arm und half ihm unsanft auf die Füße.

«Darf ich mit ihm sprechen?», fragte Naunachte. Sie wusste selbst nicht, weshalb sie so ruhig war, als wäre die ständige Todesdrohung etwas Lachhaftes oder Bedeutungsloses.

«Hier», sagte Merybast. «In der Öffentlichkeit.»

Naunachte verneigte sich vor dem Thron und ging dann

zu Khonsu hinüber. Er blickte ihr ins Gesicht. Seine Augen waren kalt und unnahbar, als würde er sich vor ihr verstecken. Die Muskeln an seinem Nacken und seinen Schultern traten hervor, ganz unnatürlich und verspannt, weil seine Arme so grausam auf seinem Rücken gefesselt waren. Naunachte wollte ihn trösten, ihn streicheln; sie fühlte sich ihm aber seltsam entfremdet, als wäre alles, was sie miteinander geteilt hatten, lediglich ein Traum gewesen.

Dennoch wollte sie ihm Trost zusprechen. «Khonsu», sagte sie leise, «hab keine Angst um mich.»

Er schüttelte den Kopf. «Naunachte», flüsterte er zurück, «dein Tod ist beschlossen worden. Wie soll ich da keine Angst um dich haben?»

Plötzlich fiel Naunachte die Antwort ein. «Der Gott wird mich schützen», sagte sie. Ihr Gesicht strahlte vor gläubiger Zuversicht. «Ich werde mich seinem Orakel ausliefern. Er wird mich retten.»

Khonsu verzog den Mund, als hätte er bittere Kräuter gegessen. «Ich war bereit, mein Leben für dich zu opfern», sagte er. «Und selbst jetzt noch vertraust du lieber einem Traumbild!»

Ohne ein weiteres Wort drehte er sich um und signalisierte mit einem Kopfnicken, dass er bereit zum Gehen war. Naunachte blickte ihn an und biss sich auf die Lippen. Doch sie konnte seine Gefühle nicht wirklich spüren. Der Geist des Gottes war bei ihr, und ihre Seele war vom Bewusstsein seiner Herrlichkeit erfüllt.

Doch es gab etwas, das Khonsu wissen musste. «Khonsu», rief sie, und er zögerte, drehte sich um und sah sie noch einmal an. «Khonsu, es war Bahematun, der mich hierher gebracht hat. Er lungert vielleicht noch draußen vorm Tempel herum. Ich habe ihn um die Belohnung betrogen. Nimm dich vor ihm in Acht.»

Khonsus verzog sein schönes Gesicht zu einem kalten, ironischen Lächeln. «Bahematun? Wenn ich diesen Schakal treffe, wird er derjenige sein, der sich in Acht nehmen muss, selbst wenn ich nackt bin und er ein Schwert in der Hand hat.» Er stieß ein kurzes bitteres Lachen aus. «Du brauchst einen Begleiter auf deinem Weg ins Leben nach dem Tod, Naunachte. Alles Gute.»

Schweigend ging er in die dunklen Schatten des Säulenwalds hinein. Naunachte blickte ihm nach, bis sie ihn nicht mehr sehen konnte. Dann wandte sie sich zu Merybast und seiner Gattin um.

Hunro weinte. «O Naunachte, warum bist du zurückgekommen? Ich kann dich nicht retten.»

Merybast sah seine Frau an, als missbillige er ihren Kummer. Dann sagte er zu Naunachte: «Panhesi, der Hohepriester, hat dich der Blasphemie und des Sakrilegs beschuldigt. An seinen Worten besteht kein Zweifel. Du musst sterben.»

Naunachtes Verstand war klar wie kühles Wasser. Worte kamen über ihre Lippen, als hätte der Gott selbst sie gesprochen. «Merybast, mein Gebieter, ich bin eine Dienerin des Tempels. Ich trage das Mal Amuns. Schon einmal, als ich noch ein Kind war, sprach das Orakel des Gottes, um mein Leben zu retten. Nun rufe ich das Gottesgericht an. Lass den Gott entscheiden, ob ich ein Sakrileg begangen habe. Wenn Panhesi Recht hat, wird sich meine Schuld erweisen. In dem Fall bin ich bereit zu sterben.»

«Du forderst ein Gottesgericht?» Merybasts tiefe Stimme klang langsam und zögernd.

«Lass den Gott meine Schuld verkünden», sagte Naunachte. «Ich gebe mich in seine Hände.»

Eine lange Stille entstand. Merybast zog die grauen Augenbrauen zusammen und starrte sie an, als könnten seine dunkel schimmernden Augen ihr die Wahrheit entlocken. Hunro saß reglos auf ihrem Thron, und die Lapislazuliperlen an den Spitzen ihrer Haarsträhnen glitzerten und klimperten leise, so sehr zitterte sie. Naunachte wartete, voller Zuversicht, dass der Gott sie beschützen würde. Bestimmt wachte Amun über sie.

Endlich setzte Merybast sich wieder aufrecht hin, eine Hand auf die Lippen gepresst. Ruhig sagte er: «So sei es. Morgen nach dem Ritus wirst du dem Gottesgericht überantwortet, Naunachte. Panhesi wird anwesend sein, und die andere Anklägerin, Tiy, ebenfalls.» Er gab dem Hauptmann der Madjai einen Wink. «Sperrt diese Frau einstweilen ins Gefängnis. Morgen wird das Orakel vor dem heiligen Teich sprechen.»

Die Madjai stellten sich im Kreis um Naunachte und schickten sich an, sie ins tiefe Innere des Tempels zu bringen. Schweigend, als wäre sie in einem Traum, ging sie mit, und Amun ging neben ihr her.

Khonsu versuchte, sich aufrecht zu halten, als die Madjai ihn zum Tor hinauswarfen, doch sie waren so brutal, dass er mit Händen und Knien auf dem harten Boden landete. Er richtete sich genau in dem Moment auf, als die Tempeltore zufielen.

Er wollte zum Tor rennen und mit den Fäusten darauf einschlagen, damit Naunachte freigelassen wurde. Er wollte einen großen Rammbock holen und mit ihm die Tore sprengen, um seine Frau den Händen der Priester zu entreißen, die ihr nach dem Leben trachteten. Doch er war machtlos. Mit geschlossenen Augen stand er da und kämpfte mit den Tränen.

Sie war verloren, kein Zweifel. Khonsu sah vollkommen schwarz. Naunachte hatte mächtige Leute beleidigt, und niemand würde sie vor deren Zorn schützen. Er würde sie niemals wiedersehen.

Nackt und ganz versunken in seinen Kummer ging Khonsu die Straße entlang, die vom Tempeltor wegführte. Die warmen Sterne hingen über seinem Kopf, zum Greifen nah, doch er sah sie nicht. Er dachte an andere, glücklichere Nächte, als er Naunachte in den Armen gehalten und sie geküsst hatte; er sah ihre anschwellenden Brustwarzen vor sich, die seine Finger erregt hatten, ihre süßen Lippen, die kleine Lustschreie ausstießen, wenn sein Körper in ihren eindrang. Dann hatten sich diese köstlichen Lippen um seinen Schwanz geschlossen, der daraufhin prall angeschwollen war. Wie hatte er wohlig gestöhnt, wenn er sein Gesicht zwischen ihre locker geöffneten Schenkel senkte und ihr Geschlecht sich wie eine Blume für ihn öffnete, wenn die Blütenblätter sich im Mondlicht für ihn teilten und ihren herrlichen Duft verströmten! Und er musste daran denken, wie er ihren Nektar gekostet hatte, süß und doch niemals klebrig, köstlicher als Manna.

Die Straße führte hinab zum Nil, wo sie auf den breiten staubigen Weg nach Waset stieß. Khonsu blieb am Ufer stehen und schaute in das am Ufer von Schilf und Wasserlilien gesäumte Wasser.

Unter den bläulichen Schatten bewegte sich etwas, länger als ein Mensch, mit schuppiger Oberfläche. Vermutlich ein

Krokodil. Khonsu sah ihm zu und überlegte, ob er ein wenig näher herangehen sollte, um sich von der Bestie verschlingen zu lassen. War der Tod nicht einem Leben ohne Naunachte vorzuziehen?

Dann straffte sich sein Körper, und er drehte sich um, denn er hatte eine Bewegung hinter seinem Rücken gespürt. Seine Augen weiteten sich, und es verschlug ihm den Atem, als er Bahematun sah. Er kauerte wie ein angriffslustiges Tier auf dem Boden. Khonsu war nackt, Bahematun dagegen trug ein Schwert und war gefährlich. Khonsu straffte den Leib und bereitete sich auf einen Kampf um Leben und Tod vor.

Doch Bahematun torkelte wie ein Betrunkener, und sein Blick war trüb und irrte hilflos umher. Er machte ein paar schwankende Schritte auf Khonsu zu und streckte die Hand aus. Einen Moment fragte Khonsu sich, was Bahematun wohl so zugesetzt haben könnte, doch nur einen Moment lang.

Er fauchte hasserfüllt und machte einen Satz nach vorn. Bahematuns zögernde Finger tasteten nach dem Schwert, und Khonsu senkte die Schulter, holte aus und schlug zu. Bahematun fiel hin und blieb der Länge nach im Staub liegen. Khonsu sprang auf ihn und zog das Schwert aus der Scheide. Dann setzte er seinen Fuß auf die Kehle des Feindes und richtete sich auf, mit gezücktem Schwert, zum Töten bereit.

«Nein», flüsterte Bahematun. «Khonsu, Gnade! Die Hexe hat mich verflucht.»

Schaudernd blickte Khonsu ihn an. Hatte Naunachtes Fluch Bahematun um Kraft und Verstand gebracht? Der Gedanke, mit einer Frau zusammen gewesen zu sein, die

Zauberkräfte besaß, jagte ihm Angst ein. Dann aber besann er sich auf seine Rache.

«Du hast deinen Eid gebrochen», sagte er langsam. «Ihr Fluch wird dich töten, nicht mich.»

Das Schwert zischte herab. Bahematun schrie auf, als die Klinge nicht seinen Hals, sondern sein Handgelenk traf und ihm die rechte Hand abschlug. Glitzerndes Blut schoss aus dem Stumpf. Khonsu bückte sich, packte Bahematun beim Kragen und zerrte ihn zum Fluss. Bahematun versuchte sich zu wehren, doch in seinen dünnen Gliedmaßen war keine Kraft mehr, als hätte Naunachtes Fluch seine Knochen schmelzen lassen. Khonsu packte ihn am Genick und schleuderte ihn in das stille Wasser.

Das Echo warf das Platschen vom anderen Ufer zurück. Bahematun jammerte und versuchte vergeblich, sich im seichten Wasser aufzurichten. Das Blut, das aus seiner Wunde floss, färbte es dunkel. Einen Augenblick lang kämpfte er sich durch das Schilf. Dann glitt ein dunkler Schatten auf ihn zu.

Das Krokodil machte einen Satz, und Bahematun schrie auf. Khonsu sah zu, bis sein Feind nicht mehr schreien konnte. Dann drehte er sich um und ging zurück nach Waset.

Diesmal hatten die Madjai kein Mitleid mit Naunachte und ließen sie auch nicht laufen. Sie führten sie tief ins Tempelinnere, zu einem kleinen, streng bewachten Gebäude ohne Fenster. Einer von ihnen sagte ein Passwort, und die Tür öffnete sich.

Innen gab es einige kleine Zellen, dunkel und stickig. Die Madjai schlossen Naunachte in einer davon ein. Knallend wurden von außen Riegel vorgeschoben.

Es war stockfinster. Naunachte tastete im Raum umher, zögernd berührten ihre bloßen Füße den Boden. Sie fand eine Art Sims mit einem Häufchen Stroh darauf. Es war bequemer, als sie dachte. Naunachte machte es sich darauf bequem und blickte in die Dunkelheit.

Vor dem Gottesgericht, das sie im Morgengrauen erwartete, hatte sie keine Angst. Sie konnte die Anwesenheit des Gottes noch spüren, als würde er ihr seinen warmen Atem in den Nacken hauchen. Es war ein angenehmes Gefühl, wie ein Vater, der über ein schlafendes Kind wacht. Ohne es sich einzugestehen, glaubte Naunachte daran, dass das Gottesurteil sie freisprechen würde.

Doch sie fürchtete sich davor, in diesem abgeschlossenen Raum innerhalb des Tempelbezirks zu schlafen. Viele Nächte lang hatte sie unterm Sternenhimmel geschlafen, Khonsus starken, geschmeidigen Körper neben sich. Manchmal war sie aus einem Albtraum erwacht und hatte sich in den Armen Khonsus wiedergefunden, der ihren Kopf auf seine Schulter bettete und ihr tröstliche Worte zuflüsterte.

Khonsu! Sie musste daran denken, wie er sie angesehen hatte, mit dem distanzierten spöttischen Ausdruck von früher. Ihr Herz sehnte sich so sehr nach ihm, dass es wehtat. Doch sie lebte noch; ihr Herz war nicht gebrochen. Dafür – wie auch für einiges andere – hatte der Gott gesorgt. Er hatte in Khonsu das gesehen, was er war – einen Anhänger Seths. Ihr Pflegevater Ammenacht hatte seinen Kindern immer aus einem Papyrus vorgelesen, den einer seiner Vorgänger verfasst hatte, der Schreiber Kenhirkhopeshef. In dem Papyrus wurden die Anhänger Seths beschrieben. Wie konnte ein Mann, der vor zwei Generationen gelebt hatte, Khonsu gekannt haben?

Der Gott in ihm ist Seth. Am Tag des Gerichts wird man ihn als Zügellosen verurteilen. Frauen lieben ihn wegen seines herrlichen Körpers und seiner Liebesschwüre. Trotz seines königlichen Gebarens ist er ein Mann des Volkes. Er macht keinen Unterschied zwischen einer verheirateten Frau und einer Hure. Er wird nicht ins Leben nach dem Tod eintreten, sondern in der Wüste abgelegt werden, als Beute für die Raubvögel …

Khonsu war fort, und ohne ihn ging es ihr besser. Eine Dienerin Amuns durfte keinen Kontakt zu einem Anhänger Seths haben. Doch er hatte sie getröstet, wenn die Träume ihr Angst machten, und nun musste sie im Tempelgefängnis schlafen und wusste, was für Träume sie erwarteten. Im Schlaf würde sie den Mächten jener anderen Welt vollkommen ausgeliefert sein, und sie konnte sich nicht darauf verlassen, dass Amun sie in jener Welt ebenso beschützte wie in dieser hier.

Sie versuchte, die Augen offen zu halten. Doch die Dunkelheit der Zelle kroch in ihr Gehirn, und die Erschöpfung lastete schwer auf ihren Gliedern. Ohne dass sie es bemerkte, fiel sie in tiefen Schlaf.

Die Zellentür öffnete sich, und Licht flutete herein, unfassbar hell. Naunachte hob den Kopf und stand auf. Das Licht, das sie überströmte, schien beinahe greifbar. Es fegte ihr die knittrigen Kleider vom Leib. Sie stand nackt da, ihre goldene Haut glühte wie das Innere eines Schmelzofens.

Eine Gestalt tauchte in der Tür auf. Sie hob sich schwarz von dem gleißenden Licht ab. Naunachte lächelte traurig, denn es war Khonsu, der dort stand. Er kam auf sie zu, mit ausgestreckter Hand.

«Komm», sagte er. «Ich bin immer noch ein Gott, und nun bist du eine Göttin. Komm, kleine Göttin. Deine Anhänger warten auf dich.»

Sie wollte sagen, dass sie gar nicht gewusst hatte, dass er ein Gott war, doch ihre Lippen waren wie versiegelt. Schweigend folgte sie seiner ausgestreckten Hand. Die Tür führte ins Freie. Es war dunkel, und wie ein Geistergesicht hing ein großer Mond über einem von Palmen gesäumten Teich. Sie gelangten zu einem großen Altar, vor dem lauter Leute standen, die Naunachte kannte. Hunro war darunter, Hand in Hand mit ihrem Gemahl. Da waren Psaro, der Dorfpolizist, und ihr Bruder Harschir. Auch ihre Freundin Achtai war da und stillte das Kind, das sie das Leben gekostet hatte. Da waren Hori und Menneb, und da war auch Tiy, gleich neben Panhesi. Als sie Naunachte nackt auf sie zugehen sahen, stießen sie alle einen langen Seufzer aus, sanft wie eine Morgenbrise.

«Leg dich auf den Altar», sagte Khonsu und machte einen seiner herrschaftlichen Winke mit der Hand. «Deine Anhänger werden dir dienen. Sag ihnen, wonach dich verlangt.»

Naunachte warf einen Blick über die versammelten Menschen und sah dann Khonsu an. Er war nackt, und sein Phallus ragte prall empor. Begierig zuckend reckte er sich ihr entgegen. Er sah ihren Blick, lächelte und strich dann an seinem Penis entlang, als bewundere er ihn. Dann winkte er mit dem gekrümmten Finger eines der Mädchen aus der Menge zu sich. Es war Neferure. Sie kam auf ihn zu, die Hände wie zum Gebet erhoben. Er öffnete ihr Gewand und entblößte ihre kleinen Brüste. Als er sah, dass die rosa Brustwarzen bereits lustvoll angeschwollen waren, lächelte er.

«Sieh nur, Naunachte», sagte er. «Dies sind unsere Anhänger. Sie werden uns auf jede nur denkbare Art zu Diensten sein. Schau, du darfst sie zu deiner Lust benutzen.» Mit diesen Worten packte er Neferure an den schlanken Hüften und zog sie zu sich her. Er schob ihre Schenkel auseinander und ließ seinen Penis tief zwischen ihre Schamlippen gleiten. Neferure stöhnte und warf den Kopf zurück, als wäre sie ohnmächtig geworden, und Khonsu hielt sie an den Hüften, während der Rest ihres Körpers wie eine leblose Puppe herabbaumelte. Er stieß mit seinen Gesäßbacken zu und hielt sich dabei an Neferures weichen Schenkeln fest. Sie hing wie leblos herab, mit weit ausgestreckten Armen. Ihr Haar verlief wie Tinte im Wüstensand, und als sein praller Schwanz in ihren wehrlosen Körper hinein- und wieder aus ihm herausglitt, wippten ihre Brüste auf und ab, und ihre feuchten Lippen stießen hilflose Seufzer aus.

Naunachte sah zu. Ihre Lenden waren heiß und spannten sich vor plötzlicher heftiger Lust. Khonsus Phallus schimmerte, als er sich in Neferures Vagina bewegte, und jedes Mal, wenn er ihn herauszog, schmiegten sich die rosigen Lippen um seinen Schaft, als wollten sie ihn nicht loslassen, um ihn dann mit einem schmatzenden Geräusch erneut willkommen zu heißen. Neferure stöhnte unablässig. Naunachte sah, wie ihr Freund beim Herannahen des Orgasmus zitterte, und nun wollte sie auch einen Mann in sich spüren.

Khonsu lächelte, als hätte er ihre Gedanken gelesen. «Was du dir auch wünschst, du sollst es haben», sagte er und schob seinen Schwanz in Neferures glitschige Scheide hinein. «Welcher Mann soll dich stopfen? Wer soll dich mit dem Mund verwöhnen?»

In einem plötzlichen Entschluss ging Naunachte auf den Altar zu und legte sich darauf. Der Stein war weicher als eine gepolsterte Liege. Sie breitete die Arme unterm sternenfunkelnden Himmel aus. Sie brauchte nichts zu sagen, denn ihre Diener wussten genau, wonach ihr der Sinn stand.

Sie lag still da, ihr ganzer Körper prickelte vor Erregung. Die Spitzen ihrer Brüste waren hart und geschwollen. Wortlos traten Tiy und Panhesi hinzu und knieten rechts und links von ihr nieder, von Kummer und schlechtem Gewissen ganz bedrückt. Naunachte reckte die Hüften empor, und gehorsam öffneten Tiy und Panhesi den Mund, um sachte an ihren Brüsten zu saugen.

Ein weiterer Mund war zwischen ihren Beinen zugange, eine weiche Zunge bahnte sich voller Entschlossenheit ihren Weg tief in die geheimen Falten ihres Körpers. Sie seufzte lustvoll auf und spreizte die Beine. Die lüsterne, eifrige Zunge glitt in ihre Vagina, bohrte sich wie ein winziger Penis in sie hinein, zog sich dann wieder zurück und züngelte wie eine Schlange an ihrer zitternden Klitoris.

Nun wollte Naunachte an einem Schwanz saugen, und schon kniete Psaro über ihr. Sein schwarzer muskulöser Körper glänzte im Mondlicht. Er hielt ihr seinen Phallus hin und rieb die purpurrote Eichel gegen ihre gierigen Schamlippen. Sie öffnete den Mund und stöhnte vor Wonne, als die gewölbte Spitze zwischen ihre Lippen, ihre weißen Zähne glitt und ihren Mund warm und prall ausfüllte.

Lange und intensiv saugte Naunachte begierig an Psaros Penis, während der unbekannte Mund sich weiterhin zwischen ihren Schenkeln zu schaffen machte. Sie war eine Göttin, und ihr Fleisch war das Symbol dieser Göttlichkeit;

wer ihr diente, empfand göttliches Vergnügen. Tiy und Panhesi stöhnten, als sie mit ihren begierigen Mündern Naunachtes Brüste verwöhnten. Sie saugten mit heiligem Ernst daran, als hinge ihr Leben davon ab. Psaro ächzte und wand sich wollüstig, als Naunachte seinen Penis leckte, und die Person, die sie zwischen den Beinen verwöhnte, hielt sie am Gesäß gepackt und stieß gedämpfte Lustschreie aus. Sie schien sorgsam darauf bedacht, ja keinen Tropfen des herrlichen Taus zu vergeuden, den Naunachtes Geschlecht absonderte. Sie geriet in Ekstase, der Höhepunkt kündigte sich an. Tiy und Panhesi leckten eifrig an ihren geschwollenen Brustwarzen, was heftige Wellen der Erregung bei ihr hervorrief. Psaro stöhnte und stieß ihr seinen Schwanz immer wieder in den Mund, erfüllte sie mit wonniger Begierde, während zwischen ihren Beinen Lippen und Zunge ihre Klitoris umschlangen und derart unkontrollierbare Zuckungen der Lust auslösten, dass sie – wäre sie sterblich gewesen – mit Sicherheit gestorben wäre.

Allmählich kam sie wieder zu sich. Der Mund zwischen ihren Beinen war fort, und sie spürte Wärme und eine angenehme leicht schmerzhafte Leere. Jetzt wollte sie von Psaro genommen werden. Schon als kleines Mädchen hatte sie seinen ebenholzfarbenen Körper bewundert, seine vollen dunkelroten Lippen. Sie wollte diesen herrlichen schwarzen Penis spüren, wie er sich in ihr feuchtes Fleisch bohrte. Auch diesmal brauchte sie kein Wort zu sagen. Sobald sie den Wunsch nur *dachte*, wurde er auch schon erfüllt. Tiy und Panhesi liebkosten weiterhin ihre Brustwarzen, während Psaro sich zwischen ihre gespreizten Schenkel stellte, bereit, sie in Besitz zu nehmen.

Dann war plötzlich Khonsu da. Er packte Psaro an der

Schulter und zerrte ihn weg. «Sakrileg», fauchte er. «Sie gehört mir.»

«Nein!» Naunachte stützte sich auf die Ellbogen. «Ich bin eine Göttin, und du hast gesagt, alle meine Wünsche würden erfüllt. Ich will Psaro. Ich will seinen Penis in mir spüren.»

«Du gehörst mir», wiederholte Khonsu. «Du wirst meinen Penis spüren.»

«Nein», sagte Naunachte verärgert. Sie streckte die Hand nach Psaro aus, doch Khonsu machte eine heftige Geste, und der schwarze Madjai fiel stumm auf den Wüstenboden.

«Psaro!» Naunachte wollte Psaros Körper berühren und ihm wieder Leben einhauchen. Doch bevor sie ihre Kräfte gesammelt hatte, packte Khonsu sie und stieß sie zurück auf den Altar. Sein erigierter Penis zuckte zwischen seinen Beinen, riesig und drohend.

«Du bist mein!», zischte er. Er packte sie an den Handgelenken und drückte sie auf den Altar. Sie schrie vor Wut und sandte wütende Blicke aus, doch er war ein Gott und lachte sie nur aus. Lachend warf er den Kopf in den Nacken, und als heizten ihn ihre hilflosen Bewegungen erst recht an, schwoll sein Schwanz noch mehr an, bis er erst die Größe eines kräftigen Männerarms, dann sogar die eines jungen Baumes hatte. Khonsu hielt sie immer noch lachend fest und drang in sie ein wie ein Keil in einen Stamm. Sie schrie, aber sie stöhnte auch, denn sie hatte noch nie eine derartige Wonne empfunden. Ihr göttlicher Leib dehnte und weitete sich, um die Macht des Gottes Khonsu empfangen zu können, und schließlich nahm sie ihn in seiner ganzen Pracht in sich auf. Mächtig bewegte er sich in ihrer feuchten Scheide hin und her. Er hatte sie erobert, hatte ihren Leib aufgerissen, und nun schrie sie vor göttlicher Ekstase laut auf.

Über ihr grunzte Khonsu wie ein wildes Tier, während er ihren zitternden Körper mit seinen Lendenstößen bearbeitete. Die Sehnen an seinem Hals standen hervor, und sein riesenhafter Penis glitt unablässig in ihr auf und ab. Er bewegte sich wie die Arbeiter in den Steinbrüchen, die große Gewichte gegen die nackte Felswand prallen lassen, damit sich einzelne Steinblöcke lösen. Er bewegte sich wie ein Sandsturm, der über die Wüste fegt, wie eine schwarze Gewitterwolke, wie die großen Blöcke, wenn sie tief in Pharaos Grab hineinfallen.

Naunachte packte ihn an den Schultern und zog ihn an sich, damit sie sein Gewicht spüren konnte. Sein flacher muskulöser Bauch presste sich auf ihren, seine Brust zermalmte ihre Brüste, sein Atem erhitzte ihre Haare. In wilder Begierde heulte sie auf, ihre Gliedmaßen streckten sich und zogen sich zusammen, als sie zum Orgasmus kam, einem Höhepunkt, der so heftig war, dass es sich anfühlte, als würde urzeitliches Chaos ihren Körper füllen.

Khonsu lachte erneut, als er spürte, wie ihr plötzliches Schweigen von Zuckungen unterbrochen wurde. «Du bist mein!», knurrte er, während er keuchend über ihr kauerte. Auf einmal war es die Stimme eines wilden Tiers. Namenloses Entsetzen erfüllte Naunachte und vertrieb die letzten Wellen des Orgasmus. Sie wand sich in Khonsus Griff und versuchte, seinen Kopf festzuhalten, um ihm ins Gesicht zu sehen. Doch wo einmal sein Nacken war, ertastete sie nun das Genick eines Tieres, das aus den Schultern eines Menschen hervorwuchs, und oberhalb seines sich heftig hin und her bewegenden Körpers grinste sie das Haupt einer grauenvollen Bestie an, einer schrecklichen Bestie, halb Ziegenbock, halb Löwe, außer sich vor Zorn und Wildheit. Es war das Gesicht Seths. Naunachte fing an zu schreien, immer wieder, und dann spürte sie, wie der heiße Samen des Gottes in sie hineinschoss – ein Gefühl, als hätte man ihr siedend heißes Gift eingeflößt. In Todesangst kreischte sie auf, und Seth blickte zu ihr herab, und Khonsus gellendes Gelächter hallte in ihren Ohren wider.

Zitternd wachte Naunachte auf. Die Zellentür war offen, und Sonnenlicht strömte herein. Hatte sie das alles etwa nur geträumt, in der flüchtigen Minute, als das Sonnenlicht auf ihr Gesicht fiel?

«Naunachte», sagte der Madjai, der in der Tür stand, «es ist Zeit.»

Naunachte stand schweigend auf, sie fröstelte. Die Erinnerung an den entsetzlichen Traum begleitete sie auf ihrem Weg von der Gefängniszelle zum heiligen Teich, wo das Orakel des Gottes sprechen würde. Es war, als würde die Sonne durch eine Wolke verdunkelt. Amun wurde durch diese Erinnerung verdrängt, und sie fühlte sich allein und verzagt. Sie betete zu Amun, doch der Gott ließ sich nicht vernehmen.

Vielleicht bedeutete der grässliche Traum, dass Amun sie verlassen hatte. Vielleicht würde das Orakel sie schuldig sprechen. Vielleicht –

Sie kamen zum heiligen Teich. Viele Menschen standen darum. Vor einem hohen Steingebäude, unter einem Baldachin saß Hunro mit ihrem Gatten. Ihre Kehle und ihre Brust waren noch von dem Orgasmus gerötet, den sie während der Zeremonie gehabt hatte. Mit traurigen dunklen Augen blickte sie auf Naunachte.

Und an ihrer Seite stand Tiy, neben Panhesi. Naunachte begegnete dem Blick aus Tiys hitzigen grünen Augen und schauderte, als sie die Bosheit darin sah. Tiy lächelte ihr zu, doch dieses Lächeln war furchterregender als das eines Krokodils. Sie sah sehr selbstzufrieden aus, wie eine seidig glänzende, wohlgenährte Katze, und plötzlich bekam Naunachte Angst. Sie hatte zwar noch nie gehört, dass das Orakel des Gottes Amun bestechlich war, doch schließlich wurde Amun ja von Menschen getragen, und die konnte man sehr wohl bestechen. Tiy war sehr hübsch – womöglich hatte sie ja die Diener des Gottes mit dem Tempelgold oder mit ihrem hellhäutigen Körper gefügig gemacht. Ihr zufriedener Gesichtsausdruck sprach Bände. Als Tiy dann Panhesis bleichen Arm berührte und ihm etwas ins Ohr flüsterte, glaubte Naunachte, sie hätten sich über ihren Tod unterhalten.

«Naunachte.» Merybast blickte von oben auf sie herab und wirkte nun selbst entfernt und abwesend wie ein Gott. «Bist du bereit, dich dem Orakel zu stellen?»

«Ich bin bereit», flüsterte Naunachte, und auch sie selbst fand ihre Stimme schwach und kläglich.

«Dein Ankläger steht hier», sagte Merybast und deutete auf Panhesi. «Er bezichtigt dich des Sakrilegs, du dagegen behauptest, unschuldig zu sein. Das Orakel wird entscheiden. Schreiber, lies die beiden möglichen Beschlüsse vor.»

Einer der Tempelpriester trat vor, es war ein junger Mann mit riesigen dunklen Augen. Er hielt zwei identische, mit Hieroglyphen beschriebene Tafeln aus vergoldeter Bronze in Händen. Er blickte Naunachte kurz an, und sie schöpfte wieder Hoffnung, denn sie las in seinem Blick, dass er ihr wohlgesonnen war. Dann las er vor, was auf den Tafeln stand: «Auf dieser Tafel steht: *Sie ist unschuldig und wird nicht bestraft.* Und hier steht: *Sie ist schuldig und wird sterben.*»

Er schob die Tafeln hin und her und legte sie dann mit der Schrift nach unten in etwa vier Metern Abstand vor dem heiligen Teich in den Sand. Dann verbeugte er sich vor Merybast, warf Naunachte noch einen hastigen Blick zu und zog sich zurück.

«Lasst das Orakel näher kommen», befahl Merybast.

Aus dem Gebäude hinter ihm kam eine Prozession mehrerer kahl rasierter Priester, die Weihrauchstäbe trugen und Gesänge intonierten. Ihnen folgten vier normal aussehende Männer, die wie Arbeiter einen einfachen weißen Schurz und Sandalen trugen. Dies waren die Träger des Gottes. Amuns Geist erschien in seiner vergoldeten Barke, einem vier Meter langen Modell einer Nilbarke aus Papyrusbündeln, die ganz wie ein echtes Boot bemalt, aufgetakelt und mit Rudern bestückt war. Das Boot ruhte auf zwei Pfählen, die wiederum auf den Schultern der Träger lagen. Die Träger würden am Druck auf ihren Schultern spüren, in welche Richtung der Gott sie drängte. Er würde ihnen den Weg zur richtigen Antwort weisen.

Die Träger schwankten wie benommen, und ihre Augen waren glasig wie bei Betrunkenen oder Männern in Trance. Der Gott war bereits in ihnen. Naunachte sah die Zeichen seiner Anwesenheit. Sie atmete erleichtert auf und schöpfte neue Zuversicht. Unmöglich, dass Tiy und Panhesi diese Männer bestochen hatten! Woher sollten sie wissen, wo welche Tafel lag?

Dann schien plötzlich Khonsu neben ihrer Schulter zu

stehen und ihr ironisch zuzuflüstern: *Was für eine Närrin du bist, kleine Göttin. Sie hat den Schreiber bestochen! Auf beiden Tafeln steht ‹schuldig›!*

Naunachte schloss die Augen und sank auf die Knie. Sie hob die Hände zum Gebet. Doch Amun kam immer noch nicht zu ihr, und nun bekam sie wieder Angst. Sie schlug die Augen auf.

Das Boot, das den Geist Amuns trug, bewegte sich langsam auf die Stelle am Ufer zu, an der die beiden Tafeln lagen. Es bewegte sich im Zickzack, wie die Spur einer Schnecke, zuerst in die eine, dann in die andere Richtung. Alle Augen folgten ihm. Dann schien das Boot auf einmal unschlüssig zwischen den beiden Tafeln hin- und herzupendeln. Naunachte sprach ohne Worte zu dem Gott: *Mächtiger Amun, rechtfertige mich.*

Plötzlich steuerte das Boot auf eine der Tafeln zu. Die Träger schnappten nach Luft, sie rissen die Augen auf, und die beiden, die voranschritten, gingen in die Knie, als wäre die Last plötzlich zu schwer geworden. Das Boot verbeugte sich vor der Tafel.

«Amun hat gesprochen», sagte Merybast und gab dem Schreiber einen Wink. Der junge Mann rannte zu der Tafel und hob sie auf.

Naunachte ballte die Fäuste und hörte, wie ihr das Blut in den Ohren rauschte. Langsam drehte der junge Schreiber die Tafel um. Er schloss kurz die Augen und las dann mit kräftiger, klarer Stimme vor: «Sie ist unschuldig und wird nicht bestraft werden. Vernehmt das Wort des Gottes Amun.»

Hunro lehnte sich zurück, stumme Dankesworte aussprechend. Tiy warf Panhesi einen Blick zu und starrte dann

Naunachte mit einem Ausdruck ungläubigen Grolls an. Naunachte blickte zum heißen blauen Himmel hinauf und lächelte, als sie spürte, wie der Gott erneut über sie kam.

Merybast nahm die Tafel von dem Schreiber entgegen und las für sich, was darauf stand. Befriedigt stand er auf. «Naunachte wurde für unschuldig befunden», verkündete er. «Der Gott hat kein Sakrileg festgestellt. Sie soll wieder ihren alten Platz im Tempel einnehmen. Naunachte, komm her.»

Naunachte gab sich einen Ruck, ging auf den Thron zu und kniete nieder. Schweigend sah Merybast sie eine Weile an. Seine umschatteten Augen schienen seltsamerweise zu glühen, als hätte ihn eine Begierde erfasst. Schließlich sagte er: «Du hast mit einem Mann zusammengelebt. Bevor du wieder deine frühere Stellung einnimmst, musst du den Reinigungstrank trinken. Wenn dein Menstruationsblut dann versiegt ist, wirst du dich dem Ritus der Buße und Unterwerfung unterziehen.» Seine Augen brannten sich in ihr Fleisch ein. «Da Panhesi, der Oberpriester, in diese Sache verwickelt ist, werde ich selbst den Ritus ausüben.»

Überraschtes Gemurmel erhob sich unter den Umstehenden. Naunachte war ebenfalls überrascht, denn soweit sie sich erinnern konnte, übte Merybast nur selten seine Pflichten aus. Was war bloß dieses Bußritual?

Dann sprach Hunro, mit einem leichten Lächeln. «Wie ich sehe, findet auch Ihr sie schön, mein Gemahl», sagte sie. «Ich freue mich, dass sie mir schon bald wieder beim Ritus zur Hand gehen wird. Und ich wünsche Euch viel Vergnügen mit diesem zarten Körper. Ihr werdet Eure Freude daran haben.»

Kapitel zehn

Naunachte wurde in einem hübschen Raum untergebracht, mit hohen Decken zur Kühlung und großen Fenstern, die auf den heiligen Teich hinausgingen. Kaum hatte sie sich dort umgesehen, kam auch schon einer der Priester und brachte ihr eine Tasse mit einer dampfenden Flüssigkeit. Sie roch stark nach bitteren Kräutern. Widerwillig trank Naunachte den Saft, denn sie wusste, was er zur Folge hatte. Bevor es dunkelte, begann sich ihr Bauch zusammenzukrampfen, und bald darauf begannen ihre Blutungen.

Sie war allein im Zimmer. Solange ihre komplette Reinigung nicht vollzogen war, durfte sie niemanden sehen und mit niemandem sprechen. Zuerst fragte sie sich mit leisem Bedauern, ob durch den Reinigungstrank wohl auch Khonsus Kind abgegangen war. Doch dieser Gedanke machte sie nur traurig. Sie versuchte, den Gedanken an Khonsu zu verscheuchen und nur daran zu denken, dass Amun sie durch sein Orakel gerettet hatte.

Sie war im Tempelbezirk, und die Nähe des Gottes flößte ihr Unmengen von Träumen ein. Jede Nacht lag sie nackt auf der schmalen Pritsche in ihrem stillen Raum und träumte. Im Schlaf fand sie Trost von der Einsamkeit und dazu fleischliche Lust. Manchmal kam der Gott zu ihr, in all seinem Glanz schimmernd. Freudig begrüßte sie ihn dann und kniete nieder, um ihm mit ihrem Mund zu dienen, so wie sie es immer während des Tempelritus getan hatte. Beim Gedanken an seinen mächtigen Phallus, der zwischen ihren Lippen anschwoll und zuckte, wurde ihr ganz schwindelig vor Wonne. Mit einem Lächeln wachte sie dann auf.

In anderen Nächten träumte sie jedoch von Khonsu, und diese Träume waren alles andere als angenehm. Manchmal träumte sie so von ihm, wie er gewesen war – spöttisch, zärtlich, zugleich sanft und grob, gierig und großzügig –, und dann war sie beim Aufwachen ganz betrübt. Zuweilen hatte sie aber auch Albträume, in denen Khonsu sich als Seth entpuppte, der Gott der Lust und des Zorns und von allem, was dunkel war. Dann wachte sie vor Furcht zitternd auf und weinte, wenn sie daran dachte, dass Khonsu sie nie mehr würde trösten können.

Die Tage vergingen, und nachdem die Sonne fünfmal aufgegangen war, hörten Naunachtes Blutungen auf. An diesem Tag sagte sie zu dem Madjai, der ihr zu essen brachte, die Reinigung sei nun vollzogen, und als er wieder draußen war, biss sie sich auf die Lippen und starrte ins Leere. Nun würde sie sich dem unbekannten Ritus unterziehen müssen, von dem Merybast gesprochen hatte, dem Ritus der Buße und Unterwerfung. Seine Augen hatten lüstern gefunkelt, als er davon gesprochen hatte.

Was war wohl dieser unbekannte Ritus? Unbewusst knabberte Naunachte an ihrem Fingerknöchel. Innere Unruhe erfüllte sie beim Gedanken an all die Erniedrigungen und Obszönitäten, denen sie sich zu unterziehen hatte. Khonsu hätte wahrscheinlich nur verächtlich den Mund verzogen und gesagt, dass die Priester keine Gelegenheit ausließen, um sich an ihrem Körper zu vergehen.

Und dennoch erfüllte sie der Gedanke an das, was sie erwartete, mit einer heimlichen, verbotenen Vorfreude. Merybast war ein nüchterner, respektabler Mann, der an den Zeremonien im Tempel für gewöhnlich nicht teilnahm. Er wollte sie dafür bestrafen, dass sie sich von dem Gott abgekehrt hatte – doch vielleicht sollte es ja keine schmerzhafte, sondern eine lustvolle Strafe sein …

Den ganzen Tag über wartete sie alleine und sah der Sonne zu, wie sie strahlend über den Himmel zog. Sie war mit dem zerknitterten Schurz bekleidet, in dem sie aus Khonsus Haus geflohen war, und sie schämte sich, weil er so zerrissen war. Hoffentlich gab man ihr ein sauberes Gewand, bevor der Ritus begann – als sie sich bei diesem Gedanken ertappte, musste sie über ihre eigene Dummheit lachen, denn sie machte sich mehr Sorgen um ihr Aussehen als um das, was sie erwartete.

Jedes Mal, wenn sie Schritte draußen im Flur hörte, erstarrte sie innerlich und fragte sich, ob sie sie nun holen kamen. Den ganzen Tag lang gingen Leute an ihrer Zellentür vorbei, doch als die Schatten länger wurden und der Sonnenuntergang das Licht blutig färbte, hörte sie schwere Tritte nahen. Sie erhob sich von ihrem Schemel und schaute auf die Tür, und trotz ihrer verzweifelten Versuche, ruhig zu bleiben, zitterte sie am ganzen Leib.

Der Riegel wurde zurückgeschoben, und die Tür öffnete sich. Ein Priester stand im Eingang, in einem weißen Gewand, flankiert von zwei Madjai mit einem Speer in der Hand. Naunachte schlug die Arme vor die Brust und begann hastig zu atmen. Dann sah sie das Gesicht des Priesters und erkannte, dass es der junge Mann war, der die Inschriften auf den Tafeln des Orakels vorgelesen hatte – der Schreiber, dessen dunkle Augen ihr den Sieg gewünscht hatten.

Es war eine unendliche Erleichterung, ein Gesicht zu sehen, mit dem sie Freundlichkeit verband. Sie wollte rasch auf ihn zugehen, um ihn über den Ritus auszufragen. Doch er gemahnte Schweigen, indem er ihr die Hand abwehrend entgegenhielt. «Sag nichts», befahl er ihr. Seine Stimme war fest, und dennoch glaubte sie, ein leichtes Beben darin zu erkennen. «Du darfst erst wieder sprechen, wenn du gereinigt bist.»

«Aber …», setzte Naunachte an.

«Still! Oder muss ich den Madjai befehlen, dich zu knebeln?»

Bei diesen Worten traten die beiden Madjai rechts und links von ihm einen Schritt vor. Es waren große, muskulöse Männer mit glänzender schwarzer Haut, die breite Armreife aus Kupfer an den kräftigen Handgelenken trugen. Einer von ihnen wickelte mit seinen großen Händen eine Leinenbandage auf und ab und durchbohrte Naunachte mit seinen Augen, als warte er nur auf die Gelegenheit, ihr den schreckgeweiteten Mund mit dem Stoffband zuzubinden und sie zum Schweigen zu bringen. Naunachte starrte ihn ungläubig und voller Entsetzen an.

In der Stimme des jungen Priesters schwang jetzt ein wenig Mitgefühl mit. «Es tut mir Leid», sagte er, «doch der Ritus muss eingehalten werden. Du darfst erst sprechen, wenn die Reinigung vollzogen ist.»

Sein Gesicht verriet, dass er gern freundlich gewesen wäre. Naunachte hielt ihm stumm die Handflächen entgegen und bat ihn so, ihr zu helfen. Er wandte den Kopf ab, als würden ihn ihre flehenden Augen verletzen, und sagte zu den Madjai: «Fesselt sie.»

Ohne ein Wort gingen die Madjai auf sie zu, mit fest entschlossenem Blick. Naunachte wich Schritt um Schritt zurück, bis sie mit dem Rücken an der Wand anstieß. Sie fassten sie an den Schultern, und beinahe hätte sie vor Entsetzen aufgeschrien.

Dann fiel ihr der Zweck dieses unbekannten Ritus ein: Zur Sühne für ihre Flucht aus dem Tempel und dafür, dass sie sich Khonsu hingegeben hatte, sollte sie mit ihrem Körper büßen. Was man ihr jetzt auch antat, es diente dazu, die Ehre des Gottes wiederherzustellen. Wenn sie jemals wieder Dienerin des Gottes werden wollte, musste sie die Priester nun tun lassen, was immer sie mit ihr vorhatten.

Sie hob den Kopf und blieb ruhig und voller Stolz stehen, während die Madjai sie fesselten. Sie banden ihr weiche Stricke um die Handgelenke und befestigten diese dann an einem Holzpflock, der ebenso geschmeidig und dunkel wie ihre Haut war. Das Holz war im Lauf vieler Jahre glatt geworden und hatte zwei Kerben für die Seile. Auch in der Mitte befand sich eine Kerbe, und der Stab war so lang wie einer ihrer Arme, sodass ihre Hände dicht unterhalb ihrer Hüfte auseinander gehalten wurden, mit den Handflächen nach oben, wie beim Gebet.

Der junge Priester sah zu, wie die Madjai sie fesselten, und seine dunklen Augen verfinsterten sich noch mehr. «Gut», sagte er, und seine Stimme klang ein wenig rau, «bringt sie fort.»

Die Tempelwächter legten je eine Hand auf Naunachtes Schultern und führten sie durch das Labyrinth des Tempels. Ziemlich rasch erkannte sie, wo sie war, und mit einer gewissen Vorfreude bemerkte sie, dass sie zum Heiligtum des Gottes geführt wurde. Ihr Herz machte einen Freudensprung. Vielleicht musste sie sich dem Gott Amun selbst unterwerfen. Sie sah auf ihre gefesselten Hände herab. Der Holzpflock drückte auf ihren Bauch, und die weichen Seile schabten an ihren Handgelenken – all dies behinderte sie ungemein. Ein Schauder der Vorfreude und des Verlangens überlief sie.

Sie waren beinahe an den Toren zum Heiligtum angekommen, als der Madjai plötzlich seitlich abbog. Unwillkürlich warf Naunachte einen sehnsuchtsvollen Blick über ihre Schulter. Der junge Priester bemerkte ihren Blick und zog die rasierten Augenbrauen in die Höhe. «Du bist noch nicht bereit, dich dem Gott zu präsentieren», sagte er kühl. «Du darfst erst wieder in sein Heiligtum, wenn du gereinigt bist.»

Naunachte hätte am liebsten darum gebeten, sofort gereinigt zu werden. Doch sie hielt sich zurück, denn sie hatte kein Bedürfnis, geknebelt zu werden.

Vor ihnen öffnete sich eine große Tür, die einen vom Licht der untergehenden Sonne durchfluteten Raum freigab, in dem Fackeln loderten. Naunachte biss sich auf die Lippen, um einen Aufschrei der Überraschung und Furcht zu unterdrücken, denn der Raum schien voller Männer zu sein. In die weiße Robe der Priester gekleidet, scharten sie sich um sie, und ihr Flüstern klang wie das Summen in einem Bienenstock. Plötzlich bekam sie Angst, weil ihre Hände ja gefesselt waren und sie nichts tun konnte, um sich gegen die sie umzingelnde Horde zu wehren. Sie versuchte, den Blick des jungen Priesters zu erhaschen, um Kraft und Zuversicht darin zu finden, doch er blickte sie nicht an.

Die Priesterhorde kam immer näher, so nahe, dass sie ihre vor Begierde feucht glänzenden Münder sehen und ihren heißen Atem spüren konnte. Dann zogen sie sich zurück, falteten sich zusammen wie die Flügel eines großen Vogels und stellten sich in zwei Reihen auf. Ein paar Schritte von ihr entfernt stand Merybast, mächtig und eindrucksvoll wirkte er in seinen langen Gewändern und mit dem großen Kragen aus Gold und Schmucksteinen, den er um den Hals trug. Naunachtes Brüste hoben und senkten sich unter ihren raschen Atemzügen, und sie wusste, als ihre Blicke sich kreuzten, dass er ihre Angst sehen konnte.

Merybast lächelte ein wenig, als er sie anblickte, doch es war kein tröstliches Lächeln. Vielmehr lächelte er, als freue er sich, sie so hilflos und gefesselt vor sich stehen zu sehen. Er ballte die seitlich herabhängenden Hände zur Faust und sagte mit seiner kräftigen, klaren Stimme: «Das Opfer ist bereit. Lasst den Ritus beginnen.»

Der hohe Raum füllte sich mit den dumpfen Klängen einer Trommel, wie ein einsamer Herzschlag. Die Madjai, die Naunachte an der Schulter hergeführt hatten, zogen sich zurück, und beinahe hätte sie ihnen zugerufen, bei ihr zu bleiben, sie nicht allein zu lassen mit dieser Horde Männer mit ihren weißen Gewändern und den gierigen Blicken. Sie schaute wild um sich, und dann hielt sie die Augen starr auf Merybast gerichtet, der langsam auf sie zuschritt.

Endlich stand er vor ihr. Er sah ihr tief in die Augen und leckte sich nachdenklich über die Unterlippe. Dann gab er dem jungen Priester ein Zeichen, der daraufhin herbeieilte und ein weiteres Seil um die Kerbe in der Mitte des Holzpflocks wickelte. Entsetzt sah sie zu, wie das Seil sich zu spannen begann und ihre Hände nach oben zog. Verzweifelt warf sie einen Blick an die Decke und sah, dass das Seil dort auf einem Balken lag und in einer Ecke des Raums verschwand. Unerbittlich spannte sich das Seil. Ihre Hände waren nun in Brusthöhe, dann in Höhe ihres Gesichts, in Scheitelhöhe. Endlich, als jeder weitere Zentimeter ihr

Schmerzen verursacht hätte, verharrte das Seil in seiner Position. Hilflos zerrte sie an dem Pflock, doch es half nichts. Ihre von dem polierten Holzpflock auseinander gehaltenen Hände waren nun weit über ihrem Kopf, und sie konnte sich nicht befreien. Plötzlich hörte das Trommeln auf, und es war totenstill.

Merybast leckte sich erneut über die Lippen und nickte genüsslich. Er streckte eine Hand aus und berührte Naunachtes zerknittertes Leinengewand, um daraufhin missbilligend die Stirn zu runzeln. «Zieht sie aus», befahl er.

Von rechts und links sprangen diensteifrige Priester hinzu. Sie zerrten an dem Leinen und rissen die Fetzen von Naunachtes Gliedern. Sie protestierte leise, konnte aber nichts tun, und gleich darauf stand sie splitternackt vor Merybast.

Bis zu diesem Augenblick hatte sich Naunachte noch nie für ihre Nacktheit geschämt. Jetzt aber, gefesselt und daher unfähig, ihre Blöße zu bedecken, zudem von vielen gierigen Augenpaaren umzingelt, keuchte sie vor Scham und versuchte vergeblich, sich den Blicken zu entziehen, bis sie sich endlich ihre Wehrlosigkeit eingestand, die Augen schloss und ihren Kopf voller Verzweiflung nach hinten sinken ließ. Schmerzlich wurde ihr bewusst, dass ihre Brustwarzen steif waren und jedes Zerren an den Armen das zarte Fleisch straffte und den lüsternen Augen darbot, als wäre sie eine schamlose Hure.

Wie konnte Amun sie dieser Erniedrigung, dieser öffentlichen Zurschaustellung aussetzen? Womit hatte sie das verdient? Sie wimmerte in hilflosem Protest, und ihr langes, dunkles Haar streifte über die üppigen Kurven ihrer nackten Flanken, während ihr Kopf hin und her rollte.

Dann ließ Merybast erneut seine Stimme ertönen. «Vor dem Bestrafungsritrual werde ihr Körper gereinigt.»

Naunachte kniff die Augen fest zusammen, als könne sie dadurch ausblenden, was man ihr antun wollte. Ihr Körper war ganz starr, so sehr sträubte er sich.

Dann aber spürte sie eine sanfte, seidige Erquickung. Köstlich kühles Wasser wurde ihr über die nach hinten gebogene Kehle gegossen. Das Wasser rann ihr vom Nacken zwischen die Schulterblätter, zwischen die Brüste, an ihren Rippen entlang. Sie schauderte vor Vergnügen bei der Liebkosung des Wassers.

Auf das Wasser folgten Hände. Starke Hände, sanfte Hände, harte und weiche, die alle das kühle Wasser auf ihren Gliedern verrieben, die Kugeln ihrer Brüste modellierten, das dunkle runzlige Fleisch um ihre Brustwarzen glätteten. Naunachte machte lange, tiefe Atemzüge und stieß die Luft in erstauntem Seufzen wieder aus. Jeder Zentimeter ihres Körpers war nun von den ungezählten Berührungen sensibilisiert und zur Lust erweckt worden.

Kräftige Finger fuhren an dem zarten Fleisch an der Innenseite ihrer Schenkel entlang und riefen eine Gänsehaut auf ihrem Rücken und ihren Schultern hervor. Weiche Handflächen wogen ihre Brüste, hoben sie an und drückten sie aneinander. Ihre geschwollenen Brustwarzen wurden von zusammengepressten Fingerspitzen eingekreist. Sanft glitten andere Finger an ihrem straffen Hals entlang, und sie zuckte wohlig zusammen und stöhnte wollüstig.

Das kühle Wasser und die tastenden Hände streiften jedes Staubkörnchen oder Schweißtröpfchen von ihren glänzenden Gliedmaßen ab. Hilflos stand sie da. Sie hatte die Augen geschlossen, und ihr Kopf hing nach hinten, als wäre sie in tiefe Ohnmacht gesunken, doch das sanfte Nachgeben ihres Körpers verriet ihre Erregung. Sie bewegte sich wie die schwache, ölige Schicht auf einem Ozean, die das Herannahen eines Sturms ankündigt, eines Sturms, der das Wasser mit wütender Leidenschaft aufpeitschen wird.

Ihr Körper gab sich der Vorfreude auf die erotischen Wonnen hin, und ihr Geist versank in die Trance, welche die Dienerinnen Amuns überfiel. Ihr feuchter Mund stand keuchend offen und sog die warme, dunkle Luft ein. Hinter ihr intonierte eine bedächtige Stimme: «Du bist nun gereinigt und kannst den Gott empfangen. So wie dein Körper wird auch dein Geist gereinigt werden. Die Buße des Tempels soll Seths Werk zunichte machen.»

Benommen fragte Naunachte sich, woher die Priester des Tempels wussten, dass Khonsu niemand anderes war als der Mensch gewordene Seth, überaus faszinierend und gefährlich zugleich. Sie sah schwach sein Bild vor sich; Khonsu lag nackt neben ihr, er streckte die Hand nach ihrer Brust aus und hatte die Lippen zu dem üblichen ironischen Lächeln verzogen.

Dann strichen kräftige Finger über ihre Kehle und wanderten zu ihren Brüsten hinab, fanden ihre Brustwarzen und zwickten sie so fest, dass sie vor Schreck japste. Die Stimme hinter ihr flüsterte: «Öffne dich, um den Gott willkommen zu heißen. Lass dich durch seine Anwesenheit reinigen.»

Und plötzlich war der Gott bei ihr, herbeigerufen von seinen getreuen Dienern. Naunachtes Körper spannte sich an, als sie seine Gegenwart spürte. Nun waren die Hände, die sie berührten, die Hände Amuns, die Hände des Gottes auf seiner gehorsamen Dienerin, und seine Göttlichkeit und

Macht ermöglichten es, dass er tausend Hände zu haben schien.

«Amun, o Herr», flüsterte sie, «komm zu mir.» Jeder Atemzug erfüllte sie mit Wonne, und sie lächelte, als jeder Teil ihres Körpers, jeder Zentimeter ihrer feuchten Haut von den Händen des geliebten Gottes liebkost und erregt wurde. Ihre Brüste waren zart und geschwollen vor Lust, und die Brustwarzen versteiften sich bei der sanften Berührung. Ihre Scheide war schwer wie eine vom Tau gesättigte Blüte und bot sich auch als solche dar, mit weichen, nassen Blütenblättern. Durch die beinahe vollkommen geschlossenen Augenlider sah sie den wunderschönen Gott, nackt und goldglänzend, sein prächtiger Phallus schob sich auf sie zu, bereit, sie in Besitz zu nehmen.

Ihre Trance wurde tiefer. Das Nahen des Gottes füllte ihre Ohren mit einem rauschenden Klang, wie ein starker Wind, und sie zitterte am ganzen Körper. Sie drückte den Rücken durch, schob die Brüste nach vorn, und über ihren gefesselten Handgelenken ballten sich die Hände krampfartig zur Faust, um sich dann wieder zu entspannen. Sie hatte das Gefühl, den Namen des Gottes gerufen zu haben, dabei war ihren schlaffen Lippen nur ein hilfloses Stöhnen entwichen.

Dann befahl eine kräftige Männerstimme: «Genug.»

Schlagartig zogen sich die Hände zurück. Naunachtes Trance ließ nach und fiel dann plötzlich in sich zusammen. Sie protestierte mit einem leisen Stöhnen und klammerte sich an den Holzpflock, um ihren schweren Kopf besser heben zu können.

Merybast stand vor ihr, seine dunklen Augen glühten unter den ergrauenden Brauen. «Gut», sagte er, «gut. Naunachte, spürst du die Anwesenheit des Gottes?»

Wie konnte er das fragen? Mit einem zögernden, heiseren Wispern antwortete Naunachte: «Ja. Ja, er ist hier.»

Der Hohepriester nickte langsam. «Hunro hatte Recht», sagte er. «Du bist tatsächlich zur Dienerin des Gottes geboren. Nur wenige Frauen spüren seine Anwesenheit, wenn sie sich diesem Ritus unterziehen.»

Verwirrt zog Naunachte die Stirn kraus. «Ist der Ritus etwa vorbei?»

Nun lächelte Merybast. «Vorbei? O nein.» Sein Lächeln wurde ein wenig breiter. «Er hat ja kaum begonnen. Und für den Rest der Zeremonie, Naunachte, werde ich dem Gott nicht gestatten, von dir Besitz zu nehmen. Du musst alles selbst erfahren, hörst du?»

«Ja», sagte Naunachte und schluckte. Sie verstand, was der Priester sagte, und sie wollte ja gehorsam sein, doch wie konnte sie das versprechen? Der Gott kam nach seinem eigenen Verlangen zu ihr, nicht nach ihrem. «Aber was –»

«Genug.» Merybast erhob seine Stimme zu einem harschen Befehl. «Bringt sie zum Altar hinüber!»

Auf einmal war Naunachte umzingelt. Die Priester streckten die Hände nach oben, um ihre Hände von dem Holzpflock loszubinden. Sie schnappte nach Luft, als ihre Arme herabfielen, wenngleich die gelockerten Seile noch fest um ihre Handgelenke gebunden waren. Doch bevor sie das Gefühl der Freiheit genießen konnte, wurde sie auf beiden Seiten gepackt, dann gemeinschaftlich hochgehievt und in Schulterhöhe durch den Raum getragen.

Als sie den Kopf umwandte, sah sie den Altar. Es war ein riesiger Altar aus rosafarbenem Granit, gut und gern zwei Meter lang. Auf den Seiten des glänzend polierten Steins war die Geschichte des Gottes in Hieroglyphen eingraviert.

Oben waren in einer Armeslänge Entfernung zwei schimmernde Bronzeösen angebracht.

Zwischen den Bronzeösen befand sich eine Mulde. Von Entsetzen gepackt, warf Naunachte den Kopf hin und her und versuchte sich zu wehren, denn der Altar sah aus wie einer der großen Steintische, auf denen Opfertiere geschlachtet wurden und die mit Rillen versehen waren, damit das Blut ablaufen konnte. Sie wand sich unter den sie umklammernden Händen und stellte sich vor, dass man ihr, sobald man sie an den Bronzeösen festgebunden hatte, auch schon den tödlichen Stahl an die Kehle setzte.

Dann stand auf einmal Merybast neben ihr. «Sei ruhig», befahl er ihr barsch. «Wovor fürchtest du dich? Der Gott fordert nicht dein Leben. Dies ist ein Bußritual, keine Opferzeremonie.»

Naunachte hörte auf, sich zu wehren, und blieb still liegen. Ihr war bange, aber sie hatte Vertrauen zu Merybast. Er würde sie nicht anlügen. Die Priester trugen sie zum Altar hinüber und legten sie darauf. Ihr Körper passte genau in die schmale Vertiefung, und ihr dichtes Haar diente ihr als Kissen. Sie banden sie mit den Händen an den Bronzeösen fest, sodass ihre nackten Brüste sich im Fackelschein zur Kassettendecke hinaufzurecken schienen.

Einen Moment lang schloss Naunachte die Augen und betete zu Amun, er möge sie vor dem beschützen, was ihr da bevorstand. Doch dann war Merybasts Stimme wieder zu vernehmen, barsch und schneidend. «Naunachte. Berichte jetzt, was zwischen dir und deinem Liebhaber Khonsu vorgefallen ist.»

Erschrocken schlug Naunachte die Augen auf. Merybast stand neben ihr und blickte direkt in ihr Gesicht hinab.

Seine Augen glühten. Naunachte warf vor Scham den Kopf zur Seite und flüsterte: «Ich verstehe nicht ...»

«Du musst gereinigt werden», verkündete Merybast ungerührt. «Wir müssen all jene Stellen reinigen, an denen du verunreinigt wurdest. Sprich, Naunachte. Was hat er dir angetan?»

Allmählich wurde Naunachte klar, was Merybast von ihr wollte. Sie sollte ihre Bettgeheimnisse vor allen Priestern hier ausplaudern! Schamesröte färbte ihr die Wangen. Sie warf Merybast einen raschen Blick zu und zerrte hilflos an den Fesseln um ihre Handgelenke. Deutlich flüsterte sie: «Das kann ich nicht.»

«Du musst», beharrte Merybast. «Doch ich werde dir helfen. Wo hat er dich beschmutzt, Naunachte? Hier?»

Und ohne jegliche Vorwarnung stieß er ihr seine kräftigen Finger zwischen die Schenkel, um sie hineingleiten zu lassen, tief in ihr feuchtes, offen liegendes Geschlecht. Sie schrie auf und versuchte zurückzuweichen, doch es war zu spät. Zwei Finger steckten tief in ihr drin und bewegten sich langsam hin und her, bis sie aufstöhnte.

«Hier?», wiederholte Merybast und stocherte mit seinen Fingern nochmals hin und her.

Gegen ihren Willen klammerte sich Naunachtes Geschlecht um seine stochernde Hand. Merybasts Handfläche rieb gegen die straffe Knospe ihrer Klitoris, und sie seufzte vor Wonne. Als sie «Ja!» keuchte, wusste sie nicht, ob sie ihm antwortete oder darum bettelte, dass er weitermachte.

«Soso», bemerkte Merybast streng. Seine Finger zogen sich zurück, und Naunachte stöhnte unbefriedigt auf. «Und hier?» Er berührte ihre geöffneten Lippen, dann strich er ihr über die Zungenspitze. Sie schmeckte ihre eigene Erregung.

«Ja», flüsterte sie. Sie konnte nicht umhin, lüstern an seinem Finger zu lecken und die leicht salzige Süße ihrer eigenen Säfte zu kosten.

«Auch hier also.» Merybast nahm die Hand weg, und Naunachtes Körper straffte sich, denn sie wusste, was nun als Nächstes kam. Sie wurde nicht enttäuscht. Der Hohepriester drückte seine Hand zwischen ihre zusammengepressten Schenkel und schob ihre Beine auseinander. Sie stöhnte auf, als er mit dem Finger über ihre feuchten Schamlippen strich und den dicken Tau aufsammelte. Dann aber wanderte seine Hand weiter, und seine Finger stocherten vorsichtig an der zarten Öffnung ihres Anus herum.

«Hier?» Seine Stimme war heiser. Sein einer Finger stocherte immer weiter, bis die kleine samtweiche Blüte sich ihm öffnete, worauf er sie mit sanfter Entschlossenheit durchbohrte.

«Ja!», wimmerte Naunachte hilflos und wand sich, als Merybasts Finger immer tiefer in ihr enges Arschloch vordrang. «Ja, o ja!»

Merybast stieß den Finger noch ein wenig tiefer hinein. Er schien ihre leisen Lustschreie und die zuckenden Bewegungen ihrer goldfarbenen Beine zu genießen, denn er deutete ein Lächeln an. Endlich zog er den Finger wieder heraus und hielt ihn sich unter die geblähten Nasenflügel, um lüstern daran zu schnüffeln.

«Gut», sagte er leise. «Nun weiß ich, in welchem Ausmaß du gereinigt werden musst.» Er trat zurück und hob die Hände. «Lasst den Ritus beginnen.»

Einen Augenblick lang herrschte Stille – erwartungsvolle Stille. Dann begann die Trommel wieder ihren stetigen, gnadenlosen Doppelschlag und brachte sogar den Granit des Altars zum Vibrieren. Naunachte kam es vor, als liege sie wie ein Kind auf der steinernen Brust eines Riesen und lausche seinem Herzschlag.

Die Priester Amuns stellten sich um den Altar herum auf. Wie ein weißer Vogelschwarm pressten sie sich dagegen. Als das Trommeln begann, stimmten sie einen Gesang an, ein leises Murmeln wie entferntes Donnergrollen. Es war die Anrufung des Gottes, sie baten ihn, in seiner Macht zu ihnen zu kommen und Merybast Kraft zu verleihen, wenn er den Ritus vollzog.

Aus dem Augenwinkel sah Naunachte eine Bewegung, die ihre Aufmerksamkeit auf sich zog. Sie sah, wie der junge dunkeläugige Priester Merybast beim Ablegen der langen Leinenrobe behilflich war. Darunter war der Hohepriester nackt. Sein glatter, eingeölter Körper war fleischig und straff, von beeindruckender Festigkeit für sein fortgeschrittenes Alter. Er wirkte sehr schwer. Zwischen seinen Beinen stand sein Penis hervor, vollkommen erigiert, und Naunachte schluckte, als sie ihn sah. Er war viel größer als der von Khonsu, riesig und hart, beinahe so mächtig wie der Phallus des Gottes. Hunro war bestimmt mit ihrem Gatten zufrieden, selbst im Vergleich zu Amun.

Die Priester begannen, im Rhythmus zu ihren Gesängen und dem Trommeln in die Hände zu klatschen. Langsam schritt Merybast die Stufen an der einen Seite des Altars hinauf. Er hielt seinen Penis in der rituellen Pose des Gottes. Dann stellte er sich mit den Füßen zu beiden Seiten von Naunachtes Kopf vor den Altar und blickte in ihre weit aufgerissenen Augen hinab.

«Großer Amun, Vater aller Dinge», psalmodierte er zu

den Gesängen, «verleihe meinem Gliede Kraft. Mache meinen Phallus stark, um dieses Opfer zu reinigen.»

Langsam kniete er nieder. Naunachte zitterte, als der mächtige Phallus sich ihrem Gesicht immer mehr näherte. Sie bemühte sich, ruhig zu bleiben, doch trotz ihrer Bemühungen zerrte sie hilflos an den Bandagen, die ihre Handgelenke sicherten, und versuchte, sich zu befreien.

Jetzt kniete Merybast breitbeinig über ihrem Gesicht. Er hielt sein Glied fest in der Hand und begann es zu reiben, sodass die seidige Haut über die pralle Eichel glitt und dann wieder zurückrollte. Ihre Augen blickten zu der angeschwollenen roten Spitze hinauf, die so glatt und glänzend aussah wie eine überreife Frucht.

«Naunachte», sagte Merybast, «öffne den Mund.»

Furcht und Lust kämpften in ihrem Innern. Sie wand sich auf dem kalten Stein hin und her, als ihr eine unbestimmte Angst den Rücken hochkroch; zugleich ließ aber die Begierde ihre Glieder weich werden und erfüllte ihr Geschlechtsteil mit wohliger Wärme. Sie fürchtete sich vor Merybast, und sie hatte Angst vor ihrer eigenen Hilflosigkeit. Doch zur selben Zeit sehnte sie sich danach, seinen Phallus in den Mund zu nehmen, und ihre weichen Schenkel schoben sich auseinander und zitterten wonnig bei der Vorstellung, dass sein Penis in sie eindrang.

«Mach den Mund auf», wiederholte Merybast. Naunachte stieß einen kleinen hilflosen Seufzer aus und leckte sich die Lippen, feuchtete sie an, um Merybast das Eindringen in ihren Mund zu erleichtern. Sie sah, wie er sein Glied nach unten richtete, und machte die Augen genau in dem Moment zu, als sie fühlte, wie es an ihre Lippen stieß und diese teilte, um tief bis in ihre Kehle vorzudringen.

Er schob seinen Schwanz so weit in ihren Mund, dass sie beinahe zu ersticken glaubte. Er schmeckte nach Salz und kostbarem Parfüm, nach Sandelholz und Rosenöl. Sie öffnete den Kiefer und entspannte sich, während Merybasts massiver Phallus weiter in sie hineinglitt, bis schließlich seine baumelnden Hoden gegen ihre Lippen stießen. Sie versuchte zu stöhnen, doch sie war wie geknebelt.

Sie presste die Hände flach auf den kühlen Stein, und ihr Körper wölbte sich unbewusst nach oben, so als sehne sich ihr Unterleib danach, von einem Mann in Besitz genommen zu werden. Das Gefühl von Merybasts Penis in ihrem Mund erweckte die Begierde, genommen zu werden. Die glitzernden Falten ihres Geschlechts bebten, während sie die inneren Muskeln anspannte, die sich hilflos an eine unerfüllte Leere klammerten.

Nach nur wenigen Stößen zog Merybast sein Glied wieder heraus. Es glänzte von ihrem Speichel. Keuchend beugte er sich für einen Augenblick über sie. Dann stand er auf und befahl: «Bringt sie in die Opferstellung.»

Die Priester um den Altar packten Naunachtes Beine, sie ergriffen ihre Knöchel, die Knie, die Schenkel. An allen Gliedern spürte sie ihre Hände, die sie umklammerten. Sie schoben ihre Beine weit auseinander und hielten sie gut fest. Lüsterne Finger betasteten ihr Fleisch, und sie stöhnte auf bei dem Gedanken an die bevorstehende Ekstase.

Merybast stellte sich zwischen ihre weit geöffneten Schenkel und masturbierte. Geschickt glitt seine Hand an dem Schaft seines Glieds auf und ab. Sie starrte zu ihm empor, die Lippen schlaff vor Verlangen, Merybast lächelte grimmig und senkte seinen Körper dann auf den ihren.

Er war schwer, so schwer, und durch sein Parfüm hindurch bemerkte sie seinen Körpergeruch, streng und intensiv wie bei einem brünstigen Tier. Er legte die Hände auf ihre gefesselten Handgelenke und grunzte vor Vergnüngen, ganz so, als errege es ihn, sie unter sich zu spüren, wehrlos und schwach. Er kam mit dem Gesicht näher, und sein heißer Atem strich über ihre Wange. Protestierend stöhnte Naunachte und legte den Kopf auf die Seite. Sie versuchte, sich loszumachen, aber sein Gewicht drückte sie nieder, und noch immer hielten Dutzende von Männerhänden ihre Beine fest. Sie warf den Kopf hin und her, doch Merybast kicherte nur, beugte sich noch weiter vor und leckte ihr über die Kehle.

Als seine heiße, nasse Zunge sie berührte, hatte Naunachte das Gefühl, von einem Feuerpfeil getroffen zu werden. Sie schrie auf und gab den Widerstand auf. Merybast fuhr noch einmal mit der Zunge ihre Kehle entlang und schien dann in ihren Hals beißen zu wollen wie ein Hund. Sie stöhnte vor Wollust auf, als er tatsächlich zubiss. Ihre eigene Unbeweglichkeit und Hilflosigkeit bereiteten ihr das Vergnügen völliger Hingabe.

Merybasts riesiger Penis pulsierte zwischen ihren gespreizten Beinen und zuckte lüstern, wenn er gegen ihre feuchten Schamlippen stieß. Merybast hieb seine Zähne erneut in ihre Kehle und verlegte sein Gewicht etwas, sodass der heiße Schaft seines Glieds auf ihrem Körper zu liegen kam. Seine prallen Arschbacken spannten sich vor Begierde an, und sie wusste, dass er nun gleich in sie eindringen würde. Sein schweres Gemächt würde sie voll und ganz ausfüllen! Sie sehnte sich beinahe ebenso sehr danach wie nach dem Penis des Gottes. Doch diese Sehnsucht war nicht göttlich, sondern sterblich. Sie war bei vollem Bewusstsein, an den goldenen Schimmer göttlicher Trance war nicht zu denken, und ihr Körper war warm und prickelte vor Lust. Sie wollte den Hohepriester, wie eine Frau einen Mann will. Sie wollte, dass er von ihr Besitz nahm.

Merybast hob die Lippen von ihrem mittlerweile mit blauen Flecken übersäten Hals und schloss die Augen. Er packte Naunachte noch ein wenig fester an den Handgelenken, und sein Körper straffte sich, als er zustieß. Die kugelförmige Spitze seines Glieds bahnte sich ihren Weg zwischen Naunachtes Schamlippen und begann, in sie einzudringen. Sehnsuchtsvoll stöhnte sie auf, und Merybast packte seinen dicken steifen Schwanz, um ihn langsam in ihre feuchte Vagina hineinzuschieben, immer tiefer, bis er ganz von ihrem warmen, zitternden Fleisch umgeben war.

Einen Augenblick lang rührte er sich nicht. Naunachte wimmerte selig, als sein riesiges Glied in ihr lag. Sie bewegte sich ihm entgegen und versuchte, die Hüften zu heben, damit er noch tiefer in sie eindrang, doch die Priester hielten sie noch immer fest. Sie konnte nur warten, bis Merybast so weit war, und zitterte voller Vorfreude.

Endlich fletschte er die Zähne, sog zischend Luft ein und zog seinen Penis beinahe völlig wieder aus ihrer Scheide. Naunachte stöhnte bedauernd auf, doch dann wandelte sich ihr trauriges Seufzen in freudiges Keuchen, denn er stieß wieder zu. Sie begann im Rhythmus mit seinen Stößen zu atmen und genoss es, sich dem stetigen Wiegen seines Körpers gegen den ihren hinzugeben. Ihr Rückgrat straffte sich, als die Empfindungen stärker wurden. Merybast lag schwer auf ihr, und die Haut seiner breiten Brust drückte gegen ihre rotfleckigen, flach gepressten Brüste und die steifen, prallen Brustwarzen. Ihre Schamlippen waren angeschwollen und empfindlich, ihre Klitoris ganz groß und prall, und die Reibung von Merybasts Lenden an den ihren brachte sie allmählich zum Orgasmus.

Erneut schrie sie auf, und als sei dies ein Signal, zog sich Merybast vollständig zurück. Naunachte wimmerte enttäuscht und machte sehnsüchtig die Augen auf.

Merybast erhob sich und schüttelte missbilligend den Kopf. «Dein Vergnügen ist für den Ritus ohne Belang», sagte er streng. «Mäßige dich. Noch bist du nicht gereinigt.»

Naunachtes Lippen öffneten sich zu einem stummen Laut des Begreifens. Jeder Teil ihres Körpers, in den Khonsu eingedrungen war, musste nun durch das Eindringen von Merybasts riesigem Penis gereinigt werden. Das bedeutete – sie schluckte schwer –, das bedeutete, dass er sein Glied auch in ihren Anus einführen würde, jene enge Öffnung, in die einzudringen bereits Khonsu schwer gefallen war. Das war unmöglich! Und trotzdem wünschte sie sich nichts sehnlicher, als dass er es versuchte.

Ihr Gesicht schien zu verraten, dass sie verstanden hatte, was auf sie zukam. Merybast lächelte ungerührt. «Ja», sagte er, «du hast es erfasst, Naunachte. Und du wirst dabei zusehen.»

Zusehen? Wie denn? Naunachte runzelte die Stirn und wand sich protestierend unter dem Griff der Priester. Merybast trat ein wenig zurück und erteilte einen weiteren abrupten Befehl: «Bereitet sie vor. Macht sie mit Öl geschmeidig und legt sie dann so hin, dass sie zusehen kann.»

Die Priester packten Naunachte bei den Knöcheln und Waden und hoben gemeinsam ihr Gesäß an. Naunachte japste überrascht und dann noch einmal, als die Priester ihre Beine über ihren Kopf hinweg nach unten drückten, sodass sie selbst auf den Schultern zu liegen kam und sich ihre Schenkel oberhalb ihres Gesichts spreizten. Sie konnte direkt in ihre Vagina schauen. Sie war feucht und rosig und bebte begierig, und dahinter lag die enge braune Rosette ihres Anus.

«O ihr Götter», flüsterte Naunachte, erstaunt und erregt zugleich.

Der dunkeläugige Priester träufelte aus einer kleinen Flasche aromatisches Öl auf ihre Pobacken. Als das Duftöl auf ihre Gesäßspalte traf, zuckte Naunachte ein wenig zusammen. Langsam massierte der Priester es in ihre zarte Haut ein, er salbte die delikate seidige Membran, die ihr welliges Loch umgab. Naunachte zitterte und stöhnte auf. Kurz darauf begann er seine Finger in das Loch selbst einzuführen und es sanft zu weiten. Das Vergnügen war sehr intensiv. Naunachte stieß kleine Lustschreie aus und riss die Augen auf, als sie den langen dunklen Finger des Priesters sah, der langsam in ihrem zuckenden Anus herumstocherte.

«Sie ist bereit», sagte der dunkeläugige Priester nach einer kleinen Weile.

«Gut.» Merybast trat hinzu und stellte sich über sie, sein riesiges steifes Glied zielte direkt auf ihre offen daliegende Gesäßspalte. «Spreizt ihre Arschbacken», befahl er.

Naunachte wimmerte und spannte sich innerlich an, sie presste instinktiv die Pobacken zusammen. Doch die Priester griffen nach dem zarten Fleisch ihrer Flanken und zerrten an den prallen Pobacken, sodass sich Merybast das verlockende Loch darbot.

Er stand über ihr und hielt seinen Penis nach unten gerichtet. Er war feucht und glitzerte von den Säften ihrer Vagina. Dann setzte Merybast die Spitze auf Naunachtes

Anus. Ungläubig und voller Furcht sah Naunachte zu, wie die purpurne Eichel immer wieder gegen ihren Anus stieß.

Er war zu groß gebaut, kein Zweifel. Es ging nicht. Naunachte schloss die Augen und stöhnte in dem verzweifelten Versuch, sich zu wehren.

Einen Moment lag stieß Merybast ins Leere, wie ein wütender Widder ging er auf ihren Hintern los. Dann sagte er: «Sie hat Angst. Einer von euch soll sie streicheln, mit den Fingern erregen, damit sie ihre Furcht vergisst.»

Sogleich streichelte eine sanfte Hand über die Innenseite von Naunachtes Schenkel und glitt auf ihr triefendes, begieriges Geschlecht zu. Sie atmete tief ein, und als sie die Augen wieder aufschlug, sah sie, dass es der junge Priester war, der sie anlächelte, während seine Hand ihren Schamhügel erreichte. Er liebkoste die geschwollenen Lippen, ganz sanft, und teilte sie, um den dunklen Eingang zu Naunachtes Vagina und die winzige rosige Knospe ihrer Klitoris zu enthüllen. Gebannt und erwartungsvoll starrte sie ihn an und seufzte dann selig, als sein Finger hineinglitt. Er drang erst mit einem, dann mit zwei Fingern in sie ein, zog sie dann wieder heraus, von ihrer Feuchtigkeit glänzend. Sie stöhnte, als er ihre Klitoris zu massieren begann, sehr sanft und kundig, indem er mit der Fingerbeere sachte auf die kleine zuckende Knospe klopfte, während er mit dem anderen Finger den Eingang zu ihrer Vagina streichelte, den Finger hineinschob, herauszog und erneut hineinschob.

Ein seliges Gefühl durchströmte Naunachte. Sie stöhnte erneut auf und reckte die Hüften empor, seiner willkommenen Berührung entgegen. Doch es war ein Betrug, denn das Vergnügen führte dazu, dass sich die Muskeln ihres Anus entspannten, und gerade als sie vor Wonne aufschrie, rammte Merybast die Spitze seines Glieds in ihren Anus und stieß fest zu. Langsam bahnte sich die riesenhaft geschmeidige Eichel ihren Weg ins Innere, wie eine Schraube, die ins Holz dringt. Merybast nickte, und der junge Priester zog seine Hand zurück. Keuchend blickte Naunachte auf und sah, dass Merybasts Schwanzspitze in ihrem Anus begraben war.

«Die letzte Bußübung», flüsterte Merybast. Er legte die Hände auf Naunachtes Schenkel, schob sie noch ein wenig weiter auseinander und legte sich mit seinem ganzen Gewicht auf sie. Zentimeter um Zentimeter versank sein mächtiger Phallus in der kleinen Öffnung. Zentimeter um Zentimeter drang er in sie ein, und das Gefühl überwältigte sie. Es war, als würde er ihre Glieder sprengen, als würde er sie zerreißen wie ein Löwe seine Beute – und trotzdem spürte sie auch eine Ekstase: eine dunkle, verbotene Ekstase.

Das Unmögliche war vollbracht: Merybasts Glied steckte bis zur Wurzel in ihr. Sie starrte zu ihren ineinander verkeilten Körpern empor, kaum fähig, leise zu wimmern. Langsam schob Merybast seine Hände auf ihrer weichen Haut empor, bis sie über das dunkle Nest aus Schamhaaren und die geröteten Schamlippen strichen. Ihre Klitoris sparte er jedoch aus.

«Bitte», stöhnte Naunachte. «Bitte!»

«Wie ich schon sagte, dein Vergnügen tut hier nichts zur Sache.» Merybast verlagerte sein Gewicht, sodass er seinen glühenden Penis ein Stück weit aus ihrem Anus herausziehen konnte, dann stieß er erneut zu. Sein Gesicht verzog sich zu einer Grimasse der Wollust. Eine Weile bumste er sie mit regelmäßigen Stößen, die sie vor Wonne, gemischt mit Frustration und heimlichem Schmerz, aufstöhnen ließen. Dann änderte sich sein Rhythmus, wurde zackig und hastig. «Amun, o Herr», flüsterte er, «es ist zu viel ... Ich kann nicht ...» Unter heftigem Keuchen zog er seinen Schwanz plötzlich heraus. Erschrocken schrie Naunachte auf, denn blitzschnell hatte Merybast seinen Schwanz gepackt und rieb ihn nun wie besessen. Er hielt ihn auf Naunachtes Gesicht gerichtet und masturbierte mit wilden Bewegungen. Der dicke Kolben in seiner Hand zuckte, als die ersten Spritzer sich ankündigten. Merybast brüllte laut, als ihn der Orgasmus überkam, und sein dicker weißer Samen schoss aus der Spitze heraus und tropfte auf Naunachtes japsendes Gesicht herab. Die heiße Flüssigkeit verfing sich zwischen ihren Lidern und triefte über ihre Wangen, tränkte ihre keuchenden Lippen. Sie stieß einen verzweifelten Schrei aus, dann war sie still.

Ein paar Augenblicke lang war das einzige Geräusch Merybasts keuchender Atem. Dann sagte er: «Lasst sie los.»

Naunachtes Hüften wurden wieder auf die kalte Steinplatte gesenkt, und die Priester lösten mit raschen Handgriffen die Fesseln von ihren Handgelenken. Als sie davon befreit war, stützte sie sich auf einen Ellbogen und wischte sich mit der Hand übers Gesicht. Merybasts Sperma fühlte sich zäh und klebrig an.

«Naunachte», sagte Merybast, «deine formelle Reinigung ist nun abgeschlossen. Doch nun müssen die Priester Amuns prüfen, ob du eine würdige Dienerin bist.»

Mit heimlicher Erregung blickte Naunachte in die Runde. Die Priester beobachteten sie, mit klarem Blick und steifen Schwänzen unter ihren Roben. Merybast fuhr fort: «Wenn du willens bist, darfst du dich frei bewegen, während sie sich mit deinem Körper vergnügen. Bist du nicht willens, so sollst du am Altar festgebunden werden, während jeder Einzelne dich besitzen darf. Wie lautet deine Entscheidung, Naunachte?»

Naunachtes gesamter Körper zitterte vor Erregung. Beinahe hätte sie bereits einen Orgasmus gehabt, und alles, wonach ihr jetzt der Sinn stand, war, zum Höhepunkt zu gelangen. Ohne zu zögern, antwortete sie: «Ich bin willens.»

Aufgeregtes Geflüster erfüllte den hohen Raum. Merybast nickte langsam und wandte sich dann ab. Naunachte blickte sich um und sah, wie die Priester einander Blicke zuwarfen und dann ihre Gewänder aufknoteten, um sie hinter sich fallen zu lassen. Einer nach dem anderen zog sich aus. Naunachte zitterte freudig, als sie so viele eifrig erigierte Schwänze sah, die ihr Vergnügen bereiten wollten.

Sie wusste, welchen sie zuerst haben wollte. Indem sie einen raschen Blick in die Runde warf, sah sie fest in die dunklen Augen des jungen Priesters, der als Sprachrohr des Orakels fungiert hatte. Sie setzte sich noch etwas weiter auf und streckte ihm die Hand hin, worauf er lächelnd auf sie zukam.

«Nimm mich», sagte Naunachte. Sie lehnte sich zurück und wollte sich schon auf dem kalten Stein ausstrecken, doch er hielt sie zurück.

«Wir sind sehr viele», flüsterte er, «und alle wollen von deiner Schönheit kosten, Naunachte. Einer nach dem andern, das wird niemals gehen. Komm, vertrau mir.»

Er half ihr vom Altar herunter. Willig folgte sie ihm, vor Vorfreude zitternd. Der junge Priester legte sich auf den Boden und breitete die Arme aus. «Leg dich auf mich.»

Sein Penis lag flach an seinem Bauch an, starr wie ein Holzscheit. Naunachte setzte sich rittlings auf ihn und packte sein Glied, um es sich hineinzuschieben. Sie seufzte selig, als sein Schwanz in sie hineinrutschte.

«Und jetzt», flüsterte ihr Freund, «beug dich nach vorn, Naunachte, damit noch ein Mann mitmachen kann.»

Zuerst begriff Naunachte nicht, was er meinte. Dann spürte sie die Wärme eines anderen Mannes, der hinter ihr kniete, ihre Gesäßbacken spreizte und seinen steifen Schwanz an ihrer Arschspalte auf und ab rieb. Sie erschrak, doch wenn ein Phallus in einer Körperöffnung einem Lust bereitete, dann müsste es doch wunderbar sein, gleich zwei auf einmal aufzunehmen? Also beugte sie sich vor und stöhnte vor Vergnügen, als der unbekannte Penis gegen ihren Anus drückte und sich langsam, genüsslich seinen Weg bahnte.

«Gut», hauchte der junge Mann unter ihr. Er hob die Hüften an und schob sich so tief in sie hinein, und der Mann hinter ihr tat das Gleiche. Naunachte schrie auf, überrascht von der Intensität der Empfindungen.

Ihr Schrei wandelte sich zu einem lustvollen Keuchen, als Hände nach ihren Haaren griffen und ihren Kopf nach hinten zogen. Noch ein Mann stand vor ihr und hielt ihr seinen steifen Penis hin. Lustvoll nahm sie ihn zwischen ihre geöffneten Lippen und stöhnte dann vor Lust, als der Mann ihn in ihren Rachen rammte.

Alle drei Männer bewegten sich gleichzeitig, sie stießen ihr die pulsierenden Schwänze in den Mund, die Vagina, den Anus. Naunachte schloss die Augen und gab sich ganz dem Vergnügen hin. Jede ihrer Öffnungen war gefüllt und bereitete ihr köstliche Lust. Weitere Penisse stießen gegen ihre gierigen Hände, bettelten um ihre Aufmerksamkeit, und ohne sie auch nur anzuschauen, griff sie danach und ließ ihre Finger an ihnen auf und ab gleiten, auf und ab. Hände wühlten in ihren Haaren, steife Schwänze verfingen sich darin, Finger strichen über ihre Haare und zupften an ihren steifen Brustwarzen. Der Mann, der seinen Schwanz in ihrem Hintern hatte, schrie auf und umklammerte ihre Pobacken, als er abspritzte; als er Platz machte, kniete sich sofort ein anderer an seiner Stelle hin. Naunachte wand sich vor Lust und begrub den Penis des jungen Priesters, der sie mit seinen dunklen Augen so freundlich angesehen hatte, in ihren angeschwollenen Schamlippen. Sie ging ins Hohlkreuz, und er griff nach ihren Brüsten. Nur einen Sekundenbruchteil vor dem Orgasmus wusste sie, dass es gleich so weit sein würde, und da überrollte er sie auch schon, er breitete sich von ihren Lenden über den ganzen Körper wie feurige Luftschlangen aus. Ihr Unterleib zuckte und bebte, doch sie konzentrierte sich ganz auf die drei Penisse, die sie durchbohrten. Sie bewegten sich jetzt schneller, drangen mit wohldosierter Kraft in sie ein, sodass immer neue Glückswogen über ihr zusammenschlugen. Sie stieß einen gedämpften schmerzlichen Schrei aus, und endlose Augenblicke lang straffte sich ihr Körper in der Qual des Orgasmus. Dann entspannte sie sich und sank leicht vornüber, im Nachbeben der Ekstase.

Nach jenem ersten, gewaltigen Orgasmus kam Naunachte nicht wieder völlig zu Bewusstsein. Ihr Körper war weich und biegsam in den Händen der Priester. Sie drehten sie mal in diese, mal in jene Richtung, ganz nach ihren Wünschen, brachten sie bald in die eine, bald in die andere Position, jede verwegener als die vorherige, sie nahmen sie einer nach dem anderen, schoben ihre Penisse in jede ihrer Öffnungen. Überall klebte ihr Samen – auf ihrer Haut, ihrer

Vulva, ihrem Mund, ihren Haaren, und nach einer Weile legten sie sie auf den Altar und leckten sie sauber. Sie saugten an ihren Brustwarzen und fuhren mit der Zunge liebevoll über ihre Brüste, über ihren Bauch. Einer von ihnen schob sein Gesicht zwischen ihre Beine und begann, ihre Klitoris mit den Lippen zu verwöhnen, während sich seine Zunge tief in die feuchten Falten ihrer Vagina bohrte. Er schien ihren Geschmack sehr zu mögen, und als sie Naunachte ein wenig aufrichteten und ihre Pobacken auseinander schoben, damit ein weiterer Priester sie von hinten nehmen konnte, blieb er, wo er war, das Gesicht zwischen ihre Schenkel gepresst, unablässig ihre Klitoris leckend. Zwei weitere Priester saugten an ihren geschwollenen Brüsten, während ein anderer sie küsste, ihr die Zunge in den Mund steckte und an ihren Lippen knabberte. Naunachte schrie in hilflosem Entzücken auf, und als der Mann hinter ihr immer fester in ihren mitgenommenen, zarten Anus stieß, zuckte sie erneut im Bann eines Orgasmus, der noch mächtiger war als der erste.

Nur undeutlich ahnte sie, wann sie endlich mit ihr fertig waren und ihren keuchenden, schlaffen Körper wieder auf den Altar legten. In jedem Körperteil fühlte sie einen dumpfen Schmerz, als wäre sie zusammengeschlagen worden, und trotzdem war dieser Schmerz zugleich auch Lust. Sie stöhnte und warf sich eine Weile unruhig hin und her, dann aber blieb sie reglos liegen.

Sie musste eingeschlafen sein, denn als sie aufwachte, stellte sie erschrocken fest, dass der Raum ganz dunkel und still war. Eine der Tempeldienerinnen stand neben ihr und wischte ihr mit einem feuchten Schwamm Schweiß und Samen ab, und Hunro, die Herrin, streichelte ihr das Gesicht.

«Nun bist du gereinigt, Naunachte», sagte Hunro leise. «Das freut mich sehr. Willkommen im Tempel, kleine Lotosblume.»

Naunachtes gesamter Körper fühlte sich weich und flüssig wie geschmolzenes Wachs an. Jede Pore ihrer Haut war von sinnlich fassbarer Befriedigung erfüllt. Sie konnte nicht sprechen und lächelte nur.

«Die Überschwemmung beginnt», sagte Hunro und erwiderte Naunachtes Lächeln. «Der Pegelstand des Nils ist bereits um zweieinhalb Ellen gestiegen. Bald ist es Zeit für das Fest von Opet, wenn die Götter nach Luxor reisen.»

Sie schien keine Antwort zu erwarten, und daher streckte sich Naunachte ein wenig, damit das Mädchen ihre Brüste mit dem Schwamm abreiben konnte, und zog nur neugierig die Augenbrauen in die Höhe.

«Naunachte», fuhr Hunro fort, «am Fest in Opet wirke ich mit. Vermutlich wird dies mein letztes Jahr als Hohepriesterin sein, nächstes Jahr wird es eine neue Gemahlin des Gottes geben. Ich möchte gern, dass du neben mir in der Barke des Gottes sitzt, Naunachte, und genau beobachtest, was ich tue.»

Naunachte machte große Augen. Hunro schien anzudeuten, dass sie, Naunachte, die nächste Hand Amuns werden sollte.

Sie war verblüfft und hocherfreut, denn wenn sie Hand Amuns würde, durfte sie den leibhaftigen Körper des Gottes für sich beanspruchen. Doch ihre Freude wurde von einer leisen Furcht getrübt. Sie hätte gerne gefragt, wie Tiy wohl auf diese Nachricht reagieren würde, wagte es aber nicht.

«Ja, meine Herrin» war alles, was sie sagte. Dann musste

sie an Tiys kalte grüne Augen denken, und daran, wie sie ihr gedroht hatte, sie zu vergiften, und ein kalter Schauder überlief sie.

KAPITEL ELF

Panhesi wusste, dass Tyi verschlagen war. Sie war wunderschön, kein Zweifel, und dazu mit ihrem kupferfarbenen Haar, der blassen Haut und den Katzenaugen richtig exotisch, doch wenn er ehrlich war, erregte ihn vor allem diese Verschlagenheit. Wenn sie in seinen Armen lag, sich hin und her warf, fauchte und Obszönitäten murmelte, dann fühlte er sich in die Dunkelheit Seths gehüllt, den Gestank aus Gefahr und Bosheit, den Amun eigentlich hätte bannen sollen – und dies erregte ihn aufs äußerste.

Seit dieses Mädchen, Naunachte, zurück war, hatte sich Tiys Zorn ins Unermessliche gesteigert. Was wenig verwunderlich war, schließlich hatte Hunro, die Herrin, mittlerweile das große Mädchen zu ihrer Nachfolgerin bestimmt. Panhesi sah Tiy, sooft er konnte, und bei jedem Treffen stachelte er sie an, bis sie wütend war, denn dann wollte er sie unbedingt haben.

Jetzt lag Tiy nackt unter ihm, die Handgelenke im Griff seiner Hände. Vergeblich wand sich ihr leichter Körper hin und her. «Morgen», zischte er ihr ins Ohr, «morgen wird sie neben Hunro auf dem goldenen Prunkschiff fahren. Es ist bereits alles arrangiert.»

«Hure!», fauchte Tiy und versuchte erneut, sich von Panhesis Griff loszumachen. «Sie ist eine Hure! Bei der Reinigungszeremonie musste Merybast ihr sogar den Schwanz in den Arsch stecken. Eine Hure und die Tochter einer Hure – das soll die neue Hand Gottes werden!?»

«Wenn die Vorliebe dafür, in den Arsch gefickt zu werden, jemanden disqualifiziert, zur Hand Amuns zu werden, dann hättest du auch keine Chance», gab Panhesi zu bedenken.

«Aaah!», kreischte Tiy auf. Sie reckte sich empor und versuchte, Panhesi zu beißen. Er wich ihr aus, stieß ihre Beine auseinander und rammte ihr mit einem einzigen Stoß seinen Schwanz bis zur Wurzel zwischen die Schenkel. Ihr Körper bäumte sich ihm entgegen, starr und steif. Einen Moment lang hörte man nichts als Panhesis Keuchen, während er seinen Penis in Tiys feuchter, gieriger Scheide hin und her bewegte. Dann warf Tiy auf einmal den Kopf zurück und zischte durch die gefletschten Zähne: «Töte sie für mich, Panhesi. Töte sie. Ich will ihr Blut sehen!»

«Du bist verrückt!», erwiderte Panhesi und hieb wie wild mit seinem Schwanz auf sie ein. «Du weißt, dass ich kein Blut vergießen darf.»

«Dann erwürge sie eben!» Tiys Gesicht zog sich zusammen, während Panhesi einen neuerlichen Stoß vollführte, und sie stöhnte, als hätte er sie geschlagen. «Denk darüber nach, ah, ihr Götter, denk darüber nach, deine Hände auf dieser langen Kehle, denk doch nur, wie sie sich wehren würde –»

«Hör auf», sagte Panhesi, ehrlich erschrocken und gegen seinen Willen erregt von diesem Bild der Grausamkeit, das Tiy heraufbeschworen hatte. Er bumste sie noch härter und versuchte, sie vom Sprechen abzuhalten. Tiy warf den Kopf in den Nacken, wie immer, wenn der Orgasmus sie überkam. Ihr ausgestreckter Körper wurde ganz starr, dann wurde er von Kopf bis Fuß von Krämpfen geschüttelt. Ihr Geschlecht umklammerte zitternd Panhesis zuckendes Glied, und auch er stöhnte, als er den Höhepunkt erreichte.

Nach einem Moment ließ er ihre Handgelenke los und plumpste auf ihren ruhig daliegenden Körper. Sie rührte sich nicht und keuchte nur. Dann sagte sie ganz gelassen: «Ich habe übrigens selbst schon versucht, sie umzubringen.»

«Was?» Panhesi fuhr erschrocken hoch.

«O ja», erwiderte Tiy und sah ihn mit hellen, kühlen Augen an. «Ich verhüllte mein Gesicht und ging heimlich zu einem mir bekannten Ort in Waset. Dort kaufte ich Gift. Sie machen es aus Schlangengift – es tötet auf der Stelle und verursacht große Schmerzen.»

Panhesi schauderte. «Was hast du getan?»

«Manchmal bereitet der Koch mit Mandeln gefüllte Datteln», sagte Tiy. «Naunachte liebt sie; immer verspeist sie sie mit größtem Genuss. Als sie wieder einmal serviert wurden, fand ich den Teller und träufelte das Gift in zwei der Datteln. Es war leicht, die vergifteten Datteln vor Naunachte hinzustellen. Ich dachte schon, gleich wird sie sie essen – sie nahm eine in die Hand – doch dann …» Tiy machte eine wütende Grimasse und warf den Kopf zur Seite.

«Was geschah dann?» Panhesi war völlig verwirrt. «Sag schon!»

«Sie …» Tiy blickte ratlos drein. «Ihre Augen wirkten seltsam, als wäre sie weit weg oder würde träumen, und dann legte sie die Dattel wieder hin, als wäre sie von ihr gebissen worden. Hunro fragte sie, was los sei, und einen Moment lang antwortete sie nicht. Dann erklärte sie, der Gott habe ihr gesagt, in den Datteln sei ein Skorpion. Hunro ließ die Diener die Datteln wegbringen und sie auf den Abfallhaufen werfen.»

Panhesi fing an zu zittern. «Bei allen Göttern», sagte er leise, «Amun wacht wirklich aus größter Nähe über sie.» Er rückte ein wenig von Tiy weg.

«Was ist los?», fragte Tiy und streckte die Hand nach ihm aus.

«Lass nur», erwiderte er und schob ihre Hand beiseite. «Lass mich allein.»

«Warum?» Tiy sah sowohl wütend als auch ängstlich aus.

Panhesi stieß sie fort und stand auf. Er griff nach seinem Schurz und wickelte ihn um sich, als würde er ihn vor ihr schützen. «Tiy», sagte er, «alles, was du mir erzählst, beweist, dass Naunachte tatsächlich unter dem Schutz des Gottes steht. Er sorgt sich um sie, und du hast versucht, sie umzubringen. Fürchtest du dich nicht vor seinem Zorn, Tiy?»

Sie machte eine verächtliche Fratze. «Fürchten?», wiederholte sie spöttisch. «Ich fürchte mich vor gar nichts.»

«Nur ein Narr fürchtet die Götter nicht», sagte Panhesi. «Bei seinem Samen, Tiy, du bist in Amuns Tempel! Er wird sich an dir rächen.» Kopfschüttelnd wich er ein paar Schritte zurück. «Es war verkehrt, auf dich zu hören.»

«Du hast sie des Sakrilegs beschuldigt», fauchte Tiy. «Das hätte ihren Tod bedeutet.»

«Ich habe sie rechtmäßig beschuldigt. Sie hat die Statue berührt, das hätte sie nicht tun dürfen. Wenn das Orakel sie freigesprochen hat, so beweist das nur umso mehr, dass sie unter Amuns Schutz steht. Sprich in meiner Gegenwart nicht mehr von ihr, Tiy.»

«Feigling», zischte Tiy. «Du Feigling!»

«Genau», erwiderte Panhesi unbeirrt. «Wenn der Respekt für den Gott Feigheit ist, dann bin ich sehr wohl ein Feigling.» Er blickte Tiy an und fragte sich, wie sich sein Verlangen nach ihr so plötzlich in Hass verwandelt haben konnte. Ihr hübsches Gesicht war eine Maske des Hasses, und ihre Hände waren wie Klauen. Ein Schauer überlief ihn, und er drehte ihr den Rücken zu.

«Dann mache ich es eben selber!», rief sie, als er auf die Tür zuging. «Nach dem Fest werde ich es tun. Wenn sie aber tot ist und ich zur Hand Gottes geworden bin, wirst du nicht mein Gemahl!»

Ich sollte Bericht erstatten, dachte Panhesi, als er ihre Verwünschungen hinter sich zurückließ. Ich hätte sie aus dem Tempel werfen sollen. Sie ist böse.

Doch dann fiel ihm ein, dass ja jeder im Tempel wusste, dass er Tiys Geliebter war. Wenn er sie der Boshaftigkeit beschuldigte, würde das auch seine Stellung beeinträchtigen. Seine Chancen, zu Merybasts Nachfolger berufen zu werden, würden für immer zunichte gemacht. Also beschloss er, den Mund zu halten.

Seit sie laufen konnte, war Naunachte Jahr für Jahr mit ihrer Adoptivfamilie ans Nilufer gegangen, um die Prozession des Gottes Amun zu sehen, die den Höhepunkt des Opet-Festes bildete. Es war ein tagelanges Freudenfest, bei dem den Göttern dafür gedankt wurde, dass der Nil wieder über die Ufer getreten war und die Felder Ägyptens fruchtbar gemacht hatte. Sie hatten das große Prunkschiff des Gottes bestaunt, das sogar noch größer als das Prunkschiff Pharaos war, und ehrfürchtig die Statue des Gottes betrachtet. Ein

Schleier aus feinstem Leinen verhüllte sie, doch Amuns goldene Gestalt glitzerte hindurch wie die Sonne hinter Wolken.

Nun sollte sie im Zentrum jener Zeremonie stehen, und sie war außer sich vor Freude und Dankbarkeit, dass ihre Vergangenheit und ihre Gegenwart sich so herrlich ineinander fügten. Sie stand vor dem Morgengrauen auf und half Hunro beim Anlegen der Krönungsinsignien, einem Gewand aus weißem Leinen, das mit purem Gold durchwirkt war, gleichsam als Reflexion von Amuns Glorienschein, und einem komplizierten, schweren Kopfputz aus Gold und Lapislazuli mit Pfauenfedern. Dann wurde Naunachte in einen anderen Raum geführt und in ein durchscheinendes weißes Gewand gehüllt, durch dessen zarte Falten man ihre Brustwarzen sehen konnte. Neferure legte ihr einen Kragen aus Gold und Edelsteinen um den Hals und schmückte ihre Handgelenke mit schweren goldenen Armreifen. Ihre Oberarme waren nackt, und das Mädchen, das ihr Gesicht bemalte, zog auch um das Gottesmal auf ihrem Arm blaue und schwarze Linien, damit alle es sehen und bewundern konnten.

Als die Sonne am bereits glühenden Himmel emporstieg, schickte die Prozession sich an, das Allerheiligste zu verlassen. Der verschleierte Gott stand in seinem Schrein und wurde von zwanzig gänzlich in Weiß gekleideten Priestern getragen. Der Schrein und die Statue waren sehr schwer, doch es war eine große Ehre, den Gott zu tragen, und an Freiwilligen bestand kein Mangel. Die Türen des Allerheiligsten wurden aufgeworfen, und der Gott kam heraus.

Die Prozession wurde von Merybast angeführt, der ganz in Weiß gekleidet war und seinen Amtsstab in der Hand trug. Er zeigte dem Gott den Weg. Dann folgte Amun, der von seinen ächzenden Helfern getragen wurde, und hinter ihm schritt die Gemahlin des Gottes einher, Hunro, mit Naunachte an ihrer Seite. Hinter ihnen strömten die zahlreichen Diener des Tempels heraus, die Priester und Tempeldienerinnen, die Kammerfrauen und Sklaven, Holzfäller und Wasserträger, alle im Festtagsstaat, mit all ihren Schmucksteinen behängt, die Gesichter fröhlich bemalt, zu Ehren des Gottes. Beim Gehen klatschten sie in die Hände und sangen, und der Klang von tausend Stimmen erhob sich zum gleißenden Himmel empor.

Sie kamen zu den äußeren Toren des Tempels, und Naunachte hörte ein seltsames Geräusch. Es klang wie Wasserrauschen oder entferntes Donnergrollen. Einen Augenblick lang war sie verwirrt. Dann schwangen die großen Tore zur Seite, und ein ohrenbetäubendes Johlen schlug ihr entgegen. Jetzt wusste sie, dass sie den Lärm der Menge gehört hatte, die vor dem Tempel auf das Erscheinen ihres Gottes wartete.

Die Menschen jubelten und schrien, und sie winkten mit grünen Zweigen. Kleine Kinder liefen neben der Statue des Gottes her und warfen Rosenblätter in die Luft. Musikkapellen schlossen sich rasch der Prozession an; mit Federn geschmückte schwarze Trommler aus dem tiefsten Nubien, hauchdünn bekleidete Mädchen aus Waset mit zarten Lauten. Ihre Musik vermischte sich in einer freudigen Kakophonie mit den Hymnen für Amun. Langsam bahnte sich die Prozession ihren Weg hinab zum glitzernden Nil, wo das goldene Prunkschiff des Gottes sich ans Ufer schmiegte und darauf wartete, seinem göttlichen Herrn dienen zu dürfen.

Die Priester trugen den Schrein des Gottes über die schaukelnde Laufplanke und hievten ihn auf das Podest in der Mitte des Schiffs. Die Menge jubelte erneut, als der Gott vor ihren Augen in die Höhe gehoben wurde.

Mit würdiger Eleganz schritt Hunro zum Thron der Gemahlin des Gottes zu Füßen der Statue. Sie glättete die Falten ihres goldenen Gewandes und lächelte Naunachte zu. «Komm», sagte sie. «Ich sitze zu Füßen des Gottes, und du zu meinen.»

Naunachte erwiderte das Lächeln ihrer Herrin und setzte sich unten an den Thron. Sie war ganz trunken vor Freude und Erstaunen darüber, im Mittelpunkt dieses ganzen Jubels zu stehen. Der Gott selbst stand hinter ihr, unter seinem Schleier schimmernd, und Naunachte war selig. Beinahe glaubte sie sein goldenes Lächeln zu spüren. Sie sonnte sich in der Wärme seines Vergnügens.

Langsam wurde das Schiff vom Ufer abgestoßen und trieb auf die Mitte des Flusses zu. Die Taue spannten sich zu beiden Seiten des Nils, und viele Menschen drängten sich nach vorn, um den Gott ein Stück nach Waset ziehen zu dürfen. Frauen kamen ebenso wie Männer, denn es war wohl bekannt, dass eine Frau, die Amuns Schiff zog, mit Fruchtbarkeit gesegnet würde.

Die blaugrünen Wasser des Nils teilten sich vor dem Bug des Schiffes, das auf die Stadt zuglitt. Am Ufer schwitzten die Menschen an den Tauen, und auf jeder Seite folgten ihnen die Musiker in ihren bunten, gestreiften Gewändern und Schürzen und sandten fröhliche Klänge zu dem Gott aus. Fast nackte, mit Öl eingeriebene Tänzerinnen begleiteten die Musiker. Sie trugen schwere Perücken, hatten blau und grün bemalte Augen, und die Muschelketten um ihre

Hüften klimperten verführerisch, als sie am Ufer Saltosprünge vollführten.

Zu beiden Seiten des Flusses tummelten sich unzählige Menschen: Zigtausende von Zuschauern, die alle gekommen waren, um das prächtigste Schauspiel des Jahres zu genießen. Naunachte sah, wie eine Frau auf einen Pflock am Ufer sprang und sich die Kleider herunterriss, um dem verschleierten Gott ihren nackten Körper zu präsentieren. Sie lehnte sich zurück und stieß ein schrilles Geheul aus, mit dem sie die Aufmerksamkeit des Gottes auf sich ziehen wollte. Dann bot sie ihm ihre Genitalien dar, sie schob die weichen rosa Blütenblätter mit den Fingern auseinander. Auf einmal schien die Macht des Gottes auf sie abgefärbt zu haben, denn sie fiel in die Arme der Männer um sie herum und war so erregt, dass sie einen von ihnen packte und auf den Boden zog. Die beiden begannen wie wild zu kopulieren. Die Menschen in der Nähe lachten und jubelten dem Gott zu, dessen bloße Anwesenheit Lust hervorrief.

Dieser Anblick sollte sich noch oft wiederholen, denn alle wussten, dass Amun bei dieser Nilfahrt sowohl Männer als auch Frauen zur Lust inspirierte. Naunachte rutschte unruhig hin und her, als sie diese ungezügelte Wollust sah. Hunro schien ihre heimlichen Gelüste bemerkt zu haben, denn sie beugte sich vor und strich mit der Hand sanft über Naunachtes Schulter und Brust. «Einstweilen, kleine Lotosblüte», flüsterte sie, «musst du dich noch beherrschen. Unsere Zeit kommt später, wenn Pharao geopfert hat und bei der Königin liegt.»

Die Erwähnung Pharaos brachte Naunachte wieder zur Vernunft. Im Zentrum des Opet-Festes stand die Opferung von Wein und Honig, die Pharao selbst dem Gott in all seiner göttlichen Macht darbrachte. Pharaos Hofstaat befand sich viele Meilen flussabwärts in Memphis, doch jedes Jahr reiste er in seinem Prunkschiff hinauf nach Luxor, um an dieser Zeremonie teilzunehmen. Nach der Opferung zogen Pharao und seine Königin sich dann in eine geheime Kammer tief im Luxor-Tempel zurück und vollzogen den privaten Ritus, der die Fruchtbarkeit und das Fortbestehen Ägyptens sicherte.

Nun sollte Naunachte also zum ersten Mal, seit sie sich erinnern konnte, ihren Vater sehen. Der Gedanke erfüllte sie mit Besorgnis. Hunro sagte, sie ähnele ihrer Mutter, und ihre Mutter hatte Pharaos Vertrauen missbraucht und ihn ermordet. Wie würde Ramses beim Anblick seiner Tochter reagieren? Mit Zorn?

Vor ihnen, auf der linken Seite des Flusses, sah sie die Gebäude und Tempel von Waset. Naunachte vergaß, nach ihrer Pflegefamilie auf der rechten Seite Ausschau zu halten, denn dort, am Ufer zur Stadt hin, lag Pharaos Prunkschiff vertäut. Große Augen waren auf den Bug des vergoldeten und über und über mit Edelsteinen besetzten Schiffs gemalt worden. In der Mitte des Decks stand ein Thron, und darauf saß Pharao, von Kopf bis Fuß in Gold gewandet. Als das Schiff des Gottes näher kam, stand Ramses auf. Alle Männer näherten sich ihm voller Respekt, doch vor Amun erniedrigte sich selbst Ramses.

Voller Unruhe blickte Naunachte zu Hunro hinauf. «Soll ich gehen?», flüsterte sie. «Soll ich mich nicht lieber verstecken?»

Hunro schüttelte den Kopf. «Nicht nötig. Ich habe Pharao gesagt, dass du hier bist. Er ist also darauf vorbereitet. Nur Mut, Naunachte. Du wirst ihn in den kommenden

Jahren oft zu Gesicht bekommen, wenn du die Hand Gottes bist.»

Naunachte schluckte und setzte sich gerade hin. Das Schiff des Gottes schaukelte, als sein riesenhafter Bug gegen das Boot Pharaos stieß und die Matrosen herbeisprangen, um die Laufplanke anzulegen. Pharao kam die Stufen herunter, er sah aus wie eine bewegliche Statue. Er hatte die Hände über der Brust gekreuzt und hielt die Symbole Ägyptens, Hirtenstab und Dreschflegel. Sein Gesicht war stark bemalt, sodass man kaum sehen konnte, dass er ein Mann in mittlerem Alter war. Hörner erschollen, als der König auf die Laufplanke trat und sich anschickte, an Bord des göttlichen Prunkschiffs zu gehen. Die Menge wurde still.

Langsam näherte sich Pharao der Statue Amuns. Er hielt den Blick auf die Statue gerichtet – Naunachte, die dort zu Füßen des Gottes saß, sah er gar nicht. Er reichte Merybast die Reichsinsignien und nahm dafür einen Becher mit brennendem Weihrauch entgegen, denn er ein wenig hochhielt und dann in einem glitzernden Schwall auf die Planken schüttete. Der schwere Duft wirbelte Naunachte um den Kopf, ihr wurde schwindelig. Sie spürte Amuns göttliche Anwesenheit in der Statue. Seine Macht ließ ihre Schultern prickeln. Ihre Brustwarzen versteiften sich, und ihre Lippen waren ganz trocken vor Begierde nach Amun.

Sie spürte kaum, wie die Zeit verging, doch schon bald war das Opferritual vollendet. Pharao verneigte sich vor der Statue. Dann schaute er Naunachte an, und sein strenges Kriegergesicht spannte sich unter der dicken Farbschicht an.

«Pharao, o Herr», sagte Hunro mit kühler, ruhiger Stimme, «hier ist das Mädchen, von dem ich Euch erzählt habe, meine Nachfolgerin, Naunachte.» Sie beugte sich vor und gab Naunachte einen kleinen Schubs, worauf diese aufsprang, zitternd einen Schritt vorwärts machte und dann vor Ramses, dem Gottkönig, niederkniete.

Eine lange Stille entstand. Naunachte starrte auf die Planken hinab, ihre Nase füllte sich mit Weihrauchduft. Dann hörte sie zum ersten Mal Pharaos Stimme. Es war eine raue, kräftige Stimme, die Stimme eines mächtigen, rücksichtslosen Mannes. «Steh auf», sagte er. «Erhebe dich.»

Zitternd stand sie auf. Es kostete sie all ihre Kräfte, den Blick zu heben. Sie sah Pharao an und erschrak, denn er schaute sie voll heißer, zügelloser Begierde an.

«So wahr ich vor Amun stehe», sagte Ramses leise, «Naunachte, du bist das Ebenbild deiner Mutter Tiy. Von allen meinen Frauen habe ich sie am meisten begehrt. Antworte mir nun. Wirst du hier im Tempel bleiben und dem Gott dienen, oder wirst du nach Memphis mitkommen und deinen Platz als Herrin meiner Konkubinen einnehmen? Ich verspreche dir alles, was dein Herz begehrt: Macht, Reichtümer – alles sei dein.»

Naunachte hatte den Eindruck, eine große Faust umklammere ihre Rippen und drücke ihr die Luft ab. Der Vorschlag des Pharao hatte sie keineswegs schockiert, denn alle Welt wusste, dass der König auch Inzest durchaus nicht abgeneigt war. Doch sie hatte Angst, mit ihrer aufrichtigen Antwort den Zorn des mächtigen Ramses heraufzubeschwören. Einen Moment lang stand sie sprachlos da. Am liebsten wäre sie vor der Macht seiner Begierde zurückgewichen. Unfähig, seinen Blick zu ertragen, schloss sie die Augen und betete im Stillen zu Amun, er möge ihr beistehen.

Sie betete, und der Gott antwortete ihr. Seine Gegenwart

durchströmte sie, füllte sie mit Ruhe und kühler Gewissheit. Ihre Furcht löste sich angesichts der Macht des Gottes auf. Als sie die Augen wieder öffnete, lächelte sie, und als sie sprach, war ihre Stimme fest und bestimmt. «Herr und König, als ich ein Kind war, berief mich der Gott zu sich. Nun bin ich seine Dienerin, ich darf ihn nicht verraten. Ich möchte in seinem Tempel bleiben, Pharao, o Herr.»

Stille. Überrascht sah Naunachte, wie Ramses' Augen einen sanften Ausdruck annahmen. Fast glaubte sie, Tränen darin zu sehen. Schließlich sagte Pharao: «Du beweist, dass du eher meine Tochter als die deiner Mutter bist, Naunachte. Niemals hätte sie der Versuchung widerstanden, eine Dienerin und Vertraute des Königs zu werden. Ich freue mich, dass du dem Gott treu bleibst. Mögest du ihm lange dienen.»

Er machte einen Schritt nach vorn und legte die Hände auf Naunachtes Schultern. Sie wollte schon auf die Knie sinken, doch er hielt sie und küsste sie auf die Stirn. Scheinbar ein väterlicher Kuss, doch Naunachte konnte spüren, wie die Begierde in seinen Lippen und Händen bebte. Sie war erleichtert, als er sie losließ und sich abwandte, um wieder an Bord seines eigenen Schiffs zu gehen.

«Ich bin stolz auf dich, Naunachte», sagte Hunro rasch, als Naunachte wieder ihren Platz einnahm. «Ohne Zweifel wollte er dich nur auf die Probe stellen. Du hast dich sehr gut aus der Affäre gezogen!»

Naunachte hatte Pharao in die Augen geblickt und wusste, dass er sie nicht auf die Probe gestellt hatte. Sie sagte aber nichts, denn als sie ihr Gewand zusammenraffte und sich wieder hinhockte, fühlte sie, wie ihr ein kalter Schauer über den Rücken kroch, bei dem sich ihr die Haare im Nacken sträubten. Jeder Muskel spannte sich an, sodass ihre Brustwarzen steif wurden und ihr Geschlecht sich zusammenzog. Sie schüttelte sich heimlich und schlang die Arme um sich selbst, doch das Gefühl der Kälte wollte nicht weichen.

Sie kannte das Gefühl. Seit sie in den Tempel zurückgekehrt war, hatte sie es immer wieder gespürt. Es war Tiys böser Wunsch, den sie da spürte, und sie wusste, dass sie sich nur umzusehen brauchte, und schon wäre sie Tiys kalten grünen Augen begegnet, die sie unverwandt anstarrten, gleißend wie Schwerter, ganz schmal vor Hass. Beinahe so, als wäre die Boshaftigkeit von Naunachtes Mutter nicht auf ihr Kind übergegangen, sondern auf ihre Namensvetterin.

Naunachte warf einen Blick auf die große Statue hinter ihr. Sie leuchtete unter dem Schleier aus durchsichtigem Leinen. «Amun», flüsterte sie ganz leise, «schütze mich.»

Der Gott antwortete nicht, doch allmählich ließ ihre Furcht nach, denn seine Stärke schien sich wie ein Schild vor sie zu stellen. Sie atmete tief durch und schloss die Augen.

Die beiden Schiffe fuhren Seite an Seite auf dem glitzernden Fluss zu den Tempeln von Luxor. Naunachte begann sich zu entspannen und das großartige Schauspiel um sie her zu genießen. Sie sah Männer und Frauen an den Ufern des Flusses, die von der Lust überwältigt wurden, wenn der Gott an ihnen vorüberfuhr, und erneut spürte sie, wie sich sinnliches Verlangen in ihrer Magengrube regte. Ihr Blick verdunkelte sich, als sie einem jungen Mann zusah, der seine Freundin hochhob, damit er ihr sein steifes Glied hineinschieben konnte, ohne auf die Menschenmenge zu achten, die sich um sie drängte. Gut möglich, dass ein anderer Mann sich das Mädchen schnappte, wenn er fertig war, und dann noch einer und noch einer, während sie die Beine breit machte und sich ganz der Lust hingab, es sich von jedem besorgen ließ und aufstöhnte, wenn sich wieder eine Latte in ihren willigen, feuchten Schoß bohrte.

Naunachte fröstelte. Sie nahm Hunros Füße in den Schoß und fing an, sie zu streicheln und zu liebkosen. Es waren schlanke, weiche Füße, ganz zart und mit Duftöl eingerieben. Naunachte streichelte jede einzelne Zehe, fuhr dann langsam mit dem Handballen über Hunros Knöchel und weiter hinauf, unter ihr goldenes Gewand.

Hunro atmete rascher. Einen Moment lang duldete sie Naunachtes Zärtlichkeiten. Dann beugte sie sich herab und schob ihre Hände beiseite. «Nicht hier», flüsterte sie, «nicht jetzt. Aber bald, meine Liebe. Wenn Pharao die Zeremonie vollzieht, dann ist es so weit. Der Gott wird bei seinem Harem sein, und wir können dann tun, wonach uns der Sinn steht.»

«Und jetzt ...?», flüsterte Naunachte.

«Du wirst es schon noch eine Weile aushalten, Naunachte.»

Frustriert seufzte Naunachte und stellte Hunros Füße wieder auf die Stufen ihres Thrones. Eine Weile lang beobachtete sie die Mannschaft des Schiffes bei ihrem Tun und versuchte sich so von dem Lust erregenden Anblick am Ufer abzulenken.

Dann fühlte sie sich auf einmal magisch von einer Stelle am Ufer angezogen. Erstaunt warf sie der Statue hinter ihr einen Blick zu, doch sie wusste, dass es nicht Amun war, der sie zu sich rief. Sie zögerte verwirrt, dann aber ließ sie den Blick zu jener Stelle am Ufer wandern, die ihre Aufmerksamkeit auf sich zog.

Sie waren mittlerweile beinahe auf Höhe der Tempel von Luxor angekommen, und an den Ufern des angeschwollenen Flusses waren Steine aufgetürmt worden, um sie vor den Fluten des Nils zu schützen. Die Menge drängte sich am Ufer und schrie und winkte, als das Schiff vorbeifuhr. Rasch ließ Naunachte den Blick über die Tausende von begeisterten Zuschauern gleiten, dann hielt sie inne.

Auf dem Quai stand eine große Sphinx mit Widderkopf. Unzählige Menschen hatten sie erklommen, um besser sehen zu können. Sie saßen, denn die Sphinx war aus glatt poliertem Granit, von dem man leicht abrutschte. Ein Mann stand jedoch breitbeinig auf den breiten Schultern der Sphinx, die Hände auf die Hüfte gelegt, und starrte feindselig auf das Prunkschiff. Die Menschen trugen ihre besten Gewänder und waren mit Blumengirlanden geschmückt, aber dieser Mann hatte lediglich einen einfachen weißen Schurz um und trug keinen Schmuck. Sein Gesicht war unbemalt, sein Kopf unbedeckt, als wäre er in Trauer.

Es war Khonsu. Als Einziger in der riesigen Menge jubelte er nicht, als der Gott vorbeifuhr. Er sah aus, als wolle er Amun zu einem Kampf auf Leben und Tod herausfordern. Naunachte vergaß zu atmen, als sie ihn ansah. Vor lauter Freude über ihre Rückkehr in den Tempel hatte sie ganz vergessen, wie schön Khonsu war, wie kräftig und wohlgestaltet. Sein Gesicht war von Schmerz und Wut gezeichnet, und sie hätte ihn nur zu gern getröstet, hätte ihn in die Arme genommen und seinen Kopf auf ihre Brust gebettet. Ihre Lippen bewegten sich, flüsterten stumm seinen Namen.

In dem Augenblick sah er sie. Der Blick aus seinen hellbraunen Augen traf den ihren, und sein Gesichtsausdruck änderte sich. Er sah ungläubig und völlig verwirrt aus, wie ein Kind, das sich verlaufen hat. Er streckte beinahe zögernd die Hand nach ihr aus.

Tränen stiegen Naunachte in die Augen. Sie legte die Hand vor den Mund, als könne sie dadurch ihre Sehnsucht zurückhalten. Khonsu ballte die Fäuste und sprang dann leichtfüßig wie ein Panther auf den Kopf der Sphinx und streckte die Hand nach ihr aus. Er rief etwas, und ganz schwach hörte sie im Geschrei der Menge ihren Namen. Seine Stimme klang vor Niedergeschlagenheit heiser und rau.

Sie wollte aufspringen und zu ihm hinlaufen. Doch wie konnte sie das, wenn sie zuvor Pharao und allen hier versammelten Menschen erklärt hatte, sich lieber Amun hinzugeben als einem Sterblichen? Ihr ganzer Körper sehnte sich nach Khonsu, doch sie wusste, dass er ihr verwehrt blieb. Langsam und schmerzerfüllt schüttelte sie den Kopf.

Ein krampfartiges Zucken überlief Khonsus Gesicht. Langsam fiel er auf die Knie und neigte den Kopf nach vorn, verschränkte die Hände im Nacken und bedeckte das Gesicht mit den Ellbogen, als müsse er einen gefährlichen Schlag abwehren. Naunachte war erschüttert, als sie seine Bitterkeit und seinen Schmerz sah, ganz so, als würde sie selbst so empfinden, und sie konnte ihren Tränen nicht mehr Einhalt gebieten.

«Naunachte.» Hunro sprach leise, und beim Sprechen streichelte sie Naunachte über die Wange. Sie sah zu Hunro auf, mit zitternden Lippen. «Naunachte, nur ruhig. Es geht vorüber. Er wird dich bald vergessen haben, und dir bleibt ja die Liebe des Gottes. Wenn du geweiht bist und die Segnungen Amuns kennst, wirst du Khonsu nicht mehr begehren.»

«Aber Herrin», flüsterte Naunachte, «er liebt mich. Ich kann es in seinem Gesicht lesen. Er liebt mich.»

«Was ist die Liebe eines Mannes, verglichen mit der Liebe eines Gottes?» Hunro lächelte und schüttelte den Kopf. Ihre Kehle war gerötet, als empfinde sie sexuelles Vergnügen. «Ich bin verheiratet, Naunachte, und ich weiß genau, wie es ist. Diene erst dem Gott und lerne seine Macht begreifen. Später kannst du dir dann jemanden zum Mann nehmen, wenn du es wünschst. Ich war zwei Jahre lang die Hand Gottes, bevor ich Merybast ehelichte. Khonsu war der Sohn eines Schreibers, hast du erzählt. Er würde sich eignen. Heirate ihn, wenn die Zeit reif ist, falls du einen Bettgenossen haben möchtest.»

Bei dem Gedanken lachte Naunachte bitter auf. «Das würde er nicht tun, o Herrin. Er könnte es nicht ertragen, mich mit dem Gott zu teilen.»

«Dann ist er arrogant!», befand Hunro streng. «Wie kann er es wagen?!»

«Wie konnte er es wagen?», wiederholte Naunachte für sich selbst. Sie musste daran denken, wie Khonsu im silbernen Mondlicht auf ihr lag und die Zähne fletschte, als er mit seinem Körper in sie eindrang, so als könne ihr seine Heftigkeit den Gott austreiben. «Du bist mein», hatte er gesagt, als er sie zu einem unvergesslichen Orgasmus brachte. Er wagte es, einen Besitzanspruch auf sie zu erheben; er hatte sich in den Kopf gesetzt, den Gott herauszufordern. Und er hatte sein Leben für sie aufs Spiel gesetzt.

«Du wirst ihn vergessen», flüsterte Hunro.

Naunachte hätte ihr nur zu gern geglaubt. Doch sie warf einen erneuten Blick aufs Flussufer und sah Khonsu, noch immer auf dem Kopf der Sphinx kniend, voller Verzweiflung und Schmerz, und gegen ihren Willen spürte sie eine tiefe Liebe zu ihm.

Die Furcht vor Tiys Hass und ihre verbotene Liebe zu Khonsu hätten Naunachte eigentlich vollkommen unglücklich machen müssen. Doch sie war in Amuns Nähe, und er freute sich über seinen Festumzug. Die Luft vibrierte vor Jubel, die Menschen stimmten fröhliche Gesänge an, und Amuns Zustimmung hielt Traurigkeit von ihr fern. Von der ausgelassenen Freude dieses Tags wurde ihr ganz schwindelig, als hätte sie Wein getrunken.

Endlich legte das Prunkschiff des Gottes am Quai vor dem Tempel von Luxor an, wo sein Harem ihn erwartete: Statuen all der göttlichen Frauen, die er geliebt hatte. Die Träger hoben den Gott in seinem Schrein hoch und brachten ihn an Land, während die Menge vor ihm sang und tanzte.

Hunro ging neben Naunachte. Sie fasste sie bei der Hand und drückte diese sanft. *Bald*, verhieß dieser sanfte Druck. *Bald*.

Pharao stieg aus seinem goldenen Schiff und folgte der Prozession zum Tempel, denn auch er wollte dem Gott seine Ehre bezeugen. Er wurde begleitet von seiner Königin, einer großen, stattlichen Frau. Sie war jünger als Ramses, ungefähr so alt wie Hunro, und noch mitten in der Blüte ihrer majestätischen Schönheit. Als sie die stolze Gestalt langsam unter einem mit Fransen geschmückten Sonnenschirm einherschreiten sah, dachte Naunachte, dass Pharao bestimmt Freude daran hatte, die Schlusszeremonie mit ihr abzuhalten.

Die Tempeltore fielen wieder zu und schlossen den Lärm der feiernden Volksmenge aus. Naunachte folgte dem Gott durch die unbekannten Hallen und Gänge von Luxor. Hunros Finger malten zarte Muster auf ihre Handfläche und jagten ihr lustvolle Schauder über den Rücken. Es war, als bereitete sich der Gott selbst darauf vor, sich seines Harems zu erfreuen, und Echos seiner erwachenden Lust breiteten sich nun unter seinen Untergebenen aus.

Sie brachten den Gott zu seinen Frauen. Die Statuen, die um das Heiligtum standen, waren sehr unterschiedlich und stammten aus jeder Dynastie und jeder Generation Ägyptens. Wunderschöne Frauen in jeder nur denkbaren Gestalt waren darunter, schlanke, nackte Tänzerinnen ebenso wie Fruchtbarkeitsspenderinnen mit Brüsten wie Melonen und üppigen Hüften. Heute Nacht würde der Gott durch seinen Harem streifen, und während er sich an all diesen nackten Schönheiten ergötzte, würde Pharao bei seiner Königin liegen und mit ihr in der geheimen Dunkelheit der rituellen Kammer kopulieren und die Zeremonie der Wiedergeburt vollenden.

Die Dienerinnen des Gottes verrieben Duftöl auf seinem Leib und bereiteten ihn auf die Nacht der Liebe vor. Naunachte nahm ebenfalls daran teil, obwohl sie als künftige Hand Gottes hätte zusehen dürfen, während andere ihrem Herrn zu Diensten waren. Ihre Hände waren weich von dem süßlich duftenden Öl. Sehnsüchtig berührte sie die Statue des Gottes damit. Als sie allein mit ihm gewesen war, hatte sich das kühle Gold in warmes Fleisch verwandelt, und die harte Säule seines Penis hatte unter ihren dienenden Lippen gebebt. Nun war das Metall nichts als Metall, und das Lächeln des Gottes blieb starr. Und dennoch überlief sie ein heimliches Zittern, als sie ihn berührte. Sie fuhr mit der Hand über den mächtigen Phallus und spürte, wie ihr Geschlecht feucht wurde. Hunro hatte Recht gehabt. Wenn sie bei dem Gott war und seine Macht und Begierde spürte, gab es keinen Platz für irgendetwas anderes. Amun war ihre Welt.

Er war bereit. Unter leisen Gesängen zogen sich die Frauen in ihr eigenes Gemach zurück. Es war luxuriös eingerichtet, auf dem Boden lagen lauter Teppiche und Kissen, es duftete nach Weihrauch, der in den Lampen brannte.

«Hör nur», sagte Hunro. «Pharao geht hinein.»

Schweigend standen sie da und lauschten dem verebbenden und dann wieder anschwellenden Gesang der Priester. Auf einmal hörten sie die Tür zum Heiligtum zufallen, gefolgt von einem jubelnden Aufschrei.

«Es ist vollbracht», sagte Hunro. Sie lächelte Naunachte zu. «Nun haben wir Zeit für uns. Naunachte, komm her.»

Willig ging Naunachte zu ihr hinüber und breitete die Arme aus, um sich in Hunros Arme zu werfen. Noch immer sehnte sie sich nach dem Gott, doch auch anderen Freuden war sie nicht abgeneigt. Sie ließ sich von Hunro in die Arme schließen und seufzte selig, als sie ihre Lippen auf den ihren spürte und sich ihre Münder zu einem so tiefen Kuss vereinten, dass ihr beinahe schwindelig wurde.

«Naunachte», flüsterte Hunro zwischen zwei Küssen. Sie knotete Naunachtes Gewand auf und zerrte es hastig ein wenig zur Seite, sodass Naunachtes spitze Brüste hervorsprangen. Ihre Spitzen waren bereits steif. Hunros Finger schlossen sich um die eine rubinrote Brustwarze und drückten sie, worauf Naunachte einen qualvollen Lustschrei ausstieß. Ihre Knie zitterten, und sie ließ sich auf einen Haufen Kissen am Boden sinken.

«Schau, Naunachte», sagte Hunro leise. Naunachte hatte ganz schwere Lider, doch sie öffnete sie gehorsam und blickte sich um.

Vor ihr stand Hunro, noch in ihr goldenes Gewand gehüllt. Sie deutete in den Raum, und nun sah Naunachte, dass sich die Dienerinnen überall zu Boden gleiten ließen, ihre Kleider ablegten und sich küssten, auf den Mund, die Brüste, zwischen die Beine. Der ganze Raum war ein einziges Durcheinander aus nackten, parfümierten, ineinander verschlungenen Gliedmaßen. Ein Seufzen und Stöhnen erfüllte die Luft.

«Der Gott inspiriert sie», sagte Hunro, «wie mich selbst auch.»

Langsam öffnete sie ihr goldenes Gewand und ließ es mit einer ruckartigen Bewegung der Schultern fallen, sodass sie nun in ihrer herrlichen Nacktheit dastand. Naunachte verschlug es den Atem, denn um Hunros weiche, üppige Hüften war eine Art Lederharnisch gebunden, der sich eng um ihre Schenkel schlang, fest auf ihr Geschlecht presste und in den Spalt zwischen ihren Pobacken schmiegte. «Herrin», flüsterte Naunachte, «was ist das?»

Hunro lächelte und öffnete die Strapse an ihren Hüften. «Den ganzen Tag, Naunachte, während du die Freude des Gottes spürtest, habe ich das hier gespürt», sagte sie. Sie spreizte die Beine und hob den breiten Ledergurt ein wenig an. Naunachte stieß einen erstaunten Seufzer aus, als sie sah, dass er dazu diente, einen massiven Phallus aus poliertem Ebenholz an Ort und Stelle zu halten. Langsam löste er sich aus den feuchten Tiefen von Hunros Geschlecht. Die geröteten und geschwollenen Schamlippen wollten ihn gar nicht wieder hergeben.

«Den ganzen Tag», sagte Hunro leise, «den ganzen Tag steckte dies hier tief in mir drin.» Sie zog den schimmernden Phallus ganz heraus und legte ihn auf die ausgebreiteten Handflächen. Naunachte sah sofort, dass es eine Kopie von Amuns Phallus war – lang, dick und hart. «Den ganzen Tag habe ich ihn gespürt, bei jeder Bewegung. Beim Gehen streiften die Strapse gegen meine Schamlippen, und bei jedem Schritt drang der Penis des Gottes tief in mein Inneres vor. Den ganzen Tag hat er mich beglückt. Dies ist das Fest des Vergnügens, Naunachte, und die Gemahlin des Gottes muss doch Lust empfinden, wenn ihr Gatte es tut.»

Sie hielt Naunachte den leuchtenden Phallus vor die Augen. «Denk dir nur, Naunachte: Dreimal bin ich auf dem Schiff zum Höhepunkt gekommen. Ich habe mich dazu erzogen, schweigend zu kommen, obwohl der Gott so kräftig ist. Denk dir nur, wie es ist, wenn einen dieser herrliche Penis den ganzen Tag lang ausfüllt.»

Naunachte überlief ein lustvoller Schauer, als sie zu ihr aufblickte. Nur zu gern hätte sie gewusst, was Hunro empfunden hatte, doch sie wagte es nicht. Ihr Mund war trocken, und ihre Zunge fühlte sich geschwollen an. Es dürstete sie nach dem klebrigen Schleim, der auf dem Phallus glitzerte.

«Einmal hast du bereits die Kraft Amuns gespürt», fuhr Hunro fort, «als du ihm zur Lust entjungfert wurdest. Und jetzt, Naunachte, möchtest du ihn jetzt wieder spüren?»

Endlich konnte Naunachte wieder sprechen. Sie reckte

sich von den Kissen empor, die Kehle ganz starr vor Lust. «Ja», raunte sie und streckte Hunro die Hände entgegen.

Hunro lächelte und begann die Riemen an ihren Schenkeln zu öffnen. «Es ist eine sehr kluge Konstruktion», bemerkte sie. «Siehst du, wenn der Gurt festgezurrt ist, spüre ich den Phallus in mir. So aber …» – sie spreizte die Schenkel, und Naunachte sah, dass die Lederriemen sich so eng an Hunros Genitalien schmiegten, dass nur die Knospe ihrer Klitoris dazwischen hervorlugte. «Wenn du die Hand Gottes sein wirst», sagte Hunro, «wirst du dieses Instrument bei den Mädchen verwenden, die deine Begierde erwecken, und wenn du es tust, wirst du beinahe ebenso viel Freude empfinden, wie wenn es in dir drinsteckt. Du spürst die Lust einer Frau, während du zugleich den Dienst an dem Gott verrichtest. All dies liegt vor dir, Naunachte.»

Naunachte hörte sie kaum. «Bitte», flüsterte sie und spreizte die Finger, «darf ich ihn küssen?»

Wortlos kniete sich Hunro neben sie und hielt ihr den schimmernden Ebenholzpenis an die Lippen. Naunachte stieß einen unterdrückten Lustschrei aus und ließ die Spitze ihrer Zunge lüstern über die leuchtende Oberfläche des Phallus gleiten. Er schmeckte nach Hunro, süß und würzig. Naunachte öffnete die Lippen und nahm die dicke Ebenholzsäule in den Mund. Sie schloss die Augen und stellte sich vor, dass der Gott vor ihr stünde. Er hatte soeben Hunro befriedigt, die nun in erotischer Erschöpfung auf dem Rücken lag, und nun bot er seinen unermüdlichen Phallus Naunachte dar, damit sie die Früchte von Hunros Lust kostete. Sie saugte eifrig daran und stellte sich vor, wie Amun vor Lust die Zähne fletschte, als ihre Zunge und Lippen den prallen, geäderten Schaft liebkosten. In ihren Ohren hallten die Geräusche der Dienerinnen wider, die sich gegenseitig befriedigten: zarte Seufzer, bebendes Stöhnen, das sanfte Stochern der Finger in feuchten Geschlechtsteilen, das entschlossene Züngeln an einer geschwollenen Klitoris, ein rasches Keuchen, wenn Lippen eine pulsierende Vulva umkreisten und sich in die zarte Blüte bohrten.

Bald waren die Spuren von Hunros Säften auf dem Ebenholzphallus verschwunden, denn Naunachtes willige Zunge hatte ihn vollständig abgeleckt. Sie ließ den steifen Schaft los und blickte zu Hunro auf, vor Begierde keuchend. Überall lagen die Dienerinnen Amuns und umarmten sich gegenseitig, stöhnten vor Lust und tauschten leidenschaftliche Küsse aus.

«Genau in diesem Augenblick», flüsterte Hunro, «liegt Pharao bei seiner Königin.» Sie hob Naunachtes Hüften an und legte ihr ein paar Kissen unter, sodass Naunachtes Schamhügel lüstern emporragte, bereit, von dem Phallus des Gottes erstürmt zu werden. «Er vollzieht das Ritual, Naunachte. Sie ist das Land, er ist der Nil. Er wird sich über sie ergießen und sie fruchtbar machen. Er wird sie überwältigen und sich ihrer bemächtigen.»

Entspannt spreizte Naunachte die Schenkel. Sanft umspielte die Luft ihre lockeren Gliedmaßen. Sie stöhnte und warf die Arme zur Seite. Ihr Kopf fiel in den Nacken und entblößte so ihre lange, blasse Kehle, und die Kuppeln ihrer Brüste hoben und senkten sich. Sie gab ihr Inneres preis, ganz und gar der Gnade Amuns ausgeliefert. Sie fiel in Trance, gab sich ganz ihren erotischen Träumereien hin. Die Silhouette Hunros, die sich über sie beugte, verwandelte sich in die Gestalt des Gottes – männlich, herrlich, aufrecht.

«Nimm mich», flüsterte sie. «Amun, o Herr, ich bin die Deine.»

Hunro nahm den Ebenholzphallus in die Hand und berührte Naunachte sanft mit der Spitze. Die Berührung, kühl, hart und mächtig, ließ Naunachte aufstöhnen. Ihre Finger spreizten sich, als wollten selbst ihre Hände penetriert werden. «Bitte», stöhnte sie. «O bitte!»

Hunro stieß zu, und der Phallus des Gottes glitt in Naunachtes Vagina. Er füllte sie aus, beruhigte und erregte sie in ein und demselben Augenblick. Sie schloss die Augen und schrie auf, als sie spürte, wie sich der dicke, harte Kolben seinen Weg durch ihre seidenen Falten bahnte.

Immer wieder stieß Hunro den Ebenholzphallus in Naunachtes bebenden, hilflosen Körper. Das zarte goldene Fleisch von Naunachtes Gliedern zitterte, als der Gott sie in Besitz nahm. Sie presste die Handflächen auf den Boden und drückte den Rücken durch, brachte die Brüste ganz nah an Hunros Mund und stöhnte vor Ekstase. Der Gott war in ihr, und in ihrer Vorstellung wurde sie zur Königin und zum Land Ägypten, lag passiv da und hieß die Umarmung des angeschwollenen Nils willkommen. Sie war der Frühling, die Quelle allen Lebens, reich und fruchtbar. Feldfrüchte wuchsen aus ihrem Leib, und die Menschen brachten ihr Liebe entgegen, ohne sich vor ihr zu fürchten. Die Sonne trocknete sie aus und ließ sie keuchend zurück, und da öffnete sie ihren Leib und ersehnte die wilden Zärtlichkeiten des Flusses. Er trat über die Ufer und ergoss sich über sie, beschenkte sie mit lustvoller Ekstase.

Die schimmernde Säule aus dunklem Holz lag tief in Naunachtes hungrige Vulva gebettet. Die Muskeln ihres Geschlechts und ihrer Pobacken zogen sich wild zusammen, während der Phallus ihre Vulva bearbeitete. Sie spürte den Orgasmus herannahen, ebenso unaufhaltsam wie eine Flut. Deren Wellen strömten durch ihre Glieder, liefen bis zu den Fingerspitzen, strafften ihren keuchenden Mund, bebten in ihrem Schoß und in ihren Brüsten. Sie war die Königin Ägyptens in der Umarmung Pharaos, das Land Ägypten in den Armen des Nils, und sie war sie selbst, Naunachte, die sich an der Macht ihres göttlichen Liebhabers erfreute, Gott Amun. Er hatte sie mit seiner Kraft bezwungen, und nun, als sie schlaff unter ihm lag, kannte sie die Gewalt seiner Liebe.

Endlich zog Hunro den Phallus aus Naunachtes noch immer zitternder Vulva heraus und küsste sie auf den Mund. «Nur ruhig», sagte sie leise. «Nur ruhig, kleine Naunachte.»

Naunachte sagte nichts, sondern drehte sich zur Seite und rollte sich wie ein Kind in dem Nest aus Kissen zusammen. Überall war es jetzt still geworden, alle seufzten befriedigt oder gähnten genüsslich. Sie atmete tief durch und schmiegte sich mit ihren entspannten Gliedern an die weichen Kissen.

Doch dann öffnete sie wieder die Augen, und ein plötzlicher Schauder überlief sie. Sie setzte sich auf und ließ den Blick durch den Raum schweifen. Es war ein See aus nacktem Fleisch – ein einziges Durcheinander aus wohlig erschöpften Gliedern.

Doch die Leiber glänzten alle golden, und jeder Haarschopf war schwarz. Tiys blasse Haut und ihre kupferfarbenen Haare waren nicht zu sehen. Naunachte schluckte, denn allzu deutlich wurde ihr bewusst, dass Tiy, egal wo sie gerade steckte, einen bösen Plan ausheckte.

Tiys Feindseligkeit machte Naunachte verletzlich. Sie dachte an Khonsu, wie er auf dem Kopf der Sphinx hockte und die Arme schützend vors Gesicht gelegt hatte, in völliger Verzweiflung. Sie konnte seinen Schmerz spüren. Und da presste sie ihr Gesicht auf Hunros weichen Bauch und schluchzte leise.

Sanft strich ihr eine Hand über das dunkle Haar. Sie seufzte, denn die stetige Bewegung hatte eine beruhigende Wirkung auf sie, und nach und nach ließ sie sich in die Umarmung des Gottes sinken. Furcht und Sorge verebbten im Nachbeben ihrer Lust, und endlich fiel sie in tiefen Schlaf.

Kapitel zwölf

Am Tag nach dem Fest vollzog Hunro das Ritual wie gewohnt. Anschließend, als die Dienerinnen des Gottes das Heiligtum verließen, sagte sie leise: «Heute müssen wir zur Säulenhalle gehen. Dort haben wir etwas zu erledigen.»

Die Frauen im Saal tauschten rasche, verständnisinnige Blicke. Abweichungen von der Routine bedeuteten zumeist Unangenehmes. Tiy, die als eine der Letzten nach draußen ging, sagte ein wenig zu laut: «Ich wette, das hat etwas mit Naunachte zu tun.»

Naunachte zuckte innerlich zusammen, doch sie wollte Tiy nicht den Gefallen tun, zu zeigen, dass sie ihre Worte gehört hatte. Während der Festlichkeiten hatten sie der allgemeine Jubel und die Freude des Gottes vor jener Aura des Hasses bewahrt, die Tiy Tag und Nacht ausstrahlte, doch jetzt fühlte sie sich verwundbar. War dies ein weiterer Plan, ein Schachzug Tiys, um sich des Mädchens zu entledigen, das ihren Platz in Hunros Herz eingenommen hatte?

Die Frauen versammelten sich in der Säulenhalle um den Thron Merybasts. Hunro sagte: «Panhesi wird gleich kommen. Er wird alles erklären.»

In dem Augenblick erschien Panhesi auch schon. Er trug noch die Gewänder des Morgenrituals, glänzendes Leinen, und sein rasierter Schädel glänzte im Sonnenlicht, das zwischen den Säulen einfiel. Hinter ihm kamen zwei Tempelwächter herein. Einer von ihnen trug ein kleines Bündel. Naunachte sah, dass es Hori war, und sie dachte daran, wie sein dicker schwarzer Penis zwischen ihren Lippen gezuckt und vibriert hatte, als er in ihren Mund ejakulierte. Er war der erste Mann, dessen Samen sie gekostet hatte. Sie senkte den Kopf, damit man nicht merkte, wie ihr bei dieser Erinnerung die heiße Röte der Begierde ins Gesicht stieg.

Panhesi sprach gerade, und Naunachte zwang sich, ihm zu lauschen. Alle Dienerinnen des Gottes hatten bemerkt, dass er und Tiy kein Paar mehr waren, obwohl niemand wusste, weshalb. Ohne Tiy war Panhesi zu einem ganz anderen Menschen geworden, ernsthafter, korrekter. Nun schwang in seiner Stimme beinahe ebenso viel Autorität mit wie in der Merybasts.

«Am Tag vor dem Fest von Opet», sagte er, «griff ein Krokodil einen Fischer am Ufer des Tempels an. Der Mann rief seine Freunde zu Hilfe, und zusammen töteten sie das Tier. Als sie es aufschlitzten, fanden sie die Überreste eines Mannes in seinem Bauch.»

Ein allgemeines erschrockenes Zischen erhob sich. Einen Augenblick lang ballte Naunachte die Fäuste in der schrecklichen Gewissheit, der Tote müsse Khonsu sein. Dann besann sie sich darauf, dass sie ihn ja bei dem Fest gesehen hatte.

Ihr fiel ein Stein vom Herzen, doch der Gedanke an ihn brachte sie ins Wanken. Ihr blutete das Herz, als sie an Khonsus gramerfülltes Gesicht dachte. Er hatte die Hand nach ihr ausgestreckt, doch sie hatte ihn zurückgewiesen.

Panhesi fuhr fort: «Ich wollte das Fest nicht mit dieser Nachricht stören, und der Mann war derart … entstellt, dass man ihn an seinem Gesicht nicht erkennen konnte. Doch wir nahmen seinen Schmuck und behielten ihn. Keiner der Tempeldiener konnte ihn identifizieren, und obwohl ich versucht habe, euch nicht damit zu behelligen, muss ich euch nun fragen, ob ihr den Mann kennt, der sie getragen hat.»

Er machte eine rasche Geste, und Hori trat vor und entrollte das Bündel auf dem glatten Boden der Halle. Die Frauen bildeten einen Kreis und schauten darauf.

Auf dem Leinen lag eine Kette aus Glasperlen, rot, blau, weiß und gelb, die Überbleibsel einer schweren Männerperücke mit schwarzen und goldenen Spitzen sowie ein Paar breiter goldener Armreife mit Vögeln und Tieren als Intarsien aus Emaille. Naunachte verschlug es den Atem, dann japste sie erschrocken auf.

Ihre Reaktion blieb nicht unbemerkt. Tiys Stimme ließ sich arglistig hinter ihr vernehmen: «Wie seltsam. Anscheinend erkennt Naunachte diesen Schmuck.»

Die Tempeldienerinnen wichen vor Naunachte zurück, als hätte sie eine ansteckende Krankheit. Zitternd stand sie allein vor dem ausgebreiteten Leinentuch. Tiy legte den Kopf auf die Schulter und fragte kokett: «Habe ich Recht?»

«Schweig, Tiy», sagte Panhesi streng. Mit gerunzelter

Stirn blickte er zu Naunachte hinüber. «Naunachte, ist das wahr? Erkennst du diese Dinge?»

Naunachte nickte. Kaum traute sie ihrer Stimme. Panhesi musterte Naunachte eingehend, als wolle er herausfinden, ob sie trauere. Das tat sie offenbar nicht. «Wer war der Mann?», fragte er mit eisiger Stimme.

«Er …» Naunachte versagte beinahe die Stimme. Sie schluckte schwer und versuchte es erneut. «Sein Name war Bahematun, er stammte aus Waset. Er verriet mein Versteck und brachte mich hierher in den Tempel.»

Panhesi zog die Brauen in die Höhe. «Kannst du dir denken, weshalb das Krokodil ihn gefressen haben könnte?»

«Vielleicht», warf Tiy ein, «hat ihr Liebhaber Khonsu ihn getötet, als er den Tempel verließ. Eine mörderische Rache! Wir sollten jemanden in die Stadt schicken, um diesen Khonsu ausfindig zu machen und ihn hierher bringen lassen, damit er seine gerechte Strafe bekommt!»

«Nein!», rief Naunachte aus und wandte sich wütend zu Tiy um. «Wie kann das sein? Bahematun war bewaffnet und Khonsu splitternackt, als er aus dem Tempel geworfen wurde. Panhesi», sagte sie flehentlich zu dem Priester, «du weißt, dass es nicht wahr ist. Wie könnte Khonsu einen bewaffneten Mann getötet haben?»

«Wie aber soll es sonst geschehen sein?», entgegnete Panhesi. Naunachte sah, dass er geneigt war, Tiy Glauben zu schenken. «Der Pfad verläuft nicht direkt am Ufer und ist eindeutig gekennzeichnet.»

Naunachte rief sich jenen schrecklichen Abend ins Gedächtnis und holte tief Luft. «Panhesi, mein Gebieter», sagte sie mit zittriger Stimme, «Bahematun war ein böser Mensch. Er hat falsches Zeugnis im Namen Amuns abgelegt. Am Tempeltor entwischte ich ihm und … verfluchte ihn.»

Eine lange Stille entstand. Panhesis Blick verdunkelte sich, und er betrachtete eine Weile lang die Juwelen, die auf dem Leinentuch ausgebreitet lagen. Dann sagte er: «Naunachte, du weißt, dass die Macht des Gottes sehr stark in dir ist. Und dennoch verfluchtest du einen lebendigen Menschen?»

Der Gedanke, dass ihr Fluch Bahematun getötet hatte, erschreckte Naunachte. Sie hatte keine Gewissensbisse, bekam aber Angst vor ihrer eigenen Macht. «Ich … ich wusste nicht …», stammelte sie.

Panhesi schüttelte den Kopf. «Nun», sagte er, «das Geheimnis ist gelüftet. Es gibt nichts, was wir für Bahematuns Seele tun können. Sein Schmuck wird in den Tempelschatz eingehen, denn er starb wegen einer Gotteslästerung.» Er blickte Naunachte an, als wolle er noch etwas sagen, schien sich dann aber eines Besseren zu besinnen. Er gab Hori ein Zeichen, den Schmuck wieder einzusammeln. Der Madjai gehorchte, warf dabei Naunachte aber einen furchtsamen Blick zu. Vielleicht, dachte sie mit Galgenhumor, spürte Hori eine gewisse Beklemmung, weil er seinen Penis einer derart mächtigen Frau in den Mund gesteckt hatte.

«Ich muss schon sagen», bemerkte Tiy, als Panhesi gegangen war, «du überraschst uns immer mehr, Naunachte. Jetzt verfluchst du schon Männer im Namen des Gottes und verursachst ihren Tod! Bitte sei so gut und sage uns, wie wir dir zu Willen sein können, damit wir dich nicht beleidigen. Wir könnten es mit unserem Leben gar nicht aufwiegen, wenn wir dir Grund zur Klage gäben.»

Naunachte fuhr wütend herum und wollte Tiy zurechtweisen, doch als sie ihre Fäuste ballte, wichen die Tempeldienerinnen ängstlich zurück. Sie sah ihre erschrockenen Gesichter und beherrschte sich mühsam. Tiy zog ihre rotgoldenen Brauen in die Höhe und lächelte höhnisch, als wolle sie Naunachte zu etwas herausfordern, das diese dann bedauern würde.

Etwas, das sie bedauern würde! Wenn sie zurückblickte, dann erschien ihr das Leben an Khonsus Seite so einfach – ein freundliches Dahinfließen aus körperlichen Wonnen und wachsender Liebe. Seit sie in den Tempel zurückgekehrt war, kam ihr das Leben wie ein frisch gepflügtes Feld vor, mit Höhen, sprich Erfolgen und Seligkeit, aber auch Tiefen, nämlich Verlusten und Verzweiflung. Und nun war ihr zu allem Überfluss auch noch die eigene unheimliche Macht vor Augen geführt worden. Sie fürchtete sich vor sich selbst. Denn wenn sie dem Gott Amun als seine lebendige Gattin auf Erden diente, was konnte dann diese Macht, die sie ängstigte, anderes tun, als noch mehr zuzunehmen?

Khonsu. Sie sprach im Stillen seinen Namen aus, ohne Zweck oder Hoffnung. *Khonsu. Hilf mir.*

Khonsu schritt durch die Straßen Wasets.

Der trauernde Ausdruck, der Naunachte so bewegt hatte, war verschwunden. Er glühte wie eine polierte, mit Schmucksteinen besetzte Waffe. Die schweren Zöpfe seiner prächtigen Perücke streiften ihm über die nackten Schultern, und sein Schwert baumelte in dem Bandelier aus Leopardenfell hin und her. Sein Gesicht wirkte kalt und entschlossen, als misstraue er jedem, der ihm begegnete.

In einer schmalen Straße blieb er vor einer Tür stehen

und klopfte mit dem Schwertgriff daran. Nach einer Weile öffnete sich zögernd eine Klappe in der Tür. «Wie lange soll ich denn noch warten?», fragte Khonsu drohend.

«Khonsu, o Herr!» Hastig schob der Türsteher die Riegel beiseite. «Verzeih mir, o Herr, ich wusste nicht – wir hatten nicht erwartet …»

Khonsu stürmte ohne ein Wort an ihm vorbei und ging in einen großen Raum mit niedriger Decke, der von Dutzenden goldenen Lampen erhellt wurde. Junge Männer und Frauen lagen hier und dort auf Liegen, die mit bunten Tüchern bedeckt waren. Sie waren alle nackt oder fast nackt, mit billigen Juwelen behängt und hatten bemalte Gesichter. Der Ort spiegelte genau das wider, was er war: das Extrazimmer in Wasets wichtigstem Bordell.

«Khonsu!», rief eine tiefe kehlige Frauenstimme. Khonsu stand still und hob zynisch eine seiner fein gezeichneten Augenbrauen, während eine Frau in mittleren Jahren auf ihn zukam, eine magere Frau in einem Plisseekleid, das geschickt ihre allmählich herabhängende olivfarbene Haut verbarg. «Bei Bes und Hathor, Khonsu, du hast dich aber lange nicht mehr blicken lassen! Willkommen!»

«Meine Geldbörse ist willkommen, meinst du, Mutemwia», erwiderte Khonsu und neigte den Kopf, damit die Bordellbesitzerin ihn küssen konnte. Er hielt ihr die Wange hin, doch sie ergriff sein Kinn und zog seinen Mund zu ihrem herab. Ihre Zunge bohrte sich zwischen seine Lippen, und ihre eifrigen Hände streichelten seine Brust, doch er reagierte nicht.

«Bittere Worte aus einem so süßen Mund», sagte Mutemwia schließlich. «Nun, Khonsu, du bist endlich wieder einmal hier, und vermutlich steht dir der Sinn nach etwas Bestimmtem. Was darf es denn sein? Mein Haus steht dir zur freien Verfügung.»

Khonsu blickte in Mutemwias kluge dunkle Augen und sah, dass sie nur zu gut wusste, weshalb er sich so lange nicht mehr im Bordell hatte blicken lassen. Die Geschichte seiner obsessiven Leidenschaft für die abtrünnige Tempeldienerin hatte sich wie ein Lauffeuer in Wasets Untergrund ausgebreitet. Dennoch wagte niemand, ihn direkt darauf anzusprechen. Es war nämlich gut bekannt, dass mit ihm nicht zu spaßen war.

Nun holte er tief Luft und sagte dann ruhig: «Ich möchte mich ein wenig zerstreuen, Wia. Mich ein wenig … aufmuntern lassen. Erregen lassen.» *Damit ich Naunachte schneller vergessen kann*, fügte er im Stillen hinzu.

«Aufmunterung», wiederholte Wia und nickte dabei. «Aber natürlich, mein Lieber. Möchtest du nur zusehen oder auch mitmachen?»

«Für den Anfang möchte ich erst ein wenig zusehen. Und später, wenn deine Leute ihre Sache gut machen – wer weiß?»

Mutemwia nickte wieder rasch. «Verstehe, verstehe. Komm hinüber ins Speisezimmer, Khonsu. Heute Abend soll es ganz dir gehören. Das Beste, was dieses Haus zu bieten hat, ist gerade gut genug für dich.»

Khonsu deutete ein Lächeln an. «Ich gebe mich ganz in deine erfahrenen Hände, Wia.»

Er ließ sich von ihr ins Speisezimmer hinüberführen. Dieser ebenfalls großzügige Raum wurde nicht nur von Lampen erhellt, sondern auch von einem Feuer, das in einem Kohlebecken loderte. Hier drinnen war es stickig. Mutemwia klatschte in die Hände und gab rasche Anweisungen, woraufhin Diener die meisten Ruhebänke hinaustrugen und nur zwei oder drei im Raum stehen ließen. «Mach es dir bequem», sagte Mutemwia und deutete auf eine der Liegen. «Gleich ist alles fertig.»

«Was hast du zu bieten?», fragte Khonsu kühl, als er sich auf der Liege ausstreckte.

Mutemwia lächelte. «Ich habe ein neues Pärchen aus dem Norden», sagte sie, «aus den kalten Landen, wo es das ganze Jahr über regnet. Wenn du wünschst, zeige ich sie dir. Sie sind weiß wie Lilien, und der Junge hat Haare von der Farbe des Korns.»

Khonsu nickte. «Was immer du vorschlägst, Wia.»

Die Bordellbesitzerin zog sich zurück, und Khonsu schloss die Augen und seufzte. Er hatte Mutemwia gar nicht richtig zugehört. Als er allein in dem großen Raum war, veränderte sich sein Gesichtsausdruck. Die kühle Härte wich einem stillen, verzweifelten Schmerz.

Er war überzeugt gewesen, dass Naunachte tot war, als er den Tempel verlassen hatte. Wenn die Trauerzeit vorüber war, hatte er ihren Tod rächen wollen, um sie dann völlig zu vergessen.

Doch sie lebte, sie lebte ja! Er dachte daran, wie sie zu Füßen der Hand Gottes gesessen hatte und sich die Freude des Festtags in ihrem Gesicht widerspiegelte. Bei ihrem Anblick hatte er das Gefühl gehabt, tödlich verwundet zu werden. Und sie hatte ihn auch gesehen und den Kopf geschüttelt. Wie konnte er das ertragen?

Natürlich konnte er das ertragen, ermahnte er sich brüsk, indem er einfach nicht mehr an sie dachte. Indem er sich gefährlichen Geschäften widmete, damit er sich ganz darauf konzentrieren musste, nicht getötet zu werden. Indem er sich durch den Morast von Wasets Unterwelt kämpfte und sinnliches Vergnügen suchte, das seine Erinnerungen betäuben würde.

Die Tür öffnete sich, und Khonsus Gesicht nahm wieder seinen zynischen, kühlen Ausdruck an. Ein Mädchen kam mit gesenktem Kopf herein. Sie war klein und schlank und trug nichts weiter als einen kleinen goldbestickten Schurz, der ihre Scham bedeckte. Auf ihren einen Schenkel war Gott Bes eintätowiert, der Schutzgott der Prostituierten. Ihre Taille war schmal wie eine Palme, ihre Brüste dagegen erinnerten an reife Feigen. Sie trug eine blaue Glasflasche in der einen kleinen Hand.

«Herr», sagte das Mädchen und kniete sich vor ihm hin, «darf ich Euch massieren?»

Khonsu betrachtete das Mädchen eine Weile. Sie hatte einen sehr anziehenden Körper. Ihr Gesicht war nicht sonderlich hübsch, aber sie hatte ihre Augen sorgfältig bemalt, und ihre Lippen waren sehr voll und rot. Ihr Mund sah aus, als wäre sie dort von einer Biene gestochen worden. Man konnte sich gut vorstellen, wie sie stöhnte, wenn sich ein steifer Penis zwischen diese Lippen schob.

Ja, das war es, was er brauchte. Es erregte ihn ungemein, als ihm bewusst wurde, dass er jedes Wesen, das ihn reizte, haben konnte. Khonsu nickte und sagte: «Ja, gern.»

Das Mädchen stand wieder auf und kam näher heran, den Blick auf den Boden geheftet. Sie nahm ihm das Schwert ab und legte es ehrfürchtig auf den Boden, dann griff sie nach der goldenen Schnalle an Khonsus Schurz. Er ließ sie gewähren, und so nahm sie ihm den Schurz ab, sodass er nackt dasaß. Sein Penis hing zwischen den Schenkeln herab, wurde aber schon ein wenig steif.

«Macht es Euch bequem, o Herr», sagte das Mädchen leise. Sie goss ein wenig Öl aus der Flasche in ihre Handfläche. Das Öl roch nach Sandelholz und Myrrhe. Sie wärmte es in den Händen auf und blickte dann Khonsu an. Ihre Lippen waren weich und schwer, und ihre Augen leuchteten, anscheinend begehrte sie ihn. Sie legte ihm die eingeölten Hände auf die muskulösen Schultern und begann, das duftende Öl in seine Haut zu reiben.

Khonsu liebte das Gefühl, wenn das Öl in jede einzelne Pore drang und die von den warmen Wüstenwinden aufgeraute Haut wieder geschmeidig machte. Nichts steigerte seine Lust mehr als das. Er räkelte sich und grunzte zufrieden, drückte sich gegen die sanft walkenden Hände des Mädchens. Während sie sich immer weiter nach unten tasteten, schwoll sein Phallus zu voller Größe an, heiß und gierig, mit Blut voll gepumpt. Es tat gut zu wissen, dass der Verlust von Naunachte ihn nicht seiner Manneskräfte beraubt hatte. Er befühlte seinen Penis, seine straffe, weiche Gespanntheit. Das Gefühl seiner zupackenden Finger war angenehm, doch er hatte keine Eile. Also nahm er die Hand wieder weg und ließ seinen steifen Schwanz auf den flachen Bauch zurückschnellen.

Das Mädchen rieb ihm gerade die Schenkel mit Öl ein, dann die Knie, die Waden. Sie gelangte zu seinen Fußknöcheln und nahm seine Füße in den Schoß, erst den einen, dann den anderen, streichelte zärtlich über den Spann, fuhr zwischen seinen Zehen hindurch und streichelte auch diese. Khonsu überlief ein Schauder nach dem anderen. Sie verstand sich wirklich auf ihre Tätigkeit, ganz sanft war sie. Sie ging sehr auf ihn ein. Er fragte sich, ob ihre eigenen Empfindungen wohl ebenso sanft waren.

Nun war sie fertig. Als sie die Flasche wieder mit dem Korken verschlossen hatte, sagte er: «Nun darfst du mich auf andere Weise verwöhnen.»

Die dunklen Augen des Mädchens leuchteten noch mehr. «Wie denn, o Herr?»

«Berühre dich selbst», sagte Khonsu.

Zuerst schaute sie ihn erschrocken an, dann beinahe peinlich berührt. Er musste lächeln bei dem Gedanken, eine von Mutemwias Dirnen in Verlegenheit gebracht zu haben. «Ich soll mich selbst berühren, o Herr?», fragte sie zaghaft zurück.

«Ja. Tu es für mich. So wie du es tätest, wenn du allein wärst.»

Immer noch zögerte sie. «Aber –»

«Wie würdest du anfangen?», erkundigte sich Khonsu und lächelte ihr zu. «Würdest du deine Brüste berühren? Deine Schenkel? Was würdest du tun?»

Der Gesichtsausdruck des Mädchens änderte sich. Sie biss sich kurz auf die Unterlippe, dann erwiderte sie Khonsus Lächeln. Sie wirkte geistreich und verschlagen. «Seht genau zu, o Herr», flüsterte sie. «Seht zu, dann wisst Ihr es.»

Sie stand auf, öffnete ihren Schurz und ließ ihn zu Boden gleiten. Dann ging zu einer anderen Liege hinüber und legte sich darauf. Sie schloss die Augen und blieb eine Weile still liegen. Ihre Atmung wurde tiefer. Khonsu sah ihr neugierig zu. Woran dachte sie wohl? Was ging hinter diesen bemalten Augenlidern vor sich?

Was auch immer es war – es war erregend. Das Mädchen atmete dreimal tief, und ihre kleinen festen Brüste hoben und senkten sich. Khonsu bemerkte, dass ihre Brustwarzen bereits hart wurden, obwohl sie sich doch noch gar nicht bewegt hatte. Die dunklen Vorhöfe schwollen wie üppige Knospen an, die Brustwarzen strafften sich und wurden länger. Ein herrliches Schauspiel.

Das Mädchen machte einen weiteren ausgedehnten Atemzug und hob die Hände ein wenig an, um sie bei den Schultern beginnend über die Außenseite der Brüste und die Kanten ihrer Hüften hinweg nach unten zu führen. Ihre Haut straffte sich, und die Brustwarzen wurden noch härter. Sie öffnete den Mund und stieß einen langen Seufzer aus, legte dann die Hände um die Brüste, hob sie an, drückte sie, fühlte ihr Gewicht.

Woran dachte sie wohl? Träumte sie von Männern oder von Frauen? Was erregte sie bloß so sehr, sodass sie ganz trockene Lippen bekam und sie mit ihrer kleinen spitzen Zunge ablecken musste? Khonsu rollte sich auf den Bauch und klemmte seinen steifen Penis zwischen dem Körper und dem rauen Leinenstoff der Liege ein. Er stützte das Kinn auf die Hände und begann, seine Pobacken in einem langsamen, regelmäßigen Rhythmus hin und her zu bewegen, wobei er das pralle Glied sanft gegen den Stoff drückte.

Die Haut des Mädchens war von einem feinen Schweißfilm überzogen. Jetzt streichelte sie ihre Brustwarzen, kratzte sie mit ihren scharfen Nägeln und presste sie dann mit Zeigefinger und Daumen zusammen, um daraufhin die kleinen Zylinder aus geschwollenem Fleisch in die Länge zu ziehen. Ihr Körper wand sich auf der Liege, und ihr Kopf rollte langsam hin und her. Deutlich war ihre Kehle dabei zu sehen.

Naunachtes Kehle, blassgolden, glatt wie Rosenblüten, vor seliger Erregung zitternd – Khonsu schloss kurz die Augen, um die Erinnerung zu verscheuchen. Dann ließ ihn ein Wimmern des masturbierenden Mädchens sie wieder öffnen.

Ihre Hände waren nun nicht mehr auf ihren Brüsten zugange, sondern streichelten ihren Bauch und kraulten das krause Haar zwischen ihren Beinen. Ihre Schenkel bebten. Lüstern leckte sie sich über die Lippen und spreizte die Beine, sodass die feuchten Falten ihrer Vulva zum Vorschein kamen. Khonsus Penis pulsierte begierig, als das Mädchen ihre schlanken Schenkel auseinander schob und sich ihm ohne Scham zeigte. Sie ging ins Hohlkreuz und streichelte ihre Brüste erneut, stöhnte dabei, als würde bereits die warme Luft, die über ihre geheimsten Stellen strich, ausreichen, um sie in Erregung zu versetzen.

Doch nicht lange. Bald glitten ihre Hände wieder über den glänzenden Körper und schoben die Schenkel sogar noch ein wenig weiter auseinander. Die feuchten Blütenblätter dazwischen bewegten sich ganz unabhängig: Khonsu stellte sich vor, wie ihre Vagina zuckte und sich verzweifelt an die innere Leere klammerte. Dachte sie gerade an einen Mann oder daran, wie ein Mann diese klebrig feuchten Lippen mit seiner Eichel durchbohren würde?

«Ah», stöhnte das Mädchen. Sie hob das Becken an, zog ihre Schamlippen mit den Fingern weit auseinander und bot so ihr Innerstes Khonsus gierigen Blicken dar. Da war ihre kleine Klitoris, heller als die weichen Lippen drumherum, nackt und bloß. Da war ihr Tunnel, eine winzige dunkle Röhre, die kaum groß genug schien, um einen Finger einzulassen, geschweige denn das pralle Glied eines Mannes. Ihr Körper schaukelte, als würde er von einem Mann beritten, als würde der Liebhaber in ihrer Vorstellung seinen Schwanz in ihren zarten Körper hineinschieben und wieder herausziehen.

Jetzt war sie so sehr erregt, dass sie sich berühren musste.

Sie keuchte und warf den Kopf zur Seite, als endlich ihre Finger über den geschwollenen Fleischstummel strichen, der vor Erregung zitterte. Der Mittelfinger ihrer rechten Hand verharrte dort, drückte und presste, eröffnete ihr wahre Abgründe der Lust, während sie mit der linken Hand die Falten ihrer Vulva teilte. Erst steckte sie sich einen Finger hinein, dann zwei. Ihre Hüften kreisten, reckten verzweifelt ihr feuchtes Geschlecht den stimulierenden Händen entgegen, und sie stieß ein erregtes Brummen aus. Ihre Lippen bewegten sich, formten Wörter. Khonsu beugte sich vor, um sie zu hören, doch sie ergaben keinen Sinn, sondern nur ein zufälliges Durcheinander aus anfeuernden Silben: «Ja, mehr, ja, ja, tiefer, jetzt, tiefer rein, ah, mach weiter …»

Der Körper des Mädchens zuckte und wand sich, während sich bereits der Höhepunkt ankündigte. Ihr Finger trommelte wie wild auf die geschwollene Knospe ihrer Klitoris, ihr Mund war zu einem heftigen Keuchen aufgerissen. Und dann war sie auf einmal vollkommen still, ihr ganzer Körper beinahe starr. Sie hatte den Kopf zurückgeworfen, die Brüste zum Himmel gereckt und die Lenden nach oben gestreckt, als die Wogen des Orgasmus sie überrollten. Für einen langen Moment blieb sie reglos und atmete nicht einmal. Dann sackte sie auf die Liege zurück wie eine zerbrochene Puppe und keuchte.

Nach einer Weile öffnete sie die Augen und hob den Kopf. Khonsu nickte zufrieden. «Sehr gut», sagte er.

«Danke, Herr», erwiderte das Mädchen.

«Sag mal», fügte Khonsu hinzu, «woran hast du gedacht?»

Sie sah ihn an und leckte sich die Lippen. Dann schüttelte sie den Kopf, sprang auf und lief hinaus.

Khonsu machte ein verdrießliches Gesicht. Er wollte das

Mädchen zurückrufen und eine Antwort verlangen, doch bevor er etwas sagen konnte, kam Mutemwia herein und machte eine pathetische Geste. «Khonsu, o Herr», sagte sie, «deine Unterhaltung soll nun beginnen. Hier ist mein neues Pärchen. Das Mädchen heißt Freya, der Junge Jarl.» Sie zog ein Mädchen und einen Jungen hinter ihrem Rücken hervor, deren Haut so weiß war, dass sie im Dämmerlicht des Raumes tatsächlich wie Lilien schimmerte. Sie waren groß und schlank, wie viele ihrer Rasse, und sie trugen nichts am Leib. Sie ließen den Kopf hängen, als schämten sie sich, und Khonsu musste lächeln, als er bemerkte, dass sie Händchen hielten.

«Schaut mich an», befahl er scharf. Zögernd hoben die beiden den Kopf und starrten ihn mit großen Augen an. Beide hatten die blauen Augen der Nordländer, doch die Augen des blonden Jungen waren graublau, während das Mädchen, das dunkle Haare hatte, Augen von der Farbe des Nachthimmels besaß, dunkelblau und leuchtend wie die Sterne. Sie sahen ihn mit unverhohlener Furcht an. Diese beiden, so dachte er, sind noch nicht recht an ihr neues Leben gewöhnt.

«Waren die beiden ein Paar, als sie zu dir kamen?», erkundigte er sich teilnahmslos.

Mutemwia lachte. «Ich glaube nicht. Der Mann, der sie mir verkauft hat, behauptete, er habe sie entjungfert, obwohl ich mir das kaum vorstellen kann. Aber ich glaube, jetzt mögen sie sich sehr. Eigentlich kann man sich das ja vorstellen. Schließlich sprechen sie dieselbe Sprache.» Voller Bewunderung berührte sie das schulterlange flachsblonde Haar des Jungen. «Sind sie nicht etwas Besonderes? Was sollen sie für dich tun?»

«Verstehen sie uns denn?»

«Oh, ja! Dafür, dass es Barbaren sind, sprechen sie ziemlich gut Ägyptisch.»

Khonsu war bezaubert von der seltsamen Kombination der Farben. Vor allem von dem Mädchen, dessen dunkles Haar rötlich schimmerte und dessen Haut beinahe blauweiß und mit Sommersprossen wie mit Blattgoldpartikeln bestäubt war. Sie erregte ihn zutiefst. Der Junge mit den hellen, traurigen Augen aber hatte den Blick eines Opfers.

Ein Lächeln verfing sich in Khonsus Mundwinkeln. «Ja», sagte er bedächtig, «ich glaube, ich weiß, was ich will.» Er setzte sich auf, ohne sich seiner Nacktheit im Mindesten zu schämen. «Lass das Mädchen näher kommen. Wie heißt sie, Freya? Sie soll mir zu Diensten sein.»

Mutemwia machte die Hand des Mädchens los und schob es zu Khonsu hinüber. «Du hast gehört, was Khonsu, der Herr, gesagt hat. Tu, was er von dir verlangt.»

Langsam und mit hängendem Kopf ging Freya auf Khonsu zu. Dann blickte sie ihn furchtsam aus ihren großen blauen Augen an. Er deutete auf den Fußboden vor sich, und sie fiel gehorsam auf die Knie.

«Was den Jungen betrifft», sagte Khonsu, «möchte ich gern, dass er … umzingelt wird. Außerdem soll er von einem eurer Leute genommen werden, so wie Seth Horus genommen hat. Ich will sehen, wie dieser weiße Hintern bestiegen wird!»

Das vor Khonsu kniende Mädchen stieß einen kleinen Entsetzensschrei aus, doch der Junge, Jarl, blieb still. Er hielt die klaren Augen auf Khonsu gerichtet und leckte sich langsam über die Lippen. Der weiße weiche Penis zwischen seinen Beinen, der unter dem goldenen Nest aus Schamhaaren herabbaumelte, zuckte ein wenig und erwachte. Ich hatte Recht, dachte Khonsu. Ein geborenes Opfer. Schon der bloße Gedanke daran erregt ihn.

Er beugte sich vor und flüsterte Freya zu: «Kleine Lilie, du hast mehr Angst um ihn als er um sich selbst. Vergiss ihn. Vergnüge dich mit mir.»

Freya hob den Kopf und starrte ihn überrascht und entsetzt an. Khonsu legte ihr eine Hand auf die Brust, der Kontrast zwischen ihrer weißen und seiner dunklen Haut gefiel ihm. Zu gern wollte er seinen steifen Penis in diesem weißen Leib verschwinden sehen. Aber es hatte ihm nie Spaß gemacht, ein Mädchen gegen seinen Willen zu nehmen, und dieses hier schien sich nur schwer begeistern zu lassen.

«Lass Jarl warten, bis ich diese kleine gefrorene Rose aufgetaut habe», sagte er zu Mutemwia. Dann nahm er Freyas Hand und richtete das Mädchen auf. Sie war groß, und ihre schlanken Hüften waren auf einer Höhe mit seinem Gesicht, als er sich auf die Liege setzte. Das dunkle Haar zwischen ihren Beinen war weich und seidig, und er schnappte einen Hauch ihres geheimen Dufts auf.

«Freya», sagte er, «mach die Beine breit.»

Sie warf einen furchtsamen Blick über die Schulter. Die Schamesröte stieg ihr ins Gesicht. Wie alle Nordländer schien sie davon überzeugt, dass Nacktheit nicht der natürliche Zustand des Menschen war, sondern etwas, wofür man sich schämen musste. Khonsu hatte gehört, dass man einen Verbrecher bei ihnen bestrafte, indem man ihn nackt zur Schau stellte – dabei wusste jeder Ägypter, dass Nacktheit etwas Herrliches war. Es war schwer zu begreifen, doch die Scham und das Zögern des Mädchens erregten ihn.

«Komm», versuchte Khonsu es erneut, «entspann dich.»

Freya kniff die Augen zu. «Aber dann seht Ihr ja …»

«Ich werde es nicht nur sehen», erwiderte Khonsu. Er legte die Hände auf Freyas Schenkel und schob sie mit sanftem Druck auseinander. Sie schrie entsetzt auf und schlug die Hände vors Gesicht.

Ihr Schamhügel war klein und gewölbt, wie eine Pfirsichhälfte. Die Schamlippen waren voll und fleischig und klammerten sich fest aneinander, als wollten selbst ihre intimsten Körperteile jene kühle nordische Bescheidenheit wahren. Sie roch süß. Khonsu beugte sich vor zu ihr, brachte Nase und Mund ganz nahe an ihre Vulva und machte einen tiefen, ausgiebigen Atemzug.

«O nein», flüsterte das Mädchen hinter den vorgehaltenen Händen. «Bitte, Herr, bitte nicht. Wenn Jarl das sieht …»

«Psst», hauchte Khonsu, und die Wärme seines Atems brachte die feinen dunklen Schamhärchen zum Erzittern. Sie jammerte protestierend, verstummte dann aber. Khonsu legte die Handflächen auf die Innenseite ihrer Schenkel und schob sie sanft auseinander, sodass sie von einem Fuß auf den andern treten musste und bald breitbeinig vor ihm stand. Von dort, wo Jarl stand, überlegte Khonsu, müssten Freyas nackter Rücken und ihre süßen kleinen Pobacken und das zarte Pelzchen dazwischen zu sehen sein.

Er würde Jarl noch mehr als das zeigen. Doch jetzt noch nicht. Sie war trocken und verspannt, verhüllte sich schamhaft. Erst würde er ihren Widerstand überwinden, um dann ihr Innerstes preiszugeben. Er steckte sein Gesicht zwischen Freyas Schenkel, ohne auf ihr protestierendes Wimmern zu achten, und fuhr seine lange, kräftige Zunge aus.

Sanft erkundete die neugierige Zungenspitze die zusammengepressten Schamlippen. Sie waren reif und prall wie eine frisch gepflückte Frucht. Freya wimmerte wieder und stieß dann einen überraschten spitzen Schrei aus, als Khonsus Zunge zwischen ihre Schamlippen glitt und die verborgenen Tiefen ihrer Vulva auslotete.

Sie schmeckte süß und irgendwie fremdländisch. Khonsu hielt ihre Schenkel umklammert und stieß seine Zunge noch tiefer hinein. Erst wollte er den Eingang zu ihrer Höhle finden und sie dann aufwärmen.

Er fand das Loch und schob seine Zunge noch ein wenig tiefer in die zarten Falten von Freyas hellem Fleisch hinein. Sie stieß einen unterdrückten Schrei aus, und ihre gesamte Vulva krampfte sich zusammen, versuchte sich zu wehren. Seine feuchte, schlüpfrige Zunge ließ sich jedoch nicht beirren. Er schob erst die Spitze, dann die ganze Zunge in Freyas enge, zitternde Vagina. Ihre kleinen hoffnungslosen Schreie reizten ihn umso mehr. Eine Ägypterin hätte sich zurückgelehnt und sich ihm ganz hingegeben, hätte ihn angestachelt und mit Worten zum Weitermachen ermuntert – und diese nordische Sklavin weinte vor Scham! Er würde ihr zeigen, wie man das Leben in Ägypten lebte.

Langsam und ausgiebig erkundete er die Wände ihres seidigen Tunnels. Dann zog er die Zunge heraus und leckte sich über die Lippen, um den Geschmack zu prüfen. Es war Zeit, ihr ein wenig Freude zu bereiten.

Er wandte sich wieder ihrer weichen Spalte zu und bahnte sich seinen Weg zwischen die gewölbten Lippen vorn an ihrem Schamhügel. Er suchte das kleine Fleischläppchen, das wie der Stiel einer Frucht aussah, das Zentrum der weiblichen Lust. Sobald er ihr verborgenes Juwel gefunden hatte, würde sie ihm nicht mehr widerstehen können. Und ihm würde es gefallen, sie zum Zittern und Stöhnen, zu einer schamhaften Ekstase zu bringen.

Da war es ja, es zitterte in seinem kleinen Mantel, als wolle es seinen Liebkosungen ausweichen. Ganz, ganz vorsichtig fuhr Khonsu mit der Zunge drum herum, er neckte es und wich ihm seinerseits aus. Sofort wurde er mit einem Stöhnen Freyas belohnt, das sich sehr von allen ihren bisherigen Lauten unterschied. Ein hingebungsvolles, erstauntes Aufstöhnen – ein Seufzer unerwarteter Lust. Das kleine Fleischläppchen schwoll an und errötete, und Khonsus sanft tastende Finger stellten fest, dass die Lippen von Freyas Geschlecht bereits mit einer seidigen Feuchtigkeit überzogen waren.

Nun brauchte er ihre Schenkel nicht mehr weiter zu spreizen. Er leckte eifrig an Freyas anschwellender Klitoris, entlockte dem Mädchen überraschte kleine Lustschreie. Mit der einen Hand hielt er ihre linke Pobacke so, dass ihr Geschlecht sich direkt über seinem Mund öffnete. Mit der anderen Hand erkundete er ihren schlanken Körper, schob ihre Arme beiseite und begann eine der beiden Halbkugeln zu drücken und zu streicheln. Ihre Brustwarze war ebenso hart unter seiner Handfläche wie ihre Klitoris unter seiner hin und her schnellenden Zunge.

Khonsu brummte vor Vergnügen, als er Freyas weichen Schamberg mit dem Mund liebkoste. Es erregte ihn ungemein zu spüren, wie ihr Körper nachgab und erschauderte, während er sie mit Zunge und Lippen verwöhnte. Er knetete ihren Po und ihre Brust und ließ dabei die Zunge über die Länge der winzigen zitternden Fleischknospe gleiten.

«Oh!», schrie Freya in ihrer eigenen Sprache, seltsame

gutturale Laute. Sie zuckte zusammen, als der Orgasmus sie überkam, und sie wäre hingefallen, hätte Khonsu sie nicht mit seinen starken Armen aufgefangen. Er stieß seine Zunge tief in die feuchte Spalte ihrer Vagina und genoss das Gefühl der zuckenden Röhre ringsherum. Seine Lippen strichen über ihre Klitoris und verlängerten so ihre Ekstase. Als er endlich seine Zunge herauszog, sackte sie in seine Arme, schwer und hilflos.

Khonsu lächelte. Er schob Freyas Oberkörper nach vorn, sodass ihr Hintern in die Höhe ragte. Sie stand breitbeinig da und zeigte Jarl, der hinter ihr stand, jedes Detail ihres feuchten, offen daliegenden Geschlechts, die vor Begierde rosa verfärbten Schamlippen, die geschwollene Klitoris, die sich stolz emporreckte, den weißen glitzernden Tau, der jede Falte befeuchtet hatte. Jarl wurde bleich, vor Entsetzen und Schreck, aber auch vor Lust.

«Sehr gut», sagte Khonsu. «Und nun knie dich hin, Freya.» Er ließ die Pobacken des Mädchens los, und sie sank sofort vor ihm auf die Knie, noch keuchend und von den Nachbeben des Orgasmus erschüttert. «Blas mir einen», befahl Khonsu. Er packte sie bei ihren dunklen Haaren und drückte ihr Gesicht ganz dicht an seinen Schoß. Sein Penis war so steif und prall, dass er bei der ersten Berührung zu explodieren schien.

Er glaubte, sie würde protestieren, doch sie sagte nichts, sondern öffnete gehorsam die hellen Lippen und ließ die glänzende Eichel dazwischen gleiten. Khonsu schloss einen Moment lang die Augen, das wohlige Gefühl war beinahe zu stark. Dann riss er sich zusammen. Er hielt ihren Kopf mit den Händen fest und fickte sie in den Mund, stieß ihr den Schwanz tief in den Mund und zog ihn dann wieder heraus. Sie wehrte sich nicht, sondern kniete ganz still und duldete es, von ihm auf diese Weise benutzt zu werden. Es war herrlich. Er machte ein paar Stöße und schaute dabei zu, wie sein glänzender steifer Schaft in die Öffnung der bleichen Lippen hinein- und wieder herausglitt. Seine gebräunten Finger hoben sich deutlich von der weißen Haut ihrer Wangen ab.

«Und jetzt», sagte er zu Mutemwia, «Jarl.»

Mutemwia nickte und machte eine herrische Geste. Auf der Stelle betrat ein anderes Pärchen den Raum, ein junger Mann und ein Mädchen. Es waren dunkelhäutige und dunkeläugige Ägypter, beide waren ganz nackt. Der junge Mann hatte bereits eine Erektion, und sein muskulöser Körper und der glatte, geschwollene Schaft seines Penis glänzten ölig. Das Mädchen war proper und mollig, es hatte große feste Brüste und reife, üppige Hüften. Ihre Brustwarzen waren dunkel und lang.

Rasch, mit einem beflissenen Unterton gab Mutemwia ihre Anweisungen. Dann verbeugte sie sich und zog sich zurück. Jarl blieb stehen, wo er war, er zitterte, als er sah, wie Freya Khonsus Penis mit dem Mund bearbeitete. Er schien gar nicht zu bemerken, dass die Ägypter hinter ihm standen. Sein langer, hellhäutiger Penis richtete sich langsam auf, bis er in voller Erektion gegen seinen Unterleib stieß. Vielleicht schämte er sich seiner Nacktheit, doch der Anblick von Freyas feuchter Möse erregte ihn ebenso sehr wie jeden anderen Mann auch.

Die dunkle junge Ägypterin stand hinter Jarl und streckte die honiggelben Finger aus, um sein Glied zu streicheln. Er zuckte zusammen und starrte sie entsetzt an. Sie legte die Hand um seinen steifen Schwanz und lächelte ihn an, dann zog sie ihn wortlos zu einer der Liegen hinüber, wie man einen Ochsen am Nasenring führt. Er folgte ihr willig. Sie legte sich auf die Liege und spreizte die Schenkel, während sie Jarl verführerisch anlächelte.

Khonsu keuchte mit aufeinander gepressten Zähnen, während er Freyas Mund fickte. Er hatte schon eine genaue Vorstellung, was die beiden Ägypter mit Jarl anstellen sollten – und er würde dabei zusehen.

Jarl blickte auf die Hand der Ägypterin hinab, die eifrig seinen steifen Penis rieb. Dann japste er und ließ sich auf die Knie fallen, direkt zwischen ihre gespreizten Schenkel. Sie hob ihre Beine an und legte ihm die Knöchel auf die Schultern, und als er sich vorbeugte, um ihre schweren Brüste mit den Händen zu umfassen, seufzte sie auf und spreizte die Schenkel noch ein wenig mehr, sodass sich ihm ihr Geschlecht offen und begierig darbot. Nur einen Augenblick später stieß Jarls Eichel gegen ihre feuchten Falten, um gleich darauf dazwischen zu verschwinden.

Ein lohnender Anblick, fand Khonsu, dieser weiße Schaft, der langsam in die reife, dunkle Vulva der Ägypterin vordrang. Es war Zeit, dass Freya sah, was ihr Landsmann gerade tat. Er hielt ihre Wangen fest und zog seinen Penis aus ihren geröteten, angeschwollenen Lippen heraus.

«Dreh dich um, Freya», flüsterte er. «Schau zu Jarl hinüber.»

Einen Augenblick lang rührte Freya sich nicht, sondern starrte nur mit ihren riesigen dunkelblauen Augen zu ihm hoch. Ein langer Speichelfaden tropfte ihr vom Kinn herab. Er ergriff ihre Haare und drehte ihren Kopf in die entsprechende Richtung. Als sie sah, dass Jarl über dem ägyptischen Mädchen kniete und seinen Schwanz der Länge nach in ihrer feuchten Vagina verschwinden ließ, verschlug es ihr den Atem. Seine weißen Hände kneteten die üppigen goldfarbenen Brüste des Mädchens und zupften an den langen dunklen Brustwarzen. Das Mädchen stöhnte, immer lauter bei jedem Stoß, und ihre Schenkel erzitterten, als Jarls Schwanz auf sie einhieb.

Khonsu packte Freya bei den schlanken Hüften und zog sie zu sich hoch. Sie stöhnte, versuchte aber auch nicht, sich loszumachen. Er zwang sie, sich wie ein Tier hinzuknien, den hübschen Hintern in die Höhe gereckt, sodass ihre Scham zu sehen war. Mit einer Hand betastete er sie dort, um zu prüfen, ob sie schon feucht war. Sie wimmerte, als Khonsus Finger sich grob in sie hineinbohrten. Ohne Vorwarnung schob er ihr dann seinen Schwanz hinein. Sein steifer Penis glitt in die feuchte Umklammerung ihres Geschlechts, und sie stieß einen langen tiefen Seufzer aus, als seine prallen Eier gegen ihre Vulva stießen.

«Schau», zischte er und beugte sich über sie, damit er ihre Brüste befummeln konnte. Sie waren flach wie umgedrehte Unterteller und bewegten sich kaum, obwohl sie herabhingen, die Brustwarzen waren klein und fest wie Hagebutten. Er nahm je eine Knospe in die Hand und zwickte sie. «Schau, wie weiß Jarls Schwanz ist und wie dunkel ihre Haut. Schau, wie er sie hernimmt! Und ich knöpfe mir dich vor, kleine Lilie. Gefällt es dir?»

«Nein», stöhnte Freya und wand sich hilflos, während Khonsu mit seinem Schwanz ihr saftiges Fleisch bearbeitete. «Nein, nein, nein!»

«O doch!», flüsterte Khonsu und fletschte die Zähne, als er noch ein wenig tiefer hineinrutschte. Er würde sie schon noch einmal zum Höhepunkt bringen, bevor er mit ihr fertig war. Aber dann, wann er es wollte. Und nicht so, wie sie sich das vorstellte.

Jetzt hockte der junge Ägypter hinter Jarl und rieb noch mehr Öl auf den steifen Schaft seines Penis. Vielleicht wusste Jarl, was ihn erwartete, denn Khonsu hatte den Eindruck, dass er jedes Mal, wenn er seinen Schwanz aus der Vagina des Mädchens herauszog und seine Pobacken eine Rückwärtsbewegung machten, einen Augenblick verharrte, als warte er auf etwas. Nun, bald würde er ja Bescheid wissen.

«Sieh doch, Freya.» Khonsu packte das Mädchen bei ihren dunklen Haaren und zog ihren Kopf zurück, sodass sie dem anregenden Anblick nicht ausweichen konnte. «Sieh nur, dieser Mann da wird seinen Schwanz Jarl in den Arsch schieben. Siehst du es?»

«Nein!», protestierte Freya und versuchte vergeblich, sich Khonsus Griff zu entwinden. «Nein, bitte, das darf nicht sein. Es ist erniedrigend! Es ist –»

«Zu spät», flüsterte Khonsu. Der junge Ägypter hatte Jarl bei den Hüften gepackt und presste die Spitze seines Glieds auf den engen Anus des blonden Jungen. Jarl tat nichts, er blieb ganz still, sein Schwanz steckte noch immer in der bereitwillig geöffneten Scheide des Mädchens. Er hatte Augen und Mund weit aufgerissen. Als der lange dunkle Schaft des Ägypters sich seinen Weg in sein Inneres bahnte, begann er zu zittern und zu stöhnen, ein Geräusch verzweifelter, schmerzhafter Ekstase.

«Nein», flüsterte Freya. Sie schien gar nicht zu bemerken, dass Khonsus Penis sich weiterhin in ihrer engen Vulva hin und her bewegte. «Nein, nein!»

Jetzt steckte der Schwanz des Ägypters vollständig in Jarls

Anus. Jarl schloss die Augen und warf den Kopf zurück. Vorsichtig wand er sich auf dem Schaft, eine sanfte, lustvolle Bewegung. Dann packte er in einem plötzlichen Anflug die Brüste des Mädchens unter ihm, entblößte die Zähne und drang wieder tief in sie ein, machte dann eine Bewegung nach rückwärts und ließ sich von dem Phallus des Ägypters aufspießen. Das wiederholte er immer heftiger, er genoss den doppelten Reiz: Während sein Schwanz in der feuchten Spalte der Ägypterin steckte, glitt das steife Glied des Ägypters in seinem zuckenden Poloch auf und ab.

«Es gefällt ihm», flüsterte Khonsu Freya ins Ohr. «Möchtest du das nicht auch spüren, kleine Lilie?»

«Nein», stöhnte Freya, als Khonsu seinen Penis aus ihr herauszog. Sie versuchte aufzustehen, doch er hielt sie unten und schob ihr seine Hand zwischen die Beine, feuchtete sie mit ihrem Saft an und verteilte diesen dann weiter oben zwischen ihren strammen Pobacken.

«Ah», entfuhr es Khonsu, «das wird herrlich!» Er schmierte ihr Arschloch mit ihrem eigenen klebrigen Saft ein und stocherte dann ein wenig mit dem Finger darin herum. Freya klemmte widerspenstig die Gesäßbacken zusammen und fing an zu schluchzen. Doch Khonsu legte den Arm um ihre schlanken Hüften und tastete zwischen ihren gespreizten Beinen, bis er die noch immer geschwollene Knospe ihrer Klitoris fand und sie mit seinen Fingern zu streicheln und reiben begann.

Freya japste und ging ins Hohlkreuz. Durch die Bewegung brachte sie ihre Pobacken näher an Khonsu heran. Die Gelegenheit ließ er sich nicht entgehen. Er fand die richtige Stelle, setzte den Penis zwischen den Arschbacken an und stieß mit aller Kraft zu. Freya schrie auf, als die fette glänzende Eichel in sie eindrang und ihren Schließmuskel überwand, bis der ganze dicke Schaft in ihren zuckenden Anus glitt.

«O ihr Götter», keuchte Khonsu, denn sie war unglaublich eng gebaut. Er wusste, dass er es nicht mehr lange würde halten können, und rieb wie wild an ihrer zitternden Klitoris, damit sie gleichzeitig kamen. «Bei Seth und der Dunkelheit, das ist herrlich. Freya, Freya, schau zu Jarl hinüber, schau ihn dir an!»

Freya warf den Kopf in den Nacken und schrie auf, als Khonsu seinen Penis immer wieder in ihren Anus rammte. Sie stöhnte verzückt, als er ihre Klitoris bearbeitete, und schaute in Ekstase zu Jarl hinüber, der gerade mit seinem Schwanz so weit wie möglich in die Möse des ägyptischen Mädchens eindrang, um sich gleich darauf den zuckenden Penis des Jungen hinter ihm hineinzuschieben.

Khonsus Phallus war zum Bersten prall. Seine Hoden lagen ganz eng am Körper an, der Samen pulsierte bereits. Doch er wollte spüren, wie Freya beim Orgasmus zuckte und ihre Schamhaftigkeit vollends vergaß, wenn er ihr geheimstes Loch eroberte. Er ließ seinen Körper gegen den ihren klatschen, zwickte sie in die Brustwarzen, rieb unermüdlich an ihrer geschwollenen Kirsche, bis der Orgasmus endlich ihren ganzen Körper schüttelte. Die kräftigen Muskeln ihres Anus zogen sich zusammen und entspannten sich dann wieder, und Khonsu schrie auf und ließ sich fallen, während sein heißer Samen durch den bebenden Schaft nach oben schoss. Sein Orgasmus war so heftig, dass er einen Moment lang nichts sah und hörte – nur eine rote Fläche und das Rauschen des Blutes.

Dann war es vorbei. Zögernd öffnete er die Augen. Jarl

und das ägyptische Pärchen lagen, die schweißnassen Glieder ineinander verknäult, auf der Liege, und Freya kniete auf allen vieren vor ihm, während sein schlaff werdender Schwanz noch immer in ihrem lustvoll emporgereckten Hintern steckte.

Die Lust war ihm ebenso schnell vergangen, wie sie aufgekommen war. Er wollte diese Nordländer nun nicht mehr um sich haben, wollte sie weder sehen noch riechen. Mit einem Ruck, der Freya erschrocken japsen ließ, zog er sein Glied aus ihrem Anus und sagte barsch: «Genug. Lasst mich allein.»

Furchtsam blickten die vier ihn an und krochen dann nach draußen. Khonsu legte sich auf das Ruhebett und verschränkte die Hände im Nacken.

Wenn er mit Naunachte geschlafen hatte, waren sie immer noch eng aneinander geschmiegt wie zwei Vögel im Nest geblieben, hatten sich geküsst, berührt, hatten gemeinsam gelacht. Naunachte war ihm mit den Händen durchs Haar gefahren und hatte ihn am Hals gestreichelt. Naunachte …

Khonsu setzte sich auf und vergrub den Kopf in den Händen. Konnte denn nichts diese Erinnerungen vertreiben? Sie wollte ihn nicht haben. Sie hatte ihn zurückgewiesen.

Und dennoch … Khonsu presste die Handballen auf die Augen, bis er rote Sternchen in der Dunkelheit funkeln sah. Und jedes Sternchen war ein Symbol für Naunachte. Sie war bei ihm, ganz nah, so nahe, dass er sie zu spüren vermeinte.

War es möglich, dass sie an ihn dachte? Sie trug die Macht des Gottes in sich. Nutzte sie womöglich diese Macht, um sich in seinen Gedanken einzunisten?

Mutemwia erschien in der Tür und verbeugte sich.

«Khonsu, mein Gebieter, ich hoffe, du fandest Gefallen an Freya und Jarl?»

Arrogant hob er den Kopf. «Ja», sagte er barsch, stand auf und griff nach seinem Schurz. Er bewegte sich mit plötzlicher Entschlossenheit, als hätte er etwas Wichtiges vor.

«Du bleibst doch?» Mutemwias Stimme klang halb fragend, halb bestimmend. «Ich habe köstliche Speisen und Wein, Traubenwein, aus dem fernen Palästina.»

«Ich werde nicht bleiben», versetzte Khonsu. Er schnallte den Gürtel um und hängte sich das Bandelier über die Schulter, dann zog er eine kleine Börse heraus und warf sie Mutemwia zu. Sie fing sie auf, machte aber kein glückliches Gesicht.

«Khonsu, o Herr», protestierte sie, als er sich an ihr vorbeidrängte, «was ist los mit dir? Wohin willst du denn? Nirgendwo in Waset wirst du besser bewirtet als hier, das weißt du doch. Was gibt es sonst in Waset, das besser wäre als das, was ich zu bieten habe?»

Khonsu eilte durch den Vorraum, ohne auf die verlockend lächelnden Mädchen zu achten. «In Waset? Nichts», pflichtete er bei. Und irgendetwas, ein immer heftigerer Wahn, ließ ihn hinzufügen: «Aber in Karnak …»

Die Tür schloss sich hinter ihm. Er war allein auf der stillen Straße. Ein riesiger Vollmond leuchtete vom Himmel herab, golden und schimmernd wie Naunachtes Haut. Zitternd schloss er die Augen, denn er glaubte ihre Stimme zu hören, leise und eindringlich, die ihn rief. *Khonsu! Khonsu! Komm zu mir!*

Einen Gott zu bestehlen war eine riskante Sache. Schon der Gedanke daran war gefährlich. Und wie konnte er es wagen, sich einzubilden, Naunachte habe ihn gerufen? Sie hatte ihre Wahl getroffen, und sie hatte sich für Amun entschieden.

Khonsus Gesichtszüge strafften sich, und er lockerte das Schwert in seiner Scheide. Und wenn sie ihn gar nicht gerufen hatte? Dann würde er sie eben mit Gewalt fortbringen. Sobald sie den Tempel verlassen hatten, würde er mit ihr weit weg gehen, nach Elephantine, zum Delta, irgendwohin, wo man sie nicht kannte und die Macht des Gottes zu schwach war, um sie zurück in den Tempel zu holen. Sobald sie weit weg von Karnak war, würde sie vergessen, dass der Gott sie berufen hatte. Sie hatte Khonsu schon einmal geliebt, und sie würde ihn wieder lieben.

Er schlug mit der Faust auf die flache Hand und begann zu rennen, lief unbeirrt durch das Labyrinth der verlassenen Straßen. Er wollte zum Tempel. Und dort würde er Naunachte dem Gott entreißen.

Wenn man ihn im Tempelbezirk fand, würde er zum Tode verurteilt werden. Khonsu hatte Angst vor dem Tod. Doch mehr als vor dem Tod fürchtete er sich davor, dass er im Tempel Amuns mit dem Gott um den Besitz Naunachtes kämpfen musste – und dass er verlieren könnte.

Kapitel dreizehn

In der dunklen Kühle des Abends ging Naunachte am Fischteich in den Frauengemächern entlang. Sie hatte die Arme eng um ihren Leib geschlungen. Es war warm, der Mond schien hell, und die Sterne funkelten, doch Naunachte fröstelte.

Sie war verantwortlich für Bahematuns Tod. Daran bestand kein Zweifel. Sie hatte einen Menschen im Namen Amuns verflucht, und der Mann war gestorben.

Ich bin es, die dich verflucht, du Eidbrüchiger, im Namen Amuns! Sie hörte ihre eigene Stimme wieder, klar und kalt, erfüllt von der Kraft des Gottes, und schlug die Hände vors Gesicht. Sie brauchte Trost, doch den bekam sie nicht von jenem Gott, der ihr solche Macht verlieh. Erneut flüsterte sie Khonsus Namen, als könne sie sich so an seinen starken, warmen Körper anlehnen.

Dann fühlte sie den kalten Hauch des Hasses und wusste, dass Tiy in der Nähe war. Rasch ließ sie die Hände sinken und hob den Kopf, denn sie wollte ihrer Feindin nicht zeigen, wie ihr zumute war. Lächelnd stand Tiy da, ihre weißen Zähne glitzerten im Mondlicht.

Naunachte misstraute Tiys Lächeln. «Was willst du?», fragte sie barsch.

Noch immer lächelnd, kam Tiy ein wenig näher. «Du fürchtest dich», sagte sie. «Du fürchtest dich vor der Macht des Gottes.»

«Das geht dich nichts an», zischte Naunachte.

«O doch.» Tiy rückte noch näher heran, ihr Gesicht glühte vor Eifer. «Hör zu, Naunachte. Du brauchst lediglich den Tempel zu verlassen. Gib den Gott auf. Wende dich von ihm ab.» Ihr Lächeln wurde noch breiter. «Ich fürchte Amun nicht», hauchte sie. «Ich werde deinen Platz als neue Hand Gottes übernehmen. Lass ab von dem Gott, Naunachte. Amun wird nicht böse sein, wenn ihm eine Dienerin unter so vielen den Rücken kehrt.»

Naunachte schüttelte den Kopf. «Du scheinst nicht zu begreifen», sagte sie. Plötzlich hatte sie wirklich das Bedürfnis, dass Tiy verstand, worum es ging. «Indem ich einfach weggehe, wird kein anderer Mensch aus mir. Der Gott ist …» Sie hob die geballten Fäuste ein wenig an und schlug sich dann hilflos auf die Brust. «… in mir. Er ist hier drin, in meinem Herzen. Wo ich bin, spielt keine Rolle.»

Tiys Lächeln ging in das Fauchen eines Tieres über. «Du hast mir meinen Platz abspenstig gemacht!», sagte sie voll verletztem Stolz. «Wer hat dich gebeten, hierher zu kommen? Ich warne dich, Naunachte, wenn du nicht heute Abend von hier verschwindest, dann töte ich dich!»

«Nein.» Naunachte schloss die Augen. Sie spürte, wie der Gott über sie kam. Es war ein vertrautes und doch schreckliches Gefühl, wenn er sich ihrer bemächtigte und sie zu seinem Sprachrohr wurde. «Du kannst mich nicht töten, Tiy. Du hast es ja schon einmal versucht, und es ist dir nicht gelungen. Der Gott schützt mich.»

Niemals hätte sie so gesprochen, hätte der Gott ihr die Worte nicht eingegeben. Sie wusste, dass sie damit Tiys Zorn heraufbeschwor, und so war es auch. Tiy riss die funkelnden Augen so weit auf, dass die Pupillen ganz von Weiß umgeben waren und die kleinen Nasenflügel sich vor Wut aufblähten. «Der Gott schützt dich? So? *Tatsächlich?*» Tiys Stimme klang nun ganz schrill. «Das werden wir ja sehen, ob er auch jeden beschützt, um den dir bange ist! Wer hat Bahematun getötet, Naunachte? War es Khonsu? Sollen wir ihn herbringen und foltern lassen?»

«Nein! Nein!» Naunachte reckte in ohnmächtigem Zorn die Fäuste empor. Die anderen Dienerinnen des Tempels hatten den Streit der beiden gehört und kamen nun eilig auf den Teich zugelaufen. «Lass mich in Frieden!», schrie Naunachte Tiy zu.

«Verlasse den Tempel!», zischte Tiy. «Geh doch, hau ab! Sonst werde ich Khonsu töten lassen, Naunachte, das schwöre ich dir, und ich werde dafür sorgen, dass du seine Leiche findest – und dann töte ich dich! Amun kann dich nicht Tag und Nacht schützen. Auch die Götter müssen irgendwann schlafen, und dann wirst du sterben, Naunachte, das schwöre ich, du wirst sterben!»

Neferure rannte auf sie zu und rief: «Tiy, lass sie in Ruhe!»

Doch Tiy hatte sich zu sehr in ihre Wut hineingesteigert, als dass sie sich hätte bremsen lassen. «Welchen Teil von Khonsu soll ich dir aufs Bett legen, Naunachte?», fauchte sie. «Vielleicht seinen hübschen Kopf? Oder wäre dir sein *Schwanz* lieber?»

Jetzt war Tiy endgültig zu weit gegangen. Naunachte riss die Augen auf, holte aus und versetzte Tiy einen Schlag. Tiy kreischte auf und fiel zu Tode erschrocken auf die Knie.

«Genug!», gebot Naunachte, und die Macht des Gottes schwang in ihrer Stimme mit. Sie wusste nicht, was sie sagte. «Beim Phallus des Amun, Tiy, und bei meiner Macht – ich verfluche dich! Mögest du nie das Ende dieser Nacht sehen, mögest du keinen neuen Morgen mehr erblicken!»

Tiy schrie auf, als würde sie bei lebendigem Leib aufgeschlitzt, und fiel rückwärts auf die Steinfliesen am Rande des Teichs. Sie warf sich kurz hin und her, dann blieb sie still liegen, eine Hand lag ausgestreckt in dem mit Seerosen bedeckten Wasser.

Naunachte stand reglos da, von Kopf bis Fuß zitternd. Sie sah nichts als Schwärze vor sich, in ihren Ohren rauschte es, und ihre Lippen waren ganz trocken. Sie fühlte sich schwach, so als hätte der Gott ihr alles Leben ausgesaugt, als er von ihr Besitz ergriffen hatte. Allmählich kam sie wieder zu sich. Der Mond tauchte wieder am Himmel auf, und die Sterne funkelten um ihn herum. Sie senkte den Blick und sah Neferure neben dem reglosen Körper Tiys knien, die Hände auf den Mund gepresst.

«Neferure», sagte Naunachte mit ihrer eigenen Stimme, die ihr ganz seltsam vorkam.

Neferure blickte zu Tode erschrocken auf und machte die Geste, mit der man den Zorn eines Gottes abwehrte. «Naunachte», flüsterte sie, «du hast Tiy verflucht, und sie ist leblos zusammengebrochen.»

Nun kamen die anderen Frauen herbeigelaufen, blieben aber zögernd in einiger Entfernung stehen. Sie blickten Naunachte voller Furcht an. Auch Hunro war unter ihnen. «Was ist geschehen?», fragte sie heftig atmend. «Naunachte, hast du sie verflucht? Was für ein Fluch war es?»

Naunachte schüttelte den Kopf. Sie konnte sich an nichts erinnern. Neferure war es, die leise hervorstieß: «Tiy möge nie mehr das Licht des Morgens sehen, lautete ihr Fluch.»

«Bei allen Göttern!», flüsterte Hunro erregt und sank neben Tiy auf die Knie. «Naunachte, ich weiß, dass Tiy dir zugesetzt hat, aber musstest du sie gleich mit dem Fluch des Todes bestrafen?»

Naunachte wollte erwidern, dass sie das nicht gewollt hatte, doch sie brachte kein Wort heraus. Zitternd stand sie da.

Und dann regte sich Tiy. Sie zog die Hand aus dem Wasser und warf stöhnend den Kopf hin und her.

«Gelobt sei Amun!», sagte Hunro atemlos. Sie schob eine Hand unter Tiys schmale Schultern und hob sie an. «Tiy? Tiy? Kannst du mich hören?»

Tiy stöhnte wieder und fuhr sich mit der Hand über die

Stirn, als wäre sie aus einer Betäubung erwacht. Die Frauen um sie herum seufzten erleichtert auf. Tiy runzelte die Stirn und murmelte etwas, dann schlug sie die Augen auf.

Sie starrte ins Leere. Und begann zu schreien. «Helft mir, o ihr Götter! Ich bin blind! Ich bin blind!»

Entgeistert starrte Naunachte Tiys leere Augen und ihre tastenden Hände an. Dann drehte sie sich um und rannte davon. Die Dienerinnen des Gottes sprangen beiseite. Naunachte verließ die Gemächer der Frauen und rannte in den inneren Tempelbereich, ins Heiligtum des Gottes.

Sie war die Erwählte Amuns, die Nachfolgerin der Hand Gottes, und die Madjai öffneten ihr die Tore und schlossen sie hinter ihr. Nun war sie mit der goldenen Statue des Gottes allein.

Tränen rannen ihr über die Wangen. Keuchend stand sie vor der Statue. Endlich sagte sie etwas. «Nimm es von mir», schluchzte sie. «Nimm diese Macht von mir. Ich will sie nicht. Sie schadet nur. Befreie mich davon!»

Gütig blickte der Gott zu ihr herab. Seine Emaille-Augen leuchteten wie die Sterne. Sie hörte ihn antworten. *Du wolltest meine Liebe. Du wolltest, dass ich Besitz von dir ergreife. Du kannst mein Geschenk nicht zurückweisen, wenn ich es dir einmal gegeben habe.*

Er brannte über ihr wie die Meteore, die am Himmel verglühten. Wie eine Fackel glühend, reckte sich sein Phallus ihr entgegen und forderte, dass sie sich unterwarf. *Du bist mein*, sagte seine Stimme. *Du sehnst dich nach der Ekstase, die ich dir bereite. Die Macht gehört unweigerlich dazu.*

«Nein», schluchzte Naunachte. «Nein!» Sie drehte sich um rannte wieder hinaus.

Im Laufen wurde ihr klar, dass es keinen Sinn hatte, vor

dem Gott wegzurennen. Doch sie war außerstande, ihren Füßen Einhalt zu gebieten: Ziellos, von Panik getrieben rannten sie weiter.

Keuchend blieb sie endlich stehen und blickte sich um. Ihre Flucht hatte sie in die Säulenhalle geführt. Sie war allein. Um sie her ragten die immensen Schatten der Lotossäulen wie riesige Kopien von Amuns Phallus empor: riesengroß, zum Bersten prall.

Naunachte legte den Kopf in den Nacken und starrte zu der Kassettendecke empor. Tränen quollen ihr aus den Augen und rannen über ihre Wangen. «Ich will diese Macht nicht», flüsterte sie hilflos. «Ich habe sie nicht gerufen. Helft mir!»

Aus dem Augenwinkel heraus sah sie eine Bewegung zwischen den Schatten. Blitzschnell drehte sie sich um, aufs Schlimmste gefasst. Sie sah, wie die Gestalt eines Mannes hinter einer Säule hervortrat und auf sie zukam. Er trat in einen vom Mondlicht beschienenen Fleck, und sie öffnete ungläubig den Mund, denn es war Khonsu, wie ein Prinz gekleidet, genau so, wie sie ihn zum ersten Mal erblickt hatte.

«Khonsu!» Sie brachte kaum einen Laut heraus. «Bist du ein Traumbild?»

Dann sah sie sein Gesicht. Er war sehr blass, als hätte er große Angst. Die rechte Hand hielt den Griff seines Schwerts umklammert, die Knöchel färbten sich unter dem Druck ganz weiß. Seine Lippen zitterten, als er auf sie zukam.

«Naunachte», sagte er mit bebender Stimme. «Ich bin deinetwegen gekommen. Ich liebe dich. Ich werde dich mitnehmen.»

Erleichterung zeichnete sich auf ihrem Gesicht ab, und sie wollte sich in seine Arme werfen. Er steckte sein Schwert in die Scheide und breitete die Arme aus, um sie aufzufangen. Sein Blick verriet jedoch, dass er nicht mit dieser Reaktion gerechnet hatte. «Oh», schluchzte sie und klammerte sich an ihn, «ich hatte solche Angst!»

«Pssst.» Er schlang die starken, warmen Arme fest um sie. Die Macht des Gottes ließ nach, die Wirklichkeit dieser Umarmung war stärker. Seine Lippen berührten sanft ihre Stirn. «Sei ganz still, Naunachte. Wenn sie mich hier finden, töten sie mich. Komm, schnell weg hier.»

Doch sie konnte immer noch nicht glauben, dass er es wirklich war. Sie berührte sein Gesicht, seine Lippen. «Ich habe nach dir gerufen», sagte sie kopfschüttelnd. «Ich wollte, dass du kommst. Und du hast mich gehört.»

Khonsu zitterte am ganzen Körper. «Nein, Naunachte», sagte er brüsk. «Ich will es nicht wissen.»

«Aber der Gott –»

«Ich will es nicht wissen!» Khonsu legte ihr den Finger auf die Lippen. Er schluckte und sagte dann leise: «Naunachte, ich liebe dich. Doch ich fürchte den Gott in dir. Erst wenn wir ganz weit weg sind, sind wir in Sicherheit.»

Naunachte wollte Khonsu das sagen, was sie bereits zu Tiy gesagt hatte, dass Amun bei ihr war, wo immer sie selbst auch war. Sie wollte ihm erzählen, wie Tiy durch ihren Fluch blind geworden war. Doch dann blickte sie in sein furchtsames und doch entschlossenes Gesicht und schwieg. Sie wollte nicht, dass er sich noch mehr vor ihr fürchtete.

Khonsu nahm sie bei der Hand und führte sie ins Dunkel zwischen den Säulen. Seine Finger streichelten ihre Handfläche. Allmählich ließ ihre Furcht nach, und sie wurde ruhiger, als sie bemerkte, dass sie sich mit jeder Faser ihres Körpers nach ihm sehnte.

Er stand ganz dicht bei ihr, bis auf seinen Schurz und sein Bandelier aus Leopardenfell war er nackt. Der dunkle, intensive Geruch seiner Haut erfüllte ihre Nase. Sie spürte bereits, wie er sie berührte, wie seine kräftigen Finger sie liebkosten. Ihre Glieder waren ganz schwer vor Verlangen.

Mit bebender Stimme sagte sie: «Khonsu.»

Er ließ ihre Hand sinken und drehte sich um, blickte ihr ins Gesicht. Sie stand im Mondlicht, ihre Silhouette schimmerte bläulich-silbern. Seine Augen wurden dunkler, als er sie an sich zog, und er leckte sich über die Lippen. Dann sagte er: «Naunachte», mit schwerer, bleierner Stimme, so als spreche er gegen seinen eigenen Willen. «Wir … sollten … von hier … fliehen. Jetzt gleich.»

«Nicht gleich», sagte Naunachte. «Später.»

Sie legte die Hände vorne auf ihr Leinengewand und riss es auf. Der feine Stoff glitt zu Boden und entblößte ihre Schultern und die straffen goldenen Brüste. Khonsu starrte sie einen Augenblick wie vom Donner gerührt an. Dann stieß er einen unterdrückten Schrei aus, warf seinen Schwertgurt von sich und fiel vor ihr auf die Knie. Er presste das Gesicht zwischen ihre Brüste, umklammerte sie mit seinen starken Händen, flüsterte unablässig, wie sehr er sich nach ihr gesehnt habe. Dann nahm er eine ihrer Brüste in die Hand und presste die Brustwarze an die Lippen, leckte und saugte voller Hingabe daran, bis Naunachte selig aufstöhnte und neben ihm auf die Knie sank, sein Gesicht mit den Händen packte und ihre Lippen auf seinen Mund presste.

Sie küsste ihn mit heiliger Inbrunst. Nichts gab es mehr

für sie außer dem Gefühl seiner Lippen auf den ihren, seiner Zunge, die sich in ihren Mund schob, und ihrer Zunge, die darauf reagierte. Selbst die Forderungen des Gottes verblassten und verschwanden schließlich aus ihrem Gedächtnis. Sie gab sich Khonsu ganz hin, öffnete Lippen und Herz gleichermaßen für ihn.

Er riss sich von ihrem Mund los und presste das Gesicht an ihre schlanke Kehle. «Naunachte», keuchte er, «ich konnte dich nicht vergessen. Ich sehnte mich so sehr nach dir.»

Seine Lippen liebkosten ihren Unterkiefer, ihr Kinn, sie streiften über ihren Mund, berührten ihre Lider. Seine Hände pressten sie an sich, hielten sie ganz fest umschlungen. Sie stöhnte vor Liebe und Begehren und reckte die Schultern nach hinten, um ihm ihre Brüste hinzuhalten. Ihre Brustwarzen sehnten sich nach seinen Händen, seinen Lippen. Sie wollte ihn für immer bei sich haben, wie ein untergehender Stern, der in den Fluten des Nils versinkt, wollte sich ihm ganz hingeben und wünschte zugleich, er möge sich in der Süße ihres Körpers für immer verlieren.

Langsam, vorsichtig drückte er sie nach hinten, bis sie auf dem kalten Stein zu liegen kam. Die ganze Zeit lag sein Körper dabei auf ihrem, er umklammerte sie mit seinen Gliedmaßen wie eine Kletterpflanze, die sich an einen Stamm schmiegt. Sie umschlang ihn mit den Armen und seufzte vor Wonne, endlich das Gewicht seines kräftigen Körpers zu spüren, sodass ihr beinahe die Luft wegblieb. Sie spreizte die Schenkel und öffnete die Lippen, und er senkte seinen Mund herab und küsste sie auch noch in dem Augenblick, als sein glühender Phallus in die weiche Feuchte ihres Geschlechts glitt.

Einen Moment lang rührte sich keiner der beiden. Sie lagen aufeinander, Mund auf Mund, Körper auf Körper, mit geschlossenen Augen, den Atem des anderen atmend. Naunachte lag voller Anspannung und erfüllt von Begierde da, sie hatte das dringende Bedürfnis, sich zu bewegen, zu zittern, aufzuschreien; doch diesen einen Moment lang lag sie still da und zwang sich, das wundervolle Gefühl zu genießen, eins zu sein mit dem geliebten Menschen.

Khonsu schien diese Spannung und Begierde ebenfalls zu spüren. Er lag still da, den Penis in Naunachte vergraben, doch irgendwann wurde die samtene Umklammerung ihres Geschlechts zu viel und er hielt es nicht mehr aus. Mit zitterndem Atem zog er sein steifes Glied ganz, ganz langsam aus ihr heraus, bis schließlich nur noch die Spitze drinsteckte.

Naunachte schlug die Augen auf und sah ihn stumm bittend an. Ihre Hände erforschten seinen Rücken, die glatte, kräftige Schulterpartie, die starke Muskulatur an seinen sich hebenden Rippen, die zarte Rinne seines Rückgrats. Sie glitt mit den Händen hinab zu seinem Gesäß, zerrte ihm den Schurz vom Leib und hielt die beiden runden Backen in den Händen, zog ihn zu sich und bedrängte ihn, nochmals in sie einzudringen. Khonsu stöhnte ihren Namen und küsste sie dann heftig auf den Mund, um ihrer beider Schreie zu ersticken, während er ihr erneut seinen Penis hineinschob.

Sie lagen im Schatten der Säulen, ihre nackten Körper schimmerten im Widerschein des Mondlichts, versilberte Gliedmaßen, wie sich paarende Schlangen ineinander verkeilt, vom Tau des Schweißes glänzende Haut. Ihre Bewegungen waren nicht schnell, aber intensiv. Es war ein Auf und Ab wie bei den Wellen des Nils, zwei sich aufbäumende und wieder zurücksinkende Körper auf der Suche nach gegenseitiger Erlösung. Sie stöhnten und seufzten zusammen, doch die zunehmende Anspannung ihrer Körper, die plötzlich ruckartigen Bewegungen ihrer Lenden und Gesäßbacken verrieten die sich steigernde Lust.

Aus dem Durcheinander der Gliedmaßen erwuchs auf einmal ein Muster, ein Rhythmus. Naunachte schlang die Beine um Khonsus Taille, legte ihm die Fersen auf die Grübchen oberhalb seines Gesäßes. Er bekam ihre Hände zu fassen und legte sie oberhalb ihres Kopfes ab. Dann rutschte er ein wenig höher und blickte in ihr verzaubertes Gesicht hinab. Naunachte blickte ihn ebenfalls an und verschränkte ihre Finger mit seinen, und als er sie schließlich aufspießte, klammerte sie sich immer fester an ihn. Bald, ganz bald war es so weit. Die Lust stieg in ihr auf, beantwortete jeden Stoß von Khonsus kräftigem Körper mit einem wonnigen Schauder. Sie musste ihn die ganze Zeit ansehen. Jedes Mal, wenn sein Körper gegen ihren Leib klatschte, rief sie seinen Namen, leise, drängend, bis der Rhythmus schließlich immer schneller wurde und die Bewegungen in ein letztes, verzweifeltes Crescendo mündeten. Naunachte war überwältigt. Sie krallte sich an Khonsus Händen fest und warf den Kopf in den Nacken. Ihre Augen waren geschlossen, ihr Hals wölbte sich vor und zuckte – ihr ganzer Körper zitterte vor Ekstase, als Khonsu mit Leib und Seele in ihr aufging.

Dann bedeckte er ihre Lippen mit Küssen, um sie zu beruhigen. Sie stöhnte in seinen offenen Mund hinein, und er zog sich keuchend ein Stück zurück. Sein straffer Körper war schweißnass, und ihre Gliedmaßen klebten an ihm. Sie klammerte sich an ihn, wie ein Ertrinkender sich an eine

Planke klammert, wollte nicht wahrhaben, dass ein derart unermessliches Vergnügen je ein Ende haben sollte.

Khonsu machte sich vorsichtig los und streichelte ihren glänzenden Körper. «Kleine Göttin», flüsterte er, «wir müssen fort von hier, und zwar ganz schnell. Bald ist es Morgen.»

Morgen! Der Sternengucker würde die Menschen im Tempel wecken, damit sie den Ritus vollzogen. Sie würden nach ihr suchen. Naunachte schüttelte sich und lockerte ihre Umklammerung. Khonsu lächelte sie an und küsste sie auf den Mund, dann zog er vorsichtig seinen schlaff werdenden Penis aus ihr heraus. Sie konnte ein unglückliches, bedauerndes Wimmern nicht unterdrücken.

«Komm», sagte er. Er band sich den zerfetzten Schurz um und bückte sich dann, um ihr die Hand hinzuhalten und ihr aufzuhelfen. Sie rührte sich nicht, als er ihr den Staub abklopfte und die Fetzen ihres Gewands glatt strich, so gut es ging.

Khonsu nahm sie bei den Schultern und senkte den Kopf, um sie erneut zu küssen. Sie erwiderte den Kuss, und nun lächelte er. «Wohin möchtest du denn, kleine Göttin? Ich habe ein Boot dort draußen. Soll ich dich zum Delta bringen? Nach Memphis? Elephantine? Wo wirst du dich sicher fühlen?»

Naunachte blickte ihm ins Gesicht und zitterte. Sie konnte sehen, dass er sprach, doch seine Stimme klang immer undeutlicher, bis sie sie schließlich überhaupt nicht mehr hörte. Ihr Rückgrat prickelte, und ihre nun wieder weichen Brustwarzen kräuselten sich und schmerzten. Sie hatte jenes Gefühl der Ferne und Distanz zu allem, die ihr die Nähe des Gottes ankündigte.

Naunachte, sagte die Stimme Amuns. Lautlos übertönte die Stimme Khonsus Worte. *Naunachte, du kannst mir nicht entfliehen. Du trägst mein Mal. Du gehörst mir.*

«Naunachte?» Khonsu schüttelte sie sanft, um ihre Aufmerksamkeit auf sich zu ziehen. Sein Gesicht sah angespannt aus, als versuche er, seine Furcht zu verbergen. «Naunachte, nicht! Hör auf. Naunachte, komm wieder zu mir zurück! Wo bist du?»

Mit unglaublicher Mühe gelang es Khonsu, die Trance des Gottes in Schach zu halten. Naunachte blickte Khonsu voller Liebe und Mitgefühl an und fragte sich, wie sie ihm wohl die Wahrheit beibringen könnte, ohne ihn zu verletzen.

Es gab keine Möglichkeit. Er hatte ihr ja seine Liebe gestanden und sich völlig in ihre Hände gegeben. Sie liebte ihn auch, ganz bestimmt. Sie begehrte ihn. Sie hatte ihn herbeigesehnt und gehofft, er werde sie vor ihrer eigenen Macht schützen. Doch sie konnte nicht mit ihm gehen. Er würde sie immer für sich beanspruchen, ganz für sich allein, und sie wusste, dass sie ihm dieses Versprechen nicht geben konnte. Wo sie auch hinging, Amun würde ihr folgen. Sie musste nun der Wahrheit ins Auge blicken und es ihm sagen.

Wie sollte sie es ihm erklären? Die Stirn in kummervolle Falten gelegt, wartete er darauf, dass sie etwas sagte. Er kannte sie zu gut, um nicht zu sehen, dass etwas nicht stimmte. Sie holte tief Luft, wusste aber immer noch nicht, was sie sagen würde.

Dann fuhr Khonsu herum und starrte in die Schatten. Dort regten sich Gestalten, dunkel und drohend. Naunachte starrte entsetzt hinüber, und Khonsu hob seinen Schwertgurt vom Boden auf und zog die Waffe. Rot glühte das bronzene Schwert im Mondlicht. Er packte Naunachte beim Arm und zog sie hinter sich, bereit, sie mit seinem Körper zu verteidigen.

Eine nach der anderen traten die Gestalten ins Mondlicht. Naunachte sah vier Madjai mit Speeren, und vor ihnen ging Merybast, der seinen Amtsstab trug.

«Keinen Schritt weiter.» Khonsus Stimme klang beherrscht. «Ich nehme sie mit. Keinen Schritt weiter!»

Merybast ging weiter. Mit einer Geste befahl er den Madjai, stehen zu bleiben. «Ich bin unbewaffnet», sagte er.

«Zurück!» Schweiß glänzte auf Khonsus Wangen, und seine Stimme war heiser vor Verzweiflung. «Zwingt mich nicht, zu töten. Sie kommt mit mir. Versucht nicht, mich aufzuhalten. Eher bringe ich sie und mich um, als dass ich sie euch ausliefere.»

«Geht sie denn aus freien Stücken mit dir?», fragte Merybast ruhig. «Wenn es so ist, werden wir euch nicht aufhalten.»

«Natürlich geht sie aus freien Stücken mit!», versetzte Khonsu.

«Hast du sie gefragt?»

Khonsu spannte die Schultern an und runzelte unsicher die Stirn. Naunachte blickte Merybast ins ruhige, gelassene Gesicht. Wie hatte er es erfahren? Wahrhaftig, es gab noch andere, die die Stimme des Gottes vernahmen.

«Als ich sie hier fand», sagte Khonsu gereizt, «kam sie auf mich zugerannt. Sie ängstigte sich zu Tode und weinte. Was habt ihr mit ihr gemacht? Sie kommt mit mir.»

«Sie fürchtete sich vor sich selbst», erwiderte Merybast. «Vor ihrer eigenen Macht. Heute Abend hat sie eine der Tempeldienerinnen verflucht, und die Frau erblindete.»

«Nein», flüsterte Naunachte, denn sie hatte Khonsu dieses Wissen ersparen wollen.

Khonsu ließ das Schwert ein wenig sinken und drehte sich zu Naunachte um. Das Mondlicht fing sich auf der Klinge und wurde auf seine Augen zurückgeworfen, die hell wie die Bronze selbst glühten. Ein Muskel in seinem angespannten Kiefer zuckte. Er zitterte ganz leicht, wie ein Windhund direkt vor dem Rennen, doch als er sprach, war seine Stimme fest und klar wie die eines Soldaten. «Naunachte. Ist das wahr?»

Sie wollte weinen. Wäre es ihr nur möglich gewesen, ihm alles selbst zu erzählen, ohne dass sich jemand einmischte. Jetzt würde er immer glauben, dass sie ihn angelogen hatte. «Ja. Aber ich hatte Angst davor. Und ich habe dich gerufen, Khonsu.»

Einen Moment lang glitzerten seine Augen so hell, dass sie glaubte, er weine. Dann blinzelte er entschlossen, und seine Lippen zuckten verärgert. Er warf einen Blick auf Merybast und die bewaffneten Madjai hinter ihm. Er schluckte und sagte gefasst: «Ich werde keine Frau gegen ihren Willen mitnehmen. Sprich vor diesem … *Priester*, Naunachte. Wenn du im Tempel bleiben möchtest, dann sag es.»

Seine Stimme klang gefasst, doch seine Augen blickten sie flehentlich an, baten sie stumm, seine Liebe zu erwidern. Zunächst wirkte er entschlossen und zuversichtlich, doch je länger Naunachte schwieg, umso deutlicher zeichneten sich Schmerz und Wut über ihren Vertrauensbruch auf seinem Gesicht ab.

Hilflos schüttelte Naunachte den Kopf. «Khonsu», sagte sie leise, «du verstehst es nicht. Ich liebe dich wirklich und werde mich immer nach dir sehnen. Und dennoch …»

«Und dennoch ...» Mit einem schmerzerfüllten Laut stieß Khonsu sie von sich. «Und dennoch wirst du lieber hier bei deinem edlen Gott bleiben, nicht wahr, als mit mir zu kommen?»

Merybast fing Naunachte auf, als sie ins Taumeln geriet. Er hielt sie mit den Händen, und sie fasste sich wieder in seinem Griff. Sie spürte Khonsus Schmerz, als wäre es ihr eigener, doch sie wusste, dass das, was sie tat, richtig war. Ihre Stimme war ruhig und ebenmäßig. «Khonsu, wenn ich mit dir käme, wäre der Gott dennoch bei mir. Es ist besser für dich, wenn du mich nicht mit Amun teilen musst.»

Khonsu hob das Schwert, als wolle er zuschlagen, doch dann ließ er es erneut sinken. Seine Lippen zitterten. «Naunachte», sagte er mit rauer Stimme, «ich will dich. Ich will, dass du die meine wirst.»

«Ich weiß», erwiderte sie leise. «Aber es kann nicht sein.»

Khonsu schloss die Augen. Tränen rannen ihm über die Wangen und glitzerten im Mondlicht. Dicke Tropfen blieben in seinen dunklen Wimpern hängen. Dann aber wandte er sich ab, steckte das Schwert wieder in die Scheide und schulterte das Bandelier. Als er sich wieder umdrehte, hatte er einen entschlossenen Gesichtsausdruck. Er mied Naunachtes Blick und sprach zu Merybast. «Sie hat sich entschieden, Priester. Lasst mich gehen. Ich werde Euch keinen Ärger mehr bereiten.»

«Es gab nichts zu entscheiden», entgegnete Merybast. «Amun ist ein gestrenger Herr. Denkt nicht voller Hass an sie.»

«Voller Hass?» Nun blickte Khonsu Naunachte an, und seine Augen waren sanfter, als sie es je an ihm gesehen hatte. Er schüttelte den Kopf. «Nein. Hass – niemals.»

«Begleitet ihn bis zum äußeren Tor», sagte Merybast, und die Madjai traten beiseite, um Khonsu vorbeizulassen. Er drehte sich nicht mehr um.

Naunachte blickte ihm nach und wunderte sich, dass sie nicht weinen musste. Sie liebte Khonsu, und sie empfand großen Schmerz wegen seiner Qualen. Sie würde ihn nie mehr wiedersehen. Und dennoch war sie nicht verzweifelt, sondern fühlte sich seltsam erleichtert.

«Naunachte», sagte Merybast.

Sie blickte in die dunklen Augen des Priesters und sah, dass er sowohl ihren Verlust als auch ihren Sieg verstand.

«Geh nun und schlafe», sagte Merybast. «Heute wird der Ritus ohne dich stattfinden. Morgen werde ich dich zur neuen Hand Amuns weihen. Es ist Zeit.»

Naunachte biss sich auf die Lippe. «Was ist mit Tiy?»

Ein Schatten glitt über Merybasts Gesicht. «Man wird sich ihrer annehmen, doch sie kann nicht mehr im Tempel bleiben. Hätte sie nicht das Missfallen des Gottes erregt, hätte ihr dein Fluch nichts anhaben können.»

«Ich fürchte mich», gestand Naunachte.

«Ich weiß. Genau deshalb solltest du nun so bald wie möglich geweiht werden. Man kann nicht von dir verlangen, die Bürde des Gottes zu tragen, ohne seine Freuden genießen zu können.» Merybast legte ihr eine Hand auf die Schulter und führte sie zu den Frauengemächern. Schweigend ging sie neben ihm, immer noch auf der Suche nach der Wahrheit in ihrem Innern.

An der Tür ließ Merybast sie los. Seine Finger streiften über das Mal des Gottes auf ihrem Arm, den kleinen dunkelroten Phallus, den Amun ihr aufgeprägt hatte. «Von Geburt an warst du dem Gott geweiht», sagte er leise. «Du hast die richtige Entscheidung getroffen, Naunachte. Wie kann ein gewöhnlicher Sterblicher in Konkurrenz zu einem Gott treten?»

Naunachte blickte auf das Mal, dann wieder in Merybasts Augen. Der Hohepriester lächelte und küsste sie auf die Stirn. Immer noch schweigend drehte sie sich um und öffnete die Tür zu ihrem Schicksal.

Epilog

Neferure rüttelte Naunachte sanft an der Schulter. «Naunachte. Es ist Zeit.»

Langsam regte sich Naunachte und öffnete die Augen.

Heute Nacht würde sie die Braut des Gottes werden, die Gemahlin Amuns. Ihr größter Wunsch würde in Erfüllung gehen. Die Priester würden masturbieren, während sie vor der Statue des Gottes tanzte, die Frauen würden singen und zusehen, wie sie den Gott mit ihrem Körper, ihren Händen und ihrem Mund stimulierte. Und dann würde sie sich dem Gott hingeben.

Vor dem Einschlafen hatte sie geweint. Sie hatte geweint, weil sie Khonsu verloren hatte und weil sie ihre eigene Macht fürchtete. Doch nun nahte der Moment, in dem sie dem Gott ganz angehören würde. Endlich konnte sie sich der Macht Amuns als williges Opfer unterwerfen. Dies half ihr, den Schmerz zu ertragen.

Sie atmete tief ein und sah zu den Schatten unter der Kassettendecke hinauf. Ihr Atem ging ruhig und stetig, und allmählich erfüllte sie die Anwesenheit des Gottes. Sie versenkte sich ganz in ihre Liebe zu Amun. Mittlerweile war sie in der Lage, sich auf Befehl in Trance zu versetzen, und nun überkam sie der Dämmerzustand und senkte sich auf sie wie schwerer Tau auf die Blütenblätter einer blühenden Rose. Als sie aufstand, war ihr Blick schon in eine überirdische Ferne gerichtet; dunkel glühten ihre großen Augen, voller Vorfreude auf die göttliche Ekstase.

Neferure führte sie zur Tür des Raums, die auf die mondbeschienene Terrasse am Lilienteich hinausführte. Warme, weiche Luft wehte zur Tür herein, schwer vom Duft des Jasmins. Ein Becken mit Wasser stand auf einem Gestell an der Tür. Es roch nach Lilien. Neferure nahm einen weichen Schwamm, hob Naunachtes willige Arme an und begann ihren nackten Körper zu waschen.

Sanft glitt der Schwamm über Naunachtes Haut. Sie schloss die Augen, ganz auf Neferures sachte, zärtliche Berührungen konzentriert. Jede Körperstelle wusch sie mit unendlich sanften Bewegungen, die dann die Kühle des verdunstenden Wassers linderten. Naunachte bekam eine Gänsehaut. Sie war bereits so sensibilisiert, dass ein Wassertropfen, der ihr über die Haut lief, sie so sehr erregte, als hätte sie gerade einen saugenden warmen Mund an ihrer anschwellenden Brustwarze gespürt.

Neferure nahm ihre Hand und führte sie durch die Gemächer der Frauen. Sie ging langsam, wie eine Prinzessin, mit erhobenem Kopf und der Andeutung eines Lächelns. Sie hörte, wie der Gott sie rief, es war wie der Ruf des Wüstenwinds, jene unwiderstehliche Kraft, die selbst Felsen formte.

Die Dienerinnen des Tempels kamen hinzu, um sie für den Gott zu schmücken. Weiche Hände salbten ihre Haut mit Duftölen ein. Eifrige Finger strichen über die Kuppeln ihrer Brüste und kneteten ihre Spitzen, bis sie zu vollen Knospen angeschwollen waren. Naunachte stand ganz still, sie hatte die Augen halb geschlossen und atmete langsam und flach. Sie ließ jede Liebkosung, jede Berührung zu, als käme sie von Amun selbst. Sicher und geschickt massierten Hände das süß duftende Öl in ihre Schultern, ihre Taille. Schmale Handflächen glitten über ihre üppigen Pobacken und schoben dann sanft den Spalt auseinander. Ein geübter Finger glitt hinein und ölte ihre geheimste Stelle ein. Naunachte warf den Kopf in den Nacken und stöhnte leise auf, als der Finger auf ihren samtweichen, runzligen Anus drückte und sich dann in das enge Loch hineinbohrte.

Ihre Knie gaben nach. Sie wurde aufgefangen und dann zu dem Thron geführt, auf dem Hunro, die Herrin, heute Abend gesessen hatte. Als sie damals in den Tempel gekommen war, war sie im Traum über ihrem eigenen Körper geschwebt und hatte ein frustrierendes Gefühl der Leere empfunden, als der Gott mit ihr schlief, sie es aber nicht genießen konnte. Nun schien sie tatsächlich über ihrem eigenen Leib zu schweben, ein Geist ohne Körper, und dennoch spürte sie mit jeder Faser die Wonnen, die ihr die Frauen bereiteten.

Eines der Mädchen beugte sich über sie und trug sorgfältig Farbe auf ihre geschlossenen Augenlider auf. Währenddessen streichelte ein anderes Mädchen Naunachtes Glieder und achtete sorgsam darauf, nichts zu tun, was die Bewegungen der Künstlerin stören könnte. Als die Farbe jedoch getrocknet war, verflogen solche Bedenken. Rasch schoben sie Naunachtes Schenkel auseinander. Neferure ließ sich vor der warmen Öffnung auf die Knie fallen, streckte die Zunge heraus und beugte sich langsam vor.

Der über Naunachte schwebende Geist sah mit kühler Distanz zu, wie Neferure langsam mit der Zunge über Naunachtes feuchte, geschwollene Schamlippen glitt. Sie war nur Zuschauerin, als Neferure sanft die Zunge zwischen ihre Falten schob und tief in ihre Vagina hineinstieß, sie dann wieder herauszog und zu der kleinen zitternden Knospe ihrer Klitoris zurückkehrte. Und doch spürte Naunachte genau, wie Neferure an dem kleinen Fleischläppchen leckte, und ein wonniges Gefühl breitete sich in ihrem Körper aus, in den Brüsten und im Unterleib, sodass sie vor Vergnügen die Kehle reckte und aufstöhnte.

Neferure war geschickt und eifrig. Sie presste Naunachtes Schenkel mit den Händen auseinander und führte dann, während sie vorsichtig an ihrer Klitoris leckte, einen ihrer langen Finger in Naunachtes schlüpfrig glänzendes Geschlecht ein. Naunachte stöhnte wieder laut auf und reckte Neferure die Hüften entgegen, um das Hin und Her des wendigen Fingers in ihrer Scheide besser genießen zu können. Der Gott hatte ganz von ihrem Geist Besitz ergriffen, und sie sah, wie er sich ihr entgegenneigte, mit ausgestreckten Händen. Sie keuchte und stöhnte direkt vor ihm. Seine Ekstase war zum Greifen nah.

Für einen Augenblick kam sie wieder zu sich, als Neferure ihre Liebkosungen abbrach und sich über den feucht glänzenden Mund wischte. «Die Hand Gottes ist bereit», sagte sie zu den umstehenden Frauen.

Langsam fiel Naunachte wieder in den seltsam schwindelnden Zustand der Trance. Sie bemerkte kaum, dass die Frauen ihr ein weißes Gewand anlegten und ihre Gliedmaßen mit Gold und Edelsteinen schmückten, die bei ihrem Tanz für den Gott ein sinnliches Klirren hervorrufen würden. Ihr Herz und Verstand waren nun auf das Heiligtum gerichtet, wo Amun sie erwartete.

Süß drangen die Gesänge in ihre Seele ein. Unsicher schwankte sie zu dem Rhythmus, und ihre Lippen formten stumme Worte. Die Frauen führten sie den Priestern zu. Im flackernden Fackelschein schimmerte Naunachtes verzücktes, ekstatisches Gesicht.

Sie führte die Prozession an, ihr Gesicht glühte vor Liebe und Leidenschaft. Die Priester blickten sie an und ergingen sich in Bemerkungen über ihre Schönheit. Unter ihren weißen Gewändern bekamen sie bereits eine Erektion, denn die Frau, die den Gott bezaubern und die tägliche Wiedergeburt des Landes Ägypten ermöglichen würde, erregte auch sie. Sie bewunderten sie, und sie wussten, dass sie nur ein Mensch war. Alle hofften sie, dass sie sich eines Tages einen Mann aus Fleisch und Blut zum Gemahl nehmen würde, und jeder von ihnen wünschte sich, dass er der Erwählte sein möge.

Die Prozession war beim Heiligtum angelangt. Naunachte starrte auf die großen Bronzetüren, das letzte Hindernis, das sie noch vom Objekt ihrer Begierde trennte. Und dann schwangen sie auch schon beiseite und gaben den Blick auf die große goldene Statue Amuns frei.

Sein leuchtendes Gesicht schien sie voller Liebe anzulächeln. Es war ein geheimes, ein verschwörerisches Lächeln. *Du und ich, wir verstehen einander*, bedeutete dieses Lächeln. *Naunachte, komm her zu mir.*

Naunachtes Herz erwiderte Amuns Liebe. Langsam ging sie ins Heiligtum hinein und fiel dann vor dem Gott auf die Knie. Sie hatte die Hände anbetend erhoben und blickte in das göttliche Gesicht. Sie sehnte sich danach, für ihn zu tanzen, ihn zu erregen, ihn in sich zu spüren. Doch erst musste ein letztes Ritual vollzogen werden.

Aus dem Schatten des Heiligtums trat Hunro, die Herrin, in ein langes, einfaches weißes Gewand gehüllt, ohne

Schmuck, das Gesicht unbemalt. Nun stand sie vor der knienden Naunachte und hob die Hände.

«Amun, o Herr.» Hunros Stimme klang kräftig und sicher, und dennoch schwang eine Andeutung von Trauer mit. «Eine Generation lang habe ich dir als Hand gedient. Doch ich bin sterblich, o Herr, und alles Sterbliche geht dahin. Sieh hier deine neue Dienerin, die Hand Gottes, Naunachte, die dein Mal auf dem Arm trägt. Du hast sie gezeichnet, als sie noch klein war, o Herr. Segne sie, o Amun, nimm sie in deine Dienste auf, schenke ihr die Wonnen, die mir vergönnt waren. Blicke gnädig auf deine Dienerin Hunro. Nimm meine Gabe an. Gewähre mir Frieden.»

Langsam, zögernd ging Hunro wieder zurück. Mit gesenktem Blick blieb sie ein wenig von der Statue des Gottes entfernt stehen. Doch Merybast stellte sich neben sie und legte ihr die Hand auf den Arm, und sie sah liebevoll lächelnd zu ihm auf.

«Naunachte», sagte Merybast, noch immer mit der Hand auf dem Arm seiner Gattin, «es ist Zeit. Tanze für Gott Amun, Naunachte. Zeige dich ihm.»

Die Gesänge erfüllten nun den ganzen Raum. Die Frauen des Gottes klatschten beim Singen in die über dem Kopf erhobenen Hände. Sie schlugen die Zimbeln und klapperten mit den Sistren; ihre Stimmen klangen hell und süß. Wie entfernter Donner dröhnten die dumpfen Gesänge der Priester im Hintergrund.

Naunachte trat vor und hob die Arme. Zwei ihrer Dienerinnen sprangen hinzu und nahmen ihr das gefältelte Gewand von den Schultern. Sie warf den Kopf in den Nacken, streckte die Arme gen Himmel, bot Amun ihren goldenen Körper dar.

Die Priester hatten sie früher schon nackt gesehen, doch als sie sich jetzt ohne Scham dem Gott zeigte, hielten sie vor Staunen den Atem an. Einer nach dem anderen öffneten sie ihre Gewänder, aus denen eifrig pulsierende Schwänze hervorschnellten. Während Naunachtes Körper im Rhythmus der Gesänge zuckte und sich wand, begannen sie, ihren Penis zu reiben und den Gott zu ehren, indem sie den Akt imitierten, mit dem er die Welt erschaffen hatte.

Naunachte sah ihre Umgebung nur verschwommen, während sie für den Gott tanzte. Ihr nacktes Fleisch zitterte und bebte, als sie sich hin und her drehte und ihre Brüste und Pobacken für den göttlichen Liebhaber schwenkte. Ihre Trance war nun ganz tief, sie war vollkommen in die Macht Amuns versunken und bemerkte gar nicht, dass sie beim Tanzen ihre Lippen bewegte, es waren die Worte des Liedes, mit dem sie ihren sterblichen Geliebten erregen wollte, Khonsu. *O mein Gott, meine Lotosblüte, komm und sieh meine Schönheit. Komm, meine Lotosblüte, schau mich an. Sieh her!*

Und während sie tanzte, während ihre Muskeln zuckten und ihre Schmucksteine klimperten, wusste sie, dass Amun sie tatsächlich sah. Seine glänzenden Emaille-Augen waren auf sie gerichtet und folgten ihren Bewegungen. Sie warf die Schultern zurück, streckte den begierigen Blicken des Gottes die zarten Hügel ihrer kleinen Brüste hin. Sie schwang die Hüften, sodass das weiche Fleisch ihrer Lenden und Schenkel zitterte. Dann aber spreizte sie die Schenkel und lehnte sich immer weiter zurück, damit der Gott ihre geheimsten Stellen sah, feucht und glitzernd, ganz fleischig und geschwollen vor Sehnsucht nach ihm.

«Sieh mich an», stöhnte Naunachte und warf in der Ekstase des Tanzes den Kopf hin und her. «O Gott Amun, Gott Amun, sieh mich hier vor dir!»

Sie fiel vor der Statue auf die Knie und hob zitternd die Hände, um die goldene Haut zu streicheln. Sie liebkoste und küsste Amun, und bei jeder Berührung ihrer Finger und der Zunge spürte sie, wie das göttliche Fleisch zum Leben erwachte. Die Luft war erfüllt von dem Keuchen der Priester, die sich zum Höhepunkt brachten, doch Naunachte war allein, allein mit ihrem Geliebten, mit Amun. Sie berührte ihn, und er wurde lebendig. Sie berührte ihn, und sein Körper regte sich, seine Muskeln spannten sich an und wuchsen, der prächtige Phallus wurde unter ihren Händen prall. Selig stöhnte sie auf, und langsam, sehnsuchtsvoll öffnete sie die Lippen, um seinen lebendigen Penis in die Tiefen ihres warmen Mundes zu schieben.

«Nimm unser Geschenk an, o Amun», sagte Merybast. Kräftig und klar durchdrang seine Stimme die Gesänge der Frauen und die keuchend vorgetragenen Litaneien der Priester. «Nimm den Körper Naunachtes an, der irdischen Gemahlin des Gottes, der Hand Amuns. Erfreue dich an ihr, mächtiger Herrscher. Schenke uns dafür neues Leben.»

Hände griffen nach Naunachte und hoben sie empor. Das Heiligtum drehte sich vor ihren Augen, als ihr Kopf schlaff nach unten fiel. Unwillkürlich schloss sie die Augen und öffnete keuchend die Lippen. Die Hände schoben ihre Brüste empor und spreizten ihre bebenden Schenkel. Sie lag ganz still, bereitete sich auf den großen Augenblick vor. Ihre Brüste waren geschwollen und ihre Brustwarzen so straff, dass sie gleich zu bersten schienen. Sie hatte das Gefühl, wachsweich zu sein zwischen den Beinen, süß und leer, wie eine ausgeschabte Honigwabe.

Die starken Hände der Priester hielten sie ganz dicht vor die Statue Amuns. Obwohl sie die Augen geschlossen hatte, spürte sie voller Ehrfurcht, dass er nun ganz nahe war. Unterwürfig zitterte sie, während sie auf ihre eigentliche Opferung wartete.

Und dann war es endlich so weit: Dort, wo es sie so süß schmerzte, drang der heiß pulsierende Phallus des Gottes ein. Er verzehrte sich nach ihr, schob das weiche Fleisch ihrer Vulva auseinander und glitt tief in sie hinein, hob das Gefühl der Sehnsucht auf. Sie wand sich in den Händen, die sie hielten, schaukelte die hungrigen Hüften, rieb sich an der kühlen Härte von Amuns Muskeln. Immer wieder schrie sie auf, und wenn sie dies tat, schwollen die Gesänge der Frauen an und drängten Amun, seine Sklavin in Besitz zu nehmen, sich auf sie zu stürzen wie der Löwe in der Wüste, sich ihrer zu bemächtigen und sie zu der Seinen zu machen.

Es war Ekstase, göttliche Ekstase – die Wonnen, die sie erträumt und ersehnt hatte. Naunachte wand sich und wippte auf und ab, als die Macht des Gottes sie zur letzten Zuckung brachte, dem letzten unausweichlichen Moment höchster Lust. Sie spürte nichts als seine Macht, nichts als die Freude seiner Manneskraft, das Wunder seines riesigen Phallus, der in ihrem heißen Fleisch pulsierte. Immer stärker wurden die Empfindungen. Wenn die Intensität der Gefühle noch mehr zunahm, würde sie unweigerlich sterben. Sie wand sich ein letztes Mal und schrie laut auf, als der Orgasmus sie durchzuckte. «Ah, hilf mir, o mein Gebieter! Amun! Amun!»

Die Sängerinnen um sie herum verstummten und lauschten nun, wie Naunachtes Lustschreie von der hohen Decke des Heiligtums widerhallten. Einer nach dem andern verspritzten die Priester ihren Samen und standen mit zitternden Lippen da, als sie sahen, wie die Gemahlin des Gottes von der Gewalt ihres Gatten übermannt wurde.

Reglos lag Naunachte in den Armen Amuns und atmete seinen Duft, eingehüllt von seiner Liebe. Ihr ganzer Körper schimmerte im Widerschein der Ekstase des Gottes. Sie gab sich ganz seiner Umarmung hin, und ihre Freude war so groß, dass sie darüber die Furcht und den Schmerz von früher völlig vergaß. Sie war froh und glücklich. Sie war die Hand Amuns.

«Unser Geschenk wurde angenommen», verkündete der Oberpriester. «Seht, die Ehefrau des Gottes, die Hand Amuns, hat den Samen des Gottes zum Leben erweckt. Amun, unser Herr, erscheint auf Erden, er ist unter uns.»

Draußen aber, jenseits der im Tempel herrschenden Dunkelheit, ging die Sonne über der Wüste auf und spiegelte sich in den Wassern des Nils.